Série Aliança de Sangue

Inocência Perdida
Liberdade Perdida
Resistência Perdida
Rebeldia Perdida
Realeza Perdida
Crueldade Perdida

Realeza Perdida

Série Aliança de Sangue — Livro 05

Tradução
ANDRÉIA BARBOZA

AUTORA BESTSELLER DO USA TODAY

Lexi C. Foss

Realeza Perdida

Série Aliança de Sangue — Livro 05

Lexi C. Foss

eBook ISBN: 978-1-68530-023-4

Capa Comum ISBN: 978-1-68530-037-1

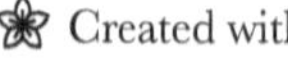 Created with Vellum

REALEZA PERDIDA

SÉRIE ALIANÇA DE SANGUE — LIVRO 05

*Houve um tempo em que a humanidade governava o mundo enquanto
lycans e vampiros viviam em segredo.
Esse tempo já passou.*

Calina

Tenho trinta e seis horas de vida.
Trinta e seis horas para encontrar uma solução.
Trinta e seis horas para matar todos eles.
Meus amigos. Minha família. Meus subordinados.
É um destino cruel do qual minha criadora me sujeitou há
mais de um século, quando me colocou neste inferno. Aprendi
que a liberdade é uma falsidade. Não existe libertação. Sou
uma bomba-relógio, prestes a explodir.
Até que ele aparece. Um vampiro. Um deus ambulante com
olhos azuis gelados. Ele afirma ser nossa salvação, mas eu o
vejo como ele realmente é: o diabo disfarçado.

Jace

Não quero ser rei, mas vou me tornar um se isso significar que
posso tê-la: a linda rainha do gelo que encontrei esperando
por mim dentro dos laboratórios de Lilith. Ela finge
indiferença, alegando que não provoco nada nela, mas vejo as
brasas se agitando em seus olhos castanhos deslumbrantes.
Só que há mais nela do que um rostinho bonito.
Ela não é vampira nem lycan.
Uma imortal sem classificação.
Um segredo que devo conter em um mundo em colapso no
caos.

*Bem-vindo ao novo começo.
Meu nome é Rei Jace. Permita-me ser seu guia...*

Houve um tempo em que a humanidade governava o mundo enquanto lycans e vampiros viviam em segredo.

Esse tempo já passou.

Bem-vindo ao futuro, onde as linhagens superiores fazem as regras.

Prossiga por sua conta e risco.

A Aliança de Sangue

O direito internacional substitui toda a governança nacional e será mantido pela Aliança de Sangue — um conselho global dividido em partes iguais entre lycans e vampiros.

Todos os recursos devem ser distribuídos igualmente entre lycans e vampiros, incluindo território e escravos de sangue. No entanto, a posição social e a riqueza ficarão a critério de cada grupos e casas.

Matar, machucar ou provocar um ser superior é passível de punição com morte imediata. Todas as disputas devem ser apresentadas à Aliança de Sangue para julgamento final.

Relações sexuais entre lycans e vampiros são estritamente proibidas. No entanto, parcerias de negócios, quando proveitosas e adequadas, são permitidas.

Os seres humanos são classificados como propriedade e não possuem direitos legais. Cada um será marcado através de um sistema de classificação com base no mérito, inteligência, linhagem, habilidade e beleza. Priorização a ser estabelecida no nascimento e finalizada no Dia do Sangue.

Por ano, doze mortais serão selecionados para competir pelo status imortal do sangue, a critério da Aliança de Sangue. Desses doze, dois serão mordidos para a imortalidade. Os outros vão morrer. Criar um lycan ou vampiro fora desse processo é ilegal e passível de punição com a morte imediata.

Todas as outras leis ficam a critério dos grupos e da realeza, mas não devem desafiar a Aliança de Sangue.

Prólogo

Lilith

Estamos no ano de cento e dezessete da era da Aliança de Sangue.

Infelizmente, se você está assistindo a isso, algo deu terrivelmente errado e os dispositivos de segurança necessários foram ativados. Incluindo o que você está experimentando agora.

Farei meu melhor para atualizá-lo o mais rápido possível, mas saiba que há pelo menos sete dias de registros para você revisar. Tudo isso faz parte dos procedimentos que você deixou em vigor. Só espero que funcione.

Para começar, existem dezessete estados de vampiros reais e dezessete territórios de clãs lycans. Também mantenho minha própria região, mas como lidero o conselho – de acordo com sua recomendação – não me considero nos estados de vampiro primários.

Também assumi o papel de Deusa, como você sugeriu, e fiz o meu melhor para fornecer aos mortais um farol de esperança.

Todos os anos, há um desafio da Copa Imortal, onde dois humanos afortunados têm a oportunidade de se juntar às fileiras de vampiros e lycans. É uma competição acirrada, projetada para garantir que apenas os melhores recebam a imortalidade. Os jogos também servem como uma forma de manter os humanos entretidos enquanto competem pela oportunidade de uma vida. E, de acordo com seu projeto, eles também aprendem lições valiosas ao longo do caminho.

Os lycans e vampiros, em sua maioria, estão satisfeitos com os procedimentos do Dia de Sangue. Os vampiros da realeza recebem novos membros do harém, escravos de sangue e trabalhadores de serviços gerais para suas regiões. Lycans recebem participantes para as operações de caça lunar e programas de reprodução, bem como humanos desejáveis para os haréns alfas.

É um desembolso uniforme, como você sugeriu. Também juntei lycans e vampiros em uma unidade primorosa, permitindo-nos reinar supremos sobre os seres inferiores.

Mas existem alguns que estão insatisfeitos com esse método de liderança.

Provavelmente, é por isso que os protocolos de emergência foram ativados.

Porque a única maneira de você disso tudo é se eu estiver morta.

Não tema, meu caro governante, morri pela causa.

Mas está na hora de você assumir o manto e reivindicar o trono que lhe foi destinado.

Bem-vindo ao novo mundo, meu rei.

Que seja tudo o que você desejou e muito mais.

Clique na seta para começar a revisar os registros.

Fim da transmissão.

Calina

Trinta e seis horas até a autodestruição. Por favor, faça os preparativos apropriados e obrigada por seu serviço.

A mensagem reverberou, me acordando. A voz de Lilith entrou em minha mente, exigindo minha atenção.

35:59:59.

35:59:58.

35:59:57.

Fiquei boquiaberta com a imagem na parede, lendo os números quando a contagem regressiva começou. Os mesmos números apareceram no meu relógio de pulso, o mecanismo vibratório exigindo que eu acordasse enquanto me alertava do que estava para acontecer.

— Merda — murmurei, passando os dedos pelo cabelo. *— Merda.*

Era o protocolo do Juízo Final, o que significava que algo havia acontecido com Lilith. Agora, meu trabalho era enviar todas as pesquisas pelos canais apropriados antes que as evidências se destruíssem.

Também precisava me certificar de que nada havia ficado para trás, para que o pessoal não autorizado encontrasse.

Lilith esperava que eu matasse todo mundo. Incluindo a mim mesma.

Tudo isso poderia ser uma espécie de teste de lealdade,

criado para provar minha integridade e disposição para seguir os procedimentos necessários.

Ou poderia estar mesmo acontecendo.

O que significaria que minha superior estava morta.

Tentei procurá-la por meio dos vínculos mentais, mas a programação e os testes haviam entorpecido nossa conexão há tanto tempo que não pude confiar no vazio que senti.

Eu ainda estava viva, o que sugeria que ela também poderia estar.

Ou pelo menos uma das minhas conexões ainda permanecia. Eu me sentia bem. Imortal. Saudável.

Por causa de Lilith ou minhas ligações com...

O tique-taque na parede me distraiu, proporcionando uma concepção aprimorada da realidade. Meus laços não importavam, apenas meu dever.

A menos que ela esteja realmente morta.

Balancei a cabeça. Não importava. Eu tinha alguns passos a seguir.

Enviar os arquivos. Matar a todos.

Um tremor percorreu minha espinha. Nenhuma quantidade de praticidade ou raciocínio poderia me preparar para a última tarefa. Esses subordinados se tornaram meus amigos. Eles eram... eles eram *família*... e forneciam os poucos laços que eu ainda tinha com a humanidade.

Foco, disse a mim mesma. *Talvez tudo isso seja apenas um teste para ver como vou reagir. Siga os passos. Finja estar pronta.*

Cerrando a mandíbula, balancei a cabeça e me forcei a entrar na minha rotina matinal. Parte do processo era não entrar em pânico. Tinha tempo mais do que suficiente para completar minhas tarefas sem pressa.

Banho.

Secar o cabelo. Prender os longos fios loiros em um coque apertado.

Vestir o uniforme azul tradicional e adicionar um jaleco.

Depois de terminar a lista de tarefas, olhei no espelho para verificar minhas íris. Os anéis cor de avelã estavam azuis, sugerindo que as ligações com meu lado materno estavam mais fortes do que o normal. Isso significava que o animal contido dentro de mim desejava o domínio.

Apertei os lábios. Imaginei que se um lado iria assumir o controle, deveria ser a parte mais violenta. Talvez a besta me ajudasse a matar todos.

Estremeci com o pensamento. Então me permiti suspirar e verifiquei o relógio mais uma vez.

35:32:17.

Tudo bem. Abri a porta de carvalho claro e deixei meus aposentos brancos imaculados para trás.

Não havia contagem regressiva ou pânico no corredor vazio, e a área de mármore no final do corredor permanecia bem quieta e deserta.

Porque ninguém mais sabia sobre o protocolo do Juízo Final. Só eu.

— Bom dia, doutora — o oficial Gerald me cumprimentou enquanto as portas do elevador se abriam automaticamente. Sua equipe o teria alertado sobre meus movimentos com as câmeras de vigilância no corredor, enviando-o para me buscar.

A equipe não estava autorizada a operar elevadores.

Nem mesmo eu, a pesquisadora-chefe do Bunker 47.

— Bom dia, oficial — respondi a ele em meu tom usual. Sem interesse. Sem emoção. Eu o dominei nos últimos cem anos ou mais.

Ele assentiu quando entrei. Então digitou meu destino pretendido: a ala de meu escritório e laboratórios.

Já estávamos no subsolo, mas a gaiola ao nosso redor despencou para as profundezas do inferno antes de se abrir novamente.

— Tenha um lindo dia, Luz do Sol — o oficial Gerald disse quando pisei no chão de obsidiana.

Sua declaração não foi incomum, já que ele me chamava por esse apelido todos os dias por causa do meu cabelo de cor clara. Mas desta vez, olhei para ele e me perguntei se ele sabia o que estava para acontecer.

Seus olhos cinza não revelaram nada, apenas franziam nos cantos, como sempre acontecia.

Ele era um Vigília: um humano treinado na arte de proteger seus superiores imortais. Nunca entendi como as mentes mortais podiam ser tão fracas e aceitar uma tarefa tão ridícula. Vampiros e lycans não precisavam de proteção. Eles precisavam de humanos para policiar uns aos outros a fim de garantir seu domínio e governar a humanidade. E mortais como Gerald caíam direto nessa armadilha.

Lilith pouparia sua vida? Duvidava disso. Ela não pouparia nem a minha. E eu era uma de suas criações premiadas. O oficial Gerald era apenas um número para ela. Eu, ao menos, tinha um nome.

A porta do elevador se fechou antes que eu pudesse responder e o Vigília seguiu para sua próxima tarefa de resgatar um de meus técnicos de laboratório. Provavelmente James.

Pisquei, então observei as paredes brancas ao meu redor. Eram um contraste gritante quando comparados aos ladrilhos de ébano lisos debaixo dos meus tênis.

Estou pisando em explosivos?, me perguntei, olhando para o chão. *Ou estão em um nível mais profundo?*

Uma vibração sutil contra meu pulso me disse que eu não tinha tempo para me preocupar com isso. Meia hora se passou desde o início da contagem regressiva, deixando-me com trinta e cinco horas e trinta minutos.

Pesquisa primeiro, decidi, indo para meu escritório para começar a tediosa tarefa de enviar todos os arquivos para o servidor. Só esse objetivo levaria horas para ser alcançado. E exigia vigilância da minha parte para garantir que tudo fosse transferido sem erros.

Não haveria testes hoje. Apenas isso.

Usei o relógio para destrancar meu escritório. As luzes se acenderam ao meu redor quando entrei e as telas ganharam vida com uma recepção calorosa.

— Olá, doutora Calina — todas as máquinas me saudaram.

Fiquei em silêncio como sempre. A tecnologia não exigia formalidades ou palavras apaziguadoras. Apreciava as teclas digitadas e as demandas lógicas. Liberei várias delas no meu computador, dizendo-lhe para começar o download de todos os *logs*.

As senhas que memorizei décadas atrás ganharam vida na minha mente, fazendo com que meus dedos se movessem com facilidade pelo teclado.

Eu sabia o que precisava ser feito.

Mas à medida que me aproximava da penúltima lista em minha mente, diminuí a velocidade da digitação.

Se tudo isso fosse um teste de lealdade, Lilith poderia encerrar o jogo assim que eu apertasse aquele botão. Ou poderia esperar até que eu matasse alguns indivíduos.

Mas se ela estivesse realmente morta...

Fechei os olhos enquanto forcei esse pensamento a deixar minha cabeça. *Escolhas são apenas falsas esperanças*, disse a mim mesma. *Faça o que lhe foi dito. É assim que você sobrevive.*

Respirando fundo mais uma vez, continuei com a tarefa, sentindo minha determinação endurecer a cada tecla.

Até que cheguei à sequência final de comandos.

Aquelas que exigiam que eu puxasse as câmeras do laboratório e liberasse as toxinas em todos lá dentro. Os dois técnicos principais de laboratório eram os únicos que poderiam me impedir de concluir essa tarefa, portanto, eles precisavam ser incapacitados.

Os dois amigos mais próximos neste inferno.

Minha única família verdadeira.

Não porque gostávamos um do outro ou frequentemente passávamos um tempo juntos, mas porque crescemos aqui. Entendíamos esse lugar, nosso propósito e a pesquisa que nossas vidas ajudavam a perpetuar.

Fui criada primeiro, quase seis décadas antes deles. Como resultado, muitas vezes optei por permanecer na minha cabeça.

Mas James e Gretchen... eles escolheram um caminho diferente. Algo que eles exalavam agora enquanto sorriam e ajudavam um dos filhotes de lycan a subir em uma mesa. O pequeno deu uma grande lambida na bochecha de James, fazendo-o sorrir daquele jeito infantil que ele gostava. Gretchen assistia com um brilho de adoração em seus olhos escuros e amendoados.

Os dois estavam apaixonados, algo que Lilith sabia e permitia porque tornava sua pesquisa mais forte. Consequentemente, o produto desse amor estava sentado na mesa do laboratório agora.

Um bebê.

Uma pequenina bola branca de pelo.

Algo que Lilith queria que eu matasse com um único toque neste teclado.

Engoli em seco e fechei os olhos novamente, recitando na cabeça todas as sequências do Juízo Final que haviam sido cravadas em mim no último século. Mais do que isso, na verdade. Este laboratório foi criado antes da revolução.

Metade da minha equipe era formada por imortais que viraram pesquisadores. James e Gretchen eram os únicos que eu considerava família, mas os outros ainda faziam parte da minha vida. Significavam algo para mim em um nível que eu não conseguia definir.

Assassiná-los os protegeria de certa forma. Os explosivos

podiam não ser capazes de fazer o trabalho, mas eu tinha o soro transformado em arma em meu arsenal, e ele com certeza o faria. Éramos difíceis de matar, já que a maioria estava ligada a um imortal no mundo real – imortais que não conhecíamos.

Nossos companheiros de vínculo. Os maiores segredos de Lilith.

Meu queixo tensionou enquanto eu considerava nossas opções.

Lilith me testou inúmeras vezes ao longo da vida, mas nunca com uma experiência como esta. Ela era cruel, mas também prática. Destruir todas as suas criações parecia um pouco demais, mesmo para ela.

O que sugeria, novamente, que ela realmente estava morta.

E significava que eu tinha opções a considerar.

Batendo as unhas na mesa, considerei os arquivos esperando na pasta de saída. Ainda estavam carregando, e aquele toque final na tecla permitiria o curso de ação projetado para enviá-los.

Depois de incapacitar Gretchen e James.

Me sentei na cadeira e estudei a tela, então olhei para a câmera de vigilância do laboratório mais uma vez.

Meu pulso vibrou novamente. *Trinta e cinco horas*, traduzi, percebendo que estava perdendo tempo. Mas eu não conseguia me mover. Era como se o destino tivesse amarrado minhas mãos à cadeira, recusando-se a me deixar executar a ordem final.

Em vez disso, pronunciei um comando vocal para abrir os vídeos por todo o complexo, verificando os outros laboratórios sob meu controle. Tudo funcionava como o usual, todos testando resultados e catalogando suas descobertas. Alguns socializavam livremente. Outros permaneciam quietos e calados.

Nenhum de nós estava aqui por escolha própria, mas

reconhecemos que nossas vidas neste bunker era mais favorável do que estar do lado de fora. Humanos eram brinquedos que existiam para o prazer de vampiros e lycans. Como animais de estimação, apenas muito menos queridos.

Pelo menos éramos um tanto respeitados neste bunker, nosso conhecimento e habilidades eram vistos como dignos de uma distinção mais elevada do que o *gado*.

No entanto, só manteríamos esse status se seguíssemos as regras. E agora, eu estava quebrando a maior de todos ao não apertar aquele botão.

Eles poderiam me matar por esta desobediência. Mesmo assim, estavam me pedindo para morrer. Então, qual era a diferença? Uma opção me dava um pouco de dignidade, me permitindo deixar este mundo sabendo que fiz a coisa certa. Enquanto a outra escolha me mandaria para o túmulo como um discípulo honrado e obediente que nunca existiu.

Fechei as mãos com força.

Lilith tirou tudo de mim: minhas liberdades, escolhas e minha *vida*. Eu a obedeci com o melhor de minha capacidade. Mas eu poderia fazer de novo agora? Eu queria?

Outro zumbido. *Trinta e quatro horas e trinta minutos.*

Então, o relógio marco trinta e quatro horas.

Trinta e três.

Trinta e duas.

Eu meio que esperava que Lilith invadisse minha sala a qualquer minuto e me punisse por ter falhado em seu teste. Mas ela nunca veio.

Se a Lilith está realmente morta, o que tenho a perder?, me peguei pensando. Essa reflexão cresceu em uma miríade de ideias com o passar dos minutos. Porque nada aconteceu. Nenhum Vigília chegou para me escoltar para uma execução – algo com que Lilith me ameaçou em inúmeras ocasiões ao longo da vida.

Você sabe como é morrer e voltar? Foi uma pergunta feita

baixinho, algo que ela fez arrastando uma lâmina em minha garganta.

Eu me afoguei em uma poça de meu próprio sangue.

Apenas para acordar um tempo depois com a memória firmemente gravada em meus pensamentos.

Doeu morrer.

Doeu ainda mais voltar.

Esse incidente foi apenas suas próprias reflexões, não um verdadeiro castigo.

Ah, eu também suportei muitas de suas represensões escolhidas ao longo do século. Todas incluíram morte e renascimento. Todas lições sutis de sua superioridade, sempre com o objetivo de me lembrar do meu lugar.

Às vezes, ela me matava só para provar que podia.

Em outras, como forma de testar minha imortalidade.

E às vezes ela fingia me amar, só para acabar com meu psicológico.

Este último nunca funcionou. Era algo que ela dizia gostar em mim.

Você é maravilhosamente resistente, Calina. Minha criação perfeita. Espero que nunca mude.

Olhando para a tela, me perguntei se esse era o objetivo: destruir tudo que construí apenas para ver se eu conseguiria suportar.

Lilith amava seus jogos mentais.

Eu raramente jogava.

O que acontece se eu te desafiar agora, minha rainha?

Ela sem dúvida me mataria novamente. Mas seria para sempre?

Não.

Ela não podia se dar ao luxo de perder a mim e todo o conhecimento que eu possuía.

Mas e se for real?

Eu não conseguia acalmar a parte de mim que ficava

refletindo sobre a possibilidade de que ela realmente estivesse morta. Que isso não era apenas um teste, mas estava realmente acontecendo.

Vários minutos se passaram.

Ainda assim, encarei o computador.

Contemplei.

Considerando todos os ângulos.

Esperei que ela aparecesse para me matar. Para me repreender por minha insolência.

Mais tempo se passou, trazendo a contagem regressiva para trinta e uma horas.

No entanto, ninguém me incomodou em meu escritório. Ninguém ligou. Nenhum pedido ganhou vida na minha tela. Apenas o tique-taque do relógio contra meu pulso e o botão de continuar piscando em meu monitor.

Meu mundo não parava de se mover.

Mas o relógio continuou correndo.

A vibração desta vez indicou que eu estava com menos de trinta horas. Passei quase todos os segundos neste escritório, sentada aqui, olhando para as telas. Era quase impossível considerar, como se eu tivesse caído em algum tipo de estado catatônico complexo enquanto considerava todas as alternativas.

Minha cabeça não parava de trabalhar, calculando cada movimento e risco. Cada contramedida que eu poderia tomar. Cada resultado potencial de desobedecer a uma diretiva.

Os técnicos ainda estavam em seus laboratórios. Os Vigílias estavam preocupados com suas tarefas de supervisão no andar de cima. E eu estava cansada de assistir à contagem regressiva no meu pulso.

— Foda-se o procedimento — falei, olhando diretamente para a tela. — Foda-se tudo.

Desfiz todas as ordens e, em seguida, adicionei as minhas. Tendo passado a vida toda neste laboratório, conhecia a tecnologia por dentro e por fora. Também criei armadilhas sutis ao longo dos anos, permitindo-me ser alertada caso uma sequência do fim do mundo fosse travada sem meu conhecimento.

Verifiquei todas, reforçando-as e assumindo o controle dos monitores internos. Ninguém assumiria o controle desta situação sem minha permissão.

No entanto, os explosivos não estavam sob meu controle, sugerindo que eles poderiam ser disparados do lado de fora.

O que significava que eu precisava fingir estar executando tudo que me foi ordenado, apenas no caso de alguém de cima verificar a situação.

Minha cabeça funcionou rapidamente, reativando um plano que existia há muito tempo. Algo que esperei nunca precisar e, ainda assim, sempre desejei.

A fuga sempre me atraiu. Nunca soube quando fazer minha jogada. No final das contas, eu tinha menos de trinta horas para fazer isso.

Certo.

Peguei o destino do servidor para os documentos e abri um canal de comunicação menos seguro do que o necessário para distribuir os dados. Isso causaria um surto de segurança do outro lado, porque esses arquivos criptografados chegariam por meio de um túnel inesperado.

Quem estivesse do outro lado teria que se esforçar um pouco com os parâmetros para determinar a fonte. Uma vez que percebessem que eram reais, começariam o download.

Mas isso nos garantiria algumas horas.

E então teriam que juntar todos esses arquivos como um enorme quebra-cabeça, dando-nos ainda mais tempo.

Quando percebessem o que enviei, seria tarde demais para buscarem os documentos reais. Todos esses dados eram antigos. Inúteis. O tipo de coisa que os faria recuar cinquenta anos.

Isso também colocava o Bunker 47 em risco, esse novo canal nos colocando no mapa tecnológico. Se alguém estivesse procurando por satélites ou usado scanners de dados, seria capaz de pegar nossa localização.

Mas era um risco que eu estava disposta a correr.

Porque nos daria mais tempo para encontrar uma solução para esta situação. Escapar.

Olhei para a tela do laboratório novamente, mordiscando meu lábio.

Mau funcionamento da toxina, digitei. *Resolver imediatamente. Dra. C.*

Apertei o botão *Enviar*, ciente de que a mensagem chegaria na base antes de qualquer um dos arquivos. Mas talvez eles pensassem que eu estava muito ocupada lidando com a questão das toxinas para notar os documentos de saída inseguros.

Esperei para ver se recebia uma reação. Se Lilith estivesse me observando, demonstraria isso agora, porque ficaria furiosa com minha clara interrupção no procedimento.

Minutos se passaram e nada aconteceu.

Sem alarmes. Sem ligações. Sem toxinas no ar.

A rainha está morta. Era a única explicação para a falta de resposta. Ela nunca me deixou chegar tão longe em um jogo sem mostrar a mão.

E se ela não estivesse, bem, eu cruzaria essa ponte mais tarde.

Porque agora tínhamos menos de trinta horas para escapar desse inferno.

Ou seríamos enterrados vivos aqui.

Me levantei e corri para o corredor vazio.

Ninguém me parou. Assim como nenhuma sirene soou.

Eu deveria ter feito isso há horas, testado os limites do plano de desastre para determinar as intenções de Lilith, mas não iria perder mais tempo me preocupando com o tempo que levei para tomar essa decisão.

Nenhum cientista chegava a uma conclusão precipitada sem pesar todas as evidências de suas observações.

Meus pesquisadores entenderiam esse raciocínio tão bem quanto eu.

Empurrei a porta do laboratório, encontrando a bola de pelo aninhada no colo de Gretchen. Ela piscou surpresa para mim e sorriu.

— Ei, Calina. O que...

— A Lilith está morta e precisamos ir. — Puxei a manga da blusa para expor meu pulso. — Este lugar inteiro vai se autodestruir em menos de trinta horas.

Jace

Tracei as linhas no mapa, estudando a área conhecida como Região de Lilith. Esse nome mudaria em breve. Um *upgrade*, na minha opinião.

Região de Jace

Tecnicamente, essa área já existia, mas logo seria renomeada para Região de Darius. Supondo que o antigo vampiro ao meu lado concordasse em reivindicá-la.

— Você percebe que é da realeza agora, certo? — perguntei sem tirar os olhos do mapa. — A Aliança de Sangue pode não saber ainda, mas isso não torna menos verdade.

— Primeiro, soberano e agora da realeza — meu velho amigo falou devagar, sua cadência inglesa rivalizando com a minha. — Que emocionante.

Contraí os lábios. Darius nunca foi político.

— Você poderia dar a Ivan — sugeri.

Ele grunhiu em resposta.

— Ele é muito jovem. Os desafios iriam distraí-lo de qualquer coisa.

— Verdade — concordei, semicerrando o olhar para a Cidade de Lilith no mapa. Na era humana era conhecida como Chicago. No entanto, a Deusa morta havia reivindicado e renomeado com seu homônimo.

Todos os membros da realeza e alfas seguiram o exemplo com sua própria localização.

San Francisco se tornou a Cidade de Jace, a minha casa.

Kylan reivindicou Vancouver, rebatizando-a de Cidade de Kylan.

A lista continuava em todo o mundo, designando dezessete regiões lycans distintas e dezoito estados vampíricos. Lilith assumiu uma vasta seção do Meio Oeste, com sua área se espalhando para encontrar o Clã Majestic, que era composto principalmente de antigos estados do norte, como Wisconsin, Minnesota, Dakota do Norte e Montana.

— Eu não acho que os laboratórios estejam aqui — falei, apontando para a cidade de Lilith. Era densamente povoada.

— A Lilith ia querer manter a pesquisa por perto, mas não perto o suficiente para ser descoberta.

— Verdade — Darius concordou antes de tomar um gole de seu café. Estava salpicado de sangue de sua *Erosita*, algo que senti no momento em que ele entrou.

Não ousei pedir para provar.

Darius costumava ser do tipo que compartilhava. Tudo mudou quando Juliet entrou em sua vida, e eu respeitei isso. Pelo menos, quando em privado. Em público, tínhamos que fazer um show. Ajudei a protegê-lo e a seus interesses, assim como sabia que ele me protegeria se eu precisasse.

— Ela deve ter confiado em alguém com liderança em sua ausência — continuei. — Se pudermos encontrar essa pessoa, talvez possamos torturá-la para saber a localização do laboratório. — Mudei o foco do mapa para a lista de aliados conhecidos.

Compilamos os nomes depois de revisar todo o conteúdo do telefone dela. Cada contato caiu em uma de duas categorias: simpatizantes de Lilith ou revolucionários em potencial.

— Nenhum de seus arquivos sugere que haja um parceiro

de qualquer tipo — Darius respondeu. — Mas eu concordo. Há algo que estamos deixando passar.

Puxei um grupo de fotos, exibindo-as na parede da forma que Damien nos ensinou. Ainda estávamos na Região de Ryder, tendo optado por permanecer mais alguns dias para revisar todos os dados que ele coletou em Lilith. Provou ser útil, já que Damien, o segundo de Ryder, tinha muitos brinquedos divertidos para usarmos.

— Ela nunca confiaria em um lycan — decidi em voz alta, empurrando todas as fotos de simpatizantes de Lilith com origens lupinas para o lado, deixando cinco vampiros reais na tela.

Era um número surpreendentemente pequeno.

Tínhamos antecipado muito mais, mas aparentemente, vários membros da realeza questionaram a liderança de Lilith ao longo dos anos.

Kylan, um notório membro da realeza problemático, com tendência a irritar e desafiar Lilith, estava procurando cada um para descobrir mais. Enquanto isso, Edon, Luka e Logan – nossos três aliados lobos alfa – estavam encarregados de contatar os alfas com sentimento anti-Lilith conhecidos.

Darius e eu estávamos liderando os esforços para localizar o laboratório que mantinha Cam em cativeiro. Ele era meu primo e criador de Darius, nos marcando como os indivíduos apropriados para localizar o Rei Vampiro há muito perdido. A maioria acreditava que ele estava morto por causa das travessuras de Lilith. Mas sabíamos que não era verdade. Caso contrário, sua *Erosita* teria morrido junto com ele, e Izzy estava bem viva.

— Bem, não é o Helias — Darius falou, fazendo um X na foto sorridente do homem loiro com olhos negros. — Ele é muito arrogante para ser parceiro em qualquer coisa. E ele só ficou ao lado dela porque ganhou Zurique.

Assenti em concordância.

— Ele só seria seu parceiro se ela o deixasse ser o Deus de sua Deusa. — Estendi a mão e toquei na foto de um homem negro de pele clara com feições nítidas. — Aposto em Ayaz. Ele sempre defendeu a dominação mundial e a escravidão da humanidade. É por isso que ele se envolveu no Império Otomano há tantos séculos.

— Isso não foi muito bom para ele — Darius falou lentamente.

— Porque ele deixou os humanos lutarem em seu lugar. — Essa foi uma das muitas razões pelas quais ele alegou que mortais eram inúteis, além de serem bolsas de sangue.

— Não descarte o Lajos ou a Sofia. Os dois são famosos por sua crueldade. Lajos passou por nove escravos de sangue nos últimos seis anos. Ele é um glutão que não se importa com os tipos de sangue preciosos. E você viu as condições de vida que Jasmine mantém em sua capital.

— Não foi muito difícil para Jasmine fazer isso, considerando o que a guerra fez às Filipinas — apontei, estremecendo com a memória.

— Bem, ela não fez nada para resolver.

— Verdade — concordei, esfregando a mão sobre a barba por fazer. Já haviam se passado alguns dias desde que usei a navalha.

Darius estava em um estado semelhante, com o cabelo escuro longo de um jeito incomum e quase tocando suas orelhas. Ele normalmente mantinha a aparência bem arrumada, sempre preferindo usar ternos – assim como eu – e cortar o cabelo curto. Me perguntei se Juliet preferia este comprimento ou se ele decidiu abraçar o estilo mais longos dos velhos tempos. Coisas modernas como barbeadores elétricos e cortes de cabelo regulares não eram tão comuns há três mil anos.

Ele passou os dedos pelas mechas enquanto levava a

caneca aos lábios para outro gole. O rubor em suas bochechas me disse o quanto ele gostou do sabor.

— Você sabe, beber da veia é muito mais satisfatório.

Seus olhos verdes escuros brilharam.

— Fiz isso esta manhã antes de vir encontrá-lo. E farei de novo assim que terminarmos aqui.

— Está tentando me deixar com inveja? — Deixei meu harém na Cidade de Jace. Não que eu tivesse interesse nele. Toda a política e a chance de uma revolução afetaram severamente meu desejo sexual.

Fazia várias semanas desde a minha última transa, um fato que não me incomodou tanto quanto deveria. Talvez porque essa experiência tenha sido bastante satisfatória. Ou, mais provavelmente, porque eu tinha muito em que pensar para sequer considerar sexo.

— Ela é viciante — Darius murmurou, suas íris brilhando com intensidade. — Então, sim, você deveria ficar com inveja.

— Como seu rei, eu poderia exigir uma degustação.

— Mas você não vai — ele rebateu.

— Mas eu não vou — admiti. — Algo que...

— Preciso que você veja isso — uma voz profunda me interrompeu, aquela que vim a conhecer muito bem nas últimas semanas.

E por falar na minha última conquista sexual, pensei enquanto Damien entrava na sala.

Passamos vários dias na cama com sua atual companheira de brincadeiras, Tracey. Eu teria gostado da experiência, mas percebi rapidamente que Damien sentia certa possessividade em relação à garota. Então recuei. Não estava em meu repertório submeter, e suspeitei que ele exigiria se nos envolvêssemos demais.

Mesmo assim, foram dias esclarecedores.

Damien tinha talentos que qualquer homem ou mulher consideraria admiráveis.

Seus olhos castanhos dourados encontraram os meus, mas não era tanto desejo brilhando para mim quanto determinação. Alguns cliques em seu telefone apagaram a tela da parede e a substituíram por um círculo no centro. Pequenos ícones de documento flutuaram em torno dele, compilado em uma pasta brilhante.

— Que é isso? — questionei.

— O telefone da Lilith — ele explicou. — Algum tipo de contagem regressiva começou há algumas horas, e estou tentando rastrear a fonte. E então, há dez minutos, encontrei esse fluxo de dados entrando por uma conexão insegura. Já comecei a baixar cópias deles para nossos próprios servidores.

— O que há nos arquivos? — Darius perguntou.

— Não sei. — Damien parecia frustrado. — Estão criptografados e não vou conseguir juntar todos até que o download seja concluído, o que, de acordo com o relógio, vai levar pelo menos um dia. Mas o que me preocupa mais é a contagem regressiva. — Ele clicou em um ícone no canto superior esquerdo, trazendo a tela.

Trinta e seis horas até a autodestruição. Por favor, faça os preparativos apropriados e obrigada por seu serviço.

Arregalei os olhos ao ler a mensagem.

— Acho que está relacionado ao laboratório — Damien disse antes que eu pudesse perguntar. — Ou alguém sabe que ela está morta e dispara um gatilho para destruir todas as evidências de qualquer merda que ela esteja fazendo, ou sua morte de alguma forma desencadeou uma série de falhas de segurança. E depois veio isso.

Outra mensagem apareceu.

Mau funcionamento da toxina. Resolver imediatamente. Dra. C.

— Foi através dessa mensagem que encontrei os arquivos. Acho que estão ligados de alguma forma, porque vêm da mesma fonte. — Ele embaralhou as imagens novamente para puxar um mapa. — Dra. C. parece estar localizada no antigo estado de Michigan, que também é de onde os arquivos estão vindo.

— Região de Lilith — falei.

— Também é a um voo curto de Chicago — Darius acrescentou, encontrando meu olhar. — É onde fica o laboratório.

Um relógio apareceu na tela, a marca das horas mudando para vinte e nove e em contagem regressiva.

Em seguida, ele congelou e uma nova mensagem apareceu na tela.

Protocolo de detecção ativado.

Fiz uma careta.

— Detecção? Como... nós?

10:00:00

— Ah, merda — resmunguei. — Acabamos de perder vinte horas.

— Porque ele sentiu meu acesso através de alguma medida de segurança — Damien murmurou. — *Merda.* — Ele fechou tudo na parede e encontrou meu olhar. — Vou te acompanhar. Quaisquer armadilhas que ela tenha deixado naquele laboratório devem ser de natureza técnica. Você precisa de mim.

Não discuti.

— Sim. — Tudo isso cheirava a tendência de Lilith para estratégia. Ela provavelmente tinha algum tipo de proteção contra falhas ligadas à sua essência, iniciando assim uma série de procedimentos de proteção no caso de sua morte.

E um desses provavelmente levaria à destruição de Cam.

— Quando partimos? — questionei.

— O Rick já está preparando um avião para partir — Damien respondeu. — Só preciso juntar umas coisas e estaremos prontos.

Eu olhei para Darius.

— A Juliet vai ou fica?

— Vai — ele disse sem perder o ritmo. — Ela ainda está em treinamento, mas fica mais forte a cada dia. Não vai adiantar nada deixá-la aqui quando ela poderia aprender algo lá.

Não discordei de sua conclusão, mas senti a necessidade de alertar:

— É perigoso.

— Tudo o que fazemos é perigoso — ele rebateu.

— É justo. — Encarei Damien. — Mostre o caminho, especialista.

Calina

Alguns minutos antes.

Mostrei meu relógio a James e Gretchen.

29:32:47.

Eles observaram a contagem regressiva por mais três segundos antes de olharem boquiabertos para mim.

— O bunker inteiro? — James perguntou.

— Sim. É a sequência do Juízo Final.

— Nunca ouvi falar — ele respondeu.

— Porque você está destinado a morrer quando isso ocorrer — eu o informei. — É meu trabalho matar a todos e enviar as cópias de nossa pesquisa para um servidor em outro bunker.

Gretchen franziu a testa.

— E esse bunker não será destruído também?

— Não sei — admiti. — As ordens que tenho são para enviar os arquivos e matar a todos aqui dentro. É isso.

James olhou para minhas mãos vazias e arqueou uma sobrancelha.

— Como?

— Existe uma toxina projetada para nocautear todo mundo. Tenho um soro em meu escritório que fará o resto. —

Um que deixei trancado. Apenas meu relógio poderia abrir o cofre. A menos que outra pessoa tenha acesso às reações de emergência, nesse caso... — Eu deveria destruí-lo. Precisamos destruí-lo. — Por que não pensei nisso antes? — Se alguém for notificado do protocolo do Juízo Final, podem usá-lo contra nós.

Não esperei que eles concordassem e me movi. Mas quando cheguei ao meu escritório, um alarme estridente soou pelos corredores.

Minha mão paralisou na maçaneta quando a voz de Lilith fluiu pelo ar ao meu redor.

— Protocolo de detecção ativado. Todas as evidências devem ser destruídas. Vigílias, envolvam-se.

Vigílias, envolvam-se?

Meu relógio vibrou e a hora mudou. *10:00:00*

— Dez horas — murmurei. O que é que tinha acontecido? Isso era resultado de não seguir os códigos de forma adequada?

Não. A versão de Inteligência Artificial da voz de Lilith disse: *Protocolo de detecção ativado.*

O que significava que alguém de fora agora sabia nossa localização.

Provavelmente por causa da conexão de dados que criei.

Comecei a passar os dedos pelo cabelo, apenas para lembrar que as mechas estavam presas em um coque.

James e Gretchen estavam ao meu lado meio segundo depois.

— O que ela quis dizer com Vigílias, envolvam-se?

Balancei a cabeça.

— Este não é um curso de ação com o qual estou familiarizada. Mas posso imaginar o que significa.

Pressionei o relógio no mecanismo de bloqueio para abrir a porta do escritório e descobri que não respondia.

Porque eu estava bloqueada.

Este procedimento de emergência substituiu a sequência do Juízo Final.

Mas será que os Vigílias sabem disso?, me perguntei, pensando no comportamento do oficial Gerald. Ele estava totalmente calmo. Não havia nenhum sinal externo de expectativas. Ele podia ser um excelente ator. Embora eu duvide disso.

O que significava que poderia ter uma carta para jogar aqui.

— Me mostre seu relógio. — As palavras eram para James, porque seus braços estavam livres. Ao contrário de Gretchen, que segurava o filho.

James não hesitou em obedecer. Minha palavra era lei por aqui.

Outra carta que posso jogar, pensei, minha cabeça trabalhando em um plano mais rápido do que eu poderia falar.

Sua tela não mostrava nada.

Verifiquei o meu e vi que a contagem regressiva permanecia. O que significava que a proteção contra falhas que envolvi anteriormente estava funcionando, porque a linha do tempo atualizada apareceu no meu pulso.

Bom. Posso usar isso.

— Aja normalmente e me deixe assumir a liderança. — Mal terminei de falar, o elevador do corredor se abriu com um *ding*.

Só havia uma maneira de entrar ou sair deste andar, e era por meio do elevador.

O que significava que um Vigília estava chegando.

Endireitei as costas, coloquei uma expressão entediada no rosto e olhei para o filhote nos braços de Gretchen.

Tenho que fazer isso dar certo, decidi, limpando a garganta. Atuar não era uma das minhas habilidades, então eu faria algo em que era excelente: liderar.

— Claro, podemos permitir isso — falei em voz alta, garantindo que fosse ouvida. — Mas você sabe o que precisa ser feito depois. — Abaixando a voz, acrescentei: — Diga, *sim, dra. Calina. Nós sabemos o que precisa ser feito.* E diga com confiança.

Gretchen fez exatamente conforme as instruções.

James seguiu o exemplo assim que o oficial Gerald virou no corredor. Ignorei a arma em sua mão e arqueei uma sobrancelha. Minha expressão era algo que Lilith tinha feito para todos nós milhares de vezes.

— Você está aqui para ser meu guarda enquanto concluo as ações necessárias? — perguntei a ele, usando meu tom padrão sem emoção.

Ele fez uma pausa e seu cabelo prateado brilhou na luz fraca. Era escuro quando ele começou aqui. Mas, como todos os Vigílias, ele envelhecia. Enquanto isso, meu rosto continuava travado aos vinte e dois anos de idade, algo que ele definitivamente havia notado nas últimas duas décadas.

— Vamos? — perguntei quando ele não respondeu. — Não tenho muito tempo para fazer isso, oficial. Ou você é meu guarda, ou não. É para isso que você está aqui, certo? Para provar sua lealdade usando seu relógio?

O plano se formou enquanto eu falava, minha cabeça girando a mil por hora para ficar um passo à frente de todos ao meu redor. Eu estava apostando na incapacidade do oficial Gerald de ver através da minha estratégia. Como ele caiu em toda a lavagem cerebral criada por Lilith e seus apoiadores, suspeitei que isso poderia funcionar.

— Não fique aí parado — continuei, reforçando meu tom com impaciência. — Já testei Gretchen e James. Seus relógios funcionaram na minha porta, o que significa que foram aprovados para me ajudar a executar as tarefas necessárias para a sequência do Juízo Final. Agora preciso de uma prova de que seu relógio também funciona. Então poderemos começar enquanto você guarda a porta.

Ele olhou para mim com cautela.

— O procedimento determina matar todos no prédio.

— Sim, estou ciente — rebati, fingindo perder a paciência. — Tenho o soro necessário em meu escritório. Mas não deve ser distribuído até que as tarefas sejam concluídas.

— Quais tarefas? — ele questionou.

— Se você não sabe a resposta, então não deve estar aqui — falei por entre dentes. Então mostrei a ele a contagem regressiva no meu relógio. — Isso começou quando acordei esta manhã. Porque *eu* estou no comando. Quem você acha que iniciou o protocolo de detecção? Fui eu.

Não era uma mentira, já que era muito provável que minha conexão insegura tivesse permitido que alguém nos rastreasse.

— Não, apenas a Deusa tem o poder de promulgar esse protocolo, Raio de Sol. — Ele ergueu a arma. — Eu conheço meu trabalho.

Olhei para ele.

— Qual? Atirar em mim antes que eu termine de transmitir os arquivos de pesquisa? Certo. Vá em frente. Estarei no seu funeral.

Ele me estudou por um momento.

— Quais arquivos?

— Minha tarefa, oficial.

— É? — Ele começou a abaixar a arma. — Você tem provas?

— No meu escritório, sim.

— Me mostre.

Balancei a cabeça.

— Você tem que provar que tem permissão para ver primeiro. Use seu relógio na minha porta, e eu saberei que você foi enviado para me ajudar a terminar o trabalho.

— Não preciso provar nada.

Sempre soube que o oficial Gerald não era meu guarda favorito. E não apenas porque ele sentia que era aceitável me chamar de *Raio de Sol* quando eu nunca tinha visto o sol de verdade.

— Você parece estar se esquecendo de quem está no comando aqui, oficial. Eu sou a pesquisadora-chefe do Bunker 47. Você é um membro da minha equipe. Sim, a Deusa Lilith é nossa superior em todos os sentidos, mas *eu* sou sua criação. Eu sou aquela que ela deixou no comando aqui, e minha palavra é a lei em seu nome. Agora abra a merda da porta ou eu mesma vou ligar para Lilith.

Abri o relógio e fiz uma grande demonstração para encontrar suas informações de contato.

Os Vigílias não tinham o número dela.

Mas eu, sim.

Assim como eu tinha uma marca no pescoço que me denotava como propriedade pessoal de Lilith. Uma marca que expus sutilmente ao inclinar a cabeça.

— Não sou apenas uma funcionária de laboratório, oficial. Sou a pesquisadora-chefe. Agora, ou me obedeça ou enfrente as consequências. — Falei com toda a confiança que pude e esperava que fosse o suficiente.

Levantei o dedo para pairar sobre a tela e soube pela expressão resultante no rosto do oficial Gerald que eu tinha vencido. Sua pele bronzeada ficou pálida. Então ele largou a arma.

— Sinto muito, dra. Calina. Eu-eu não devo estar familiarizado com esta parte da operação.

Forcei um suspiro.

— Bem, espero que seja isso. Caso contrário, meu futuro guarda irá matá-lo assim que chegar. — Gesticulei para a porta. — Se você puder provar o seu valor, eu ficaria muito grata, pois realmente preciso retornar à transmissão de pesquisa.

Ele olhou para James e Gretchen com cautela.

— E eles?

— Como eu disse, foram designados para me ajudar. É por isso que corremos do laboratório para cá há alguns minutos. — Adicionei essa última parte porque estava muito ciente das câmeras nos corredores.

Vou precisar desmantelar toda a vigilância, pensei, catalogando a tarefa. *Farei isso no segundo em que ele me deixar entrar.*

— E o vira-lata? — ele perguntou, ganhando sua sentença de morte apenas com a pergunta. Porque James não permitiria que um Vigília, muito menos um humano, insultasse seu orgulho e alegria. Mas um olhar meu o conteve.

Ainda não, eu disse com os olhos.

— Eu disse a Gretchen que ela poderia manter o filho com ela um pouco mais antes de iniciarmos o processo de extermínio. É o que estávamos discutindo quando você chegou. Ela concordou com meus termos e entende o que deve ser feito. Estou recompensando sua lealdade com alguns minutos extras de memórias familiares.

Ele me olhou com clara suspeita.

Então levantei um ombro para fingir indiferença.

— Contanto que ele não fique no meu caminho, não me importo — continuei. — Mas me importo com o fato de que você está protelando. Por que isso, oficial? O seu relógio não vai funcionar e falhará na inspeção? — Arqueei uma sobrancelha novamente, assim como Lilith, fazendo o meu melhor para provar minha superioridade sobre o Vigília.

Eu sou imortal, disse a ele com meus olhos. *Você não é.*

Ele engoliu em seco.

— Só estou tentando ter certeza de que estamos seguindo as regras — ele respondeu, guardando a arma no coldre.

— Claro — concordei, mudando propositalmente para a minha direita. Isso me manteve do mesmo lado que sua arma, apenas no caso de este teste não funcionar. Eu não tinha ideia se o relógio dele substituiria o meu e se seria capaz de nos deixar entrar.

Se não, eu pegaria sua arma.

Se funcionasse, ainda poderia pegar a arma dele. Essa decisão dependia do que eu encontraria me esperando lá dentro.

Ele avançou com um propósito, sua expressão não revelando nada. Mas percebi uma sugestão de suor em seu pescoço. Ele temia o que eu poderia fazer se ele falhasse nesta missão.

Ótimo

Porque isso significava que ele temia a mim.

Levantei o queixo apenas o suficiente para continuar meu ar de superioridade – uma façanha, considerando que ele era muito mais alto que eu – e mantive uma expressão fria enquanto ele testava o relógio contra o mecanismo de trava.

Ouvimos o som de clique, fazendo com que ele soltasse um suspiro de alívio.

— Excelente — falei, mantendo meu tom confiante para sugerir que esperava que funcionasse, e acenei para ele. — Você vai ficar aqui. Vou enviar os arquivos.

Ele semicerrou os olhos.

— Quero uma prova.

Pisquei para ele.

— O quê? Você não tem autorização para ver provas, oficial.

— Nada disso está no meu manual.

Revirei os olhos.

— Não memorizar ou estudar completamente o seu manual não me dá jurisdição para quebrar o procedimento.

Ele bufou em resposta, seu peito corpulento estufando com décadas de músculos tonificados.

Eu simplesmente arqueei a sobrancelha pela terceira vez e dei a ele um olhar frio.

— Pare de me fazer perder tempo, oficial. Ele é precioso

— levantei o pulso para exibir a contagem regressiva —, como você sabe.

Ele cerrou a mandíbula, fazendo com que as maçãs do seu rosto flexionassem.

Esperei, perfeitamente ciente de cada movimento seu. Se ele tentasse pegar a arma, eu agiria. Ele podia ser treinado em combate, mas eu tinha mais de um século de experiência em seus parcos quarenta ou cinquenta anos. E só porque eu usava um jaleco não significava que não poderia operar uma arma.

Vampiros famintos e lycans ferozes eram um risco de trabalho, um risco para o qual fui totalmente treinada. Afinal, Lilith não podia perder um de seus valiosos bens.

Um Vigília desonesto não seria um problema.

A menos que ele tenha balas de soro, eu me lembrei.

— Tudo bem — ele finalmente disse. — Apresse essa merda.

— Cuidado com o seu tom — rebati. — Ainda sou sua superior, oficial.

Ele grunhiu algo ininteligível e sua irritação era palpável.

Ótimo. Isso significava que cumpri meu papel em fazê-lo acreditar em mim.

Fiz um gesto para James e Gretchen entrarem primeiro, então segui atrás deles.

— Os frascos que você quer estão no cofre atrás daquela foto — falei, apontando para o grande retrato de Lilith. Ela colocou isso lá há décadas. *Estarei de olho em você,* dizia.

Mas você está me observando agora?, me perguntei. *Porque eu não acho que esteja.*

Usei a senha para desbloquear meu computador e descobri que o acesso tinha sido revogado.

Humm, murmurei, digitando um código secundário para acessar o *back door* que construí anos atrás. Meus lábios ameaçaram se contrair quando a tela ganhou vida sob meu comando.

Esse era o benefício de estar no comando: eu tinha acesso a tudo, incluindo a rede de segurança e os servidores de banco de dados.

Criei esses *back doors* para acessar meus arquivos no caso de uma reinicialização do sistema dar errado. Nunca pensei em interromper por causa de um mandato que substituía minha autoridade. Esses códigos foram feitos para recuperar o controle em uma situação errônea, não intencional.

Embora, acho que sempre soube que isso poderia ser necessário. Era apenas um daqueles movimentos estratégicos em minha cabeça, impulsionado pela minha necessidade de sobreviver.

Ou, pensei, olhando para James e Gretchen parados ao lado da moldura aberta, *no caso em que eu quisesse que meus únicos amigos vivessem.*

Dei as informações de que eles precisavam para abrir o cofre.

— Há um manual dentro da caixa. Vá para o capítulo quatro para ler as instruções sobre como liberar adequadamente as toxinas.

O capítulo quatro fornecia detalhes sobre como carregar as armas na caixa ao lado dos frascos. Iríamos precisar delas depois que eu terminasse minha tarefa no computador.

Me sentando na cadeira, comecei a trabalhar nas câmeras vigilância e enfileirando todos os comandos em minha mente.

Mas as imagens na tela roubaram meu foco e meu coração quase parou ao ver o massacre que ocorreu em quatro dos sete laboratórios.

Ah, Deus...

Os Vigílias não perderam tempo em matar todos os pesquisadores em todo o bunker. E o brilho vermelho cristalizado de alguns dos técnicos de laboratório confirmou que os Vigílias também estavam de posse do soro.

Engoli em seco, sentindo meu estômago revirar com a visão.

As balas transformaram o sangue em uma forma sólida, imobilizando o hospedeiro e essencialmente desmantelando a essência imortal. Levou décadas para aperfeiçoar a substância. Muitos daqueles que ajudaram a criá-lo agora estavam experimentando o impacto do efeito... e morrendo.

Percebi que não havia nenhuma maneira que eu pudesse ter percebido isso. Lilith também devia saber. No entanto, ela me colocou no comando por um motivo.

Franzi a testa enquanto tentava decifrar sua lógica.

Então, um quinto laboratório passou pela minha tela quando os Vigílias entraram para destruir os ocupantes.

Estou ficando sem tempo para agir, percebi, e meus membros paralisados voltaram à vida.

Peguei as câmeras dos andares que já estavam deletados e comecei uma gravação para criar um *loop* para qualquer um que estivesse observando a vigilância por vídeo. Três minutos se passaram antes que eu decidisse que era o suficiente para um replay consistente.

Quando terminei, o quinto laboratório já estava limpo.

Em vez de focar na cena mórbida, comecei outra gravação para criar um *loop* para aquele nível. Os Vigílias estavam entrando no sexto laboratório quando terminei. Em vez de registrar isso, fui até o andar onde James e Gretchen trabalhavam e criei um *loop* ali. Então, voltei ao massacre mais recente para registrar e repetir.

Um *ding* no corredor me disse que mais Vigílias haviam chegado, provavelmente para verificar o trabalho do oficial Gerald.

Encontrei o olhar de James e notei a pergunta.

Ele já havia montado algumas das armas, mas Gretchen ainda segurava seu filho peludo nos braços.

Dando a ele uma balançada sutil de cabeça, fiz outra série

de comandos no meu computador. O *loop* de sessenta segundos para nossa área teria que ser suficiente para enganar um observador, porque estávamos sem tempo. E, felizmente, meu escritório não tinha câmera.

Meus dedos voaram pelo teclado quando os murmúrios começaram no corredor.

Um dos Vigílias perguntou ao oficial Gerald o que ele estava fazendo.

Ele então respondeu inquieto que estava supervisionando minha proteção enquanto eu terminava em meu escritório.

— O quê? Isso não faz parte do protocolo — uma voz profunda retrucou. — Todos eles morrem. Você não pode ser mole só porque ela é bonita.

Eu os ignorei, minha sequência quase completa.

Ouvi os sons das botas.

Cinco, contei. *Quatro.*

Apertei o botão *Enter*.

Três.

Comando final.

Dois.

Apertei *Enter* novamente.

Agora.

Balancei a cabeça para James, e ele ergueu a arma para mirar no momento em que Gerald e seu amigo atacaram. Sua mira foi certeira, acertando os dois Vigílias bem em suas cabeças antes que eles tivessem a chance de reagir.

Passos apressados soaram pelo corredor, derrapando e parando quando um uivo agudo soou.

— Que merda foi essa? — uma voz rouca perguntou.

Um lycan selvagem, pensei para ele. Então me levantei para ajudar James a puxar os Vigílias mortos para dentro.

Ele conhecia aquele som tão bem quanto eu. Razão pela qual ele reagiu rapidamente, a genética lycan ajudando nos movimentos rápidos, e bateu a porta do escritório para nos trancar lá dentro.

Gritos rasgaram o ar no corredor, os sons agonizantes me fazendo estremecer.

— Você deixou o Louis sair — James sussurrou e seus olhos cor de turquesa se arregalaram em choque.

Balancei a cabeça.

— Não. Deixei *todos* saírem.

Cada vampiro e lycan raivoso. Em cada andar. Os Vigílias podiam ter armas com balas de soro, mas não tinham chance.

Foi uma decisão precipitada, mas que nos ajudaria a eliminar a ameaça imediata.

— E agora? — James perguntou, estremecendo quando Louis soltou um rugido furioso no corredor. A besta seguiu com um soco na porta. Ele era um lycan alfa forte.

Felizmente, não era forte o suficiente para derrubá-la.

— Nós esperamos — falei baixinho, voltando para minha cadeira para abrir as câmeras de segurança que não estavam em looping.

Se alguém podia escapar desse inferno, era uma horda de lycans e vampiros irritados. Assim que eles descobrissem o caminho de saída, nós os seguiríamos.

Eu só esperava que eles descobrissem antes que a contagem regressiva chegasse a zero.

Calina

O SANGUE PINTOU o chão e as paredes, afogando o bunker na morte.

Os lycans e vampiros não perderam tempo em demolir o pequeno exército Vigília, então seguiram para os laboratórios para enfrentar seus ex-captores. Felizmente, os pesquisadores e técnicos já estavam mortos, graças às balas com soro.

Estremeci, vendo a destruição em massa na tela.

Observei, esperando que os seres superiores mudassem o foco para encontrar uma fuga. Levou horas. A necessidade de vingança era palpável. Eles destruíram tudo no caminho: humanos, mesas, frascos, equipamentos médicos, janelas de observação e até cadáveres nos quais os médicos trabalhavam.

Eu só podia imaginar o que eles fariam comigo, a pesquisadora-chefe.

Tudo o que fizemos aqui foi por ordem da Lilith. Nosso objetivo era encontrar maneiras de aumentar a expectativa de vida dos humanos, tornando-os imortais, sem qualquer vínculo emocional ou físico com nossos superiores. Também éramos obrigados a estrangular quaisquer presentes fora da imortalidade.

Essencialmente, o que Lilith queria era escravos imortais que pudessem suportar grande dor e experiências semelhantes à morte, mas sempre regenerar com sangue humano fluindo em suas veias.

Ela desejava um suprimento infinito de sangue. Daqueles que não podiam morrer. E também não conseguia revidar.

Esse era meu futuro, especificamente para ela, mas o experimento falhou, porque herdei certas habilidades. Como a capacidade estratégica e reflexos rápidos. Claro, isso não a impediu de me morder sempre que me visitava. Meu sangue a chamava, como fazia com muitos outros vampiros no laboratório.

James, outro fracasso, era principalmente lycan. Ele não conseguia completar a transformação, mas possuía força imortal e as garras de um lobo.

Enquanto isso, Gretchen era um dos casos de maior sucesso. Ela era imortal, mas não possuía quase nenhum traço sobrenatural. Essa foi a principal razão pela qual Lilith permitiu que ela procriasse com James.

Mas seu filho era um lycan que preferia a forma de lobo.

Embora o teste tenha fracassado, Lilith pretendia que a criança crescesse e, mais tarde, fosse usada para substituir Louis. Essa parte não era conhecida por Gretchen ou James. E agora, eles nunca precisariam saber.

Supondo que encontrássemos uma maneira de sair daqui.

Os lycans e vampiros se dividiram em grupos, e seus movimentos ao longo do bunker me lembraram ratos tentando encontrar a saída de um labirinto.

Mas eles eram predadores, não presas.

Louis parou na minha porta mais cedo, com o olhar atento enquanto tentava encontrar uma maneira de derrubar a barreira. Não havia marcadores ou placas no corredor que indicassem que este era o meu escritório. O que significava que ele podia sentir meu cheiro aqui. E o brilho assassino em suas íris cintilantes me disseram exatamente o que ele queria fazer comigo.

Ou talvez fosse James e Gretchen que ele procurava.

Permanecemos em silêncio, esperando com armas, apenas no caso de ele conseguir quebrar a entrada. Era de aço reforçado, daí o motivo pelo qual precisei que Gerald usasse seu relógio e destrancasse a porta para mim.

Por fim, Louis tirou o relógio de um Vigília morto, notou a contagem regressiva no mostrador e saiu para explorar outra divisão.

Com sua sede de sangue quase saciada, os vampiros e lycans começaram a pensar estrategicamente. As câmeras não tinham som, mas notei que eles conversavam quando se encontravam nos vários andares e olhavam para os relógios roubados.

Não demorou muito para perceberem que estávamos em uma sequência de algum tipo de contagem regressiva. E a partir de seus esforços apressados, perceberam que não queriam estar neste bunker quando o relógio marcasse *00:00:00*.

Grupos diferentes encontraram outros em cada andar, sempre parando para discutir os relógios e possíveis rotas de fuga.

Em seguida, eles se espalharam novamente para continuar procurando.

Eu os observei com interesse, esperando que descobrissem a única coisa que nunca me ensinaram: como deixar o bunker.

James ficou ao meu lado com os braços cruzados enquanto observava em silêncio.

Gretchen se sentou no sofá que eu costumava usar para dormir, com o filho aninhado em seu peito enquanto cantarolava para mantê-lo contente e quieto.

Não havia mais ninguém vivo em nossa seção. Pelo menos, ninguém que conhecíamos. Havia outras salas sem câmeras como a minha, me fazendo pensar se mais alguém tinha se escondido.

James estendeu a mão para tocar em uma das imagens para aumentá-la. Eu o deixei assumir o comando, pois sua energia alfa estava clara. Ele geralmente se curvava à minha autoridade, mas nesta situação, ele era o mais forte entre nós. Como tinha mais de um metro e oitenta de altura e era constituído de sólidos músculos lycans, confiei em seu domínio, contanto que ele ouvisse minha estratégia.

— Pronto — ele disse, gesticulando para o Grupo Três – um trio de vampiros dos laboratórios do segundo andar. — Eles encontraram algo.

Assenti, notando a emoção em suas expressões enquanto tentavam abrir uma das portas no nível nove.

— Você tem uma maneira de acionar o mecanismo de abertura a partir daqui? — James perguntou.

Puxei os controles de acesso dentro do bunker, procurando por algo que destrancaria a porta naquele nível. Então fiz uma careta e balancei a cabeça.

— Não está listado. — O que significava que provavelmente havia outros assim por todo o edifício.

Comecei a catalogá-los rapidamente, com base nos ângulos das câmeras e nas portas que eu podia ver.

James ficou em silêncio enquanto eu trabalhava, me dando espaço e tempo para anotar todas as portas em cada nível que eram visíveis e faltavam um controle.

— Existem apenas dois — finalmente concluí depois de comparar todas as listas.

— Onde eles estão com a porta um? — ele perguntou, a imagem tendo sido trocada enquanto eu verificava cada seção dentro do bunker.

Voltei para o grupo Três e encontrei o grupo Quatro com eles. Rotulei todos na minha cabeça para controlá-los. O grupo Quatro tinha um lycan e mais dois vampiros. O lycan havia se transformado e estava tentando usar as garras para passar pela porta de aço.

Dois dos vampiros estavam trabalhando nos relógios que haviam tirado dos Vigílias mortos.

Torci os lábios.

— Eles não estão fazendo muito progresso. — Verifiquei a hora e descobri que faltava pouco mais de três horas.

Devia haver algo que pudéssemos fazer para acelerá-los.

Comecei a puxar gravações de visitas de Lilith, procurando por qualquer coisa que pudesse significar a entrada ou saída. Protocolos de entrada. Auditorias de sistema. *Logs* de segurança.

Nada.

— Merda — murmurei, frustrada por não ter conseguido encontrar nada para nos ajudar. Talvez fosse minha exaustão ou o estresse do momento, mas meu acesso e revisão dos arquivos não nos ajudou.

Puxando a filmagem de volta, descobri que os grupos Um e Dois se juntaram ao Três e Quatro, deixando apenas o grupo Cinco desaparecido.

Eu os encontrei na outra porta sem um mecanismo de travamento controlado por sistema, que ficava no nível quinze.

— Parcee...

Uma luz branca brilhou na tela, me cegando antes que eu pudesse terminar de falar. James xingou quando nós dois ficamos momentaneamente atordoados. Mas a câmera ficou preta, o visual daquela área não estava mais disponível.

Meus olhos se recuperaram primeiro, me permitindo aumentar a vigilância da porta no nono andar. Todos estavam alheios ao que tinha acontecido no nível quinze, sua atenção inteiramente naquela porta.

— Humm — murmurei, procurando por qualquer outra visão do décimo quinto nível.

Finalmente localizei uma perto do elevador e não vi nada além de escombros pelo chão.

Escombros brilhando com raios de sol, percebi depois de um instante.

— É essa...? — James parou, olhando para a tela.

Gretchen se juntou a nós, reagindo ao que quer que tenha feito James praguejar e se encolher na tela.

— Ah, meu Deus, isso é luz natural.

— Luz do dia — sussurrei.

Nós três trocamos um olhar.

Então peguei novamente a filmagem do nono andar para verificar o progresso. Nada mudou. Minha mente zumbia enquanto eu considerava nossas opções. Ou esperávamos que eles terminassem de explorar – verifiquei o relógio para a contagem regressiva atual, observando que tínhamos menos de uma hora agora – ou fazíamos uma pausa.

— Precisamos subir até o décimo quinto andar — falei depressa, me levantando. — É a nossa melhor opção.

Gretchen e James concordaram.

Meu uniforme não era bom para esconder minha identidade, ou útil para guardar armas, mas não tínhamos tempo para trocar. E eu não ia vestir o uniforme de Gerald. Não caberia, nem me tornaria menos perceptível.

Melhor usar o que me sinto confortável e partir daí, decidi, pegando duas armas carregadas.

James fez o mesmo, seu olhar em Gretchen.

— Estou com você.

— Eu sei — ela respondeu.

Ele se inclinou para beijá-la. Desviei o olhar, ignorando a demonstração de afeto, e me concentrei nos Vigílias mortos.

Procurando Gerald, encontrei uma granada que poderia ser útil e a enfiei em um dos bolsos do jaleco. Em seguida, peguei as algemas e as coloquei no outro bolso. Por último, coloquei seu relógio no pulso e entreguei o outro dispositivo do Vigília a James depois que ele terminou de beijar Gretchen.

— Vamos sair daqui — disse aos dois. — Pensamentos em contrário só ia nos matar.

Eles assentiram.

James engatilhou uma das armas, enfiando a outra em um coldre que havia roubado do Vigília.

— Vamos lá.

Verifiquei as câmeras mais uma vez, garantindo que os lycans e vampiros ainda estavam consumidos no nono andar, então seguimos em direção ao elevador.

Todos nós já estivemos dentro de um por tempo o suficiente para saber como operá-los apenas com base na observação. Mas James assumiu a liderança, usando o relógio do Vigília morto e, em seguida, adicionando uma série de comandos.

Obviamente, um lycan ou vampiro manteve um Vigília vivo por tempo suficiente para explicar como usar os relógios, porque do contrário, eles não saberiam. A menos que essa fosse uma tecnologia padrão fora do bunker. Como eu nunca saí, não tinha certeza. Mas a maioria dos sujeitos de pesquisa foi trazido por Lilith.

A caixa ganhou vida ao nosso redor, nos levando para cima. Gretchen se agarrou ao filho, os olhos castanhos selvagens com emoção.

Segurei a arma com mais força, mas as mantive apontadas para o chão.

Prendi a respiração quando o elevador parou e as portas se abriram.

Poeira e detritos encheram a área, seguidos por um cheiro que não reconheci. *O lado de fora, talvez?*

James grunhiu, o som baixo e perigoso.

— Vampiros.

Isso não fazia sentido. O grupo Cinco era composto por

lycans.

— Atire e nós retribuiremos — uma voz profunda disse.

Sotaque texano, reconheci, familiarizada com os padrões de voz e origens do período pré-revolução.

Corri através da lista conhecida de vampiros do bunker e não consegui me lembrar de ninguém daquela região.

Franzindo a testa, questionei:

— Quem é você?

— Depende da sua escolha, linda — ele murmurou, arrastando as palavras como se tivéssemos todo o tempo do mundo para discutir. — Eu poderia ser seu salvador ou seu executor. Qual você prefere?

— Não acredito em salvadores — admiti enquanto o elevador soltou uma campainha de protesto, afirmando que queria fechar para seguir para outro andar. Merda.

— Pena — o vampiro respondeu. — Eu esperava fazer uma nova amiga.

O elevador emitiu mais um som, o aviso claro. Ou descíamos neste andar ou enfrentávamos nosso destino em outro nível.

E considerando que todos os outros grupos estavam juntos, eu tinha uma boa ideia de quem chamou o elevador.

O que significava que ou confrontávamos esses vampiros desconhecidos ou éramos arrastados para o inferno novamente para enfrentar os sujeitos de pesquisa que nos odiavam.

O vampiro daqui não parecia tão zangado quanto divertido.

Enquanto isso, os que estavam lá embaixo ficariam furiosos e nos matariam assim que nos vissem.

Nossas chances eram melhores com a opção número um: enfrentar os vampiros desconhecidos.

— Estamos saindo — eu disse, jogando as armas no espaço aberto em sinal de derrota. — Desarmados.

James grunhiu, obviamente desaprovando meu plano, mas eu tinha uma granada no bolso, e ele tinha outra pistola no coldre. Levou apenas um segundo para ele seguir o exemplo, suas ações confirmando que ele estava me deixando assumir a liderança novamente.

Era isso ou voltar lá para baixo.

Eu preferia o vampiro falante.

— Temos um filhote — acrescentei, esperando que isso nos rendesse um pequeno adiamento de tudo o que pretendiam fazer conosco.

Engolindo em seco, dei o primeiro passo.

Gretchen saiu em seguida, ficando atrás de mim, e James assumiu a retaguarda de nosso pequeno grupo.

O elevador deu um último aviso assim que desembarcamos. Então as portas bateram atrás de nós, deixando-nos em uma área do saguão empoeirada com um único vampiro.

O uso anterior do plural por James me disse que havia mais, mas eu só podia ver aquele que estava parado ao lado do elevador com a pistola apontada diretamente para minha cabeça.

— Olá, linda — ele me cumprimentou com seu sotaque sulista e os olhos castanhos dourados brilhando sob a luz do teto. A iluminação deu a suas características marcantes um apelo selvagem que não reconheci.

Ele não era um dos nossos, o que significava que tinha vindo de fora.

Seus olhos rastrearam meu traje enquanto sua arma continuava apontada e inabalável. Gretchen e James não disseram nada, os dois esperando que eu decidisse nosso próximo movimento.

— Dra. Calina — o vampiro falou, lendo o nome em meu jaleco. — Também conhecida como Dra. C., eu presumo.

Dra. C. Esse foi o nome que usei em todas as minhas

transmissões. Esse homem era de outro laboratório? Ele trabalhava para Lilith?

Limpei a garganta, decidindo que não importava. Porque se ele sabia quem eu era, então sabia que o protocolo não foi seguido. Portanto, eu precisava provar que possuíamos informações que nos tornavam valiosos e nos manteriam vivos.

— Sim, sou a dra. Calina, pesquisadora-chefe do Bunker 47. — Endireitei os ombros, com meu melhor ar arrogante – assim como Lilith faria. — E estes são os dois cientistas principais, Gretchen e James.

O homem arqueou a sobrancelha escura. O longo comprimento de seus fios me lembrava mais de um lycan, o que só parecia adicionar apelo à sua aparência animalesca.

— Entendo. — Ele passou os olhos sobre mim mais uma vez, então olhou ao meu redor para ver Gretchen e James atrás de mim. — Ei, Rei Jace! — ele gritou. — Encontrei algo que você vai querer ver.

Jace

— REI JACE. — Revirei os olhos. — Eu realmente espero que isso não pegue. — Ao contrário de Lilith, eu não precisava ou exigia a validação de minha função ou posição.

— Melhor ir ver o que Damien tem para mostrar a você, *Sua Alteza* — Darius brincou.

Encontrei seus olhos verdes e arqueei uma sobrancelha.

— Um título que você vai ouvir muito no futuro como substituto da realeza da minha região.

— Não me lembro de ter aceitado o cargo.

— Não me lembro de ter te dado uma escolha — retruquei quando comecei a atravessar os escombros para passar pela entrada do túnel. Nós o encontramos escondido em uma velha cabana, com a porta bem trancada e crivada de códigos de segurança. Em vez de hackear, nós a explodimos.

E então encontramos um bando de lycans mortos.

Damien foi o primeiro a fazer a limpeza. Ele havia liberado tudo há alguns minutos e disse que precisava trabalhar para tomar o controle do elevador, já que parecia ser a única entrada para o que quer que fosse esse lugar.

Darius e eu voltamos para o avião para pegar mais algumas armas de fogo, assim como Juliet. Ela permaneceu a bordo enquanto colocávamos os explosivos. Ser a *Erosita* de

Darius a tornava imortal, mas não concedia a ela todas as suas forças de vampiro.

Passei pelo corredor. O layout me fez lembrar de uma ala hospitalar abandonada, além do cheiro de sangue fresco. Torci o nariz enquanto tentava discernir as origens.

Parte vinha dos lycans mortos na explosão – um evento infeliz que não esperávamos.

O resto parecia ser proveniente do trio parado na frente de Damien. Ele estava com a arma apontada para a loira enquanto os outros dois se escondiam atrás dela. Presumi que foi isso que ele me chamou para ver.

Ele confirmou minha suposição ao dizer:

— Rei Jace, conheça a Dra. C.

Franzi a sobrancelha até que vi o nome gravado no jaleco. *Calina.*

— Ela afirma estar no comando aqui — ele acrescentou. Sua diversão era palpável.

— Na verdade, eu disse que sou a pesquisadora-chefe do Bunker 47 — Calina corrigiu. Seu tom sensual tinha um toque real que me fez pensar em sua origem. — A Lilith está no comando, não eu.

— Lilith — repeti, intrigado por ela não ter se referido à nobre morta como Deusa. Era a nomenclatura preferida de Lilith entre os humanos, da qual Calina com certeza fazia parte.

E ainda, seu sangue possuía uma potência doce distinta. Fiquei com água na boca para provar. Combine isso ao seu rosto bonito e corpo esguio, e a combinação era apetitosa pelos meus padrões.

Exceto por uma coisa.

— Você trabalha para Lilith? — perguntei. Calina usou o tempo presente ao afirmar que Lilith estava encarregada dessa operação, portanto, me pareceu sábio seguir o exemplo. Particularmente porque aqueles que preferiam a reforma concordaram em manter a morte de Lilith em segredo até que estivéssemos prontos para informar a verdade ao mundo.

Os olhos azuis brilhantes de Calina encontraram os meus, me chocando com sua ousadia. No entanto, por baixo do choque havia uma pontada de admiração, porque suas íris possuíam um toque distintamente lupino.

Fascinante.

Ela cheirava a humano. Na verdade, me lembrava um pouco do aroma de Juliet, me fazendo pensar se Calina possuía a rara essência de uma virgem de sangue. Meus caninos doíam com a ideia de dar uma mordida, mas eu sabia que não devia reagir de forma impulsiva.

No entanto, posso muito bem me dar ao luxo de tê-la mais tarde.

Sim, pensei. *Acho que é exatamente o que vou fazer com você, querida.*

Trabalho primeiro. Diversão, depois.

— Quem é você? — ela questionou. — Não estou familiarizada com o Rei Jace.

— Prefiro apenas Jace — respondi, ainda mais encantado com a beleza diante de mim. Uma humana enfrentando um nobre? — Mas acho que a melhor pergunta aqui é: quem é você, dra. Calina? Como começou a trabalhar para Lilith?

Ela me observou.

— Se você não sabe, não trabalha para Lilith.

— Na verdade, não — respondi. — Mas sou seu superior.

Um lampejo de cautela passou por seu olhar, e os dois seres atrás dela se remexeram, nervosos. Olhei ao redor para ver os dois e notei o pequeno pacote de pelos nos braços da fêmea. Ela agarrou o lobinho com mais força contra o peito, o movimento distintamente maternal, sugerindo que era seu filho.

Isso era um centro de reprodução de algum tipo?

Olhei para Calina novamente, notando o achatamento de seu estômago. Ela certamente tinha quadris projetados para transar, mas de outra forma não parecia ser uma criadora de lycans.

Não, essa aqui foi feita para um vampiro, decidi, aquele perfume natural me lembrando de uma droga. Damien parecia ter sido impactado por isso também, pois suas narinas dilatavam enquanto ele inspirava profundamente.

Parecia que não era algo que ele queria que eu visse tanto quanto cheirava.

Algo zumbiu, fazendo Calina olhar para o relógio. Os números rolaram em sua tela, fazendo-a estremecer.

— Precisamos ficar o mais longe possível deste lugar — disse com urgência. — O bunker vai se autodestruir em menos de quinze minutos.

Damien manteve a arma apontada para a médica enquanto puxava o telefone de Lilith do bolso para me mostrar a mesma contagem regressiva. Elas combinavam.

— Por que vai se autodestruir? — perguntei a ela. — Quem iniciou o protocolo?

— Se você é realmente meu superior, então já deveria saber disso — ela respondeu naquele tom arrogante, como se *ela* estivesse no comando e não o contrário. — Mas estou lhe dizendo que se não corrermos agora, vamos morrer aqui.

Ergui as sobrancelhas.

— Pouca coisa pode matar alguém com a minha idade.

— Então você vai viver em agonia sob os escombros deste bunker por toda a eternidade — ela respondeu sem perder o ritmo. — Se você quer que esse seja seu destino, então que seja. Mas eu preferiria morrer por uma bala do que sofrer o mesmo.

Ela começou a avançar, ignorando a arma apontada para sua cabeça.

Damien me lançou um olhar, deixando sua surpresa evidente.

— Aonde você está indo? — exigi.

Ela apontou para a saída redor e seguiu o caminho. Quando chegou ao meu lado, agarrei seu quadril, parando-a.

— Qual a parte de *eu sou seu superior* você não ouviu?

— A parte em que você prova isso — ela respondeu, encontrando meu olhar mais uma vez. — E como sou aquela com mais conhecimento desta situação, isso me marca como a líder, não você.

Damien bufou, baixando a arma.

— Acho que vou deixar você lidar com isso.

Eu o ignorei, mantendo o foco inteiramente na mulher muito confiante à minha frente.

— Você quer uma lição sobre a minha superioridade? — perguntei em um tom baixo e sombrio.

Qualquer outra pessoa saberia fazer uma reverência agora.

Mas não essa mulher.

Não, ela apenas levantou uma sobrancelha, o convite para agir claro no desafio de suas lindas íris azuis.

Eu sorri.

— Tudo bem, doutora. — Aumentei o aperto em seu quadril e puxei-a para mais perto, levando a mão para sua nuca. — Eu vou...

Ding.

— Louis — o homem atrás de Calina disse.

Ela se encolheu, tentando encontrar uma maneira de escapar do meu aperto.

— *Corra* — ela ordenou.

O macho e a fêmea segurando o filhote de lycan dispararam em direção à saída. Damien imediatamente ergueu a arma.

— Não faça isso. — A palavra deixou minha boca por instinto, voltando meu foco para a porta do elevador que se abriu.

Damien se virou, com a pistola apontada e pronta.

— Baixe...

Ele não teve a chance de terminar seu pedido, os seres saíram para os destroços do corredor. Eles não tinham armas, apenas dentes, e o foco estava inteiramente na dra. Calina.

Rosnados retumbaram pelo corredor, fazendo com que a fêmea se enrijecesse contra mim.

— Puta merda — Damien respirou, abaixando a arma. — *Zack?*

Um vampiro com características animalescas olhou para Damien. Então suas sobrancelhas escuras encontraram a linha do cabelo.

— *Damien?*

O momento chegou a uma pausa estranha enquanto todos se entreolharam.

Franzi o cenho quando reconheci o único lycan do grupo.

— Louis. — O médico havia pronunciado esse nome, fazendo com que Calina dissesse a ele para correr. Mas eu não tinha considerado a familiaridade. *Louis* foi um nome popular alguns séculos atrás.

— Jace — ele respondeu e seu olhar furioso se transformou em um de surpresa quando olhou para mim. — O que é que você está fazendo aqui?

— Procurando por Cam. — Era uma declaração que o lycan entenderia, considerando que ele supostamente foi morto por concordar com as opiniões de Cam sobre a revolução. — Ele está aqui?

— Cam? — Louis franziu a testa. — Não o vejo há muito tempo. Acho que ele não está aqui. Mas não tenho certeza de onde ou há quanto tempo estou... — Ele parou, sua atenção voltando para Calina. — Se alguém sabe alguma coisa sobre essa merda de bunker, é *ela*.

— Porque ela está no comando — concluí, apertando seu pescoço apenas o suficiente para mostrar o que eu pensava de sua *liderança*.

— Ela é a porra do demônio — ele grunhiu.

— Preciso de um demônio vivo no momento — disse a ele. — Precisamos encontrar o Cam.

— Em que ano estamos? — um dos vampiros perguntou, com fúria reprimida.

— Ano cento e dezessete da nova era — eu disse. Então traduzi em alguns mecanismos de tempo diferentes até que a compreensão cruzou as feições do vampiro.

Calina estremeceu quando seu pulso zumbiu novamente.

— Aviso de cinco minutos — ela sussurrou.

Louis ergueu um relógio semelhante e grunhiu.

— Este lugar vai se autodestruir.

— Por quê? — perguntei.

— Por causa *dela* — ele retrucou.

Calina não fez comentários, mas senti sua hesitação, como se ela quisesse corrigi-lo. Eu teria que procurar saber sobre isso mais tarde.

No momento, eu tinha uma pergunta muito mais importante para fazer a ela.

Lilith

Bunker 47.

Sua ideia de criar escravos humanos perfeitos, seres que não podem morrer e permanecem como fontes viáveis de alimento para todos nós, foi aperfeiçoada nos últimos cem anos.

Infelizmente, ainda estamos lutando para desmantelar o vínculo entre a fonte de vida imortal e o escravo humano, mas sinto que estamos perto de um avanço nessa área.

Mais detalhes sobre os resultados do laboratório serão liberados em breve. A dra. Calina era uma das melhores. É uma pena ter morrido com os protocolos, mas como nós dois sabemos, tempos de desespero exigem medidas extremas. Ela serviu ao seu propósito e o serviu bem.

Pressione a seta verde abaixo para continuar.

Obrigada. Seu assistente estará com você em breve para entregar os registros de pesquisa do Bunker 47.

Fim da transmissão.

Jace

Aumentei a vigilância de meus aposentos temporários e sorri ao encontrar Calina finalmente acordada. Ela ficou apagada por quase dez horas, o que foi uma vantagem com tudo o que aconteceu.

Em vez de ir para a minha região, voltamos para a região de Ryder. Principalmente porque Damien já havia assumido o controle de todas as câmeras do território, tornando mais fácil manobrar o grande grupo de indivíduos do avião sem que ninguém percebesse do exterior.

Ryder não ficou animado ou muito complacente. E estava ainda mais chateado agora, porque o pequeno filhote de lycan estava com Willow. Mas ele deu a Darius e Juliet um quarto para relaxarem enquanto escolhi ficar nas suítes reais da cobertura com Damien e nossos novos prisioneiros.

A viagem de volta com Louis, Zack e seus companheiros sobreviventes de laboratório foi informativa. Eles nos contaram sobre o tempo que passaram no bunker.

Aparentemente, vários outros morreram. Zack e mais três subiram ao décimo quinto nível como último recurso, sabendo que o lugar estava prestes a explodir enquanto os outros continuaram buscando uma rota de fuga em outra área.

Pobres coitados, pensei, estremecendo. Não havia como escapar dessas chamas.

Felizmente, nenhum deles era Cam.

Gretchen e James – dois nomes que descobri através de Louis, que estava furioso – eram os principais pesquisadores e fizeram experiências com ele. Calina era a supervisora e animal de estimação pessoal de Lilith.

E estava lá desde o início.

O que significava que minha pequena humana não era mortal.

Passei o dedo pela tela para dar um zoom em seu lindo rosto. Sua expressão não revelava nada, apesar de estar nua e amarrada a uma cadeira.

Os outros pesquisadores estavam em um estado semelhante de nudez, mas em quartos diferentes. Gretchen estava no fim do corredor e James sentado a poucos metros de mim.

Bem, ele não estava exatamente sentado, mas sim caído.

Damien o atacou algumas vezes, interrogando o mestiço e ameaçando machucar o filhote se ele não cooperasse. Jamais faríamos isso, mas James não sabia.

Os resultados foram lindos, com James nos contando tudo o que queríamos saber.

Infelizmente, muitas de suas respostas foram *Isso está além do meu nível de autorização*. Mas Calina saberá.

Afaguei sua imagem mais uma vez, pensando em mil maneiras de obter respostas da loira bonita. Começando com *o que é você?*

Pelo que James e Louis explicaram, os projetos no Bunker 47 eram todos sobre o aperfeiçoamento da longevidade humana para fornecer uma fonte de alimento mais sustentável.

Apesar de todas as falhas de Lilith, eu poderia entender seu objetivo. Nossa espécie havia se tornado muito exagerada, estragando nosso suprimento de comida. E ela estava tentando criar uma maneira de fortalecer os humanos que restavam para torná-los bolsas de sangue imortais.

Claro, só porque entendi seu objetivo, não significa que concordava com ele.

Havia outras maneiras de melhorar a qualidade dos alimentos e a durabilidade do produto.

Damien deu um passo para trás, com os braços cruzados.

— Sua metade lycan o está ajudando a se curar — ele comentou, apontando para o hematoma ao longo da mandíbula de James.

— Calina tem lycan nela também? — perguntei para o mestiço.

— Pelo lado da mãe — ele murmurou. — O pai era humano.

Fiz uma careta.

— Então ela deveria ter nascido lycan puro-sangue.

A genética da mãe teria assumido o controle no útero para substituir o lado mortal da equação. Era assim que funcionava nos acampamentos de reprodução de lycans, exceto que eram fêmeas humanas acasalando com lycans machos. A maioria das mães humanas morria, porque seus corpos não conseguiam lidar com o crescimento imortal dentro deles. Mas algumas sobreviviam. Pelo menos, até o parto.

James começou a balançar a cabeça, mas estremeceu.

— Sua hospedeira era humana. Incubadora. — Ele engoliu em seco, o único olho bom encontrando o meu. — Foi antes do meu tempo. Só sei o que ela me disse.

O que significava que ela poderia ter mentido.

Eu a observei na tela mais uma vez, então coloquei o dispositivo no meu bolso. Eu teria que interrogá-la pessoalmente.

Decidido, me levantei quando James acrescentou:

— Se você disser que não trabalha para Lilith, ela será mais acessível.

Suas palavras saíram em um sussurro, seu corpo ainda se recuperando do ataque de Damien. No entanto, minha audição aprimorada me permitiu ouvi-lo claramente.

Me sentei na cadeira e me inclinei para frente, apoiando os cotovelos nos joelhos. Ou James deduziu que não trabalhávamos para Lilith, ou nos ouviu conversando com os sobreviventes no avião.

— Por que essa informação tornará Calina mais acessível? — perguntei, interessado de verdade. Ela foi rápida em negar quando confirmei que não trabalhava para Lilith. Também insinuou que eu era inferior por causa disso. Por que James achava que isso ajudaria no meu interrogatório?

— Ela não seguiu o protocolo — ele respondeu com um chiado. — Ela tentou nos salvar das ordens de Lilith.

— Você quer dizer do protocolo de detecção? — Damien perguntou.

— Não. — James tossiu. Sua expressão era de dor, mas ele continuou, apesar de seu óbvio desconforto. — Protocolo do Juízo Final. Ela... ela deveria matar todos lá dentro. Mas não fez isso. O procedimento de detecção veio depois, talvez por ela ter falhado. Não sei.

Damien e eu trocamos um olhar. Parecia que a bela médica havia desafiado as ordens de sua mestre. O que sugeria que ela não era o bichinho obediente que Louis e Zack alegavam.

Os quatro sobreviventes estavam descansando em outro quarto depois de se deliciarem com uma refeição de nove pratos. Então Louis e Zack não estavam aqui para ouvir ou comentar. Eu preferia assim, porque queria extrair minhas próprias respostas de Calina.

Um som de bipe fez Damien caminhar até seus computadores. Ele escolheu colocar James em seus aposentos para o interrogatório, afirmando que isso permitiria um uso mais eficiente do tempo. Dessa forma, ele conseguiria fazer perguntas e se concentrar no download de dados ao mesmo tempo.

Esperávamos que os arquivos que Calina transmitiu dissessem algo sobre Cam, porque ninguém mais parecia familiarizado com ele. Além de Louis, é claro.

— O que...? — Damien parou de falar enquanto se acomodava na mesa, com os olhos focados nas telas e seus dedos voando pelos teclados.

Tecnologia nunca foi minha praia, provavelmente porque nasci em uma época muito mais simples. Mas eu sabia lidar com um computador bem o suficiente para sobreviver.

— Esses arquivos são rabiscos criptografados — Damien murmurou, com as sobrancelhas escuras contraídas em frustração. — Ou minha interceptação é falha ou a exportação de dados foi intencionalmente maltratada.

— Foi a Calina — James sussurrou. — Ela deve ter carregado arquivos antigos para distrair o destinatário... p-para fazer parecer que estava seguindo o protocolo. — Ele limpou a garganta, estremecendo ao fazer isso, mas eu podia ver as feridas continuando a se curar.

Um híbrido imortal meio-humano, meio-lycan. Era realmente uma visão chocante. Mas não tão impressionante quanto aquela em meus aposentos temporários.

— É por isso que ela enviou os arquivos por uma rede não segura? Damien perguntou, olhando para o mestiço. — Para atrasar a transmissão do arquivo?

— Eles teriam que proteger os arquivos antes de criptografá-los — James respondeu. — Provavelmente foi por isso, sim.

— O que significa que acessar esse fluxo de dados deve ter sido o que acionou os protocolos de detecção — Damien comentou.

— Sim — James concordou, engolindo em seco.

O mestiço ficou em silêncio, me dizendo que seu uso havia

chegado ao fim.

— Bem. — Olhei para Damien. — Vou deixar o destino dele com você. Louis o quer morto, mas talvez James possa convencê-lo do contrário. — Era uma espécie de tática de interrogatório, dando ao mestiço a chance de provar seu valor vivo.

— Eu duvido — Damien falou lentamente, fingindo não dar a mínima.

Ou talvez nem fosse um fingimento.

Eu me levantei e encontrei seu olhar.

— Vou bater um papo com a Dra. C., ver se ela não pode fornecer detalhes úteis sobre os arquivos reais e o destino pretendido. — Pelo que Damien havia dito, a identificação do receptor era indetectável, tornando impossível determinar sua identidade e localização.

— Vou lidar com a outra médica em seguida — Damien disse em tom distraído, continuando sua abordagem blasé para interrogatório. — Não existem regras, certo?

— Nenhuma — virei ao me aproximar da porta. — Apenas certifique-se de limpar a bagunça. Ouvi dizer que o Ryder não é fã de sangue desperdiçado.

Saí da sala, sorrindo enquanto James rosnava para mim. Ele rosnou algo parecido com uma ameaça.

Todos nós sabíamos que esses pesquisadores valiam mais vivos que mortos. Eles serviriam como prova do que Lilith estava fazendo com sua própria espécie por meio de pesquisa e manipulação genética. Entre uma declaração de Louis e a prova física de que James era um descendente claro criado por meio da força no laboratório, não haveria como questionar a culpa de Lilith.

As histórias que Louis e Zack nos contaram sobre seu tratamento fizeram meu sangue gelar.

No entanto, sua situação não era tão diferente de como os humanos foram relegados à mesma posição social que gado.

Tinha que haver uma solução melhor aqui, algo que permitisse aos lycans e vampiros manterem a vantagem enquanto trabalhavam em colaboração com os humanos para garantir que todas as necessidades das espécies fossem atendidas.

Era aí que meu primo entrava em cena: Cam teve uma visão, algo que eu queria ver se tornando realidade.

O que significava que eu precisava encontrá-lo.

Andei pelo corredor para a suíte que Damien me deu, os aposentos projetados e mantidos para um membro da realeza da minha posição. Tecnicamente, esses eram os quartos de Ryder, mas ele não estava interessado em herdar a casa de seu predecessor. Em vez disso, escolheu uma suíte qualquer em um nível inferior, deixando Damien reivindicar e redecorar a cobertura para suas próprias necessidades.

Ryder também deu a Damien o harém humano. Como ele tinha acasalado com Willow, não precisava dessas coisas.

Eu tinha meu próprio harém na minha região. Não que eu tivesse cuidado deles recentemente.

Toda a designação do harém real era projetada para ser um privilégio para os responsáveis. Achei que era mais um incômodo, pois exigia meu tempo. E, ultimamente, eu não estava tão interessado em saciar minhas necessidades básicas. Pelo menos, não com um grupo de humanos muito disposto.

Não havia desafio sobrando neste mundo, graças às travessuras de Lilith.

Embora a mulher olhando para mim quando entrei na suíte parecia sugerir o contrário.

E como fiquei intrigado em ver tal expressão no rosto de uma linda mulher.

Sem súplicas. Sem reverência. Nada de *meu senhor* ou *Vossa Alteza*. Apenas uma carranca cheia de aborrecimento. Foi divertido e irritante ao mesmo tempo.

Fechei a porta, trancando-a.

— Olá, pequena doutora — murmurei. — Dormiu bem?

Ela não respondeu. Seus eram olhos azuis – na verdade, não. Suas íris eram verde azuladas, com pequenas manchas marrons. Esplêndido. Mais uma característica fascinante da qual eu queria saber mais.

Caminhei em sua direção, levando uma cadeira comigo e a coloquei em frente a ela. Sua mandíbula se contraiu quando me sentei em uma pose relaxada com o tornozelo sobre o joelho.

— Você parece bem descansada — continuei enquanto permitia meu olhar vagar sobre seu corpo nu. — Excitada também. — Seus mamilos intumesceram no ar mais frio, as pontas rosadas como um farol delicioso que implorava por minha língua.

Talvez eu lhe desse.

Mas só se ela me dissesse o que eu queria.

—James disse que você ficará mais disposta a conversar se eu confirmar que não trabalho para Lilith, mas já tentei esse caminho e você me chamou de inferior. — Inclinei a cabeça para o lado. — Você ainda se sente assim?

Suas narinas se dilataram.

— O que você fez com James?

Arqueei uma sobrancelha para ela, impressionado e irritado com seu tom arrogante.

— Talvez eu não tenha sido claro aqui. Sou eu quem vai te interrogar, não o contrário.

— Você precisa que eu esteja viva por causa do que eu sei — ela disse. — E eu preciso saber se James está bem.

— E se ele não estiver? — perguntei em voz alta, honestamente curioso.

— Então você pode me matar, porque não vou te dizer nada — ela retrucou.

Arqueei as minhas sobrancelhas. Eu tinha interpretado mal suas conexões? Presumi que ele estava com a mãe do filhote lycan, mas talvez ele e Calina estivessem romanticamente envolvidos. Isso não parecia certo. Eles não tinham uma química palpável. Ele simplesmente obedecia ao comando dela. E não era com Calina que ele se preocupava, mas com Gretchen e seu filho.

— Está tentando negociar? — perguntei, tentando discernir seu jogo estratégico.

— Estou dizendo que vou cooperar, mas só se o James e a Gretchen não sofrerem nenhum dano.

— Bem, tarde demais para isso — admiti.

— Então, tarde demais para negociar — ela rebateu.

Procurei em sua expressão qualquer indício de vulnerabilidade e não encontrei nenhum.

Ela disse cada palavra de coração.

— Como posso saber se vale a pena negociar com você? — perguntei. — Você enviou aquela transmissão de relatórios falsos. Mas, além disso, não tenho prova de sua capacidade de me dar algo útil. Você nem pode me falar sobre o Cam.

Eu a estava provocando, e a centelha em seu olhar me disse que ela sabia disso.

Mas em vez de me questionar, ela me considerou de maneira semelhante a como eu a observei.

— Rei Jace — ela disse como se experimentasse meu título e nome. — Nunca ouvi falar de você. — Ela olhou ao redor. — E este não é o seu quarto.

— Como sabe disso?

— O cheiro é muito fresco — ela respondeu quase distraída. — Se você morasse aqui, sua colônia amadeirada seria um elemento fixo no quarto, não uma fragrância distante. — Suas íris multicoloridas voltaram a se concentrar em mim. — James e Gretchen ainda estão vivos. Se continuarem assim, direi tudo o que sei. Mas você precisará libertá-los primeiro. Esses são os meus termos. É pegar ou largar.

Calina

Rei Jace.

O título combinava com o vampiro diante de mim, com as íris azuis geladas e características perfeitamente esculpidas, como a epítome da realeza. Idade e experiência irradiavam dele também, me dizendo sem palavras que ele era um dos antigos.

Lilith nunca forneceu nomes para a realeza ou alfas que colocou no comando das várias regiões. No entanto, suspeitei que esse vampiro bonito fosse um membro da realeza. Ele era muito poderoso e antigo para ser outra coisa senão um líder de sua espécie. E a maneira como ele me avaliou abertamente e a essa situação, me disse tudo o que eu precisava saber sobre suas habilidades estratégicas.

Ele seria um oponente de xadrez digno.

Então vamos jogar, pensei, esperando que ele fizesse sua jogada. Coloquei minhas cartas na mesa proverbial. Agora era a sua vez.

— Como posso saber se suas informações são valiosas? — ele perguntou.

— Se você não achasse que eu era valiosa, não teria me alimentado com seu sangue. — Reconheci os efeitos colaterais de absorver a essência de um vampiro. E a potência de seu impacto em meus sentidos havia confirmado sua idade também.

— Eu só te salvei porque quero respostas. Mas se você não estiver disposta a dá-las para mim, vou acabar com você.

Dei de ombros.

— Se é isso que você precisa fazer para afirmar seu domínio, que seja. — Inclinei a cabeça para oferecer a veia. — É o que Lilith faria e já fez inúmeras vezes.

O que ela nunca fez foi me oferecer seu sangue para me trazer de volta. O fato de Jace ter feito isso o tornava... diferente. E eu não tinha certeza se gostava dessa diferença ou não.

— Uma bolsa de sangue imortal — ele comentou. — E saborosa. — Ele descruzou a perna e se inclinou para frente, apoiando os antebraços nas coxas.

Vestido todo de preto, ele era uma presença opositora. No entanto, seus olhos tinham um brilho de diversão que me fez sentir mais à vontade, como se estivéssemos apenas lutando verbalmente.

Ah, eu não tinha dúvidas de que esse predador iria me devorar. E ao contrário do que sua acusação anterior havia sugerido, eu não me considerava superior a ele.

Mas eu possuía algo que ele desejava.

Informação.

O que não entendi era o motivo pelo qual a desejava. Ele mencionou um tal de Cam – um nome que eu não conhecia. Mas não tinha revelado muito mais.

— O que você realmente quer saber? — perguntei, curiosa. — Me ameaçar é discutível. Estou nua, amarrada a uma cadeira e sentada em frente a um vampiro milenar. Estou muito ciente de sua *superioridade* nesta situação. Então, em vez de postura, diga-me o que você quer. Vou te dizer se posso ou não te ajudar. Negociamos a partir daí.

— Você está fazendo suposições sobre a minha

necessidade de negociar qualquer coisa. Como você disse, está claramente em uma posição inferior.

— Sim. Mas suportei mais de um século de tortura, Rei Jace. Não há muito que você possa fazer por mim que ainda não tenha sido feito. — Tentei relaxar na cadeira com os pulsos amarrados e os tornozelos acorrentados às pernas de madeira. — Mas fique à vontade para dar o seu melhor.

— Jace — ele respondeu. — Não sou a Lilith. Não preciso de um título como "Deus" ou "Rei" para me sentir importante.

Imaginei que não. A confiança irradiava dele com aquela corrente subjacente constante de idade e experiência.

— E não quero torturar você, Calina. Mas preciso de respostas e farei o que for preciso para obtê-las.

— Interessante, já que você ainda não me perguntou nada de importante — murmurei. — Você quer que eu prove meu valor, mas não me ofereceu a oportunidade de fazê-lo.

— Porque você quer negociar.

— Quero. Mas também quero todas as nossas peças no tabuleiro. Você não trabalha para Lilith, mas apareceu no bunker dela. Como?

— Como você foi parar naquele bunker? — ele respondeu, evitando minha pergunta.

Eu permitiria, porque essa resposta não era valiosa.

— A Lilith me criou e me colocou no comando do Bunker 47. Um local ultrassecreto, devo acrescentar, que você encontrou. Mesmo assim, você afirma não trabalhar para ela.

— Não trabalho para ela.

— Trabalha com ela? — reformulei. — Está assumindo o manto de seu legado agora que ela está morta? É por isso que o outro vampiro o chama de Rei Jace?

Ele semicerrou o olhar.

— Como sabe que ela está morta?

— O protocolo do Juízo Final só deveria ser iniciado após

sua morte. E como ainda estou praticamente ilesa depois de ignorar suas diretrizes, posso presumir com segurança que ela realmente se foi. O que me leva a perguntar se você é seu substituto. Isso explicaria meu estado saudável – você precisa de mim viva e coerente para passar os detalhes de pesquisa necessários — pronunciei as palavras enquanto as pensava, apenas meus lábios se curvaram no final.

Isso não poderia estar certo. Ele não sabia o suficiente quando chegou ao Bunker 47.

Lilith nunca deixaria sua contraparte ou sucessor sem pelo menos alguns detalhes importantes.

— Humm, bem, se você não trabalhar para ou com ela — continuei, me sentindo intrigada com os fatos ditos em voz alta — então deve estar contra ela. Algum tipo de adversário. Nesse caso, você deseja roubar a pesquisa para usar para si mesmo. Um movimento de poder? Uma maneira de assumir o controle?

Talvez ele não fosse um verdadeiro rei, mas futuro.

Examinei suas feições em busca de uma pista.

Mas ele apenas sorriu.

— Você é incrível — ele comentou. — E se eu dissesse que pretendo substituir Lilith e revolucionar a forma como o mundo funciona?

— Gostaria de perguntar o que isso tem a ver comigo — respondi.

— Depende de quanto você pode me dizer sobre as operações de Lilith. Como sua pesquisador principal, imagino que você saiba muito. O que a torna decididamente útil para mim. Particularmente porque os arquivos que você transmitiu careciam de detalhes reais.

Enrijeci.

— Como você sabe disso? — Apenas o destinatário pretendido de Lilith teria decifrado os arquivos para encontrá-los preenchidos com dados desatualizados e estranhos. O que me redirecionou ao meu pensamento anterior sobre ele ser um substituto de algum tipo.

— Nós os interceptamos — ele explicou. — Foi assim que encontramos o laboratório.

Entreabri os lábios.

— Então foi minha culpa... — As palavras saíram espontaneamente em um suspiro. — Você foi o intruso que o sistema detectou, criando o procedimento atualizado... por causa da minha transferência de arquivo insegura.

Pisquei, sentindo o coração batendo rápido e agonizante.

Merda. Todas aquelas vidas perdidas...

Meu peito se apertou, e eu esmaguei a emoção crescente com a minha próxima inspiração.

Culpar a mim mesma não é prático. Lilith projetou essas precauções, não eu. E tenho tentado ajudar os pesquisadores sob minha supervisão, não prejudicá-los.

Lilith acabou por me contornar com suas contramedidas.

E como eu poderia saber que havia outras pessoas procurando por nossa localização?

Fiz uma careta para isso.

— Como é que você sabe como examinar? — Quando perguntei, o resto das peças do quebra-cabeça se encaixaram, fazendo meus olhos se arregalarem. — Porque você matou a Lilith. É por isso que o outro vampiro o chama de Rei. Então você estava procurando os laboratórios para... tomar o lugar de Lilith.

Fazendo dele meu novo mestre.

Encontrei seu olhar.

— Você é um revolucionário. — Eu tinha ouvido o termo algumas vezes no laboratório, principalmente durante as visitas de Lilith, quando ela provocava algumas das cobaias com notícias da revolução fracassada. — Mas todos vocês morreram. — Isso foi o que Lilith disse a Louis, constantemente lembrando-o de alguma mulher chamada Lydia.

— *Os gritos dela ainda me irritam* — ela dizia. — *Transei com o Michael em uma poça de sangue dela. Tenho fotos. Vou te mostrar algum dia.*

— Você sabe sobre a revolução? — Jace perguntou, me trazendo de volta para ele e nossa situação presente.

— Apenas o que Lilith costumava dizer às cobaias.

Sua expressão ficou sombria.

— Você quer dizer Louis. E talvez Cam?

Esse nome parecia ser importante para ele. Eu poderia usar isso como moeda de troca, mas também como uma demonstração de boa fé.

Às vezes, a chave para negociar era ceder um pouco. E saber que Jace não trabalhava para ou com Lilith ajudou meu humor caridoso.

— Não havia nenhuma cobaia no meu bunker chamado Cam — afirmei.

Ele semicerrou o olhar.

— É melhor você não estar mentindo para mim.

— Não preciso mentir — rebati. — Além disso, posso provar.

Ele arqueou as sobrancelhas.

— É? Como?

— Baixando os registros de log — respondi.

— Eles são inúteis.

— Os arquivos que enviei via protocolo, sim. Mas fiz backup de nossos registros em um *data center*. — Algo que ele saberia se trabalhasse com Lilith, mas suas feições registravam surpresa. — Me leve até lá e eu lhe darei uma prova, bem como uma grande quantidade de informações. — Encontrei seu olhar e o encarei. — Claro, tenho um termo que precisa ser cumprido primeiro.

Ele contraiu os lábios de forma sutil.

— E fechamos o círculo.

— Nunca terminamos nossas negociações — indiquei. — Mas você pediu uma prova do meu valor. Eu te dei. Agora quero que Gretchen e James fiquem ilesos e que você os liberte.

Ele me considerou por um momento, suas íris geladas não revelando nada.

— Você está familiarizada com o novo mundo? — ele perguntou, sua mudança de assunto me dando uma pausa. — Você viu como os humanos são tratados?

— Estou ciente dos procedimentos do Dia do Sangue e das alocações para diferentes campos.

Ele assentiu.

— E você acha que seus amigos podem sobreviver a isso? Porque é o que vai acontecer com eles, ou pior, considerando sua imortalidade. Eles são bolsas de sangue glorificadas, Calina. Assim como você. E os seres superiores deste mundo não são gentis com sua comida.

Ele demonstrou o que queria dizer com os olhos enquanto observava cada centímetro exposto do meu corpo. A fome queimava em suas íris, e eu poderia dizer que não era apenas sangue que ele desejava, mas a mim.

Estremeci, a perspectiva de me tornar seu novo brinquedo fazendo meu estômago torcer.

Lilith me usava pelo meu sangue com frequência, mas nunca para sexo. No entanto, testemunhei o ato inúmeras vezes. Ela costumava jogar humanos nas celas para os vampiros e lycans brincarem, como uma forma de recompensa por sua aquiescência durante nossos estudos. Aqueles que optavam por não obedecer eram submetidos à tortura mental até que se rendessem ao comando dela.

Assim como ela jogava técnicos de laboratório malcomportados nas celas para uma aula com os seres superiores.

Eu nunca tinha sido submetida a esse tratamento, e suas punições para mim eram de natureza muito mais pessoal.

— Não posso libertá-los — Jace continuou. — E não vou te libertar. Mas posso tornar a vida deles – e a sua – mais confortável se você obedecer.

Ele não se preocupou em expressar a alternativa, porque nós dois ouvimos em seu tom.

Não obedeça e vou tornar sua vida bem desconfortável, pensei, com um sotaque inglês que não rivalizava com o seu. Sua voz me lembrava uma elegância sofisticada enquanto a minha era fortemente do meio oeste dos Estados Unidos. Ou o que costumava ser essa área, de qualquer maneira.

Olhei para a janela a vários metros de distância, notando a varanda além dela e o céu escuro acima. A temperatura aqui era diferente, deixando minha pele úmida, apesar do ar frio passando por ela.

Isso me deixou pensando em para onde ele tinha me levado. Uma curiosidade trivial, considerando minha situação.

Jace se levantou e vagou até um bar no canto perto das janelas altas. Ou ele entendeu mal minha leitura ou meus olhos errantes o deixaram com sede. Ele encheu um único copo com líquido cor de bronze, tomou um gole e caminhou em minha direção.

— Abra a boca — ele murmurou enquanto pressionava a borda em meus lábios.

Tentei dizer a ele que não precisava de bebida, mas ele despejou o conteúdo na minha língua, me forçando a engolir. O álcool queimou no caminho, me fazendo engasgar.

Ele sorriu.

— Vamos trabalhar nisso.

— Por quê? — perguntei, com a voz rouca.

— Porque vai servir para um uso futuro — ele respondeu, tomando outro gole do mesmo lado do copo que toquei com a boca.

Estremeci, achando a ação distintamente íntima. Como se tivéssemos acabado de fazer um voto tácito de algum tipo.

O que era totalmente impraticável e inexplicável. Eu não tinha prometido nada a ele. Nem concordei com um único mandato.

A borda do copo encontrou meus lábios novamente. Abri e engoli, desta vez sem me engasgar. Um brilho escuro enfeitou seus olhos azuis prateados.

— Já está aprendendo — comentou, baixando a bebida da minha boca.

Um choque chiou em minhas veias quando o vidro frio roçou meu mamilo. Seus olhos baixaram para observar o movimento. Seu toque era claramente intencional, porque ele o repetiu com o outro seio.

Isso era para ser uma forma perversa de interrogatório? Ou ele era apenas um predador zombando de sua presa?

— Quase espero que você se recuse a obedecer — ele murmurou. — Sua pele pálida ficaria vermelha de um jeito tão lindo. E eu gostaria muito de persuadir suas reações ao longo do caminho.

O vidro tocou minha pele mais uma vez, mas agora ele o inclinou para derramar o líquido cor de bronze no meu peito.

Minha pele arrepiou.

Então minha respiração ficou presa na garganta quando ele inclinou a cabeça para pegar as gotas com a língua.

O calor acariciou minha pele. Sua boca era um beijo inesperado aos meus sentidos.

Ahhh...

Senti um estremecimento violento no abdômen, lançando faíscas em cada terminação nervosa. Faíscas que se transformaram em chamas quando suas presas perfuraram a área sensível ao redor do mamilo.

Gritei de surpresa e uma leve dor, apenas para congelar quando ele ergueu a bebida para a ferida recente.

— Como eu disse — ele sussurrou, suas íris geladas capturando as minhas. — Posso tornar sua vida confortável. Ou posso torná-la absolutamente miserável.

Ele inclinou o copo, fazendo o álcool escorregar pela borda direto no meu seio mais uma vez.

A queimadura confortável se transformou em um inferno pungente que provocou um assobio agudo da minha garganta.

Sua língua perseguiu o tormento, lambendo meu sangue misturado com álcool e acalmando a queimadura.

Durou apenas um segundo.

Mas seu ponto estava claro.

Sou seu mestre agora. Trabalhe comigo e considerarei recompensá-la. Trabalhe contra mim e vou te destruir.

Jace

O ASSOBIO de Calina ecoou pela minha mente ao repetir o som que eu queria replicar enquanto estocava profundamente dentro dela.

Humm, falei sério sobre o que esperar se ela não cooperasse. Não porque eu queria machucá-la, mas porque desejava ensinar-lhe uma lição de autoridade.

A bela pesquisadora se considerava minha igual e embora admirasse sua tenacidade, ela não estava no meu nível.

Mas poderia.

Já fazia muito tempo que eu não considerava a possibilidade de uma progênie. No entanto, o espírito de Calina chamou o meu, sua presença era uma intoxicação atraente na qual eu queria me afogar.

Ela era forte. Persistente. Teimosa. E o mais importante, estratégica.

Em uma conversa, pude discernir todas essas qualidades, porque ela se apresentou como um livro aberto. Não porque fosse ingênua, mas sim porque sabia que era sua melhor chance de sobrevivência.

E ela tentou jogar comigo, manobrando a discussão como uma campeã inteligente.

Curvei os lábios em diversão.

Eu queria agradá-la e desfrutar de outra rodada. Mas o tempo não estava do nosso lado.

Então deixei Calina amarrada à cadeira e fui em busca de Damien para lhe dar uma atualização sobre o data center.

— Considere com sabedoria — eu disse a ela antes de sair do quarto. — Vou querer uma resposta coerente quando voltar.

Não me preocupei em curar a ferida em seu seio. Ela se fecharia por conta própria, algo que sua intrigante genética iria acelerar.

Além disso, eu gostaria de deixar minha marca acima de seu mamilo ereto. Era quase como se eu a tivesse reivindicado como minha.

Uma mordida no pescoço. Uma no peito. Talvez a próxima amostra fosse em sua coxa macia.

Sim, com certeza, pensei, imaginando a imagem em minha cabeça.

— Você está bêbado? — uma voz profunda questionou, me fazendo parar. — Ou a velhice afetou sua visão?

Olhei por cima do ombro para encontrar Ryder encostado na parede com uma sobrancelha arqueada.

— Devo reconhecê-lo e me curvar? — perguntei, evitando sua declaração sobre o meu estado.

Porque parecia que passei direto por ele sem perceber.

Achei que isso significava que não o considerava mais uma ameaça. Ou talvez meu foco em caminhos mais prazerosos tivesse me distraído do ambiente letal.

— É meu entendimento que as formalidades requerem pelo menos algum tipo de saudação.

— Entendo — respondi. — Então, olá, Ryder. Que surpresa adorável. O que o traz ao andar de Damien?

Seus olhos negros brilharam com intenção mortal.

— Ele mencionou prisioneiros e interrogatórios em seu

último relatório. Acho que pretendia me manter informado, mas aceitei isso como um convite.

— Não podemos matá-los — eu disse imediatamente, ciente da tendência de Ryder para massacrar primeiro e fazer perguntas depois. Foi assim que a cabeça de Lilith acabou em um freezer. — Eles são a prova de que a Lilith está usando imortais para sua pesquisa.

— E por que precisamos de três deles para realizar essa prova?

— Uma prisioneira era a principal pesquisadora de Lilith no bunker. Ela é útil para nós viva, e precisamos dos outros dois médicos – de quem ela parece gostar como amigos – para usar como alavanca para encorajar sua cooperação.

— E o filhote de lycan pelo qual minha companheira está se apaixonando lá embaixo? — ele pressionou.

— Uma moeda de troca que deixa os dois médicos tagarelas — Damien respondeu enquanto se juntava a nós no corredor. — Ou era até que James ouviu aquele comentário com sua audição lycan. — Ele gesticulou com o queixo em direção à porta que tinha acabado de passar. — Não é à prova de som. O que é interessante, considerando o uso anterior de Silvano desses quartos. Mas estou divagando. — Ele olhou para mim. — Como foi com a Dra. C.?

— Atualmente, ela está avaliando suas opções. — Não pude evitar meu tom divertido, algo que os dois homens perceberam imediatamente.

— E essas opções incluem? — Damien perguntou.

— Um *data center* — respondi, mudando efetivamente o assunto do meu joguinho de xadrez verbal com Calina. — Ela afirma que todos os arquivos eram atualizados diariamente e também pode nos ajudar a rastrear a fonte.

— Ou ela pode usar nossos recursos para enviar uma mensagem ao destinatário pretendido desses arquivos.

— Sim — admiti. — Mas ela enviou arquivos com

problema para essa pessoa por um motivo. Ela também quebrou o protocolo. Como resultado, não a vejo muito ansiosa para se unir ao ex-parceiro de Lilith. Presumindo que ela tivesse um, quero dizer. Isso ainda não está claro.

— Ela mencionou alguém que chamou sua atenção? — Ryder perguntou.

— Ainda não — admiti. — Mas vou ver se alguma foto refresca sua memória. — Ou, mais precisamente, veria se ela reagia visualmente a alguma foto. Porque algo me disse que uma mordidinha não era o suficiente para convencê-la a cooperar. E isso era bom. Eu poderia fazer muito pior e ainda fazê-la aproveitar um pouco.

— Tudo bem, então esses pesquisadores têm feito experiências com lycans e vampiros por um século, alguns mais do que isso, e nossa solução é mantê-los vivos para que eles falem mais tarde — Ryder resumiu.

— Você leu minhas anotações — Damien respondeu. — Bom saber.

— Você vai deixar os membros da Aliança comê-los depois de seus testemunhos? — Ryder perguntou, ignorando o comentário de seu novo soberano. — Vou ficar preso a brincar de pai para esse filhote por toda a eternidade? Porque minha companheira não vai deixar ninguém matá-lo agora. Ela está apaixonada. E eu não vou partir o coração dela.

Ele puxou um dispositivo do bolso e abriu um vídeo de um lindo lobo branco enrolado em uma pequena bola de pelo.

Damien sorriu e deu um tapinha no ombro de Ryder.

— Parabéns. Você acabou de se tornar pai. Quer um abraço?

— Não.

— Tudo bem. — Damien olhou para mim. — Me fale sobre o *data center*.

— Não posso. A Calina não concordou em nos ajudar ainda.

Ele arqueou as sobrancelhas.

— Então por que é que você está parado aqui?

Arqueei uma sobrancelha, não apreciando seu tom desrespeitoso.

Ele pigarreou.

— Desculpe, Rei. Estou muito animado com a perspectiva de brincar com um *data center*.

— Pare de me chamar de *Rei*, e eu te perdoo.

— Mas soa tão bem — Ryder interrompeu, seu tom inexpressivo.

Não me preocupei em reconhecer o comentário.

— Estou dando alguns minutos a Calina para ela avaliar suas opções. Nesse ínterim, pretendia compartilhar as informações para que você possa trabalhar com James ou Gretchen para corroborar a afirmação dela.

— Tudo bem — Damien murmurou. — Verei o que posso fazer.

— E eu vou ajudar — Ryder ofereceu.

— Não — respondi.

Ryder me olhou boquiaberto.

— O quê? — Ele realmente parecia chocado, como se ninguém tivesse negado algo a ele antes.

— Quando precisarmos matar alguém, ligaremos para você — prometi a ele. — Mas agora, esses pesquisadores precisam se manter vivos e saudáveis. E, francamente, não confio em você para lidar com isso.

— Francamente, eu não dou a mínima — ele retrucou.

— Ryder — parei na sua frente antes que ele pudesse seguir na direção de Calina. —, esses pesquisadores podem ter informações que nos levarão ao Cam. Não vou arriscar.

— Ainda não vejo como esse vampiro antigo é a chave para resolver todos os nossos problemas — Ryder respondeu com um tom menos cortante. — Mas vou jogar junto pela Izzy.

Dizer o nome da mulher o suavizou um pouco. Como criador de Damien, Ryder estava muito familiarizado com Izzy, que era a irmã do outro vampiro.

E também a *Erosita* de Cam.

A existência dela provava que ele ainda estava vivo, porque sua imortalidade estava ligada à vida dela. Se ele morresse, ela morreria também. No entanto, a fêmea humana não envelheceu um dia em mais de mil anos.

— A Willow quer saber o nome do filhote e se ele já esteve na forma humana. Descubra para mim e vou voltar para lá. — Ryder falou com um tom entediado, mas peguei o brilho cm seus olhos escuros. O velho vampiro estava apaixonado.

— O amor cai bem em você — comentei baixinho.

— E uma coroa cairia bem em você — ele respondeu. — *Rei Jace.*

Evitei revirar os olhos. Nossa sessão de união havia claramente chegado a um ponto final.

Sem outra palavra, voltei pelo corredor em direção à Calina e seu perfume atraente.

É hora da segunda rodada.

Sua vez, linda.

Lilith

Existem três *DATA CENTERS* principais, todos estrategicamente localizados ao redor do globo, de acordo com seu projeto.

Cada instalação é protegida por sequências eletrônicas. O dispositivo em seu pulso vai te alertar se algum desses mecanismos de segurança for acionado. Na chance de algo acontecer, você verá uma série de códigos. A escolha de como proceder dependerá de você.

Se precisar de ajuda a qualquer momento, selecione o botão vermelho na tela e alguém estará com você em instantes.

Quanto aos *data centers*, eles contêm detalhes da pesquisa de todos os bunkers sob seu controle.

Bunker 7, onde você está agora, é a colmeia principal.

Bunker 17 é focado principalmente em técnicas de coerção. Este bunker está totalmente operacional. Registros em breve.

Bunker 27 é focado principalmente em estimulação mental e tecnologia de mente comunitária. Este bunker está totalmente operacional. Registros em breve.

O Bunker 37 concentra-se principalmente na potência do sangue e no vínculo Erósita. Este bunker está totalmente operacional. Registros em breve.

Bunker 47 foi focado principalmente na longevidade mortal. Se os protocolos funcionaram corretamente, este bunker agora está destruído, e você deve estar na posse dos registros. Caso contrário, um acesso ao *data center* será necessário.

Pressione a seta verde abaixo para continuar. Ou pressione o X vermelho para obter detalhes sobre os locais de data center.

Obrigado por sua seleção. Seu assistente estará com você em instantes.

Fim da transmissão.

Calina

Minha pele formigou com a consciência de que Jace voltou. Sua energia régia era como um golpe em meus sentidos. Ele não olhou para mim, nem falou, apenas vagou até o bar novamente para preparar outra bebida.

Observei quando ele se inclinou, notando a forma como a calça jeans preta se moldava em suas coxas e nádegas. Os vampiros sempre foram criaturas sedutoras, sua autoridade era uma ferramenta de sedução que usavam para atrair suas presas. Minha atração por ele estava enraizada em meu ser, tornando impossível resistir à obra-prima masculina diante de mim. Se ele me dissesse para me ajoelhar, eu o faria, porque meu corpo exigiria.

No entanto, isso não significava que ele poderia ter minha mente.

Ele se endireitou com algo na mão e começou a se mover em minha direção. Encontrei seu olhar e o encarei, dizendo a ele sem palavras que eu não o temia. Lilith tentou instigar um terror inequívoco em mim, mas todos os seus esforços me provaram o quanto eu poderia aguentar sem desabar.

Ele torceu o item que segurava com a palma da mão, atraindo meu foco para a garrafa. Em seguida, a levou aos meus lábios, me dando uma boa dose de água. Eu nem tinha percebido que estava com sede até começar a engolir. Os goles anteriores de álcool deixaram para trás uma queimadura na garganta que a água logo apagou, me fazendo suspirar e ser grata pelo líquido refrescante.

Ele não disse nada, apenas me ajudou a beber com cuidado até que a garrafa esvaziasse. Quando terminei, ele a colocou de lado e ficou atrás de mim.

Resisti à vontade de olhar para ele quando seus dedos encontraram meus ombros.

— Já tomou uma decisão? — ele perguntou. Sua voz era como uma carícia sedosa nos meus ouvidos. — Vai trabalhar comigo?

Ele começou a massagear meus músculos rígidos, liberando a tensão dos meus braços e provocando arrepios no meu abdômen. Lutei contra o impulso de gemer. Seu toque era hipnótico, e ele procurava meus pontos de dor, aplicando pressão suficiente para relaxar as articulações doloridas.

Estive amarrada a esta cadeira por muito tempo, com os braços e pernas imóveis.

Mas aquele toque encantador me fez sentir viva, rejuvenescida e inteira.

— Ou prefere que façamos isso da maneira mais difícil? — Ele continuou massageando e seu polegar apertou um ponto de pressão no meu pescoço, me fazendo ofegar de dor. — Diga alguma coisa, Calina — ele murmurou contra meu ouvido. — Ou serei forçado a adivinhar sua resolução.

Tremi quando ele retomou sua massagem e meu corpo imediatamente cedeu à sua vontade. Não havia dúvida de que ele era meu dono agora. Mas eu cooperaria de bom grado?

— Preciso saber que o James e a Gretchen estão seguros — falei em um suspiro, estremecendo quando ele voltou ao ponto de pressão. — Não vou ajudar se eles estiverem machucados. — A declaração saiu com os dentes cerrados, então suspirei enquanto ele me atormentava com aqueles apertos deliciosos em minha pele.

Ele queria dominar minha cabeça, me fazer submeter, mesmo enquanto eu gritava por dentro. Eu podia sentir na maneira como ele lidava comigo. Seus movimentos estratégicos o marcavam como um oponente digno neste ringue.

Assim como Lilith.

Ela também foi uma estrategista mestre.

— Eles estão bem — ele respondeu. — E permanecerão assim se você cooperar.

O que significava que ele pretendia mantê-los vivos como forma de exercer poder.

— Preciso deles vivos para testemunhar, então não vou libertá-los. Pelo que você deveria me agradecer, Calina, porque eles não sobreviveriam a este mundo sem minha tutela. — Ele apertou meu pulso depois que suas palmas deslizaram pelos meus braços como se memorizando a sensação da minha pele. — E nem você.

Um tremor desceu pela minha espinha enquanto os nós dos seus dedos roçavam a lateral dos meus seios e seu calor nas minhas costas era um conforto que meu corpo ansiava muito mais do que minha mente.

Mas eu não podia negar que me senti estranhamente protegida em seu abraço. E senti isso apesar da ameaça real de seus dentes contra meu pulso.

— Trabalhe comigo — ele sussurrou. — Me ajude a derrubar o império de Lilith.

Engoli em seco.

— É esse o seu verdadeiro objetivo?

— Sim — ele admitiu baixinho. — Pretendo queimar tudo o que ela criou. Mas para fazer isso, preciso encontrar o Cam. Também preciso saber com quem ela estava trabalhando, para onde seus arquivos estavam indo e quais outros registros podem existir nos *data centers*, presumindo que sejam reais.

— Eles são.

— Esse será o primeiro item que exijo que você prove.

— Assim como ver Gretchen e James será minha primeira exigência — respondi.

— Você não está realmente em posição de dar comandos, pequena estrategista — ele murmurou. — Mas vou te conceder essa única exigência, desde que você me dê algo em troca.

— O que você quer?

— Seus olhos. — Ele beijou meu pescoço e me soltou. O ar frio foi como uma irritação inesperada contra a minha pele corada, provocando um arrepio pelo meu corpo.

De repente, me senti desolada e fria. A presença de Jace era um cobertor pelo qual eu não queria ansiar. Mas não consegui lutar contra minha atração. Ele era o ser superior, o *predador*. Como humana, eu estava predisposta a me submeter ao seu poder.

E Jace era *isso*.

— Vou deixar você ver a Gretchen e o James, mas só depois que provar sua disposição de ajudar em minha causa. — Ele ficou de frente para mim, com um dispositivo na mão. Me lembrou um telefone antigo. Mas quando ele deu vida ao item, percebi que era muito mais que isso.

Hologramas de imagens preencheram o espaço entre nós, cada um mostrando um rosto com um nome e título abaixo dele. O mais próximo de mim pertencia ao homem que me amarrou a esta cadeira.

Vampiro Real. Região de Jace.

— O que é a região de Jace? — perguntei em voz alta. — Ou melhor, onde fica? — Eu sabia que Lilith tinha dividido o mundo em diferentes reinos para vampiros e lycans governarem. Mas não sabia os nomes ou locais originais.

— Noroeste dos Estados Unidos — ele respondeu, me

observando. — A Cidade de Jace é a versão atualizada de São Francisco.

Pisquei e então assenti.

— A Lilith ficou com Chicago. — Eu nunca tinha confirmado isso, mas imaginei com base nas imagens que eu via atrás de Lilith sempre que ela conversava por vídeo.

Ela me manteve no escuro sobre a nova ordem porque isso enfraquecia minha capacidade de fugir. Não que eu realmente tivesse essa opção.

E como Jace havia apontado, eu não sobreviveria por muito tempo neste mundo reformado. Ou pior, eu desejaria a morte apenas para nunca experimentá-la.

— O Bunker 47 ficava no norte do estado de Michigan — ele murmurou, ainda me observando.

— Assim, confirmando que Lilith ficava em Chicago — respondi com um aceno de cabeça. — Ela nunca ficaria muito longe.

— Verdade. — Ele continuou a me observar, em seguida mudou para uma nova imagem. — Quero que você me diga se alguém é familiar. Alguém que você viu no laboratório ou conversando com Lilith. Qualquer coisa mesmo.

— Não conheci muitos vampiros ou lycans fora de suas jaulas — avisei a ele.

— Se você conheceu pelo menos um, nos ajudará a determinar nossas próximas etapas. — Ele me olhou mais uma vez e sorriu. — Você parece apreciar o conhecimento, então também definirei a região e os territórios do clã para você à medida que avançamos. Por exemplo, este é o Kylan. Sua região inclui British Columbia, Yukon, Alaska e toda aquela área. Sua sede estadual é em Vancouver.

Estudei o belo vampiro real na tela, observando seus olhos e cabelos escuros.

— Eu nunca o vi antes. — Ele tinha o tipo de rosto que uma mulher se lembraria. Assim como Jace.

Jace abaixou o queixo e abriu o próximo vampiro.

Claude. Sua região também ficava no Canadá, ocupando Quebec, Terra Nova e Labrador, Nova Escócia e algumas outras áreas ao norte. Não o reconheci.

Silvano veio a seguir. Vampiro. Falecido e substituído por Ryder. Sua região incluía Texas, México e vários países da América Central.

— Na verdade, estamos na Costa Rica. San José, especificamente.

— Isso explica a umidade — respondi, ciente de nossa proximidade com o equador e do calor conhecido nesta região do mundo.

Seu olhar gelado cintilou com algo que não entendi. E ele trouxe a próxima imagem, nos levando de volta aos Estados Unidos com o Clã Clemente, a primeira área lycan. Os lobos ocupavam grande parte do sul. O Alfa Edon estava no comando.

— Não o conheço — respondi.

— Alfa Luka, Clã Majestic — apareceu na tela em seguida, me fazendo franzir a testa. Não o reconheci tanto quanto o nome.

— Já ouvi falar desse território. — Mas não sabia dizer por quê.

— É no norte dos EUA. Montana, Dakota do Norte, Wisconsin... — Ele parou, esperando que eu comentasse.

Procurei uma memória e balancei a cabeça.

— Não sei por que é familiar. Teremos que verificar os registros. Talvez um dos lycans tenha vindo de lá. — O que faria sentido, dada a proximidade com o território de Lilith.

— Os nomes Izzy ou Ismerelda te dizem alguma coisa?

Repeti os nomes e balancei a cabeça novamente.

— Não.

Suas íris piscaram novamente, então uma nova imagem apareceu. Outro lycan. Brandt. Clã Calgary. Seu nome de território correspondia à área geral do Canadá com suas terras, incluindo Alberta, Saskatchewan e outras províncias próximas.

Quando Jace mudou para a Europa, perguntei sobre Nova York e o nordeste dos Estados Unidos em geral.

— Todos pertencentes a Lilith, infelizmente — ele murmurou.

— Oh. — Tentei fazer um gesto para que ele continuasse, apenas para lembrar que meus pulsos ainda estavam amarrados à cadeira.

Foi nessa hora que percebi que não conseguia mais sentir os dedos porque as restrições haviam cortado toda a minha circulação.

Jace seguiu meu olhar, e a tela desapareceu por um momento.

— Quando foi a última vez que você comeu?

Entreabri os lábios para responder, mas franzi a testa quando percebi que não tinha ideia.

— Seu sangue? — ofereci. Isso tinha me rejuvenescido e saciando qualquer fome que eu pudesse ter sentido.

Embora agora que eu estava pensando sobre isso, eu podia sentir a dor sutil em meu estômago. Semelhante à forma como minha garganta estava quando ele me deu água.

Jace cruzou os braços enquanto me considerava, fazendo o suéter preto esticar em seu peito.

— Tudo bem, geniazinha. Vou te libertar e te alimentar. Mas se você tentar escapar, vou amarrá-la à cama e te ensinar uma lição que você não esquecerá tão cedo. Entendido?

Me amarrar à cama, não à cadeira. Uma distinção que não deixei de perceber.

Ele puxou uma faca do bolso, provocando um arrepio em mim. Entreabri os lábios para confirmar que entendi e não precisava de uma lição em contrário, mas ele já estava se movendo, fazendo com que as palavras grudassem na minha garganta, repentinamente seca.

Mas tudo o que ele fez foi cortar o nó do meu pulso direito e depois o esquerdo. Não me movi, mas senti o coração quase parar quando ele se ajoelhou para remover as amarras dos meus tornozelos.

Eu não conseguia sentir nada.

Até que de repente senti tudo. As mãos dele. Seus dedos. Seu toque quente roçando minhas panturrilhas até os joelhos e, eventualmente, minhas coxas.

Seus olhos encontraram os meus e suas pupilas se dilataram para exibir a sede vampírica divina.

— Seu sangue... — Ele parou, sem terminar a declaração. Mas eu sabia o que ele pretendia dizer.

Fui criada para ser irresistível. Uma humana com propriedades únicas que não poderia ser morta com facilidade. A droga pessoal de escolha de Lilith.

— Minha essência foi aperfeiçoada pela incubadora hospedeira — sussurrei. — Um tipo de sangue raro.

— Uma virgem de sangue.

— Semelhante — respondi, ciente dos humanos de nível superior que eram criados para saciar aqueles que podiam pagar por eles. Lilith dirigia a organização Coventus que os hospedava e o dinheiro ia principalmente para seus vários fundos – como o Bunker 47.

Eu sabia dessas coisas porque ela havia falado na minha frente. Sua arrogância não teria permitido que ela previsse esta situação. Não havia nenhuma dúvida em sua mente de que eu seguiria o protocolo me matando muito antes de alguém me encontrar. E se eu não tivesse feito isso, ela deveria ter um plano alternativo em vigor.

Mas ela falhou.

Porque o Rei Jace agora me tinha em suas garras, e eu não estava muito inclinada a manter a confiança de Lilith.

Esse jogo estratégico de negociação era muito mais esclarecedor.

— Meu sangue é parte lycan, parte *Erosita*, e curado em uma incubadora de um tipo humano raro que não existe mais. Seus virgens de sangue são os substitutos geneticamente modificados de uma raça que morreu durante a revolução.

— E você ajudou a criar tal coisa?

— Não. Outro laboratório é especializado em tipos sanguíneos e vínculo *Erosita*. Não sei muito sobre isso, mas o *data center* pode ter detalhes.

— Foi destruído como o Bunker 47?

— Duvido — respondi. — Mas com a Lilith, tudo é possível.

— Então você não sabe até onde o protocolo foi?

— Meu dever era administrar e supervisionar o Bunker 47. Todas as informações fora desse laboratório não estavam sob minha jurisdição.

— Como você sabe sobre o laboratório especializado em tipos de sangue?

— Porque nasci lá antes da revolução. — Encontrei seu olhar. — E sei de seu propósito mais recente porque Lilith gostava de me contar sobre suas vitórias. Ela adorava me fazer sentir fracassada por não trabalhar mais rápido. Mas nossos laboratórios eram muito diferentes, então nunca levei para o lado pessoal. — Um fato que costumava levá-la à violência.

— Quantos anos você tem? — ele perguntou baixinho, roçando os dedos no topo das minhas coxas enquanto olhava para mim.

Dei a ele meu ano de nascimento em termos de pré-revolução.

— Acho que isso me dá cerca de cento e trinta e nove ou cento e quarenta. Mas parei de envelhecer por volta dos vinte e dois.

— Por causa de sua genética lycan.

— E a manipulação *Erosita*, sim.

Ele franziu a testa.

— Você está acasalada com algum vampiro?

— Não exatamente. — Pensei em como explicar meus laços com a imortalidade. — Meu pai era um *Erosita*. Mas isso não foi o suficiente para me amarrar ao vínculo de alma gêmea entre humano e vampiro. Meu nascimento foi um teste e parte do objetivo de Lilith de garantir a imortalidade sem os requisitos associados à conexão *Erosita*.

— Humm, isso explica porque sua plataforma política pressionou para que as *Erositas* fosse desacreditada em vez de reverenciadas. Mas isso não me diz como você é imortal sem um vínculo de companheiro.

— O elo *Erosita* existe na mesma seção do cérebro para a mente colmeia lycan. Os pesquisadores de Lilith têm explorado essa parte por quase duzentos anos. Ela foi inserida em minha psiquê durante minha criação.

Ele inclinou a cabeça.

— Então você é um caso de sucesso – uma bolsa de sangue saborosa que não pode morrer.

Uma descrição grosseira, mas precisa.

— Para você, sim. Mas não para Lilith.

Suas narinas se dilataram.

— Que falha ela percebeu?

— Aquela que a fez se sentir possessiva sobre mim. — Meus dedos começaram a formigar enquanto o sangue finalmente retornava às extremidades. — É por isso que ela me manteve longe dos outros vínculos com a imortalidade.

— Você tem mais de um... companheiro?

— Eu os considero vínculos, não companheiros. Mas, sim. Tenho pelo menos três. Uma era Lilith, e como ainda estou viva, só posso imaginar que os outros dois estão em um estado semelhante.

— Quem são eles? — ele questionou.

— A Lilith nunca me contou, então não sei. — Encarei seu olhar, decidindo dar uma dica sutil de vantagem que garantiria minha cooperação. — Nunca tive autorização para acessar os registros. Mas talvez eu possa encontrá-los nos *data centers*.

Sua expressão suavizou e seus olhos brilharam com diversão.

— Você está me dando um motivo para confiar em sua cooperação.

— Estou.

— Humm. — Ele começou uma análise lenta pelo meu corpo, com as palmas das mãos apoiadas nas minhas coxas. — Você também está fornecendo uma pista em potencial, porque quem quer que esteja ligado a você estava trabalhando com a Lilith.

— Sim.

— Inteligente — ele murmurou, dando um beijo na parte interna do meu joelho. Foi íntimo, com sua posição entre minhas pernas abertas.

Estremeci quando seu toque se moveu para cima, sua boca traçando um caminho diretamente para a minha artéria femoral.

— Se a Lilith era possessiva, imagino que ela nunca compartilhou você — ele falou baixinho, com os olhos gelados encarando os meus. — Certo?

Engoli em seco, mas me forcei a assentir.

— Ela ameaçou, mas nunca cumpriu. — Algo que descobri há muito tempo, e me ajudou a não temer essas provocações.

No entanto, ela não estava aqui.

E eu não tinha ideia do que esperar do poderoso vampiro ajoelhado diante de mim.

— Isso significa que você não foi tocada? — ele

perguntou, baixando seu foco para o ápice entre as minhas coxas.

— Apenas uma vez — disse a ele. — Para testar os laços da imortalidade.

— Então foi por alguém a quem você não estava vinculada?

— Sim, uma cobaia lycan de laboratório — respondi, sentindo meu estômago embrulhar com a memória da experiência.

Aconteceu no meu trigésimo aniversário. Tive que doar sangue e outras amostras corporais anualmente para ser testada quanto a sinais de envelhecimento ou quaisquer outras alterações em meus padrões de crescimento. Como minhas estatísticas permaneceram exatamente as mesmas por uma década, Lilith ficou satisfeita e nunca mais me fez passar por isso.

— Ela matou o lycan, depois me bateu por fazê-la reagir daquela maneira — acrescentei, relembrando o incidente com clareza astuta, porque muitas vezes assombrava meus sonhos.

A experiência foi pior do que o cio do lycan.

— Eu realmente morri. — Meu tom neutro não demonstrava as emoções que experimentei naquele dia. — Mas os vínculos com a imortalidade me trouxeram de volta... lentamente.

Um teste final.

Algo que infelizmente passei.

Balançando a cabeça, encontrei seu olhar mais uma vez.

— Essa foi a única vez que a Lilith permitiu que alguém me tocasse. Além dela.

Ele arqueou a sobrancelha e suspeitei que queria me perguntar o que quis dizer com isso. Mas não insistiu. E uma parte de mim estava feliz. Ele poderia adivinhar. Não havia razão para examinar os hábitos alimentares brutais de Lilith em detalhes.

Além disso, se encontrássemos os registros, ele saberia de tudo.

Ele deu outro beijo, este na parte interna da minha coxa, então se levantou com fluidez e caminhou até um painel perto da porta. Não consegui ver o que ele fez para dar vida ao dispositivo, mas ouvi a voz feminina ronronar pelo interfone.

— Boa noite, meu príncipe.

— Olá, gatinha — ele respondeu, e sua voz tinha um toque caloroso. — Eu estava pensando se você poderia me ajudar com uma refeição. Para uma humana.

— Claro, meu príncipe. Alguma preferência?

Ele olhou para mim.

— Algum desejo, geniazinha?

Pisquei para ele.

— Desejo? — Por que alguém desejaria comida? Ela existia como um nutriente para a vida e nada mais.

Seus lábios se curvaram em um sorriso malicioso.

— Pegue uma caneta, Tracey. Vou te passar uma lista.

Jace

Não dei roupas a Calina. Principalmente porque eu gostava dela nua. E também porque queria manter a vantagem caso ela encontrasse uma maneira de escapar.

Ela se sentou à mesa com as costas retas e um garfo na mão enquanto classificava os itens em seu prato em quadrantes.

Era metódico e intrigante: carne no canto inferior, vegetais acima, amido, seguido de mais amido.

— Esta refeição não é balanceada — ela reclamou.

— Com certeza, não — assenti. — Mas você vai comer assim mesmo.

Seus lábios carnudos se curvaram.

— Qual é o propósito do macarrão amarelo?

— Macarrão com queijo — corrigi. — O objetivo é que é delicioso.

— Quais são os ingredientes-chave dessa substância?

— Queijo — respondi. — Coma.

Ela torceu o nariz, mas obedeceu, começando com os vegetais cozidos no vapor. Em seguida, passou para o filé e o camarão, franzindo mais a testa a cada mordida.

— Isso tem um gosto diferente.

— É temperado.

— Com o quê?

— Isso importa?

— Estou tentando discernir os resultados pretendidos de tais coisas.

— Prove — disse a ela. — É tudo uma questão de *sabor*.

— E isso? — Ela apontou para a substância branca em seu prato.

— Purê de batata. Muito saudável para a alma.

Sua expressão me disse que ela discordava, mas comeu. Eu tinha outros pratos, incluindo uma variedade de sobremesas esperando na cozinha. No entanto, suas bochechas pareciam um pouco verdes no final do primeiro prato, então decidi não forçar mais.

Lilith era obcecada por certa aparência para os humanos, o que significava fornecer uma dieta rígida aos seres mortais. No entanto, Calina não era humana, então o mesmo não deveria se aplicar a ela.

— Posso usar o banheiro? — ela perguntou.

Assenti e gesticulei para o cômodo que ficava ao lado do quarto. Não havia ponto de saída de lá, então não senti necessidade de supervisionar.

Ela saiu sem dizer uma palavra.

Aproveitei para arrumar a mesa e a cozinha, colocando as sobras na geladeira para degustar depois. Calina não havia retornado quando terminei, me fazendo parar para ouvi-la.

Silêncio.

Franzindo a testa, fui ao banheiro e a encontrei no chão passando mal.

Puta merda.

Ela renunciou à maior parte do conteúdo de seu estômago, mas isso não acalmou sua dor.

— Você não está acostumada com a decadência — falei baixinho, suspirando. — Achei que seria capaz de lidar com ela com sua genética imortal, mas parece que estava muito errado.

Pedir desculpas não ajudaria na situação. Ela precisava de conforto, e prometi isso a ela desde que cooperasse, e até agora, ela parecia acomodada em termos de me dar informações.

Fui até o box para ligar o chuveiro.

— Um banho vai ajudar — eu disse.

Ela respondeu se curvando mais e murmurou uma resposta que soou muito como, *Me deixe em paz*. Pobre Calina. Parecia frágil e pequena no chão, minha gênia mal-humorada desaparecendo atrás de uma concha mortal que poderia facilmente quebrar sob meu toque.

Que eu simplesmente não faria.

Avaliei tudo ao nosso redor, em seguida, tirei a cueca samba-canção.

Ela olhou para mim, com as bochechas pálidas como as de um fantasma.

— Humm — murmurei, me agachando diante dela. — Aqui. — Mordi o pulso e o coloquei em seus lábios. — Beba.

Ela franziu o nariz da mesma forma como reagiu ao jantar.

— Foi uma ordem, doutora — acrescentei, com um tom arrogante. — Não ofereço meu sangue para qualquer um. E não seria sensato recusar.

Eu sabia que a última coisa que ela queria fazer era engolir qualquer coisa, mas meu sangue IA curar a náusea com rapidez e eficiência. Então eu poderia dar um banho nela e levá-la para a cama. Não para transar, mas para dormir. Eu estava acordado há quase dois dias e não estava com vontade de continuar assim durante uma rodada de sol quente da Costa Rica.

Ela entreabriu os lábios e tomei isso como um sinal para pressionar o pulso em sua boca. Calina acariciou minha pele com a língua e parou quando encontrou os rasgos que meus dentes haviam feito.

Então ela começou a sugar e foi a visão mais erótica da minha vida.

Talvez fosse seu cheiro atraente ou meu atual estado de espírito, ou ainda o fato de que essa fêmea tinha me dado meu primeiro desafio em mais de um século, mas vê-la se alimentar me deixou duro como uma pedra quase instantaneamente.

Fiquei extasiado com ela. Totalmente cativado. Perdido para o gemido baixinho que ela soltou enquanto me sugava.

Ela fechou os olhos e suas bochechas coraram lindamente.

Não disse para parar. Eu poderia. *Deveria.* Mas ainda não. *Só mais um momento*, pensei, levando a mão ao seu cabelo para acariciar os fios macios. Mas eles estavam emaranhados, confirmando a necessidade de um banho e atraindo meu foco para a água caindo a apenas alguns metros de distância.

Puxando o pulso de sua boca, eu a peguei em meus braços e a carreguei para o box.

Suas íris cor de avelã estavam mais verdes enquanto ela olhava para mim em confusão óbvia. Em vez de comentar, eu a coloquei no banco e segurei um dos chuveiros móveis. Os outros dois bombardeavam minhas costas com o líquido quente enquanto eu virei o terceiro para umedecer seu cabelo.

Ela não disse nada, apenas me observou.

Quando terminei de molhar os fios, entreguei-lhe o chuveiro e peguei uma embalagem.

Ela desviou a água para si mesma, mas não se moveu muito, mantendo o foco ainda inteiramente em mim e meus dedos, enquanto eu massageava uma quantidade generosa de shampoo em seu cabelo.

Então ela as lavou. Peguei o chuveiro para enxaguar a espuma de sua cabeça.

Repetimos as ações com o condicionador.

— Levante-se — eu disse quando terminei, ciente de que meu sangue tinha mais do que curado sua náusea momentânea.

Ela obedeceu.

Coloquei o chuveiro de volta no gancho na parede e peguei um sabonete em barra.

Suas pupilas dilataram quando comecei a ensaboar seu braço. Em seguida, seu ombro, clavícula e o outro braço.

Esperei que ela dissesse algo, que expressar uma das muitas perguntas que vagavam por seu olhar, mas tudo o que ela fez foi ficar imóvel enquanto eu acariciava sua pele.

— Você tem permissão para falar — disse, voltando a tocar em sua clavícula antes de me aventurar em seu esterno e barriga.

Ela estremeceu e seus mamilos se intumesceram em belos botões rosados. Eu os evitei com o sabonete, cobrindo todo o seu abdômen com espuma e me movendo as laterais de seu corpo.

Os quadris foram os próximos, seguidos pelas coxas, joelhos e panturrilhas. E no meu caminho de volta, me concentrei nos pelos loiros aparados de seu monte feminino.

— Você está excitada — sussurrei, sentindo o cheiro de seu desejo e vendo a prova brilhante em boceta rosada. Isso fez minha boca doer por uma mordida. Humm, talvez eu transasse com ela hoje à noite, afinal.

— Estou sendo acariciada por um predador com propriedades sedutoras destinadas a apanhar uma presa. Claro que estou excitada.

Seu tom neutro desviou minha atenção de sua boceta e subiu para seu rosto. Ela falou como se essa atração entre nós fosse normal, como se qualquer outro vampiro pudesse provocar uma reação semelhante em seu corpo.

Fiquei parado com a mão ainda contra seu monte, deslizando o dedo para baixo para provocar seu clitóris. Ela estremeceu e um silvo sutil deixou seus lábios.

— E isso? — perguntei. — É apenas mais uma das minhas propriedades sedutoras?

— Sim. — Sem emoção. Sem explicação. Apenas uma confirmação direta de que ela acreditava que tudo isso era resultado da minha herança vampírica e nada mais.

— Isso é ingenuidade — eu disse, circulando seu clitóris sensível com uma precisão cultivada em mais de três mil anos de experiência. — Nem todos os vampiros são excelentes na arte do sexo.

— Eles não precisam — ela respondeu. — Os humanos se curvam naturalmente, tornando a habilidade sexual um ponto discutível.

— Você não se curva — apontei.

— Você não me pediu isso.

Quase disse a ela para fazer isso agora, sentindo o desejo de ensinar uma lição a sua boca com meu pau crescendo exponencialmente a cada segundo que passava.

Mas decidi que outra lição seria mais prudente em nossa situação.

Devolvi o sabonete ao suporte e lavei as mãos.

Em seguida, coloquei Calina de costas para a parede de azulejos.

Seus olhos castanhos cintilaram com incerteza, mas ela sustentou meu olhar enquanto eu deslizava uma coxa entre as dela. Eu a prendi com meu corpo e minhas mãos reivindicaram seus quadris.

Ela estremeceu.

Eu sorri.

— Você acredita que a sedução é um princípio fundamental na caça de presas, que é natural para você se sentir excitada na minha presença por causa do que sou, não quem sou. Correto?

— Sim. — A confirmação saiu em um exalar suave que senti contra meu queixo.

— E quanto ao prazer? — perguntei. — Os humanos só sentem isso como uma reação natural à destreza do predador?

Ela franziu o cenho.

— Você quer dizer durante a morte?

Uma resposta tão reveladora, que me fez apertar meu controle sobre ela.

— É a única vez que um humano sente prazer na companhia de um ser superior?

— O objetivo é arrebatar a presa. Então, suponho que uma certa quantidade de endorfinas esteja envolvida no processo.

— É isso que você sente agora? — perguntei, roçando os lábios em sua bochecha enquanto beijava um caminho até sua orelha. — Uma certa quantidade de endorfinas?

— Eu... eu sinto... sim.

— Humm — murmurei, intrigado com sua interpretação das reações de seu corpo. Foi uma avaliação prática que sugeria que ela nunca tinha experimentado a escravidão da paixão.

Não era surpreendente, dado o que ela me contou sobre seu único encontro sexual.

O que tornou esse experimento ainda mais divertido.

No entanto, tinha que definir apenas mais alguns parâmetros antes de podermos realmente começar. Como cientista, ela gostaria de ter os fatos bem registrados em seus pensamentos. Dessa forma, quando eu a fizesse explodir, ela sentiria toda a força da explosão.

— Você gozou enquanto o lycan te comia no laboratório? — perguntei. Foi uma pergunta crua, mas Calina não reagiu com emoções. Ela parecia preferir a ciência e a razão aos sentimentos e sensibilidades.

E ela não hesitou.

— Não.

— E quanto a Lilith? Ela te fez gozar alguma vez? — pressionei, roçando os dentes em seu lóbulo enquanto meu pulso acelerava com o pensamento. A noção de Lilith se relacionando com Calina não me agradou particularmente.

Uma revelação estranha, considerando que eu mal conhecia a mulher.

No entanto, eu me sentia possessivo em relação a ela.

Isso era resultado de sua existência? Ela já havia mencionado que Lilith se sentia da mesma forma. Talvez tenha algo a ver com sua criação no laboratório?

— Claro que não — ela respondeu, confirmando que Lilith nunca lhe deu um orgasmo. — Minha gratificação não servia de nada durante as sessões de alimentação. Ela só desejava minha submissão e dor.

— O que você acha que está acontecendo aqui agora, que estou aplicando meu poder sensual sobre você para encorajá-la a se submeter?

Sua garganta se movei contra meus lábios e seu estremecimento foi uma sensação palpável que senti tremer em minha própria pele.

— S-sim?

— Você não parece muito certa — murmurei contra sua veia latejante enquanto flexionava a coxa entre suas pernas. — Tudo bem, geniazinha. Vou ajudá-la a ver a luz em apenas alguns minutos.

— Luz?

Levei meus lábios ao seu ouvido.

— Sim, doce estrategista. Luz. — Deslizei a palma da mão pela lateral do seu corpo até o seio, circulando um mamilo ereto com o polegar. — É verdade que vampiros e lycans são seres sexuais. Podemos cativar nossas presas e subjugá-las com facilidade. Mas há muito mais nessa equação, doutora.

Afastei a mão de seu quadril e a passei ao longo de seu abdômen até os pelos loiros e curtos de seu sexo.

— Nossas preferências e habilidades variam — continuei

contra sua orelha enquanto meu polegar e indicador apertavam seu mamilo e arrancavam um gemido suave de seus lábios. — Portanto, não se trata do que somos, querida gênia. É sobre quem somos.

Ela tremia enquanto eu explorava sua intimidade e meu polegar encontrou aquele centro macio para dar a ela a fricção que ela ansiava. Outro gemido saiu de sua boca, e este soou quase estrangulado, como se ela estivesse lutando contra a reação de seu corpo ao meu toque.

Isso fez com que meus lábios se curvassem.

— Doce menina — sussurrei, mordiscando o lóbulo da sua orelha. — Não sou qualquer vampiro. Eu sou a porra de um *rei*. E você está prestes a descobrir o porquê.

Eu a penetrei com dois dedos enquanto continuava a acariciar sua carne sensível com o polegar. Ela gritou em resposta, me fazendo sorrir ainda mais.

E cedi ao impulso de morder.

Minhas presas perfuraram sua garganta bonita, alcançando sua veia com facilidade e levando-a direto a um clímax que a deixou ofegante de surpresa.

Ela agarrou meus braços enquanto seu corpo estremecia sem parar contra o meu. Quase como se todas as suas décadas de prazer negado culminassem em um único momento, enquanto sua boceta apertada espremia meus dedos.

Não parei, estimulando-a a continuar com carícias contra seu clitóris, fazendo meus dedos entrarem e saírem de seu corpo, acariciando aquele ponto bem no fundo que deixava as mulheres loucas de desejo.

Ela gritou, cravando as unhas em minha pele à medida que entrava em outro clímax intenso.

Seu sangue na minha língua me fez grunhir. Me despertando o desejo de beber até secar. Era um desejo irresistível. Mas mantive a sanidade, apreciando seu sabor enquanto tocava seu corpo com perfeição.

Meu nome deixou sua boca, com um apelo em seu tom, mas ouvi-la me chamar de Jace apenas me encorajou a continuar.

Chupar mais.

Acariciar mais.

Apertos de leve em seu mamilo excitado antes de trocar de seios e mãos.

Acariciando-a por dentro com os dedos mais uma vez.

Provocando seu clitóris.

Empurrando-a em uma espiral arrebatadora que redefiniu sua realidade. Lágrimas deslizaram por suas bochechas. Seus lábios se entreabriram em silencio. Seu corpo se tornou líquido em minhas mãos.

E ela estremeceu de novo.

Bebi o suficiente para mantê-la nesse estado de euforia, com o objetivo de mostrar a ela o verdadeiro poder de um vampiro moderado.

Foi uma lição bem aprendida. Algo que não parei de dar até que ela gozou com tanta força e por tanto tempo que desmaiou contra mim.

Só então soltei seu pescoço bem devagar, com cuidado para não rasgar sua pele, e a peguei no colo. Beijei o topo de sua cabeça, terminei o banho e a envolvi em uma grande toalha de algodão.

Suas pálpebras finalmente se abriram, mostrando as pupilas dilatadas e as bordas cor de avelã finas em torno do preto.

— Estou ansioso para ouvir mais sobre sua análise de minha espécie à noite, doutora — eu disse baixinho enquanto a carregava para a cama. — E espero que essa experiência orgástica seja totalmente detalhada em seu relatório.

Sua equipe será implantada para recuperar os arquivos necessários em vinte e quatro horas.

Pressione a seta verde para continuar revisando os registros.

O próximo registro deve começar em três, dois...

Registro ano um. Dia um.

Olá, meu senhor, bem-vindo à nova era. Compilei esses registros anuais para você observar a progressão do seu plano. Espero que seja útil no caso infeliz de minha morte.

Agora, vamos começar.

Noventa por cento da raça humana foi exterminada de acordo com sua sugestão.

Quinhentos mil humanos foram selecionados para iniciar o processo de reprodução. Os tipos de sangue devem ser frutíferos para as gerações futuras. Outros cem mil foram colocados nas reservas para serem testados quanto à viabilidade.

Todas as crianças e jovens com menos de dezoito anos foram matriculados no sistema universitário, com exceção dos fracos que foram dados a membros da realeza que apreciam o sabor rico apresentado na veia de uma criança.

O resto da raça humana foi dividida por região, dando a cada membro da realeza e alfa um número igual de mortais para operações na cidade. A maioria provavelmente será usada como fonte de alimento, mas outros que se provaram mais úteis serão colocados ao serviço em haréns, câmaras de gratificação, necessidades de serviço geral, criação de lycan, caça à lua ou outros passatempos imortais e assim por diante.

Os procedimentos do Dia de Sangue estão quase concluídos. O Magistrado foi votado pelo lado lycan da Aliança. Começaremos a primeira cerimônia daqui um ano. Os humanos lutarão por seu direito de se juntar às nossas fileiras. Apenas um lycan e um vampiro serão selecionados.

Tudo isso de acordo com seu projeto. Só espero poder corresponder às suas expectativas enquanto você descansa.

Durma bem, meu rei.

Vou alertá-lo quando chegar a hora de se levantar.

Pressione a seta verde para prosseguir para o próximo registro sequenciado.

Fim da transmissão.

Calina

Meu corpo formigou e minha pele estava quente e sensível.

Era desconfortável. Mas ao mesmo tempo, não era.

Fiz uma careta, incerta de como realmente me sentia. Rejuvenescida. Mais leve que o ar. Sonhadora.

As sensações eram estranhas.

Assim como o cobertor masculino atrás de mim.

Lábios passaram pelo meu pescoço, provocando um arrepio pela minha espinha.

— Olá, doutora. Como você está se sentindo? Satisfeita, talvez?

Abri os olhos e as janelas diante de mim exibiam um sol poente. Eu não conseguia me lembrar de ter adormecido.

Na realidade...

Entreabri os lábios.

Oh...

Apertei as coxas quando as memórias do que tinha me nocauteado voltaram à minha cabeça.

Satisfeita era um eufemismo.

Jace tinha me enviado a um redemoinho de êxtase que quase parecia irreal. E ele encerrou nosso tempo juntos com um comentário sobre dar a ele um relatório completo.

Um relatório completo de quê?, me perguntei, incapaz de me lembrar o que mais ele havia dito.

Provavelmente, algo sobre a habilidade vampírica de subjugar presas – um fato que ele provou no chuveiro. Porque eu teria feito qualquer coisa para continuar me sentindo assim em seus braços.

Sua boca cobriu minha pulsação, seus dentes tocaram minha pele.

Meu coração acelerou quando ele perfurou minha veia com facilidade e sem esforço, como se minha garganta fosse sua para reclamar. Ele grunhiu e o predador nele se deleitou com meu gosto.

Então sua mão roçou meu quadril no caminho para o ápice entre minhas coxas.

Esperei com a respiração suspensa para sentir aquele toque erótico, e ele não me decepcionou, deslizando seu dedo entre minha intimidade e tirando um prazer requintado de minha carne.

Parecia um sonho. Provavelmente era. Uma fantasia que eu nunca soube que desejava. Mas ah, como eu desejava agora.

Este vampiro era perigoso. Ele assumiu o controle dos meus pensamentos. Me consumiu. Tirou meu foco. Me possuiu de uma maneira tão estranha que eu não tinha certeza de como lutar contra ele.

Predador, minha mente sussurrou. *Ápice predador.*

Eu sabia disso.

Ainda assim, sucumbi ao seu toque.

Talvez porque eu nunca tivesse experimentado nada assim. As mãos de Lilith eram ferramentas que ela usava para machucar a mim e aos outros.

Jace... suas mãos... eram viciantes.

Sua boca continuou se movendo na minha garganta, mas não de forma dura. Era como no chuveiro, onde ele havia bebido em movimentos lentos e medidos.

Ao contrário da maneira como ele me atingiu no Bunker 47.

Por quê? Queria perguntar. *Por que você está fazendo isso?*

Mas meus lábios recusaram a se mover.

E no momento seguinte, eu estava gemendo com o gozo que pulsou por cada centímetro do meu ser. Eu o senti sorrir em meu pescoço. Seus dentes não estavam mais enfiados na minha pele.

— Por quê? — murmurei, tentando me lembrar a frase exata da minha pergunta e sentindo o corpo em chamas e tremendo violentamente.

— Por quê? — ele repetiu em meu ouvido. — Por que estou lhe dando prazer?

Tentei assentir, mas estava muito satisfeita para me mover. Ele deve ter percebido que eu estava tentando, porque seu sorriso cresceu.

— Não há nada que eu goste mais neste mundo do que ouvir uma mulher gemer assim ao acordar — ele murmurou, beijando o espaço logo abaixo da minha orelha. — Ajudou na sua análise?

Pisquei.

— Análise?

— Sim, aquela vinculada à teoria sobre sua excitação. — Ele me cutucou nas costas e se apoiou no seu cotovelo ao meu lado, com os olhos azuis como gelo brilhando com diversão enquanto olhava para mim. — Você declarou ontem à noite que sua excitação se dá por eu ser vampiro. Se lembra?

Desta vez, mexi um pouco o pescoço, me permitindo baixar o queixo. Porque sim, me lembrava da declaração. No entanto, não entendi por que isso fazia com que ele fosse tão... tão... eu não conseguia encontrar a palavra. Gentil, talvez? Agradável? Atento? *Interessado?* Ele já me subjugou, mas mal tirou sangue da minha veia.

Qual era o objetivo?

— Nosso experimento provou que essa teoria está correta? — ele perguntou, me trazendo de volta à nossa conversa. — Ou deseja revisar sua avaliação?

Experimento?, pensei, franzindo a testa. *Isso tudo era um experimento?*

— Por quê?

Ele me estudou.

— Discordo de sua suposição e pretendo provar que é falsa.

— Mas por quê? — Por que uma coisa tão trivial era tão importante? Eu estava abaixo dele. Minha opinião não deveria contar. Lilith nunca se importou com nada que eu tivesse a dizer, a menos que fosse em relação a uma descoberta científica. E mesmo assim, ela dificilmente aceitava minha palavra. Eu tinha que provar por meio de um novo teste enquanto ela observava.

Ele passou a mão da parte inferior da minha barriga e subiu até a lateral do meu rosto, segurando minha bochecha.

— Porque eu acho ofensivo que você pense que a única razão pela qual você está excitada com a minha presença é porque sou um vampiro. Isso pode contribuir, mas o resto sou tudo eu.

— Então, é sobre sua arrogância como homem — traduzi.

Ele se inclinou para pressionar os lábios no canto da minha boca.

— Não, doutora. É sobre sua ignorância como ser humano inexperiente. — Ele esfregou o nariz no meu e se sentou. — Nós vamos reavaliar mais tarde. Agora, preciso de você devidamente alimentada e alerta. — Rolando para fora da cama, ele estendeu a mão para mim. — Venha, geniazinha. Está na hora de você provar o seu valor mais uma vez.

Tomamos outro banho juntos, desta vez sem o final

agradável. Mas ele tirou a boxer, me permitindo ver cada centímetro de sua forma masculina.

Perfeição era um eufemismo.

Eu esperava que ele guiasse minha mão ou boca para a parte saliente de seu corpo, mas tudo o que ele fez foi passar a mão ensaboada e terminar de lavar seu corpo esculpido. Em seguida, se enxaguou e repetiu as ações em mim.

Depois, enrolou uma toalha branca na cintura, permitindo que as gotas de água grudassem na parte superior de seu corpo e no cabelo escuro e espesso.

Me envolveu de forma semelhante e me puxou para a sala de jantar da suíte. Dois pratos de ovos esperavam por nós. O meu tinha tomates, cebolas e pimentões cozidos. Era muito menos decadente do que a nossa última refeição, me permitindo digeri-lo adequadamente.

Seus ovos tinham algum tipo de molho amarelo e camadas de presunto.

Ovos Benedict, ele o chamou.

Meu estômago se revirou com a visão, negando sua oferta para provar.

Ele vestiu calça preta e camisa escura de botões. Em seguida, me entregou uma camisa branca e me instruiu a usá-la como um vestido. Foi o que fiz, sentindo o tecido tocar minhas coxas, e o segui descalça para fora da suíte.

Não andamos muito, apenas passamos por algumas portas e entramos em um espaço semelhante a uma área de estar com mesa de jantar, cozinha e um quarto ao lado.

Talvez todo esse andar fosse feito de suítes residenciais.

— Bem, já estava na hora de você aparecer — uma voz profunda falou quando o vampiro com cabelo escuro e olhos cor de caramelo entrou na sala.

Ele só usava calças escuras. Atrás dele estava a fêmea – Tracey – que foi quem nos entregou toda a comida. Ela fez uma reverência para Jace, que a beijou na bochecha. O cumprimento foi semelhante ao que fizeram mais cedo, mas desta vez meu estômago embrulhou com a visão.

Fiz uma careta, sem entender a reação.

— Calina exigiu uma lição de respeito — Jace murmurou. — Ela entende melhor agora.

Minha carranca se aprofundou.

— Eu não tinha ideia de que vampiros sofriam de egos frágeis. — As palavras saíram da minha boca antes que eu pudesse contê-las.

Jace me encarou, arqueando as sobrancelhas até a linha do cabelo.

— O que você acabou de dizer?

Bem, agora que falei o que penso, posso muito bem continuar.

— Supõe-se que os vampiros tenham uma audição excelente, mas acho que eu não deveria ficar surpresa com o seu defeito, considerando todo o resto.

O vampiro com olhos castanhos claros assobiou, então olhou para Tracey.

— Vá embora, escrava. Não quero você encharcada com o sangue de outra humana.

Ela me lançou um olhar consternado e saiu da suíte com muita pressa.

Encontrei o olhar fervente de Jace e pensei em me desculpar. Mas não tinha certeza de como dizer, porque minhas afirmações não estavam necessariamente erradas. Ele não agia como um vampiro normal. E sua tendência para testar teorias também me confundia.

A porta se abriu novamente quase imediatamente com um terceiro vampiro entrando na sala, sua presença real e alarmantemente familiar para Jace. Uma mulher com pele clara emoldurada por cabelos escuros o seguiu.

Humana, percebi imediatamente. A maneira como ela se agarrava ao homem vestido de terno me disse que ela pertencia a ele.

Ele deu uma olhada na cena e arqueou uma sobrancelha escura.

— Perdi algo importante? Sua ratinha praticamente correu pelo corredor no meu caminho para cá.

— Calina estava no processo de insultar o Rei Jace — aquele com o sotaque sulista o informou, cruzando os braços. — Disse que ele está com *defeito*.

Não foi exatamente o que eu disse, mas foi perto o suficiente da verdade.

Jace era defeituoso para um vampiro. Ele não fazia nada como eu esperava, e perdia tempo tentando provar suas proezas masculinas em vez de me interrogar.

A menos que esse fosse seu método de persuasão, uma forma de me convencer a cooperar. Nesse caso, ele deveria ter usado sua vantagem quando a tinha.

Ele segurou meu queixo entre o polegar e o indicador, os olhos azul-prateados queimando os meus.

— Você falava com a Lilith dessa maneira? — ele perguntou em um tom calmo, mas letal.

Engoli em seco. Sua menção à minha mestre anterior me fez lembrar quem estava diante de mim. Ele era meu dono agora, e eu o insultei. Não foi intencional. Expressei minha observação sem pensar muito. Eu teria feito isso com Lilith?

— Não. — Porque eu temia sua retaliação.

Jace não evocava a mesma reação em mim. *Por que não?*, me perguntei.

— Ainda assim, você me desrespeita abertamente na frente dos outros. Por quê? — Ele manteve aquele tom leve, provocando um arrepio pela minha espinha.

A raiva de Lilith era como um inferno, explodindo sem aviso e destruindo tudo e todos em seu caminho.

A fúria de Jace me lembrou de uma onda desavisada, o tipo que crescia de forma imperceptível e levava a vítima para baixo com uma queda de poder.

E eu inflamei o lento redemoinho de água, construindo-o em uma crescente que me engoliria por inteiro se eu não fizesse as pazes rapidamente.

No entanto, eu não conseguia formar as palavras, um pedido de desculpas impossível. Ele me confundia muito.

— Eu não te entendo — gaguejei. — Você não faz nada conforme o esperado.

Ele arqueou as sobrancelhas.

— E o que você considera como esperado?

— Ordens. Tarefas. Perguntas. — *Não me alimentar com refeições decadentes e me dar banho depois que coloquei a refeição para fora*, pensei, mas não disse. — A Lilith solicitava relatórios. Eu lhe dava. Ela se alimentava. Eu morria. Então acordava para repetir o processo até que ela voltasse. — Essa era a minha vida. Meu propósito. Meu ritual. E tudo isso foi para o inferno nos últimos dias, entre os protocolos e sua chegada inesperada.

Meu mundo não fazia mais sentido.

— Quero ver James e Gretchen — acrescentei, precisando de normalidade. — Por favor.

Ele me observou por um longo momento, então olhou para o vampiro sulista.

— Faça uma transmissão ao vivo para ela.

Não tirei os olhos de Jace. Eu não poderia. Ele me segurava com muita força para permitir o desvio em minha linha de visão e o aperto de sua mandíbula me disse que ele não estava prestes a me soltar. Acertei um ponto fraco. Mas algumas das chamas haviam deixado suas íris enquanto ele lentamente voltava seus olhos para os meus.

— Me conte sobre os data centers — ele exigiu.

Engoli em seco novamente, então disse a ele tudo que eu sabia. Só de falar as palavras em voz alta me ajudou a me sentir mais firme, me lembrando do meu propósito neste mundo e me ajudando a me sentir mais confortável comigo mesma.

Seu toque mágico me enervava.

Mas falar sobre os relatórios e os sistemas me acalmava.

Cheguei a contar a ele sobre o acesso *backdoor* que criei para mim mesma, explicando como isso me permitiu contornar alguns dos recursos dos sistemas do Bunker 47 para substituir as câmeras de vigilância e acessar meus arquivos.

— O *backdoor* era a conexão com o data center — concluí.

Sua expressão não tinha mudado, suas maçãs do rosto continuavam régias e dilatadas por seu aperto de mandíbula.

— Começo a entender seu atraso — o vampiro sulista falou em tom baixo. — Ela é magnífica.

— Verdade — Jace respondeu, curto e grosso. Então ele inclinou minha cabeça, me permitindo ver uma tela que o outro vampiro ergueu. — James e Gretchen — acrescentou de forma categórica, definindo a visão diante de mim.

Eles estavam em uma sala sem janelas, andando em volta da mobília.

A comida intocada estava na mesa, e eu poderia dizer que Gretchen estava chorando.

— Onde está o filho deles? — perguntei, procurando na tela.

— Ele não fez parte da sua negociação — Jace apontou, atraindo meu olhar de volta para si com a mão no meu queixo.

Meus olhos se estreitaram.

— Você o machucou?

— É seu direito saber?

Não, mas...

— Se você quiser que eu divulgue a localização do *data center*, então sim.

— Você sabe a localização? — ele rebateu.

— Sei como encontrar. — Considerando que toda a minha lógica de *back-end* estava ligada ao data center, não seria difícil de fazer. E seu amigo vampiro com sotaque sulista parecia ter acesso a alguma tecnologia de ponta. Essa era a única maneira de explicar sua capacidade de rastrear meu sinal original. — Devolva o filho deles, e eu encontrarei o *data center*.

— Encontre o *data center* e vou considerar sua solicitação — ele respondeu, me apertando mais. — Não encontre e vou matar o filhote enquanto você assiste.

Meu coração deu um pulo e a maneira monótona com que ele falou sobre tanta violência fez meu estômago se revirar.

— Ele é um lycan.

— Ele é uma abominação criada em um laboratório — ele respondeu. — Assim como você. A única diferença é que você é útil. Ele, não. Faça sua escolha, doutora.

E ele alegou ser diferente de Lilith.

Acho que era, de certa forma. Ela teria matado o pequeno Petri – o filho de Gretchen e James – enquanto fazia sua exigência. Só para ver o filhote sangrar. Talvez até tivesse se aproveitado dele como um lanche.

Enquanto isso, Jace mantinha a vida dele acima da minha cabeça como uma moeda de troca.

No que dizia respeito às táticas de negociação, as dele eram mais acertadas. Lilith governava por medo. Jace usava manobras estratégicas para obter o que queria.

— Preciso de um computador — eu disse. — E acesso a uma rede.

— Você será supervisionada — ele falou, com o aperto inflexível. — Não falhe comigo, Calina, ou você vai se arrepender. — Com isso, ele me soltou. — Damien.

O vampiro sulista, que assumi se chamar Damien, sorriu. Isso fortaleceu suas feições, dando-lhe um belo apelo. Ele também tinha tatuagem no braço, os redemoinhos retratando um padrão antigo que me fez questionar sua origem. Mas eu sabia que não devia perguntar. Em vez disso, encontrei seu olhar e esperei.

— Minha vez de liderar? — ele perguntou, parecendo se divertir com a perspectiva.

— Dentro do razoável — Jace respondeu, fazendo com que o outro homem olhasse para ele.

— Limites?

— Sim. Semelhante à sua escrava.

— Interessante — Damien murmurou, me olhando. — Bem, vamos começar.

Jace

Eu estava no corredor com os dedos fechados, sentindo um desejo enorme de socar Damien.

Ele mal tocou Calina – apenas moveu seus longos cabelos loiros por cima do ombro para expor seu pescoço de forma ameaçadora – e quase me lancei contra ele. Em vez de comentar, saí da sala.

Que merda era essa?

O instinto possessivo me atingiu bem no estômago. Senti uma necessidade de puxá-la para longe do outro homem como nunca tinha experimentado antes em minha vida.

Caramba, passei várias noites na cama com Tracey e Damien há apenas algumas semanas. Eu preferia sexo em grupo a experiências individuais.

No entanto, a ideia de compartilhar Calina com Damien me deixou irado.

Passei os dedos pelo cabelo e respirei fundo quando Darius se juntou a mim no corredor com Juliet.

Falando em compartilhar, pensei. Eu estava tentando me juntar a esses dois na cama desde que coloquei os olhos em Juliet pela primeira vez, mas Darius recusou.

E agora, a ideia não me atraía tanto quanto colocar Calina sobre a bancada e fazê-la se submeter.

Esta mulher está me fazendo perder a cabeça, concluí. *É o cheiro dela. Aquele aroma de sangue virgem de dar água na boca.*

Meu foco foi para Juliet. Dilatei as narinas.

Normalmente, seu sangue me chamava.

Mas não agora.

Puta merda.

Comecei a andar enquanto Darius me observava com uma sobrancelha arqueada.

— Ela te irritou mesmo, não é?

— É muito mais que isso — retruquei, levando as duas mãos para o cabelo enquanto lutava para manter o autocontrole.

Eu nem conheço essa mulher.

Ela é um meio para um fim.

Ela pensa que estou com defeito.

Grunhi com esse último pensamento, sentindo um desejo de entrar lá e mostrar a ela o quanto ela estava errada em assumir minha capacidade de processar qualquer outra coisa.

Mas Darius entrou no meu caminho com a expressão dura.

— Ela já está ajudando o Damien a encontrar o *data center*. Deixe-a trabalhar, depois você pode matá-la.

— Matá-la? — zombei da ideia. — Ah, não vou matá-la. Vou transar com ela até acabar com seu desrespeito. Então vou me alimentar dela até que ela implore para que eu pare. Ou talvez eu faça as duas coisas ao mesmo tempo.

Darius segurou meu ombro, mas um *ding* retumbante cortou o que ele pretendia dizer, e Ryder entrou no corredor usando jeans e camiseta.

— Estou começando a pensar que todos vocês passam mais tempo neste corredor do que em seus quartos — ele falou em voz baixa ao se aproximar. Willow caminhava ao lado dele com uma criança nos braços.

Ver o garotinho pareceu trazer o foco de volta.

— É aquele...? — Olhos turquesa brilhantes se ergueram para os meus, a cor me lembrando das íris de seu pai. — Você o fez se transformar.

— Ele só precisava de um pouco de persuasão — Willow respondeu, seu cabelo loiro estava solto, longo e ondulado.

Como Lilith, percebi.

— Você está aqui para a sessão de fotos com Damien.

— Sim — Ryder confirmou. — A Lilith não é vista há alguns dias e a menos que você mude de ideia sobre anunciar sua morte na próxima reunião da Aliança de Sangue, precisamos tirar algumas fotos.

— Não dá para fazer isso com uma criança nos braços — Darius apontou.

— Não, é por isso que o trouxemos aqui. Precisamos que a Juliet tome conta dele. — No típico estilo Ryder, ele não perguntou, apenas exigiu. E como éramos todos hóspedes em seu território, imaginei que ele tinha o direito de fazê-lo.

— Damien está ocupado supervisionando a Calina enquanto ela procura o *data center* — falei.

Ryder deu de ombros.

— Então você pode supervisioná-la enquanto ele tira algumas fotos.

Trinquei os dentes com a perspectiva. Principalmente porque uma parte de mim estava aliviada com a ideia de mandar Damien para outro lugar e ter Calina só para mim.

Isso só pode estar relacionado ao sangue dela.

Ela mencionou que Lilith também era possessiva, mas havia associado esse comportamento ao fato de compartilharem um vínculo. Talvez nem fosse o vínculo, apenas Calina.

Independentemente disso, me peguei concordando com o comentário de Ryder e disse:

— Vou assumir.

Por que eu não assumiria?

Ela era minha.

Por enquanto.

Temporariamente.

Puta merda.

Engolindo a vontade de grunhir, andei ao redor de Darius — só então percebendo que sua mão ainda estava no meu ombro. Encontrei seu olhar enquanto eu passava.

— Estou bem.

— Está?

— Sim — rebati. — Me deixe ir.

Ele franziu a testa, mas não me segurou. Em vez disso, falou:

— Talvez devêssemos deixar a Calina ver o menino como uma demonstração de boa-fé. Se ele estiver na sala enquanto ela trabalha, pode motivá-la a obedecer. Especialmente com sua ameaça pairando sobre a cabeça dela.

Considerei suas palavras e assenti.

— Sim.

— Que ameaça? — Willow perguntou.

— Nada que eu pretenda levar adiante — prometi a ela. — Mas a Calina não sabe disso. — E pelo que eu observei, seus sentidos não eram aprimorados, então ela não podia ouvir nada disso. — Juliet, linda, você se importa de segurar um pouco a criança? — Suavizei meu tom por ela, que ganhou meu respeito e admiração nos últimos meses.

Ao invés de me responder, ela olhou para Darius. Ele assentiu, dizendo-lhe sem palavras — ou talvez por meio de sua conexão mental — que aprovava.

— Claro, meu senhor — ela murmurou e seus lindos olhos castanhos encontraram os meus por um instante.

Quando nos conhecemos, ela não podia nem estar na mesma sala que eu sem fazer uma reverência. Darius tinha feito maravilhas em sua programação inata, fornecendo a força de que ela precisava para sobreviver nesta arena política.

Ela deu um passo à frente e estendeu as mãos para a criança.

Willow olhou para Ryder.

O que o fez olhar para mim.

— Se essa criança chorar em nossa ausência, vou te destruir por chatear minha companheira.

Normalmente, eu diria algo a respeito de uma ameaça como essa, mas descobri que não tinha mais réplicas, então concordei com um aceno de cabeça. Porque meu foco não estava naquela criança. Mas sim em Calina.

Em vez de esperar para observar a troca, voltei para o quarto de Damien e o escritório que ficava ao lado da sala de jantar.

A porta estava aberta, exibindo Calina em uma mesa com Damien pairando sobre seu ombro. Ele não estava tocando-a, mas sua boca estava muito perto de seu pescoço exposto.

— O Ryder precisa de você no corredor — eu disse com um tom mais duro do que pretendia.

Damien olhou para mim.

— Agora?

— Sessão de fotos da Lilith.

Essas palavras fizeram Calina enrijecer.

— A Lilith está aqui?

— Sim — respondi. — Está lá. — Olhei para a porta escondida que levava ao item em questão. — Mostre a ela, Damien.

Ele nem tentou lutar comigo por causa disso, muito animado com a perspectiva de exibir seus troféus.

Pressionando a palma da mão na parede, um painel eletrônico que exigia uma senha muito longa apareceu. Digitou todos os números e deu um passo para trás quando a parede se abriu como as portas de um elevador.

Um som sibilante acompanhou a ação, revelando um

freezer dentro e uma mulher que quase não respirava amarrada a uma cadeira.

— Vejo que você ainda não removeu o machado do estômago da Benita — comentei.

— Ah, removi — Damien respondeu. — Então pedi a Tracey que o colocasse de volta.

— Preliminares? — Imaginei.

— Algo assim — ele respondeu.

Olhei para Calina para encontrá-la boquiaberta com a cabeça na prateleira.

— Como eu disse — murmurei. — A Lilith está aqui. Só não está viva.

Calina se levantou, deixando as telas para trás, e entrou no freezer como se estivesse escravizada.

Damien se moveu para impedi-la, mas levantei a mão, dizendo a ele *não* com um olhar, curioso para ver o que ela faria.

Ela se aproximou de Lilith como se a mulher pudesse voltar à vida a qualquer momento. Então inclinou a cabeça para o lado em avaliação.

Ryder entrou pela porta do escritório, mas permaneceu em silêncio enquanto Calina se abaixava para abrir o zíper de uma bolsa com todas as partes de Lilith. Os braços. As pernas. Seu torso. Calina não os tocou, mas parecia estar examinando as partes antes de voltar o foco para a cabeça decepada.

Ryder e Damien trocaram um olhar.

Então Ryder olhou para mim.

Balancei a cabeça para os dois irem, dando a entender que eu tinha a situação sob controle.

O olhar de Damien me disse que era melhor não perturbar seus itens preciosos.

Ele saiu antes que eu pudesse responder, esperando que eu atendesse à ordem silenciosa. Provavelmente porque ele sabia que não tinha autoridade aqui. Eu faria o que quisesse. Era por isso que a nova Aliança me coroou rei.

O computador apitou, tirando a atenção de Calina da cabeça de Lilith. Sua expressão não revelava nada quando ela voltou ao escritório para clicar em alguns itens no teclado.

Eu não tinha ideia do que ela estava fazendo, me tornando o supervisor errado para esta tarefa. Por tudo que eu sabia, ela poderia estar enviando uma mensagem para um dos parceiros ou partes interessadas de Lilith.

— Pode fechar o freezer agora — ela falou, se acomodando na cadeira. — Obrigada por me deixar vê-la.

Em vez de responder, fui até o painel na parede e fechei a porta. Damien me ensinou os códigos como uma demonstração de boa-fé. Era uma nova Aliança entre muitos de nós, mas seus laços familiares com Izzy o tornava confiável aos meus olhos. Assim como meus laços com o companheiro dela, Cam, me tornaram digno do mesmo respeito de Damien.

Darius e Juliet entraram na suíte, mas não no escritório. Calina estava muito consumida pelas informações na tela para notá-los, ou não ouviu sua entrada. Com um aceno de mão, disse a ele para não entrar quando eles se aproximaram o suficiente para nos ver. Se eu precisasse dele, o deixaria saber. Até então, ele e Juliet poderiam permanecer na outra sala.

Calina ficou em silêncio, com os olhos grudados na tela.

Estudei o código, mas não consegui decifrá-lo.

Então a deixei trabalhar e digitar e só a admirei. A longa inclinação de seu pescoço. A maneira como seu cabelo permaneceu preso em um ombro. O corte da minha camisa contra sua pele nua. Ela enrolou as mangas até os cotovelos e cruzou as pernas na cadeira, permitindo que o tecido subisse por suas coxas.

Seu pé batia enquanto seus dedos se moviam, o nervosismo me fazendo pensar no que ela estava fazendo.

Coloquei as mãos em seus ombros, me inclinando para pressionar os lábios em sua orelha.

— Parte de mim espera que você esteja tramando algo nefasto — sussurrei. — Porque isso me daria motivo para colocar você sobre meus joelhos e bater em sua bunda até deixar em carne viva. — Mordisquei o lóbulo da sua orelha, sorrindo enquanto ela estremecia. — Então eu iria curvá-la sobre esta mesa e te comer com força. E se no final eu decidisse perdoá-la, talvez lhe desse prazer. Mas como estou com *defeito*, talvez não.

Sua garganta se moveu, e ela soltou o ar com dificuldade. Pressionei o nariz em seu pescoço, inalando seu perfume doce e ouvindo a cadência rápida de seu coração.

— Agora que você viu a Lilith, sabe que o que eu disse é verdade — continuei. — Isso faz de você minha propriedade, Calina. Então, se você está avisando a alguém com essas combinações inteligentes de teclas, vou ficar muito desapontado. E não acho que você quer saber o que eu faço quando estou desapontado, linda.

— Assassina crianças? — ela sugeriu, sua voz sem emoção.

Eu ri contra sua garganta.

— Termine o trabalho e me diga onde estão os *data centers*, e você não terá que descobrir.

Comecei a beijar um caminho ao longo de seu pescoço, com meus lábios parecendo viciados em sua pele enquanto ela voltava a digitar. Seu pulso continuou a vibrar sob minha boca como as asas de uma borboleta, batendo em rápida sucessão.

Ela podia ser capaz de mascarar seu tom com indiferença, mas seu corpo a denunciava.

Calina estava com medo, algo que atraía o predador dentro de mim. Eu a queria assustada, implorando e se *submetendo*.

Ela representava um desafio que eu gostava. Sua

personalidade estoica me fazia desejar desmantelá-la apenas para vê-la desmoronar aos meus pés. Eu nunca fiquei tão encantado por alguém antes.

Talvez fosse sua resistência implícita – o fato de que ela culpava sua atração a uma resposta biológica natural em vez de reconhecer uma atração potencial por mim.

A maioria das fêmeas se despojavam sob comando porque queriam, não porque sentiam uma necessidade biológica de seguir o comando de um predador.

As mulheres gostavam genuinamente da minha presença e eu as adorava da mesma forma.

Mas Calina falava comigo com uma confiança que beirava a arrogância, e eu achei fascinante, considerando sua idade e status humano.

Isso me fez querer ensiná-la uma lição sensual, torná-la viciada em mim e adicioná-la ao meu harém ou transformá-la em uma progênie para aprender sob minha proteção.

A maneira como ela se concentrava agora, trabalhando em sua tarefa, mesmo enquanto um ser superior espreitava atrás dela, era apenas mais uma prova de seu potencial neste mundo. Ela seria uma vampira fantástica. Fria, mesmo sob pressão. Prática. Inteligente. Estratégica.

Beijei sua pulsação, considerando o único aspecto negativo de transformá-la: ela perderia aquele sabor delicioso em seu sangue.

E eu não estava pronto para desistir daquela droga ainda.

Me endireitei, mantendo as palmas das mãos em seus ombros e observei enquanto ela puxava um mapa da antiga Nova York. Ela digitou as coordenadas, apertou *Enter* e olhou para mim.

— Ali.

— Impressionante — Darius murmurou atrás de nós.

Eu o senti entrar quando endireitei a coluna. Ele devia ter

interpretado isso como um sinal de que algo estava acontecendo.

Calina tentou olhar para Darius, mas levei a mão de seu ombro até a garganta, segurando-a no lugar.

— Como posso saber que você não está nos enviando para uma armadilha?

— Que benefício isso me traria? — ela rebateu. — Você tem os únicos indivíduos que considero família sob custódia. Também me mostrou a cabeça da Lilith, me libertando de seu controle indefinidamente. Alguns diriam que tenho uma dívida de gratidão com você.

— E você demonstra isso me insultando na frente da minha equipe? — questionei.

— Eu... eu não quis dizer isso como um insulto. Só estou lutando para entendê-lo. Você não é como os vampiros que conheço.

Considerei o que ela me contou sobre Lilith, como ela costumava exigir um relatório e depois se alimentava de Calina até morrer.

— Sua visão da minha espécie é distorcida — falei depois de um instante, desenhando uma linha na base de seu pescoço com o polegar enquanto eu a mantinha presa na cadeira com a cabeça inclinada para trás. — A Lilith acreditava que os humanos foram feitos para servir. Existem alguns de nós, como eu, que discordam até certo ponto.

Soltei sua garganta e me abaixei, movendo a cadeira para que ela ficasse de frente para mim. Então segurei o móvel e me aproximei para colocar meu rosto diante do dela.

— Os humanos são inferiores porque são mais fracos. Mas permanece o fato de que os vampiros dependem do sangue mortal para sobreviver. Portanto, é nosso dever proteger nossa fonte de alimento. O fato de todos nós sermos mortais em algum ponto também deve nos proporcionar pelo menos um pouco de humanidade.

Estendi a mão para passar os dedos por seu cabelo ainda úmido.

— E às vezes, há humanos preciosos que se destacam entre os demais. Quer seja pela inteligência, uma habilidade especial ou... — Passei o polegar ao longo de seu queixo e até sua garganta. — Uma linhagem de sangue única que precisa ser preservada e reverenciada.

— Meu sangue é o motivo pelo qual você está agindo dessa maneira?

— Em parte — admiti. — Mas também valorizo o que está aqui. — Levantei a mão para bater de leve em sua cabeça. — E espero que as informações que você acabou de fornecer sejam válidas e úteis para que eu possa continuar a valorizá-las. Caso contrário, será o seu sangue que vou considerar precioso, o que irá mudar drasticamente o seu destino.

Era uma falsa ameaça.

Algo me dizia que mesmo que ela tentasse nos enganar, eu ainda estaria muito fascinado para fazer algo cruel.

Mas Ryder faria.

Assim como Darius.

E eu não ficaria no caminho deles.

Encontrar Cam era o que mais importava. Nem mesmo uma mulher deliciosa poderia mudar minha opinião sobre isso.

Beijei sua têmpora e me levantei.

— Parece que vamos para o norte de novo — eu disse a Darius. — Quero estar no ar antes da meia-noite. O que significa que precisamos nos preparar para outro longo dia de sol quando chegarmos.

— Já estou com saudades da lua — Darius respondeu.

— Eu também — murmurei, passando os dedos debaixo do queixo de Calina. — Fique de pé. Você vai precisar de roupas adequadas.

Calina

Jace me deixou ver Gretchen e James antes de sairmos. Ele também deu ao casal um momento com o filho, o que apagou algumas das rugas de preocupação da testa de Gretchen.

Pelo menos, até que levassem a criança de novo, o que a deixaria totalmente fora de si. Mas era a natureza desse jogo perigoso.

Tudo foi para meu benefício. As ações de Jace serviram como um lembrete de que ele os tinha sob custódia e os mataria se eu me comportasse mal. E ele estava me dando uma última chance de salvá-los ao confessar tudo antes de partirmos.

Mas eu não tinha nenhum tipo de plano nefasto na manga.

Então fiquei quieta.

E continuei assim em nosso longo voo para o interior do estado de Nova York. Ou a Região de Lilith, como era chamada agora. Era um amplo território abrangendo uma grande parte dos antigos Estados Unidos.

Jace se sentou ao meu lado, vestido todo de preto, com o foco em um dispositivo em sua mão. Me lembrava de um tablet, mas a tela pairava no ar enquanto ele repassava as mensagens.

Eu as li conforme apareciam – porque estavam na

minha frente — e percebi que ele estava atendendo aos pedidos de vampiros sob seu controle. Havia pedidos de humanos para servir em certas posições, algumas petições por mais sangue e solicitações de visita de vampiros em outras regiões. Ele aprovou muitos, mas recusou outros com notas anexadas.

Rejeitado. Você ultrapassou sua cota de sangue este mês. Envie um inventário completo de ativos para revisão e reconsiderarei a solicitação. J.

Ele enviou aquela mensagem com um suspiro, então abriu outro item que o fez parar.

A Jasmine acabou de me enviar um pedido de reunião para a próxima semana. Ela quer discutir opções de negociação com a Região de Jace.

— Momento interessante — o vampiro elegante em frente a ele respondeu.

Darius.

Ele me lembrava um pouco Jace com seu charme elegante, mas os olhos verdes eram intensos de uma forma que me dizia que ele não sorria com frequência.

A mulher ao lado dele era sua *Erosita*. Ela tinha o cabelo escuro preso em um rabo de cavalo alto que expunha seu pescoço longo, algo que seu companheiro parecia muito interessado, já que olhava com frequência para o ponto de pulsação dela.

Era óbvio que eles podiam falar através de um vínculo telepático, porque ele balançou a cabeça algumas vezes sem dizer nada em voz alta, e estendeu a mão para apertar sua coxa de uma maneira terna que a fez encostar a cabeça em seu ombro.

Um relacionamento por amor, conclui, reconhecendo os sinais por minhas observações de Gretchen e James. Sendo que a ligação entre Juliet e seu mestre parecia ainda mais íntima. Provavelmente porque ele confiava em seu sangue para sobreviver, assim como ela confiava nele para proteção neste mundo cruel.

— Vou aceitar — Jace disse. — Será uma boa oportunidade para testar seus laços políticos.

— Ela é uma sádica que se banha em sangue humano — Damien falou a alguns metros de distância. Ele se juntou a nós depois de terminar alguns loops de fotos para manter a personalidade de Lilith viva.

Pelo que percebi, esses vampiros não queriam que o mundo soubesse sobre a morte de Lilith ainda. Eu não estava totalmente certa de seus planos, mas suas intenções pareciam boas. Principalmente porque eles queriam desmantelar o regime que ela criou.

Fiquei pensando em seus objetivos para o futuro, como pretendiam reestruturar a sociedade.

Jace tinha dito que alguns vampiros viam a importância de proteger sua comida. Era fundamental para a sobrevivência deles, então entendia o processo de pensamento. Mas o que isso significava para os humanos?

Ponderei isso enquanto Jace, Damien e Darius continuaram discutindo aliados e inimigos em potencial. Nenhum dos nomes que eles mencionaram significavam nada para mim, então me desliguei até que Jace abriu fotos para eu revisar mais uma vez.

Ele me mostrou Jasmine. A fêmea morena tinha feições sombrias e era uma vampira real nas antigas Filipinas.

Aika foi a próxima, outra vampira real, que assumiu o controle do Japão.

Então ele mudou para Lajos, um vampiro real do Havaí. Esse foi o primeiro nome a me despertar algo.

— Lilith o mencionou. — Mas não poderia dizer muito mais que isso. — Eu não o conheci. — Ele tinha olhos escuros que irradiavam más intenções, algo que eu definitivamente teria me lembrado.

Jace fez algumas anotações, então continuou.

Ayaz era o próximo, um vampiro de pele negra que havia conquistado a Turquia, Armênia e vários outros países naquela região.

— Ela também o mencionou. Algo sobre fornecer sangue *Erosita* a ele. — Me lembrei porque ela tinha feito uma das nossas cobaias com esse propósito. Nunca mais vimos a mulher.

Darius e Jace trocaram um olhar, então ele me mostrou mais três membros da realeza que não reconheci.

Cormac. Khalid. Ankit.

Reino Unido e Irlanda. Países do Oriente Médio. Mais países do Oriente Médio com Índia, Nepal e Sri Lanka.

Eu conhecia todos os locais, mas nenhum dos nomes dos vampiros.

Ele voltou para a Europa para me mostrar Sofia e Helias, duas identidades das quais Lilith falou.

— O Coventus está sob a jurisdição de Sofia — falei, me lembrando desse detalhe. — Certo?

— Não, as propriedades do Coventus e áreas circundantes são consideradas zonas neutras, e costumavam ser mantidas por Lilith, — Jace respondeu. — No entanto, a região de Sofia faz fronteira com a antiga Itália, que é onde fica um dos Coventus de virgens de sangue.

Juliet estremeceu e Darius segurou sua coxa novamente antes de beijar seu pescoço.

— Ela é virgem de sangue? — perguntei em voz alta.

Jace não ergueu os olhos das telas, ciente de quem eu estava falando.

— Sim. — Ele passou para uma nova imagem. — Que tal essa?

Uma mulher loira com olhos castanhos escuros apareceu na tela. Hazel. Vampira Real.

— A região dela abrange Grécia, Macedônia, Albânia, Hungria e alguns outros países do Leste Europeu — acrescentou, como fez com todos os outros.

— Eu não a conheço. — Ela tinha olhos amáveis. Muito diferente da aparência fria e cruel de Lilith.

— Por mais que eu esteja gostando da geografia e da lição política, vamos pousar em mais ou menos cinco minutos — Damien interrompeu. — Precisamos estar prontos.

Jace assentiu, desligando o dispositivo e colocando-o de volta no bolso.

— Continuaremos essa discussão depois de terminarmos aqui.

— Não conheci muitos vampiros ou lycans fora dos laboratórios — afirmei a ele. — Tudo o que sei é apenas por ouvir a Lilith falar.

— O que pode ser excepcionalmente útil se você ouviu a coisa certa — ele respondeu, estendendo a mão para verificar meu cinto. Em seguida, afivelou o seu, relaxou e fechou os olhos quando as cortinas ao redor do avião começaram a subir.

Meu foco foi para as janelas e entreabri os lábios com a visão do sol brilhando forte lá fora. Nós voamos todo o caminho até aqui com as venezianas fechadas, impedindo minha capacidade de ver o céu. Agora que podia, estava hipnotizada por seu esplendor.

Por quantos anos vivi sem esse fenômeno?, pensei, maravilhada com a visão.

Permaneci colada à janela durante toda a nossa descida,

sentindo os olhos lacrimejar com a claridade. Mas não conseguia parar de olhar. Era magnífico. Eu tinha visto fotos, mas elas não faziam justiça a esta experiência.

Jace passou o dedo pela minha bochecha antes de tocar seus lábios, provando minhas lágrimas.

Em seguida, ele desafivelou meu cinto de segurança, pressionou os lábios em meu ouvido e sussurrou:

— É hora de provar seu valor, geniazinha.

Eu não queria sair do meu lugar, mas a perspectiva de testemunhar o céu sem a barreira do vidro me fez levantar no mesmo instante.

Jace apoiou a palma da mão nas minhas costas, me guiando pelo corredor do jato e para as escadas. Juliet e Darius já haviam desembarcado, e os dois estavam parados com trajes combinando de calças pretas e camisas escuras de mangas compridas.

Desci as escadas para me juntar a eles, mas meu olhar se elevou para o céu azul brilhante e o sol escaldante. *Lindo*.

— Ela vai acabar cega fazendo isso — Damien comentou enquanto se juntava a nós com uma mochila pendurada no ombro.

Jace passou o dedo pela minha bochecha mais uma vez, depois segurou meu queixo para afastar meu foco da exibição deslumbrante de luz. Pisquei para ele, vendo uma mancha preta onde seu rosto deveria estar.

— Acho que já está — ele respondeu. — Proteja seus olhos, doutora. Ainda preciso deles. — Ele me apertou apenas o suficiente para me dizer que falava sério. Em seguida, me soltou, me deixando cega ao seu lado.

Cada vez que eu fechava os olhos, pontos dançavam nas minhas pálpebras. Isso me lembrou do que aconteceu quando olhei para uma luz fluorescente por muito tempo, só que pior.

Continuei piscando, esperando que diminuísse.

Jace levou a palma da mão até minhas costas

novamente, me dando uma pequena cutucada para me mover. Olhei para o chão, querendo observar meus passos, mas aqueles pontos atrapalhavam minha visão, me fazendo tropeçar.

Ele riu.

— Vai passar — prometeu, envolvendo seus braços na minha cintura para me ajudar a andar.

Damien disse algo em um idioma que não entendi, fazendo Darius bufar. Jace respondeu na mesma língua estranha.

Isso pintou um quadro da idade desses seres. Eles provavelmente falavam dezenas de línguas, tendo vivido por séculos ou milênios de cultura e vida.

Jace me pareceu o mais velho de todos, mas Darius não estava muito atrás. Os dois tinham um ar régio e antigo que tinha cheiro de poder e opulência.

O que eles chamavam de Ryder – que conheci apenas de passagem – era parecido.

Damien parecia ser mais jovem. Não tão jovem quanto eu, mas menos experiente do que os outros. Ele carecia de sua presença poderosa. No entanto, compensava com sua vantagem letal. Algo me dizia que ele poderia se defender contra um ancião e sair no topo da luta baseado apenas em sua habilidade.

Jace pressionou o polegar em minha coluna, e minha camisa preta fina fez pouco para dissipar o calor que emanava de seu toque. Ele encontrou uma calça para mim também, o tecido diferente do meu uniforme normal. E não gostei da sensação contra minhas áreas mais sensíveis, mas Jace não tinha me fornecido roupas íntimas.

— Espere — Damien disse, fazendo Jace me segurar pelo quadril para me parar ao seu lado. — Me deixe ver o que posso fazer.

Demorei mais alguns minutos para perceber o que ele

queria dizer, porque ainda não estava conseguindo ver claramente.

Uma porta.

Estávamos do lado de fora de um prédio que parecia um depósito em ruínas, mas a tecnologia na entrada certamente era nova. Isso me lembrou da tecnologia em nossos laboratórios.

— Este é o lugar certo — falei, olhando ao redor em busca de câmeras de vigilância e não encontrando nenhuma.

Estranho. Têm que estar aqui em algum lugar.

Eu também esperava que algum tipo de exército Vigília protegesse as instalações – algo que falei quando Damien me perguntou sobre a segurança em potencial.

No entanto, o lugar parecia abandonado.

Talvez seja tudo subterrâneo?, pensei, olhando para baixo.

— Será que vamos ter que explodir como o outro? — Darius perguntou.

— Não podemos — Damien respondeu, mantendo a atenção em uma tela que segurava em uma das mãos. — A tecnologia interna é muito valiosa e, pelo que sabemos, os computadores de que precisamos estão logo além dessa porta.

Rapidamente analisei o tamanho do prédio diante de nós e concordei em silêncio com sua avaliação. Se os servidores estivessem acima do solo – o que seria o melhor lugar para eles, já que exigiam resfriamento constante – não poderíamos arriscar. Uma explosão mal posicionada poderia interromper o suprimento de ar também, destruindo assim o controle de temperatura interno, o que levaria a uma rápida deterioração de toda a tecnologia.

Olhando por cima do ombro de Damien, olhei para o tablet para ver como ele estava tentando destrancar a porta. Ele estava usando algum tipo de dispositivo de decodificação de código para encontrar a senha apropriada e, como não estávamos em uma contagem regressiva, achei que era uma boa forma de fazer isso.

Mas havia um problema.

— Se o software de Lilith detectar essa violação, um protocolo deve ser iniciado, assim como no Bunker 47.

Sem meu relógio, eu não seria capaz de detectar nada sobre este data center. Não que ele estivesse conectado a esta área. Eu nem sabia se ainda funcionava, já que alguém – provavelmente Jace – tinha tirado de mim enquanto eu estava inconsciente.

— Imaginei — Damien respondeu, segurando outro dispositivo. — É por isso que trouxe o telefone de Lilith.

Isso explicava como eles sabiam sobre a contagem regressiva no Bunker 47 e vários outros detalhes.

Damien voltou a atenção para a tela, mas começou a percorrer o telefone de Lilith também. Observei o prédio novamente, preocupada. Se aprendi alguma coisa ao longo dos anos, era que Lilith planejava cada situação.

E eu realmente não gostei da falta de câmeras visíveis.

Isso me dizia que elas estavam escondidas, ou talvez um tipo diferente de vigilância estivesse sendo usada nesta área.

Satélites?, me perguntei. *Scanners infravermelhos vindo das árvores?* Olhei por cima do ombro, observando a floresta coberta de vegetação circundante. Eles pousaram o avião a mais de cem metros de distância em um pedaço de asfalto que era destinado a ser uma pista de pouso especificamente para este local.

Para Lilith visitar.

Ela não gostaria de pousar muito longe, tinha preferência era entrar e sair de suas instalações com rapidez e eficiência.

— O que você está procurando, doutora? — Jace perguntou, parecendo suspeitar.

— Vigilância. — Olhei para a porta e, em seguida, cerca de três andares no telhado. — Não há câmeras.

— Não havia nenhuma fora do seu laboratório também — ele respondeu.

— Faz com que o prédio pareça menos suspeito — Damien acrescentou.

Considerei as câmeras de segurança aos quais eu tinha acesso no Bunker 47 e admiti que não havia nenhuma que ficasse do lado de fora. Mas não concordei com seu comentário sobre as aparências.

— Essa porta é muito suspeita. — E talvez muito óbvia como ponto de entrada. — Acho que estamos perdendo tempo aqui. Existe outra maneira de entrar.

Seria típico de Lilith projetar a propriedade dessa maneira para atrair visitantes indesejáveis para uma armadilha.

Damien fez uma pausa, dilatando as narinas. Então ele abaixou a tela e pressionou um dedo no ouvido.

— Rick. Preciso que você me traga alguns dos brinquedos térmicos do Ryder.

Lilith

A EQUIPE de recuperação foi enviada. Atualização prevista para dentro de doze horas.

Pressione a seta verde para continuar revisando os registros.

O próximo deve começar em três, dois...

Registro ano cinco. Dia um.

Acabamos de sobreviver a mais uma cerimônia de sucesso do Dia do Sangue. Todos os humanos foram alocados de forma uniforme, conforme prescrito. Vários candidatos à imortalidade foram transferidos para a arena para lutar por seu destino. A aliança parece divertida e já estão apostando em seus favoritos.

Lajos concordou em permitir que o Clã Stella escolha o primeiro dos dois vencedores. Eu o premiei com uma virgem de sangue para agradecê-lo por simplificar o processo de seleção. Deve segurá-lo temporariamente até que eu encontre outra *Erosita* para ele destruir.

O que me lembra: sua ideia de desvalorizar o vínculo de acasalamento de vampiros está funcionando perfeitamente. Em breve, seremos capazes de introduzir a linha renovada de ofertas humanas imortais sem muita interferência, pois os velhos modos de nosso mundo continuam a morrer.

É claro que existe a questão de sua própria *Erosita*. Fiz o meu melhor para entorpecer a conexão entre vocês, mas os instintos possessivos provavelmente permanecem.

Não se preocupe. Vou continuar nossa pesquisa sobre este tópico e compartilhar todos os resultados com você por meio dos registros.

Anexo, está uma foto, caso deseje vê-la. Ela é uma loirinha bonita. Intocada e inocente, do jeito que você gosta.

Mas pretendo testar os limites desse vínculo.

Mais sobre isso mais tarde.

Para começar a revisar os arquivos do projeto de reclassificação da Erosita, pressione a seta verde.

Fim da transmissão.

Jace

Meus olhos queimaram e o sol nascente me deu uma dor de cabeça de proporções épicas.

Parecia que minha sensibilidade aos elementos aumentava com a idade, me deixando quase incapacitado enquanto eu estava no campo aberto entre as árvores e o prédio do *data center*.

Damien não parecia estar tão incomodado, mantendo o foco em uma série de equipamentos que Rick carregou do avião. Calina estava ao lado dele, com as mãos nos quadris bem torneados enquanto observava as telas. Tentei admirá-la, mas o estilhaçamento em meu crânio embotou a atração.

— Merda de luz do dia — murmurei.

— Verdade — Darius concordou ao meu lado.

Ele passou os braços ao redor do abdômen de Juliet para puxá-la contra seu peito e se inclinou para esconder o rosto em seu pescoço. Ela curvou os lábios carnudos em um sorriso, em seguida entreabriu-os quando os incisivos dele alcançaram sua veia.

Ela estremeceu, uma visão que teria me deixado com inveja há alguns dias, mas me peguei olhando para Calina e a base macia de seu pescoço.

Absorver sua essência seria uma boa distração da minha forte dor de cabeça.

Infelizmente, eu precisava que ela se concentrasse.

Também precisava encontrar meu foco. O sangue inebriante de Juliet sempre me chamou a atenção, mas eu mal podia sentir o cheiro de sua doce fragrância agora. Minha boca doía por Calina e apenas por ela.

Por quê?, me perguntei.

Sim, ela tinha um gosto divino. No entanto, a maioria das mulheres tinha.

Eu teria que pedir a ela para esclarecer seu tipo de sangue mais tarde. Ela chamou de raro, dizendo que havia morrido durante a revolução. Mas nunca definiu as propriedades dele.

Respirando fundo, fechei os olhos em uma tentativa de entorpecer a agonia que crescia...

— Temos companhia — Rick falou através da unidade de comunicação em meu ouvido.

Damien se endireitou, olhando para o céu enquanto ligava o microfone.

— Qual direção?

— Vindo do oeste com uma trajetória que sugere que estão vindo para cá — Rick respondeu. — Eu diria que temos dez minutos antes de pousarem.

— Você ainda está no modo furtivo, certo? — Damien olhou por cima do ombro para onde o jato estava parado.

— Não é minha primeira vez voando sob o radar — Rick respondeu. — Quer que eu libere a pista de pouso?

Damien levantou uma sobrancelha para mim.

— Você é o rei.

Eu o observei antes de olhar para Calina.

— Esperando resgate, linda?

Ela franziu o cenho.

— Resgate?

Avancei para segurá-la pelo queixo, semicerrando os olhos com sua expressão.

— Você mente tão lindamente, doutora. Quase acreditei que estava nos ajudando. Mas nós dois sabemos que você os chamou.

— E enquanto parte de mim estava furiosa com sua traição, outra parte estava animada com a perspectiva de puni-la por isso.

— Jace, eu...

— Shh — eu a silenciei, pressionando o polegar em seus lindos lábios. — Vou usar sua boca quando terminarmos de matar sua equipe de resgate. — Erguendo a mão, pressionei um dedo no dispositivo em meu ouvido para ligar o microfone. — Faça. Vamos saudar os recém-chegados de maneira adequada.

— Excelente. — Os motores já estavam rugindo para vida, me dizendo que Rick havia antecipado essa resposta.

O jato levantou voo de forma graciosa, me lembrando mais de um foguete do que de um avião, e desapareceu no céu sob uma nuvem de camuflagem.

— Estou com inveja do brinquedo do Ryder — admiti, admirando a bela máquina. — O que preciso fazer para que um dos meus seja atualizado?

Ryder passou o último século se escondendo no sul do Texas como um recluso antiquado em uma grande fazenda. Ele sempre gostou de armas, mas o jato foi uma adição inesperada à sua coleção, já que ele não parecia muito interessado em tecnologia atualizada.

O que significava que Damien era a verdadeira causa para aquele realce impressionante.

Encontrei seu olhar castanho caramelo.

— Diga seu preço.

Ele apenas sorriu.

— Negociaremos mais tarde.

— Combinado — concordei, movendo o toque para a garganta de Calina quando ela tentou falar novamente. Apertei, cortando seu fluxo de ar e, assim, silenciando-a. —

Preciso de algo para fazê-la se calar e um pouco de corda. —
As palavras eram para Damien, não para Calina.

Ela tentou balançar a cabeça, arregalando os olhos.

Eu a ignorei, me concentrando na bolsa que Damien
abriu.

— Você realmente vem preparado para tudo e qualquer
coisa. — Se eu não respeitasse Ryder, tentaria convencer
Damien a ficar do meu lado e mantê-lo como meu.

Infelizmente, os dois formavam uma excelente equipe.

Assim como Darius e eu.

Darius e Juliet já estavam se movendo para as árvores, os
dois segurando armas iguais.

— Prática de tiro ao alvo? — perguntei.

Ele não olhou para mim quando confirmou:

— Sim.

Assenti e afrouxei um pouco o aperto em Calina para
permitir que ela respirasse.

Ela inalou ruidosamente e seus lindos olhos brilharam.

— Eu te avisei para não me trair — falei baixinho,
levantando a mão para limpar a lágrima que descia por sua
bochecha. Levei a gota à minha boca e sorri enquanto
provava o sal. — Mas não posso dizer que estou terrivelmente
desapontado com isso.

— Eu não...

Fechei suas vias respiratórias novamente.

— Você pode mentir para mim depois que consertarmos o
problema que você criou.

Damien me jogou os itens que pedi, a mordaça de bola
claramente destinada ao quarto.

— Definitivamente, sempre preparado — reiterei,
divertido.

Ele me deu um sorriso de lobo, então focou no céu
novamente.

— Melhor amarrá-la rápido, Rei. Ou vai perder toda a

diversão.

— Ah, com certeza eu vou me divertir — afirmei, encontrando com o olhar encontrando as furiosas íris cor de avelã de Calina. — Me divertir muito — pronunciei as três últimas palavras bem devagar, garantindo que ela provasse cada uma enquanto eu as dizia contra seus lábios.

Ela respirou fundo enquanto eu a deixava respirar.

Então eu a conduzi de costas em direção às árvores e encontrei um bom lugar para protegê-la contra um tronco robusto.

— Jace — ela ofegou, me fazendo focar na mordaça de bola primeiro.

— Abra — exigi.

Ela cerrou a mandíbula.

— Você não quer me tentar com a violência agora, doutora — afirmei. — Estou sendo gentil no momento. Isso pode mudar muito rapidamente.

Ela semicerrou os olhos em desafio.

Minha virilha se apertou em resposta e o desejo de despi-la e comê-la contra esta porcaria de árvore quase anulou todos os meus instintos.

Esta mulher é perigosa para o meu estado mental, percebi, sentindo o estômago apertar com um desejo primoroso. Não conseguia me lembrar da última vez que uma mulher me seduziu dessa forma. Talvez nunca.

— Calina. — O nome dela saiu em um grunhido, fazendo os pelos dos meus braços se arrepiarem quando um zumbido sutil soou em meus ouvidos.

Motores.

Plural.

E não estavam vindo do céu.

Pressionando a palma da mão em sua boca, eu a segurei contra a árvore e procurei na floresta pelos veículos que chegavam.

Damien e Darius seriam capazes de ouvi-los também, então não perdi fôlego em avisá-los.

Eu só tinha uma pistola enfiada em um coldre na cintura. Nada mais do que a mulher diante de mim e as ferramentas com as quais eu pretendia contê-la.

— Se você se mover ou emitir um som, vou quebrar seu pescoço e deixá-la aqui mesmo — jurei. — E dependendo do meu humor, posso não voltar para ver você reviver.

Ela engoliu em seco, o primeiro indício de medo tocando suas feições.

Já era hora. Eu estava começando a achar que essa mulher não tinha instinto de sobrevivência.

Abaixei a mão devagar, observando-a em busca de sinais daquele desafio que era sua marca registrada. Ela só me olhou, esperando por sua próxima instrução.

— Tente correr e vou te caçar — ameacei, dando um passo para trás.

Ela permaneceu parada.

Jogando a corda e a mordaça no chão da floresta ao lado dela, puxei a arma e observei os veículos que se aproximavam mais uma vez. Os motores estavam mais barulhentos e acompanhados pelo jato no alto.

Me aproximando da árvore, tomei posição ao lado de Calina assim que o primeiro dos transportes *off-road* apareceu.

Dois veículos blindados com tração nas quatro rodas.

Todos pretos.

Vidros escuros.

Eu me agachei e gesticulei para que Calina me seguisse. Ela o fez com movimentos bruscos, como se seu corpo tivesse esquecido de como funcionar corretamente. Aparentemente, minha ameaça funcionou.

Os dois transportes estacionaram ao lado do prédio, abrindo as portas alguns segundos depois de desligar os motores.

Todos eram humanos. *Vigílias*.

Olhei para Calina e encontrei seu foco em mim, esperando meu próximo pedido. Uma maneira bizarra de agir, considerando que ela chamou esses homens aqui para salvá-la.

A menos que ela não tivesse feito isso e esse fosse apenas mais um dos protocolos de Lilith.

A maneira como os humanos andavam sugeria que não tinham ideia de que estávamos aqui. Seus passos eram casuais enquanto se moviam em direção ao campo para aguardar a chegada do avião.

— Você os chamou? — perguntei a ela baixinho, ciente de que os humanos estavam muito longe para me ouvir.

— Não — ela sussurrou de volta. — Não chamei.

— Você acionou um protocolo ao pesquisar o local? — perguntei. Mas sabia que não poderia estar certo, porque esses humanos não estavam em alerta. Se estivessem esperando nossa companhia, teriam chegado por meios mais furtivos. E estariam na defensiva, não andando de forma casual em plena luz do dia.

Retransmiti esse pensamento pelos comunicadores antes que Calina pudesse me responder.

— Concordo — Darius respondeu. — Eles não parecem agressivos.

— Enviar humanos para lutar contra vampiros não faz sentido — Damien acrescentou.

— O que sugere que eles não têm ideia de que estamos aqui — Darius traduziu.

— A menos que quem esteja vindo seja um ser superior — pensei, observando a descida do avião. — E isso seja apenas uma distração.

Meus olhos queimaram com a luz do sol brilhando no metal, me fazendo estremecer.

— Você precisa de sangue? — A voz baixa de Calina

vibrou com emoção, algo que senti em seu pulso acelerado. Eu a havia enervado o suficiente com minha ameaça. Talvez Lilith tivesse feito isso algumas vezes.

Observei suas feições pálidas, notando a sinceridade em seu olhar.

— Está me oferecendo uma dose?

— Estou ciente do impacto do sol em seus sentidos, algo que você está exalando cada vez que oscila. E embora o sol não te drene, ele enfraquece sua capacidade de se concentrar devido à super estimulação. — Ela engoliu em seco, demonstrando nervosismo mais uma vez. — Ab-absorver meu sangue irá fornecer aos seus sentidos algo em que f-focar.

— Você não parece muito certa — murmurei, notando a gagueira em sua voz e o zumbido crescente de seu pulso. — Preocupada que eu possa tomar muito?

— Você acha que eu os trouxe aqui — ela sussurrou. — Sim, estou preocupada com suas inclinações no momento.

— Ainda assim, você me ofereceu uma mordida? — expressei como uma pergunta, minha curiosidade temporariamente substituindo a situação.

— Porque você é minha melhor chance de sobreviver ao que quer que esteja para acontecer — ela respondeu de forma categórica. — Dar o foco de que você precisa é um recurso prático que não apenas reforça sua força, mas também demonstra minhas boas intenções, portanto, tornando-o menos propenso a quebrar meu pescoço e me deixar aqui para acordar sozinha.

Ah, foi a última parte da minha ameaça que funcionou para subjugá-la, não a ameaça de violência. Ela estava prestando atenção quando comentei sobre seu futuro neste mundo sem um ser poderoso ao seu lado para protegê-la. Não apenas isso, mas ela ouviu e processou minhas afirmações o suficiente para perceber a verdade em minhas palavras.

— Você não os chamou — falei, confiante na avaliação.

Se ela tivesse avisado de nossa presença aqui, ou enviado um pedido de resgate, os humanos teriam vindo preparados. E eles não estavam prontos para nos enfrentar. Estavam parados na beirada do campo, esperando o avião pousar.

Estava quase aqui, o revestimento prateado brilhando ao sol e deixando meus sentidos em chamas. Darius usou Juliet como distração. Agora Calina estava se oferecendo para ser a minha.

E eu não ia recusar um presente tão delicioso.

Envolvi a mão em seu pescoço, puxando-a para mim enquanto mantive o braço livre com a pistola apontada para o chão.

— Vamos ver o quanto você é confiável — sussurrei contra sua boca.

Então alcancei sua garganta, perfurando a veia sem sutilezas.

Ela agarrou meus ombros, cravando as unhas no tecido de algodão da minha camisa de mangas compridas. Um leve gemido entreabriu seus lábios e sua forma mortal reagiu às endorfinas da minha mordida.

Permiti que ela sentisse cada puxão enquanto a pressionava contra a árvore, com o corpo duro junto ao dela. Pronto. Quente. Cheio de desejo.

Não me contive, deixando que ela experimentasse cada centímetro da minha força e poder enquanto eu a dominava com a boca. Ela não lutou. Não gritou. Calina simplesmente derreteu e usou o aperto em meus ombros para evitar de cair.

Era erótico e inebriante. Sua essência era como uma droga na minha língua que deixou meu próprio sangue em chamas.

Ouvi enquanto o avião pousava atrás de mim.

Escutei enquanto os humanos desembarcavam.

Ouvi enquanto Damien confirmava que não havia vampiros na festa.

Escutei Darius sugerir que observássemos os Vigílias e esperássemos que eles nos mostrassem a entrada.

Não parei para concordar. Não precisava. Ele sabia como proceder como meu segundo em comando. Assim como ele saberia o que eu estava fazendo agora com Calina.

Ela estava certa – seu sangue era exatamente o que eu precisava. Isso me deu foco. Embotou a dor na minha cabeça. Mas despertou um novo tormento dentro de mim, o anseio que fazia meus músculos ficarem tensos enquanto eu lutava contra o desejo de despi-la e comê-la contra a árvore.

Seu aperto vacilou e senti seus membros tremerem conforme ela circundava meu pescoço para se segurar.

Demais, pensei. *Estou tomando muito.*

E precisava que ela estivesse coerente para a próxima tarefa.

Aliviei as presas de sua carne, sentindo minhas veias queimarem com a contenção necessária. Ela oscilou contra mim, sua prova de confiança intensa, linda e tão gostosa que considerei deixar Darius cuidar de tudo para mim no *data center*.

— Você é viciante — acusei contra seu pescoço antes de cortar a língua com meu incisivo afiado. Limpei a ferida em sua pele com meu sangue, encorajando-a a se curar mais rápido.

Então capturei seus lábios e a beijei profundamente.

Ela estremeceu de surpresa e seu choque foi um afrodisíaco para meus sentidos predatórios. Mordi a língua novamente, forçando mais do meu sangue a se acumular dentro de sua boca.

Passei o polegar ao longo da base de seu pescoço, dizendo a ela para engolir sem palavras.

Ela obedeceu.

E caramba, isso me deixou ainda mais duro.

— Eles estão entrando — Damien disse em meu ouvido.

— Você está planejando se juntar a nós neste massacre ou quer ficar aí e continuar brincando com a médica?

Um grunhido baixo retumbou em meu peito e senti uma irritação com a interrupção oprimindo meus instintos.

— Jace — Darius adicionou em voz baixa. — Você pode transar com ela no avião depois que pegarmos os arquivos.

Apertei a mandíbula, provocando um som de aviso do meu peito que fez Calina tremer contra mim. A pequena megera me seduziu com sua essência requintada.

— Eu e você vamos ter uma longa conversa mais tarde sobre o seu tipo de sangue único.

Recuei, mas estendi a mão novamente quando ela quase caiu. Seus membros tremeram e seus lábios estavam inchados e com manchinhas de sangue. Ela os umedeceu com um estremecimento visível e pupilas dilatadas.

Parecia que eu não era o único experimentando um lapso momentâneo de julgamento.

Ela se arrepiou violentamente, colocou a mão no meu antebraço e me deu um aperto enquanto lutava para manter o equilíbrio. Continuei a segurá-la.

Depois de outro momento, ela pigarreou.

— Estou... estou estável.

Eu bufei.

— Não está, não. — Mas ela podia ficar de pé, e isso era tudo de que eu precisava. Me virando, notei a falta de humanos na minha periferia.

— Para onde eles foram?

— Estão todos lá dentro — Damien murmurou pelo fone de ouvido. — Entraram por um túnel subterrâneo na parte de trás.

Calina oscilou novamente, com seu cabelo loiro cintilando na minha visão periférica. Eu a segurei e a puxei contra mim mais uma vez. Ela cedeu de alívio, então enrijeceu ao perceber sua reação.

Lutei contra a vontade de rir. Essa atração entre nós era elétrica e sedutoramente perfeita. O fato de ela ter tentado lutar contra isso só me intrigava mais.

— Ainda acha que é só minha proeza de vampiro? — perguntei em seu ouvido.

Ela não respondeu.

— Jace — Darius chamou. — Como você deseja proceder?

— Acho que nós dois sabemos como ele deseja proceder — Damien respondeu.

Ignorei seu tom bem-humorado e me concentrei no prédio novamente.

— São todos humanos — falei, me lembrando dos detalhes de sua avaliação enquanto eu estava me regalando com a veia de Calina. — Isso significa que estão aqui sob ordens. E como não estavam em alerta quando chegaram, presumo que essas ordens foram emitidas como algum tipo de protocolo que a Lilith colocou em ação. Semelhante aos outros que testemunhamos.

— O telefone dela está silencioso, então pode não estar relacionado — Damien apontou.

— Talvez — respondi. — Mas há uma oportunidade de encontrar algumas respostas, e não apenas dos servidores. — Passei a mão para cima e para baixo nas costas de Calina, observando sua postura se fortalecendo.

— O que você tem em mente? — Darius perguntou.

— Uma inquisição. — Calina estava olhando para mim. Ela não tinha fone de ouvido, então não conseguia ouvir a outra metade da conversa.

— Os humanos nos consideram deuses — continuei. — Então, vamos levá-los à confissão e ver quantos deles desejam se redimir de seus pecados. — Mantive os olhos em Calina e disse as próximas palavras para ela. — Considere isso uma introdução ao novo reinado.

Calina

Minha boca formigou com a lembrança do beijo de Jace.

Não, não foi um beijo.

Uma reivindicação.

Ele tomou meus lábios com uma ferocidade que senti até os dedos dos pés e sua posse foi como uma marca na minha alma.

— *Ainda acha que é apenas minha proeza de vampiro?*

Sua pergunta girou em minha cabeça enquanto eu o seguia em direção ao *data center*. Não prestei atenção nas pedras, grama ou sujeira debaixo dos meus sapatos sem salto. Porque tudo que eu podia ouvir era aquela pergunta e minha resposta mental sussurrada era não.

Porque o frenesi de alimentação de Lilith nunca me fez sentir assim. Como se eu estivesse com tanto calor que entraria em combustão sem seu toque. Como se eu fosse me derreter e aproveitar cada minuto disso. Como se eu quisesse que ele me drenasse apenas para satisfazer sua necessidade pelo meu sangue.

Foi uma sensação estonteante, que me deixou perplexa e ligeiramente atordoada.

Apertei as coxas com a necessidade de sentir seus dedos dentro de mim novamente. Ou outra coisa. Algo mais longo. Mais grosso. Mais *duro*.

Engoli em seco, apenas para provocar um gemido suave dentro de mim quando o sabor tentador de sua essência alcançou minha boca mais uma vez.

Ele me chamou de viciante.

Então seu sangue era... *vida*.

Queria provar mais dele. Sua língua alcançou minha boca com uma dominação que não poderia ser combatida, e eu a aceitei porque não havia alternativa.

Como consequência, sua posse.

Sua reivindicação.

Sua *propriedade*.

Eu era dele. E não do jeito que eu pertencia a Lilith, mas de uma forma sensual e excitante.

A menos que ele quebre meu pescoço e me deixe aqui, pensei, tremendo. Ele expressou essa ameaça com tanta clareza que não duvidei de suas intenções por um segundo.

Eu era uma bolsa de sangue glorificada para ele: uma pesquisadora com um conjunto particular de características úteis e conhecimento especializado.

Conhecimento que ele estava prestes a desenterrar dentro desta instalação.

Conhecimento que se revelaria obsoleto em questão de minutos.

O que isso significa para o meu futuro? Se esses Vigílias ao menos sugerissem a possibilidade de eu tê-los chamado, Jace cumpriria sua promessa de me matar e me deixar aqui para me defender sozinha.

Isso significava que eu finalmente estaria livre.

Mas por quanto tempo?

Porque ele estava certo sobre este mundo e o que aconteceria comigo se eu fosse encontrada por outro vampiro. Eu era uma fonte de sangue que não podia morrer.

Pelo menos, ele me tratava com algum respeito. Na

verdade, considerando todas as coisas, ele foi bastante agradável comigo.

Lilith sempre falou comigo com respeito, mas apenas sobre a pesquisa. Então ela me fazia sangrar até que eu morresse, e mais tarde eu acordava exausta e sozinha. Eu sentia dor por dias. E a experiência se repetia uma semana depois, quando ela voltasse para outra atualização.

Apesar de saber que eu poderia sobreviver, Jace me deu sua essência. Ele me fortaleceu.

Observei suas costas fortes, a largura de seus ombros e o corte bagunçado de seu cabelo escuro.

Não. Não é apenas sua destreza de vampiro, concluí. *É você.*

Felizmente, ele não conseguia ouvir meus pensamentos. Ele também estava distraído por nossa tarefa atual de... *entrar no prédio.*

Minha respiração ficou presa ao perceber que o segui todo o caminho para dentro, sem qualquer consideração sobre minha própria segurança ou o potencial ataque dos Vigílias. Eu estava apenas me arrastando atrás dele como um animal de estimação na coleira, perdida em minhas reflexões sobre ele e o beijo que me consumiu.

Enquanto isso, ele estava totalmente imperturbável e concentrado na situação em questão.

Do jeito que eu deveria estar.

Olhei ao nosso redor, notando o ladrilho limpo e o zumbido da luz azul iluminando todos os servidores à nossa frente. Não havia luzes ou janelas no teto, que tinham mais de três metros de altura.

Senti meus braços se arrepiarem, não de medo, mas por causa do interior frio. Equipamentos eletrônicos como esse exigiam ar-condicionado constante para proteger a tecnologia. Tínhamos nossa própria sala de tecnologia no Bunker 47, mas não era nada assim.

Este era um *data center* adequado com fileiras e mais fileiras de fios e drives delicadamente dispostos para armazenar informações.

Olhei por cima do ombro para encontrar Darius e Juliet ocupando a retaguarda do nosso grupo, o que significava que Damien tinha entrado primeiro.

E não havia nenhum humano montando guarda na porta.

Isso confirmou que eles não estavam aqui como uma espécie de protocolo de proteção. Estavam na manutenção de rotina, ou talvez para reunir os registros que não enviei corretamente do Bunker 47.

Eles não tinham ideia de que estávamos aqui.

A menos que estivéssemos caminhando para uma emboscada. *Humm, não.* Jace suspeitaria disso com seus sentidos aguçados. Seus passos confiantes me disseram que ele sabia exatamente onde os humanos estavam, e a pistola colocada novamente no coldre confirmou que ele não previa que lhe causassem problemas.

Como ele disse, os humanos consideram os vampiros deuses.

Os Vigílias teriam que ser loucos para tentar lutar contra ele. A única razão pela qual os soldados humanos no Bunker 47 lutaram foi porque sabiam que morreriam de qualquer maneira. Aqueles que escaparam do laboratório não eram sobrenaturais normais, mas cobaias de pesquisa com vingança na cabeça.

Essas Vigílias reagiriam de maneira diferente.

Ou eu esperava que sim.

Eu podia ouvi-los. Suas vozes profundas ecoavam pelo campo de servidores. Era difícil identificar sua localização, pois as paredes do computador eram muito altas para que pudéssemos ver. Elas tinham pelo menos dois metros e meio de altura, deixando cerca de 60 centímetros entre o topo e o teto. Isso permitia que o som fosse transmitido, mas não nos dava uma linha de visão.

Felizmente, Damien...

— Senhores — Jace falou e seu tom régio provocou meus sentidos e me fez estremecer de surpresa por ele anunciar nossa presença no edifício. — Meu nome é Príncipe Jace. Espero que todos vocês estejam ajoelhados no momento em que minha comitiva aparecer. Qualquer resistência será combatida com força letal.

Príncipe Jace? Achei que ele era o Rei Jace?

Um burburinho seguiu seu anúncio e o barulho de botas me fez perceber que os Vigílias poderiam não estar fazendo o que Jace exigiu.

— Vocês têm cinco segundos — Jace continuou. — Aqueles que aderirem às expectativas da sociedade e me receberem da forma adequada serão recompensados. Já sugeri o que acontecerá com aqueles que não o fizerem.

Seu comportamento confiante não mudou. Ele simplesmente continuou caminhando com a graça de um deus, com passos firmes e importantes. Damien parou no final da fila, esperando Jace se juntar a ele.

Jace não parou, escolhendo seguir sem se importar com o mundo.

Entreabri os lábios, sentindo o medo apertar meu estômago.

Apenas suspiros cobriram o ar em vez de tiros.

— Bem, isso certamente tirou a diversão de tudo — Damien murmurou, seguindo Jace. — Eu estava ansiando por sangue.

— Você está sempre ansiando por sangue — Jace respondeu.

Darius e Juliet vieram atrás de mim e sua presença provocou uma sensação desconfortável nas minhas costas.

— Se mova — Darius disse, com os lábios muito perto do meu ouvido.

Me assustei com a visão de nove homens ajoelhados em

reverência diante de Jace. Me perguntei se deveria me juntar a eles. Em vez disso, andei atrás de Jace e segurei sua camisa.

Foi uma resposta estranha. No entanto, parecia certa. Intuitiva. Como se eu fosse acompanhá-lo dessa maneira.

Mas rapidamente percebi que agi fora de hora, tocando o vampiro real como se ele me pertencesse.

Soltei o tecido como se ele tivesse queimado minhas mãos, minha mente enviando instruções para meus pés recuarem. Mas era tarde demais.

Jace se esticou para me agarrar e me puxou para o seu lado.

— Você reconhece algum deles, doutora? — ele perguntou, gesticulando para os humanos submissos. Suas cabeças estavam todas voltadas para baixo, com os olhos desviados de forma respeitosa.

— Não consigo vê-los direito — admiti em um sussurro. — Mas duvido que os conheça.

Todos os Vigílias familiarizados com minha pesquisa foram mortos no Bunker 47. Incluindo aqueles que sobreviveram ao seu propósito antes da autodestruição do bunker. Lilith geralmente alimentava vampiros e lycans com humanos quando eles não serviam mais a seus propósitos.

Jace assentiu, então olhou para a multidão.

— Quem é o oficial no comando aqui?

— Sou eu, Sua Alteza — um homem loiro anunciou do meio do grupo. — Vigília um, da região de Lajos.

Jace arqueou a sobrancelha.

— Você é da região de Lajos? Não da região de Lilith?

— Minha equipe é da região de Lajos, Vossa Alteza. — O Vigília um não levantou a cabeça enquanto falava, mantendo a postura subserviente. — Os Vigílias sete, vinte e dois, cinquenta e oito e sessenta e um são da região de Lilith. No entanto, estão sob meu comando para esta operação.

— Entendo. E qual é o seu propósito aqui? — Jace questionou.

— Devemos recuperar os arquivos do servidor 47 e nos encontrar com a unidade Bunker 27 em nove horas para concluir a transferência de informações. Também devemos enviar uma cópia virtual para os servidores do Bunker 37.

— Sob as ordens de quem? — Jace pressionou enquanto eu considerava os números familiares do bunker e seus usos.

Pesquisa da mente colmeia e teste Erosita.

O Vigília um engoliu em seco.

— Príncipe Lajos, Vossa Majestade.

— Se eu telefonar para ele, Lajos confirmaria essa missão? —Jace perguntou, em tom afiado com intenção letal.

Os Vigílias sentiram claramente o peso de suas palavras porque todas estremeceram em resposta.

Este ser era poderoso. Antigo. *Mortal.*

Eu realmente não tinha sentido antes, pois minhas experiências com Lilith me entorpeceram para a superioridade de sua espécie.

No entanto, ver as reações desses humanos me disse que Jace não havia exagerado sua posição social. Apenas ouvi-lo pronunciar seu nome foi o suficiente para exigir a submissão desses guerreiros humanos. Nenhum deles estava com as armas em punho. Estavam até exibindo seus pescoços de uma maneira que convidava Jace a dar uma mordida.

— Sim, Sua Majestade. Essas ordens vieram diretamente dele para mim como líder da unidade.

— Não por meio de um soberano ou regente? — Jace não se incomodou em esconder sua surpresa. — Mas diretamente do próprio Lajos?

— Sim, meu senhor — O Vigília um respondeu, com a voz tremendo um pouco. — Posso tentar falar com ele pelo rádio, se...

— Isso não será necessário. Meu soberano cuidará disso.

Certo, Darius? — Jace perguntou, olhando por cima do ombro para onde o outro vampiro real estava.

— Claro, meu senhor. — Darius curvou a cabeça ligeiramente, em seguida passou o braço em volta da cintura de Juliet para levá-la com ele.

Eu duvidava muito que ele realmente pretendesse ligar para o Príncipe Lajos, a menos que fossem amigos. Eu não sabia muito sobre o vampiro real, exceto que Lilith parecia gostar dele e que possuía o território anteriormente conhecido como Havaí – descobri isso com a revisão de Jace sobre os líderes e regiões atuais.

Tentei me lembrar do que Lilith havia dito sobre ele em conversas anteriores, mas nada importante passou pela minha cabeça.

— Qual é o propósito da segunda unidade? — Jace perguntou, reiniciando sua linha de questionamento. — Por que os dois grupos são necessários aqui?

— Eles vão providenciar a escolta para o Bunker 27 — o Vigília um explicou. — Fica localizado no território do Clã Majestic.

Jace arqueou as sobrancelhas enquanto compartilhava um olhar com Damien.

Os humanos não viram por que todos ainda estavam olhando para o chão. Eles se perguntavam como Jace os encontrou aqui? Ou o que o trouxe aqui? Não estavam fazendo nenhum movimento para questioná-lo, nem mostravam qualquer sinal de estar pensando sobre sua presença.

Era como se todos tivessem caído em um modo subserviente arraigado e tudo o que importava agora era fazer o que Jace exigia. Não importava que ele não fosse o rei de suas regiões específicas. Ele era o Príncipe Jace e estava diante de todos agora, marcando-os como seu superior atual.

Eu sabia que essa mentalidade existia no mundo atual. Mas testemunhar era uma experiência totalmente diferente.

Me submeti para Lilith. Mas não assim. Nunca me ajoelhei ou me curvei, apenas respondia às perguntas dela e oferecia meu pescoço. Tratei Jace de forma semelhante, dando as informações que ele desejava, com um pouco de negociação estratégica. Ele não me assustava.

No entanto, vendo-o agora e percebendo quanto poder ele tinha, não pude deixar de me perguntar se cometi um erro grave de julgamento.

— Em que estágio vocês estão em sua tarefa? — Jace perguntou depois de um breve instante.

— Acabamos de começar o download, Meu Príncipe. — O Vigília um apontou para onde seu kit tinha sido conectado ao servidor.

Damien seguiu a trajetória de sua mira e assumiu os controles.

— Vocês têm um feed de transferência em tempo real engajado.

— Sim, para o Bunker 37 — o Vigília um confirmou. — Estamos enviando uma cópia para os servidores de lá, depois entregamos a outra em mãos ao Bunker 27.

Em vez de responder, Damien começou a mexer na conexão, talvez procurando por um sinal de alarme de qualquer tipo. Mas depois de um segundo, ele olhou para Jace e disse:

— Pelo que posso ver, ele está dizendo a verdade.

— Onde fica o Bunker 37? — Jace perguntou.

— Região de Lajos — o Vigília um confirmou. — É a nossa base.

Nem uma vez ele pensou em questionar como Jace não sabia de nada disso, o que me disse que os Vigílias do Bunker 37 nunca haviam sido instruídos adequadamente sobre os protocolos de segurança. Minhas instruções eram muito claras: apenas aqueles com jurisdição eram autorizados a saber esses detalhes.

E Jace tinha mais do que provado que não tinha jurisdição nesta operação.

No entanto, esses humanos se curvaram a ele e lhe deram todas as respostas sem provocação.

Fascinante.

Os Vigílias do Bunker 47 teriam feito o mesmo?, me perguntei.

Talvez.

Eles vinham de um tipo diferente de educação, seus primeiros anos passados nas Universidades de Sangue em todo o país, onde lutavam pelo privilégio de se tornarem Vigílias. Alcançavam seu status através da morte de outros humanos e provando sua lealdade aos imortais a quem serviam.

Então imagino que curvar-se a cada vontade de Jace fazia sentido para eles.

— O que acontece no Bunker 37? — Jace questionou.

O Vigília Um pigarreou.

— Isso é... isso está acima de nossa jurisdição, Meu Príncipe. Você precisaria perguntar ao Príncipe Lajos.

— Entendo. — Jace moveu a mão do meu quadril para a parte de trás do meu pescoço e o apertou. Seus olhos azuis prateados pareciam gelo quando encontrei seu olhar, sua expressão tão dura como pedra.

— Você tem algo a acrescentar, doutora?

— Esse é o laboratório em que nasci — disse a ele. — Bunker 37. É onde pesquisam os laços de acasalamento entre vampiros e humanos, e os raros tipos de sangue.

— E o Bunker 27? — ele perguntou.

— É a tecnologia da mente colmeia, que só conheço porque a Lilith a usou para controlar alguns dos vampiros mais fortes nos laboratórios.

— Vampiros como Cam — Jace disse, olhando para

Damien e então para os humanos. — Algum de vocês já conheceu Cam?

O silêncio se seguiu.

Então um dos Vigílias lá atrás – um homem de pele escura com longos cabelos negros – gaguejou:

— V-você quer dizer o v-vampiro que se opôs ao governo de Lilith?

— Exato — Jace confirmou.

Mais silêncio.

Então o Vigília um disse:

— M-me perdoe, Alteza, mas não entendo a pergunta. Mestre Cam morreu durante a revolução. A deusa Lilith o matou.

— Não. Ela usou a tecnologia da mente colmeia para enfraquecê-lo e capturá-lo, — Jace corrigiu com um suspiro. — Damien?

O outro homem assentiu na minha visão periférica.

— Vou iniciar o processo de transferência, mas vai levar semanas para terminar.

— Bom. — O aperto de Jace no meu pescoço suavizou, mas ele não me soltou. — Deixe a outra transferência também. Não queremos avisar ninguém sobre a interrupção aqui.

— E os humanos?

— São úteis para nós e permanecerão vivos desde que jurem lealdade. — Jace finalmente olhou para mim.   E quanto a você, minhas desculpas por duvidar de suas palavras. Agora, seja boazinha e ajude o Damien, está bem? — Ele deu um beijo no canto da minha boca e depois me soltou com um sorriso suave.

Pisquei várias vezes, chocada com seu pedido de desculpas, mas ele não estava mais prestando atenção em mim. Em vez disso, estava se dirigindo aos Vigílias novamente, dizendo-lhes que suas novas ordens eram para se reportar diretamente a ele e fazer exatamente o que ele mandasse. Qualquer pessoa que desejasse desobedecer estava livre para sair e encontrar o caminho de casa, porque ele pretendia se apropriar do avião deles.

Nenhum se levantou para sair.

Também não discutiram.

Mas quando me virei, jurei ter visto alívio em algumas de suas posturas, como se a ideia de trabalhar para Jace os acalmasse de alguma forma.

Eu me perguntei sobre essa revelação enquanto caminhava para ajudar Damien. E continuei pensando sobre isso enquanto trabalhava com ele para baixar o máximo de dados que podíamos para os dispositivos que Damien havia trazido.

Depois, eu o ajudei a configurar um ponto de acesso *backdoor* para que ele pudesse fazer login sempre que quisesse obter arquivos adicionais. Isso lhe daria todos os detalhes que ele queria desse *data center*, presumindo que nada acontecesse com os discos rígidos físicos.

Também monitoramos a alimentação do Bunker 37, e Damien pegou um dos relógios dos Vigílias para nos manter informados sobre quaisquer protocolos recebidos.

Nada aconteceu. Nossa infiltração aqui parecia ser segredo.

Quando terminamos, já havia caído a noite e o encontro com o Bunker 27 estava programado para acontecer em duas horas.

— Seu álibi está arranjado — Darius disse para Jace enquanto saíamos do prédio. — Enviei um recado que você parou em minha propriedade no caminho de volta de uma visita com Lilith na região de Ryder.

— Parece um pouco fora do caminho — Jace comentou.

— Sim. Insinuei que a Juliet foi a causa do seu desvio. Assim que virem Calina, imagino que vão entender porquê.

— Gosto de ação entre duas mulheres.

— Sim — Darius concordou. — O que explica o fato de acompanharmos você de volta à Cidade de Jace.

— Algo que você também organizou?

— Sim — o soberano respondeu. — Estamos programados para deixar minha propriedade para a cidade de Jace em quatro horas. Damien mencionou algo sobre como alterar os scanners de voo para corroborar tudo isso, incluindo os pedaços da cidade de Ryder City para minha casa.

— É fascinante que você tenha evitado a arena política todos esses anos — Jace comentou. — Você é muito bom.

— Além disso, você ficará satisfeito em saber que a Jasmine concordou em nos encontrar na região de Lajos em dois dias — Darius acrescentou, ignorando o comentário sobre suas aspirações políticas. — E Lajos também aceitou com alegria nosso pedido de visita.

Jace arqueou uma sobrancelha.

— Com alegria?

Os olhos verdes de Darius escureceram.

— Ele está animado com a perspectiva de conhecer Juliet formalmente.

— Ah, achei que ela poderia funcionar como uma boa isca — Jace murmurou. — Ele está sedento por um gostinho de sua *Erosita* desde que você a trouxe para a cerimônia do Dia do Sangue.

Darius não respondeu, mas senti seu descontentamento nas linhas tensas de seus ombros.

— E quanto ao Luka? — Jace perguntou, ignorando a expressão dura no rosto do outro homem.

— Ele está organizando uma equipe de boas-vindas perto do Bunker 27. Está aguardando o sinal de Damien.

— Brilhante. — Jace se virou para o vampiro sulista com um sorriso. — Imagino que você esteja bem em assumir a liderança no ataque ao Bunker 27? Afinal, você estava desejando sangue, certo?

Os lábios de Damien se curvaram em um sorriso selvagem.

— Está tentando me seduzir, Rei Jace? Porque já sabemos que ficarei feliz em me ajoelhar por você.

A imagem mental de Damien de joelhos para Jace fez minhas bochechas esquentarem. Porque isso... seria um espetáculo para os olhos.

Jace devolveu o olhar divertido.

— Tente manter meus novos Vigílias vivos. Vou precisar deles em breve.

Damien bufou.

— Vou ver que truques posso ensinar a eles no caminho. — Ele começou a seguir em direção ao campo, mas Jace o segurou pela nuca e o trouxe de volta para si.

— Espero que você permaneça vivo também — Jace acrescentou. — Se suspeitar que algo está para acontecer, fuja. Entendido?

Damien olhou para ele.

— Você e o Ryder estão começando a me preocupar com toda essa merda emocional. — Ele se encolheu visivelmente. — Por favor, não me abrace.

Jace bufou uma risada e deu um tapinha nas costas dele.

— Estou falando sério, Damien. Sobreviva.

— Não é como se eu quisesse morrer — Damien retrucou.

— Às vezes, suas ações sugerem o contrário.

— Estou apenas vivendo no limite — ele respondeu. — Mas se o Cam estiver lá, vou arriscar tudo por ele.

— E é exatamente por isso que você é o homem para este trabalho — Jace concordou, liberando-o. — Espero um relatório completo ao amanhecer.

Damien assentiu enquanto conduzia os Vigílias em

direção ao avião em que chegaram. Eu estava apenas vagamente ciente do plano.

Damien e os Vigílias estavam indo para o Bunker 27 para concluir a transferência de dados. Em seguida, Damien iria se encontrar com Luka – o Alfa do Clã Majestic – e assumir o controle do bunker.

Enquanto isso, Darius havia providenciado nossa viagem para a região de Lajos. Eles tinham uma boa ideia de onde o Bunker 37 estava localizado por causa das instruções do Vigília um, então optaram por usar a viagem como uma oportunidade de pesquisa e uma espécie de álibi para Jace, caso algo desse errado no Bunker 27.

Jace estendeu a mão em minha direção.

— Venha, geniazinha. É hora de você aprender seu novo propósito em meu mundo.

Meu estômago embrulhou com as palavras.

— M-meu novo propósito?

— Sim. — Seus olhos encontraram os meus. — Parabéns, Calina. Você acabou de se tornar o membro favorito do meu harém. O que significa que agora tenho seis horas para ensinar o que isso significa. Começaremos mudando seu guarda-roupa para algo mais adequado. Agora, vamos embora.

Jace

— Esta é uma ideia terrível — Darius murmurou enquanto Juliet e Calina desapareciam na cabine do avião.

Coloquei a taça de vinho tinto na mesa do salão executivo e o encarei.

— De que outra forma vou explicar a presença dela e o avião do Ryder? — perguntei a ele. — Faz todo o sentido que a Lilith me chame para tentar lidar com o velho vampiro, assim como é bastante plausível que eu tenha encontrado uma humana do meu gosto e a levasse de volta comigo.

— Ela não tem registro no sistema...

— Algo que o Damien vai resolver para nós em seu caminho para o Bunker 27 — interrompi.

— E ela não tem nenhum treinamento formal — ele adicionou, ignorando minha interrupção. — A Juliet levou meses para conseguir a simulação perfeita. Temos menos de seis horas para criar algo semelhante para Calina. Não tenho certeza se isso pode ser feito, Jace. Ela também é... — ele acenou na direção da porta dos fundos, como se isso explicasse tudo.

Infelizmente, sim. Porque entendi o que ele quis dizer.

Calina exalava uma confiança que faltava à maioria dos humanos, e ela não possuía o semblante sexual normalmente exigido de minhas amantes.

No entanto, a única maneira de explicar sua presença ao meu lado era apresentá-la como um novo membro do harém. Eu tinha uma reputação a manter, pelo menos por mais algum tempo, e isso significava que Calina tinha um papel muito importante a desempenhar.

— Ela é inteligente — falei, defendendo-a. — É estratégica também. Se alguém pode aprender esse papel em seis horas, é ela.

— Você parece muito certo disso. Só a conhece há algumas horas.

Tecnicamente, eram dias, mas não me incomodei em discutir sobre uma semântica frívola.

— Sempre fui rápido em avaliar as pessoas ao meu redor — eu o lembrei. — Não estou errado sobre ela.

— Diz o homem que pensava que ela havia nos traído hoje cedo.

— Humm, não. Isso era mais uma esperança do que um fato — admiti. — A ideia de puni-la é muito atraente.

Darius considerou minhas palavras por um momento, então suspirou enquanto passava os dedos pelo cabelo escuro.

— Bem, pelo menos a atração não precisa ser fingida.

— Raramente precisa — murmurei, provocando-o de propósito. Porque se íamos fazer isso, eu precisava que ele e Juliet entrassem no jogo. A sociedade sabia que Darius e eu tínhamos gostos semelhantes em relação às mulheres, o que significava que se eu achasse Calina atraente, ele também acharia.

Compartilhar era um mandato neste novo mundo, algo que meu soberano desprezava. Juliet era dele, e eu respeitava isso. Mas não significava que os outros sentiriam o mesmo.

Portanto, criamos uma simulação. Todos achavam que eu estava muito atraído por Juliet, dando a Darius um motivo para mantê-la como sua *Erosita*. Isso a tornou menos frágil, o que me permitiu jogar o quanto quisesse. Na maior parte, de qualquer maneira. *Erositas* não podiam transar com ninguém além de sua alma gêmea vampírica.

Mas, na verdade, eu apenas a tocava em público. E mesmo assim, mantive as maneiras lúdicas em vez de abertamente sexuais.

— Lajos vai esperar um show — eu disse, pensando em nossa estratégia em voz alta. — Precisamos dar um a ele.

Darius semicerrou os olhos verdes.

— O que você está propondo?

— Darmos o que ele quer — respondi quando a porta da cabine se abriu.

O que quer que Darius tenha dito ao meu comentário morreu ao ver Juliet usando um vestido de renda preta que revelava todos os seus melhores atributos. A visão dela muitas vezes distraía seus pensamentos, algo que sempre entendi, pois também a achava atraente.

Mas ver Calina vestida de forma semelhante capturou todo o meu foco.

O vestido translúcido era azul escuro, cintilando os destaques de suas íris multicoloridas. Seu vestido parava nas coxas enquanto o de Juliet descia até o chão. E ao contrário de Juliet, o olhar ousado de Calina encontrou o meu.

— A Lilith permitia que você se dirigisse a ela diretamente? — perguntei em voz alta. — Ou é a sua antiga profissão que lhe dá essa confiança?

Imaginei que fazer experiências em vampiros e lycans o dia todo diminuiria a superioridade deles. Mas eu duvidava muito que Lilith aceitasse esse comportamento de Calina.

Ela limpou a garganta e olhou para a pose de Juliet. Seus lindos olhos castanhos estavam no chão enquanto ela mantinha os ombros e costas retos – uma pose submissa destinada a exibir seus atributos impressionantes. Foi executada com perfeição, como sempre.

— A Lilith exigia certas formalidades — Calina explicou,

ainda observando Juliet. — Mas também me deixou encarregada de bunker, o que exigia que certas qualidades de liderança fossem mantidas em sua ausência.

— E quando ela te visitava? — pressionei. — Você se curvava? Se submetia? Oferecia seu pescoço?

— Eu entregava meus relatórios em tempo hábil, então...

— Com contato visual direto? — Darius interrompeu, fazendo com que seu olhar fosse para o dele.

— É difícil apresentar relatórios olhando para o chão. — Seu tom soou mais confuso do que insubordinado, como se ela estivesse lutando para entender por que isso importava.

Troquei um olhar com ele, dizendo-lhe sem palavras o que precisava acontecer a seguir. A leve inclinação de seu queixo me disse que ele concordava.

— Sua posição na vida mudou oficialmente, doutora — informei a ela. — Os humanos são propriedades. Brinquedos. Comida. E os seres superiores deste mundo requerem obediência e submissão requintada. Um passo em falso vai custar sua vida.

— Ela já estaria morta se agisse assim na frente de Lajos — Darius murmurou.

Tecnicamente, minha idade e linhagem substituíam a autoridade de Lajos. Mas usar esse poder sobre ele prejudicaria minha influência política na arena dos vampiros. Portanto, eu seria forçado a deixá-lo corrigir o comportamento desobediente de Calina. Tornando assim a declaração de Darius correta.

— Ele iria transar com ela primeiro — respondi com os olhos em Calina. — E a faria sangrar.

O que era o maior problema aqui, porque no momento que outra pessoa a provasse, perceberiam a singularidade de sua essência e a transformariam em uma verdadeira escrava de sangue.

Ela ansiaria pela morte no final.

Era meu trabalho garantir que isso não acontecesse.

— Juliet — falei. Seu nome saiu como uma carícia de meus lábios. — Preciso de sua ajuda para apresentar de forma adequada a Calina seu novo papel. Como tal, vamos fingir que estamos em um evento com outras pessoas presentes. Todas as regras se aplicam.

Considerando que eu as enviei para a cabine para se vestirem para o papel, meu pedido não deveria surpreendê-la.

— Como desejar, Meu Príncipe. — Ela fez uma reverência perfeita com seus saltos agulha de sete centímetros – uma façanha, visto que estávamos em um avião em movimento – e permaneceu nessa posição enquanto aguardava novas instruções.

— Você vê como ela se dirige a mim e espera por meus pedidos? — perguntei, falando com Calina. — Isso é o que se espera de uma mulher em sua posição. Seria esperado de uma consorte favorita também.

Calina estudou a outra mulher, franzindo a testa.

—Mas ela não é sua *Erosita*.

— Não, ela é a *Erosita* do meu soberano. E sua posição está abaixo da minha neste mundo. Portanto, tudo e qualquer coisa que ele possui, eu possuo. Incluindo Juliet. — Palavras rudes, mas precisas. — Se eu quiser transar com ela, Darius não tem escolha no assunto. Posso escolher quebrar seu vínculo a qualquer momento. E não há nada que ele possa fazer sobre isso.

Exceto me desafiar.

O que ele não faria.

Assim como eu nunca faria mal a Juliet.

Calina observou a reverência de Juliet, em seguida, observou a expressão estoica de Darius.

— Você permite isso?

— É o que a sociedade exige de nós — ele respondeu.

— E você aceita?

— Aceitar ou não é um ponto discutível. Este é o mundo em que vivemos. Se você quer sobreviver, precisa seguir as regras. E você está fazendo um trabalho de merda agora, olhando diretamente para mim e falando comigo como se fôssemos iguais. — As palavras afiadas de Darius cortaram o ar, provocando arrepios nos braços de Juliet. Ela respondia lindamente ao seu domínio.

Ainda assim, fiquei cativado pela expressão astuta de Calina enquanto ela avaliava tudo o que dissemos. O tom de Darius não a impactou em nada, pois sua cabeça estava muito ocupada processando as palavras para considerar a forma como ele as pronunciou.

— Se você agora é rei, poderia mudar isso — ela falou, mudando o foco para mim. — Se for esse o seu desejo.

— Eu poderia — afirmei. — Com o apoio certo.

Ela permaneceu em silêncio por um longo e pensativo momento.

— Um jogo estratégico de conquistar apoio suficiente antes de assumir o controle de maneira adequada. É por isso que você não divulgou a morte da Lilith ainda. Você precisa de mais apoio.

Eu apenas sorri.

— Independentemente de quais sejam ou não minhas intenções, preciso que você conheça seu lugar neste mundo. O fracasso de sua parte levará a um futuro muito desagradável. E também pode colocar minha vida em risco, o que não é aceitável.

Ela percebeu a postura de Juliet mais uma vez.

— As *Erositas* eram reverenciadas. Ela se assemelha a uma escrava nessa posição.

— Esse é exatamente o ponto — Darius disse, dando um passo à frente. — Ela é a minha virgem de sangue. Eu a comprei em um leilão, e ela está aqui para fazer exatamente o que digo. Sem argumentos. Sem opiniões contrárias. Uma bela submissão. — Ele parou na frente de Juliet, roçando os nós dos dedos sua bochecha. — Não é verdade, Juliet?

— Sim, senhor. — Faltava hesitação em sua voz, não apenas porque confiava nele, mas porque foi ensinada a agir dessa maneira.

— Juliet passou vinte e dois anos no Coventus, aprendendo como se submeter ao seu futuro dono. Ela esperava morrer na noite em que a comprei, porque a maioria das virgens de sangue morre. Seu sangue é rico e viciante, e há rumores de que eles têm um sabor ainda mais doce com a morte. — O toque de Darius mudou para seu queixo enquanto erguia seu olhar para ele. — Ela desempenha o papel lindamente.

O elogio ruborizou suas feições.

— Obrigada, senhor.

— Você está pronto para brincar com ela, Meu Príncipe? Ou posso fazer as honras? — Darius perguntou, sua formalidade me dizendo que ele havia entrado nos papéis que sugeri quando Juliet e Calina apareceram.

Em vez de respondê-lo, assumi minha própria parte nesse ato e o ignorei.

— Os vampiros amam os prazeres da vida — murmurei, encarando Calina enquanto me aproximava dela devagar, com passos silenciosos pelo chão acarpetado do jato. — Nós comemos. Transamos. E sempre pegamos o que queremos.

Ela engoliu em seco e suas pupilas se dilataram, diluindo as cores vibrantes de suas íris.

— A maioria de nós perdeu nosso senso de humanidade ao longo dos anos — continuei enquanto fazia uma pausa diante dela. — Gostamos de ser a raça superior, Calina. Aceitamos todas as recompensas que vêm com isso e ignoramos todas as responsabilidades.

Ou a maioria de nós, de qualquer maneira. Que era o ponto principal da mudança que eu desejava.

Mas esse era o propósito de nossa discussão agora.

Levantei a mão para segurar sua bochecha e permiti que meu polegar traçasse seu lábio inferior.

— Os humanos foram preparados para se submeter a todos os nossos caprichos. — Virei a cabeça dela em direção a Juliet. — Mesmo agora, ela permanece curvada, ciente de que é a minha palavra que a libertará. Não a do seu senhor. Porque vampiros e lycans sempre respeitam a hierarquia e a idade.

Calina observou a pose firme de Juliet por mais um longo momento antes que eu recuperasse sua atenção.

— Sou um dos mais velhos da minha espécie. Todos admiram minha experiência e conhecimento. Todo mundo me respeita. E todo mundo faz exatamente o que digo, sem questionar. O que é exatamente o que você precisa fazer, ou serei forçado a te usar como exemplo. — Era assim que nossa sociedade funcionava. A desobediência não era tolerada, especialmente por humanos.

Ah, alguns vampiros gostavam de jogos. Lycans também. Muitos deles viveram depois de jogar, mas ninguém ficou sem punição.

— Este é o mundo que a Lilith criou, o mundo que minha espécie parece adorar. É claro que há benefícios — admiti, olhando para o decote baixo e o tecido translúcido exibindo seus mamilos eretos. — Mas esses benefícios são a favor de meus irmãos, não dos humanos.

Inclinei a cabeça em direção a Juliet e Darius, seguindo o movimento com os olhos.

— Mostre a ela como nos alimentamos na frente de uma plateia — eu disse para Darius. — Considere como um treino do que Lajos deseja.

Como o mais velho na hierarquia dos vampiros, eu não seria obrigado a dar a Lajos absolutamente nada. Mas eu tinha uma reputação por esse jogo e pela forma como o jogava, o que significava que Darius e Juliet precisariam se engajar em seus papéis para que tivéssemos sucesso.

— Humm, com prazer — Darius respondeu, sua expressão estoica se transformando em uma de pura fome animalesca. — Fique de pé. — Seu aperto mudou para a nuca de Juliet quando ele a puxou para si.

Jace

As COXAS de Juliet deviam estar queimando por manter aquela pose, mas ela não mostrou nenhum sinal externo de desconforto. Talvez porque Dárius forneceu a ela grandes doses de seu próprio sangue para a cura. Ou mais provavelmente porque ela foi praticamente criada nessa posição.

Eu duvidava muito que Calina pudesse se submeter dessa maneira – algo que eu explicaria em meu plano.

Darius levou Juliet para a mesa onde deixei a taça de vinho. Ele tirou tudo do caminho antes de exigir:

— Apresente-se para mim, querida. Estou morrendo de fome.

Passei os dedos pela mandíbula de Calina e em sua garganta. Muito suave. Macia. Mas enfatizado com uma promessa letal.

Ela engoliu em seco em resposta e vi seu pulso se acelerar.

Murmurei em aprovação enquanto tocava o decote de seu vestido e o profundo V entre seus seios.

— Este vestido fica lindo em você — sussurrei. — Mas não é curto o suficiente. — Provavelmente porque pertencia a Juliet, e ela tinha alguns centímetros a mais que Calina. — Vou encomendar um guarda-roupa para a nossa viagem, coisas que vistam bem.

Nada mais de jalecos ou aventais para a médica deslumbrante. Ela usaria renda em um futuro próximo.

Ou talvez, apenas pele.

Juliet se posicionou na mesa de forma graciosa enquanto Darius se sentava entre suas coxas abertas. Ela se deitou na madeira com as pernas balançando sobre a borda e posicionou a fenda do vestido de forma sedutora, puxando o tecido para um lado e expondo a parte inferior de seu corpo à vista de Darius.

Apoiei as mãos nos quadris de Calina e a virei para ver o show, pressionando o peito em suas costas e os lábios em sua orelha.

— Vampiros anseiam por toque. — As palavras eram suaves e dirigidas a ela, mas eu sabia que Darius podia ouvi-las. — Somos criaturas sensuais que adoram sexo. E não há nada mais sexy para nós do que misturar prazer com sangue.

Esta era uma informação que ela já sabia, mas não significava que entendesse completamente.

— Você me disse que vampiros são naturalmente sexuais para atrair nossa presa. Não está errado. No entanto, todos temos nossas próprias preferências em como caçamos e nos alimentamos. — Beijei o ponto de pulsação em seu pescoço enquanto Darius passava as palmas das mãos pelas coxas nuas de Juliet. O tecido de seu vestido a revelou por completo, já que as fendas eram feitas exatamente para esse propósito.

— Muitos de nós são sádicos — continuei, baixinho. — Gostamos da dor. Gostamos de ouvir os gritos dos humanos. De fazê-los sangrar.

Darius se curvou para pressionar os lábios na parte interna do joelho de Juliet, provocando um arrepio nela.

A excitação de Juliet agraciou o ar, o doce aroma era uma tentação que acenou para meus instintos básicos. Mas a respiração profunda de Calina capturou meu foco e sua própria fragrância era uma provocação ao meu autocontrole.

Eu queria colocá-la naquela mesa na mesma posição que Juliet estava e provar sua boceta deliciosa.

Logo, prometi a mim mesmo quando Darius começou a lamber um caminho para cima. *Muito em breve.*

— A maioria dos vampiros já estaria se alimentando — eu disse a ela. — Mas Darius gosta de prolongar o momento, de provocar a excitação dela e forçar sua submissão por completo.

Mordisquei o lóbulo da orelha de Calina e passei os braços em volta de sua cintura, prendendo-a junto a mim enquanto ela lutava para permanecer de pé com os sapatos que Juliet tinha lhe dado. Eram de salto e suspeitei que fossem grandes demais, assim como o vestido. Calina provavelmente não usava com frequência, ou nunca.

Outro fator que eu teria que me lembrar para o nosso cenário na região de Lajos.

Juliet fechou os dedos ao lado do corpo, assim como os olhos em agonia, induzida pelo prazer enquanto Darius continuava seu lento caminho para cima.

— É tudo uma questão de apresentação sensual — falei as palavras contra o ouvido de Calina mais uma vez. — Há poder em mostrar paciência, especialmente quando seduzido por um tipo de sangue tão raro. A maioria na posição de Darius não seria capaz de se conter. O que torna o que ele está fazendo muito mais erótico.

Acariciei seu pescoço para enfatizar o ponto.

Seu sangue me chamou, mas fui capaz de atrasar a gratificação de prová-la. Mesmo quando seu interesse me despertou, com a boceta molhada debaixo do vestido, pronta para que eu a devorasse. Eu podia sentir o gosto na minha língua e seu desejo era um afrodisíaco que testava minha paciência.

Mas eu era um mestre neste jogo.

Assim como Darius.

Juliet entreabriu os lábios em um gemido silencioso quando a boca de seu mestre alcançou a intimidade entre sua perna e sua carne lisa. Nenhuma mordida, apenas uma lambida, acompanhada por um grunhido de fome do predador diante dela.

— Vê como ela permanece em silêncio? — perguntei baixinho, afrouxando meu aperto quando voltei as mãos para os quadris de Calina. — Sem implorar. Sem gemidos. Sem gritos. É assim que os humanos são ensinados a se comportar. Eles só vocalizam quando têm permissão. É por isso que sua franqueza precisa ser corrigida. Ninguém vai tolerar isso de você.

Ela estremeceu contra mim quando comecei a puxar o tecido de seu vestido, ansioso para confirmar a umidade entre suas coxas.

— Lajos faria você se ajoelhar agora, Calina. Ele ia querer sua boca no pênis dele para satisfazê-lo enquanto observava Darius se alimentar da deliciosa boceta de Juliet. — Expus a carne aquecida de Calina ao avião, não que alguém estivesse nos observando. — Ele forçaria você a engoli-lo até desmaiar.

Passei os dentes por seu pescoço e lambi sua pele frágil. Ela tremia, excitando meu lado selvagem.

Eu queria fazer exatamente o que descrevi – ordenar que ela se ajoelhasse e foder sua garganta até deixá-la em carne viva.

Mas tudo isso afetaria minha destreza e como eu preferia me satisfazer em jogos sensuais.

— Vou levá-la para a região de Lajos como minha consorte preferida. Lajos provavelmente vai querer provar o que considero valioso. Contanto que você se comporte, não terei que concordar. Mas isso exige que você seja exatamente como Juliet está agora: silenciosa, sedutora e provocante.

Darius escolheu aquele momento para afundar as presas

no clitóris de Juliet, fazendo-a arquear as costas para fora da mesa quando gozou.

Calina estremeceu contra mim, seu equilíbrio mudando. Espalmei seu sexo para mantê-la no lugar, deslizando o dedo com facilidade através da evidência de seu desejo.

Envolvi o braço em seu peito, mantendo-a no de pé enquanto o tecido de seu vestido permanecia amontoado contra seus quadris.

— Lilith nunca se alimentou de você assim. — Foi uma declaração, não uma pergunta. Porque a reação dela me disse que nunca tinha visto isso antes.

Ela não respondeu, mantendo o foco nítido em Juliet e Darius enquanto ele devorava sua *Erosita*, deixando-a em um estado elevado de excitação o tempo todo.

Ela estava com as bochechas rosadas com o esforço e os lábios entreabertos em um grito silencioso. Juliet estremeceu com violência, fazendo com que Darius colocasse a mão em seu abdômen para segurá-la enquanto se alimentava.

— Isso pode ser doloroso — sussurrei as palavras no ouvido de Calina. — Ele poderia decidir retirar as endorfinas a qualquer momento. Então ela teria que fazer o possível para não gritar de dor. É um jogo que muitos dos meus irmãos jogam porque gostam de torturar a comida.

Penetrei dois dedos dentro dela, tirando um silvo de seus lábios.

— Mesmo a menor reação pode fazer com que um vampiro se torne violento — avisei, tocando seu pescoço com os lábios, onde perfurei sua pele em reprimenda por ela ter verbalizado uma reação.

Ela estremeceu, mas eu a segurei no lugar com facilidade.

Suas coxas cerraram em resposta ao puxão da minha boca contra sua veia, fornecendo um detalhe interessante sobre suas próprias tendências. Retive o aspecto agradável da minha mordida, mas isso só pareceu intrigá-la.

O que sugeria que ela gostava de um pouco de dor no quarto.

Humm, definitivamente meu tipo de mulher, fiquei maravilhado, me perdendo em seu gosto.

Ela não gritou. Não falou. E aquele chiado foi o único som que ela fez.

— Uma aluna tão boa — eu a elogiei, liberando seu pescoço e deixando o sangue escorrer de forma tentadora de sua ferida aberta.

Darius parou de se alimentar também, com a atenção no estado de embriaguez de prazer de Juliet enquanto se levantava para abrir o cinto.

Eu disse a ele para nos dar um show como faria com Lajos, e ele levou minhas palavras a sério ou se esqueceu de que estávamos aqui.

Provavelmente o primeiro, porque ele não era do tipo que desprezava o ambiente. E não era como se eu não o tivesse visto transar antes.

Ele também gostaria de marcar território na frente de Lajos, o que tornava esse movimento estratégico por parte de Darius. Claro, também exibia uma sugestão de intenção possessiva.

Eu estava começando a entender, porque não gostava muito da ideia de Lajos tocar Calina. Mas também não me enganei ao avisá-la de que poderia acontecer.

— Acho que devemos praticar, doce Calina — eu disse, tomando uma decisão.

Se aproveitasse suas atenções primeiro, estaria mais disposto a compartilhá-la com Lajos. Também precisava garantir que ela estava pronta para isso, o que me obrigou a orientá-la sobre o que esperar. Quanto mais ela entendesse, seria mais provável que permanecesse viva.

— Darius, adoce meu vinho — pronunciei as palavras no tom pretensioso de sempre, assumindo meu papel de superior.

Ele não hesitou, escondendo seu aborrecimento com uma máscara de indiferença. Para qualquer outra pessoa, ele parecia não se incomodar com meu pedido. Mas eu o conhecia e entendia sua relação com Juliet.

Mantive Calina no lugar, forçando-a a assistir enquanto ele levava minha taça para a boceta de Juliet e temperava a borda com seu sangue doce e excitação.

Era exatamente o que Lajos iria pedir.

E muito provavelmente o que ofereceríamos de forma preventiva para que ele não exigisse mais nada.

Darius tomou um gole do vinho, garantindo que o sabor fosse o que eu desejava, então acrescentou um pouco mais, apertando o clitóris de Juliet.

Ela deu um pulo, mas não gritou.

Embora a ação parecesse dura, eu sabia que ele a suavizou, talvez com um aviso em sua mente ou um sutil movimento do polegar. Ele sempre garantia seu prazer, independentemente de quanto fizesse parecer selvagem.

Tirei os dedos da boceta apertada de Calina e levei meus dedos aos seus lábios.

— Abra. — Ela engoliu em seco e fez exatamente o que eu disse. — Boa menina — elogiei, deslizando os dedos em sua boca. — Agora chupe.

Jace

A boca de Calina na minha pele me deu uma visão sobre sua capacidade de receber comandos quando lânguida com a excitação.

Perfeição.

Ela lambeu, chupou e engoliu como se tivesse feito isso a vida toda.

— Humm, você vai fazer isso com meu pau — eu disse enquanto ela seguia minhas instruções sem hesitação. Ela fez uma pausa diante das minhas palavras e seu pulso acelerou, me fazendo rir. — Sua inocência é deliciosa, Calina. — Porque essa reação me disse que ela nunca tinha feito sexo oral, assim como nunca tinha recebido. — A Lilith realmente manteve você protegida, não é?

Darius colocou minha taça de vinho na mesa.

— Meu Príncipe.

— Obrigado — falei, segurando os quadris de Calina para dar-lhe um empurrão para frente. — Ande.

Ela tropeçou, mas meu aperto em sua cintura a impediu de cair. Eu definitivamente precisaria comprar sapatos de saltos mais baixos para ela na cidade de Jace. Adicionaria isso à minha lista para seu futuro guarda-roupa.

Darius ignorou nossa abordagem, colocando as palmas das mãos nas coxas de Juliet mais uma vez enquanto se curvava para lamber seu sexo úmido. Ela estremeceu embaixo dele, perdida na língua de seu mestre.

Uma visão muito erótica.

Algo que eu queria replicar com Calina.

— Quero ouvir a Juliet gritar — murmurei quando chegamos à mesa. — Faça-a gozar de novo.

Darius respondeu rasgando o tecido do vestido dela e expondo seus seios. Ele os espalmou, apertando a carne macia enquanto perfurava seu ponto sensível mais uma vez.

Juliet desmoronou em uma bela demonstração de euforia, fazendo Calina tremer em minhas mãos.

— São apenas seus poderes vampíricos fazendo-a gritar assim? — perguntei em seu ouvido. — Ou é ele?

Não dei a ela uma chance de responder, em vez disso girei-a em meus braços e capturei sua boca.

O sabor de sua doce excitação ainda permanecia em sua língua, me dando uma prova inebriante de seu sabor viciante.

Juliet continuou a gemer, seguida por Darius. Os sons misturados era uma sedução aos meus sentidos.

— É assim que os vampiros brincam com a comida — falei contra a boca de Calina. — Especialmente nossas guloseimas favoritas. E às vezes, compartilhamos. Às vezes, não.

Envolvi a mão em sua nuca e a beijei novamente. Desta vez, de forma mais profunda e com intenção.

Eu queria mais.

Eu a queria.

Não queria compartilhar.

E não precisava. Eu era a porra da realeza. Um vampiro antigo. O futuro rei.

Eu a puxei para a cadeira executiva em frente a Darius e Juliet, forçando Calina a sentar-se em minhas coxas. Seu vestido de renda ainda estava amontoado nos quadris, colocando sua boceta contra o zíper da minha calça.

— Puta merda — sussurrei, sentindo meu senso de controle escapar.

Eu deveria estar ensinando-a. Mostrando a ela como se comportar. Garantindo sua sobrevivência. Mas tudo que eu queria era desabotoar as calças e penetrar profundamente dentro dela.

O grunhido feroz de Darius não estava ajudando. Seus gemidos também não. E nem o som de sexo que se seguiu enquanto ele colocava Juliet na mesa.

Não se tratava mais de demonstrar as expectativas da sociedade para Calina, mas sobre a necessidade animalesca e antecipação sensual.

Mordi sua língua, desejando seu sangue mais do que o vinho adoçado de Darius.

A essência de Calina encheu nossas bocas, dando-me o que eu ansiava.

Cortei minha própria língua no segundo seguinte, dando a ela acesso ao poder em minhas veias.

Foi muito natural. No entanto, nunca fiz isso com minhas consortes. Mas algo sobre esta fêmea provocou a besta sombria dentro de mim, aquela que desejava a posse carnal de seu corpo.

Ela me enfeitiçou por completo, destruindo meu foco e desfazendo a base que eu estava tentando estabelecer.

— Desabotoe minhas calças — ordenei contra seus lábios. — Agora.

Ela levou as mãos ao cinto primeiro. Em seguida, para o botão. Mas sua boceta estava muito perto do meu pau para ela remover a barreira entre nós.

Eu a tirei dali, ansioso para continuarmos, apenas por aquele breve segundo de desconexão entre nós para me lembrar de nosso propósito.

Me senti tomado pela indecisão, dividido entre manobras estratégicas e transar com a mulher no meu colo.

O que há de errado comigo?

Nunca desejei tanto uma mulher. Nunca perdi o controle. Eu tinha mais de quatro mil anos.

Uma prova e quase perdi a cabeça de novo.

Esta mulher era perigosa.

Eu precisava dela fora da minha cabeça. Amarrada. De joelhos.

— Ajoelhe-se. — A ordem saiu em um grunhido zangado que a fez correr para obedecer. Não dei a ela um momento para encontrar conforto. Não permiti que ela se preparasse para minha rudeza. Abri o zíper, agarrei um punhado de seu cabelo e exigi que ela abrisse a porra da boca.

Ela abriu.

Empurrei o pau para dentro.

E, *puuuuta merda*, era como se eu tivesse ido direto para o céu.

Sua língua aveludada acariciou meu pau e sua garganta se fechou lindamente em torno da cabeça.

Ela ofegou.

Não me importei.

Seus olhos se encheram de lágrimas.

Eu as afastei com os polegares.

Essa geniazinha libertina me levou à loucura, e eu queria puni-la por isso. Queria cair de joelhos e adorá-la também.

Era um emaranhado de emoções, pensamento e confusão que deixou meu sangue em chamas, me forçando a tomá-la com mais força, fazendo a minha percepção de nossa realidade se transformar em cinzas dentro da minha cabeça.

Xingamentos deixaram minha boca.

Seu nome parecia uma oração.

Eu não conseguia descobrir o que queria ou como fazer, mas tudo que eu sabia era que precisava gozar.

Precisava encharcar suas entranhas com meu sêmen.

Para possuí-la.

Completá-la.

Fazê-la minha.

E de onde é que esse desejo vinha? Eu não poderia ficar com esta mulher.

— Seu sangue está me enfeitiçando — acusei enquanto a forçava a tomar ainda mais de mim.

Suas pupilas dilataram quando ela me olhou, a desobediência estava gravada em sua expressão.

Não poderia machucá-la por isso, não quando me encontrei tão perdido naquele brilho intenso em suas íris cor de avelã.

Esse era o olhar de uma mulher determinada a sobreviver ao que quer que eu desse a ela e me destruir no processo.

E, caramba, isso só me deixou mais duro.

Esta mulher desafiava todas as expectativas. Ela reescrevia as regras de existência. Estava de joelhos e se recusando a se submeter, mesmo com meu pau na garganta.

Eu não tinha certeza de quem era o dono de quem neste momento, mas o desafio em seu olhar sugeria que ela, de alguma forma, superou esse acordo.

— Veremos — prometi, sem fazer nenhum sentido enquanto empurrava em seu calor bem-vindo com um desejo renovado de reivindicá-la de dentro para fora. — Relaxe a garganta.

Apertei os dedos em seus cabelos, a única reprimenda que estava disposto a dar.

Mas a médica provou ser uma pupila apta mais uma vez enquanto seguia minhas instruções, abrindo mais a boca para minhas estocadas.

— Linda — sussurrei, usando a mão na parte de trás de sua cabeça para guiar seus movimentos. — Muito bom.

Os humanos demoravam anos nas universidades para aprender a tomar um pau assim. Mas Calina não era uma humana comum. E ela provou isso enquanto passava os dentes pela minha pele sensível, apenas o suficiente para ameaçar sem provocar dor.

— Humm, faça isso de novo — exigi.

Ela o fez, desta vez sugando até que apenas a cabeça estivesse em sua boca. Sua língua girou, provocando um arrepio em mim antes de colocá-lo todo de volta para dentro.

Seu olhar adquiriu um novo brilho. A pesquisadora nela estava aprendendo o que eu gostava e repetindo os movimentos com uma perfeição que fez minhas bolas doerem.

Esta mulher não precisava de uma lição de sexo. Ela só precisava ser tentada a ensinar a si mesma.

Meu aperto aumentou em seus cabelos loiros macios e meu abdômen tensionou enquanto as chamas irrompiam pelo meu ser.

— Engula, Calina — falei. — Engula tudo.

Era a única forma de punição que eu poderia dar – a exigência de que ela tomasse tudo o que inspirou dentro de mim e devorasse cada gota.

No entanto, a maneira como suas narinas dilataram me disse que não era uma forma de repreensão, mas um desafio. E foi aquele vislumbre perspicaz de sua personalidade que me levou ao limite.

Eu queria que ela se afogasse.

Queria que ela nadasse.

Queria que ela sufocasse sob as ondas de prazer se derramando do meu sexo.

E queria reanimá-la com meu sangue em sua boca. Com a minha língua em sua boceta. Com meus dedos bem dentro dela.

Puta merda, a imagem apaixonada me estimulou a continuar, fazendo as vibrações de prazer apertarem minhas coxas enquanto eu banhava sua garganta com meu esperma.

Ela engoliu.

E engoliu.

E engoliu.

Seus olhos brilharam com lágrimas. O pânico cresceu em suas narinas. Sua necessidade de respirar era uma provável dor no peito.

— Não pare. — A ordem saiu gutural. Cruel. Fria. Mas por dentro, eu estava inflamado com a necessidade de preencher seu corpo com minha essência. Possuí-lo. Possuir a ela. Marcá-la como minha.

Ela começou a desvanecer quando sua garganta não era mais capaz de massagear meu pau da maneira que eu desejava.

A maioria da minha espécie mataria um humano por falhar durante um ato tão crucial.

Mas eu gostava de Calina viva.

Eu a puxei do meu pau antes que ela desmaiasse. Ela ofegou quando um pouco da minha essência atingiu sua bochecha. Então seus olhos grandes e úmidos encontraram os meus.

Ela era perfeita.

Esplêndida.

Primorosa.

E tudo que eu conseguia pensar em fazer era retribuir o favor.

Não a coloquei na mesa como Darius fez com Juliet. Em vez disso, eu a carreguei para o quarto dos fundos e a deitei na cama.

Ryder provavelmente me mataria mais tarde. Mas ele poderia mandar lavar a roupa de cama.

A satisfação mútua era mais importante.

Abri as coxas macias de Calina e me ajoelhei entre suas pernas. Então dei um beijo íntimo na doçura que eu ansiava pelo que parecia uma eternidade.

Ela não me decepcionou. Seu clitóris era quase tão tentador quanto sua artéria femoral.

— Jace — ela sussurrou, quebrando as regras ao falar fora de hora. Mas a maneira gutural como disse meu nome tornava toda e qualquer forma de castigo impossível. Principalmente considerando a rouquidão de sua voz.

Deixei sua garganta em carne viva. Ela mal conseguia falar.

Outro detalhe do meu plano.

Eu poderia trabalhar com esse método de silenciar minha nova consorte.

Mas queria testar mais essa teoria, ver como ela realmente se sustentava.

Então afundei os dentes em sua intimidade, assim como Darius fez com Juliet.

Calina gritou e a reação tinha um toque de dor. No entanto, seu prazer parecia estar sobrepujando aquele tormento.

Chupei, mordisquei e mordi de novo.

E de novo.

Forçando-a a chegar ao clímax até que seus gritos silenciassem porque sua garganta estava muito dolorida para emitir um som.

Só então parei, sentindo seu corpo tremendo e com seu rosto coberto de lágrimas. Subi na cama para cobrir seus lábios com os meus, oferecendo-lhe o antídoto para sua agonia induzida pela paixão.

No início, ela não engoliu, como se fosse incapaz de tal ação. Mas enquanto o sangue da minha língua furada pelas presas escorria por suas entranhas devastadas, ela começou a se recuperar.

Era um presente que nunca ofereci às minhas consortes.

Mas elas nunca pediram.

Porque o que eu acabei de fazer com Calina teria matado um humano. Foi demais. Muito rude. Muito intenso. Muito carnal.

No entanto, ela tomou tudo.

Ela nunca me implorou para parar.

E enquanto olhava para mim, só vi uma palavra brilhando em seu olhar.

Mais.

Calina

Não conseguia sentir minhas pernas.

Eram como membros inúteis pendurados em meus quadris. No entanto, de alguma forma, eu estava de pé.

E de salto alto também.

Com outro vestido saído das malas de Juliet.

Me olhei no espelho, notando minhas bochechas coradas e lábios inchados. Jace prendeu meu cabelo em um coque bagunçado – muito diferente do habitual e ordenado – para mostrar as marcas de mordida dupla no meu pescoço.

Havia outra no meu seio esquerdo, que era visível graças ao decote da lingerie.

Não, espere, é um vestido.

Olhei para o tecido translúcido e curvei os lábios para o lado. Isso me deixava essencialmente nua com um tom esverdeado cobrindo partes de minha pele. Eu preferia o azul marinho de antes, mas Jace o tinha rasgado durante um dos meus muitos orgasmos.

Ele praticamente traçou cada centímetro do meu corpo com a boca, como se pretendesse embutir sua essência na minha pele.

Estremeci, sentindo minhas entranhas se aquecerem com as lembranças de seu toque íntimo.

Qualquer lição que ele estava tentando me ensinar se

perdeu em sua boca. Entendi o básico do que ele precisava que eu soubesse: *se submeta como os Vigílias costumavam se submeter a Lilith.* Eles sempre se curvavam na presença dela, nunca fazendo contato visual ou falando com ela.

Embora Jace também mencionou Lajos e o que ele poderia fazer comigo.

Não liguei para essa parte.

Felizmente, isso seria um problema quando fôssemos para a região de Lajos.

Em menos de dois dias.

— Essa cor realça seus olhos, assim como o azul — Jace comentou enquanto se aproximava por trás, com o foco em meu reflexo no espelho.

Ele vestiu um terno preto, mas seu cabelo ainda estava despenteado por minha causa.

Minhas bochechas aqueceram com a memória recente. Era quase como se Jace tivesse acordado um lado adormecido de mim, criando uma pessoa totalmente nova neste jato. Mal me reconheci. E se o seu objetivo era me fazer temê-lo, ele falhou.

No entanto, reconheci os perigos de outras pessoas como ele.

Também entendia o propósito de obedecer.

Jace podia não ser um monstro, mas os aliados de Lilith eram. E embora eu não tivesse conhecido nenhum deles, sabia que ela os tinha. Em algum lugar.

Caso contrário, eu estaria morta.

Porque minha linhagem estava ligada a pelo menos um outro imortal, potencialmente mais.

— O que te deixou assustada? — ele perguntou em voz baixa. — Está preocupada com o que vai acontecer quando pousarmos?

Eu pisquei.

— Não muito. Só vou abaixar a cabeça e seguir sua

liderança. — Semelhante ao que Juliet fazia com Darius, só que eu não teria o conforto de saber que Jace realmente se importava com meu bem-estar. Eu não era ingênua o suficiente para pensar que nosso interlúdio sexual havia criado algum sentimento de sua parte. Como ele disse, os vampiros gostavam de brincar com a comida.

Ele passou as mãos pelos meus braços até meus ombros quando parou atrás de mim.

— Então no que você está pensando?

Levei um segundo para considerar o significado de sua pergunta, já que minha cabeça havia mudado para minha segurança pessoal. Mas isso foi causado por sua pergunta anterior sobre o que eu esperava para nossa chegada.

Antes disso, estava pensando sobre minha linhagem. Disse isso a ele.

— O fato de ainda estar viva me diz que ainda estou amarrada a pelo menos um vampiro por meio de um vínculo semelhante à conexão *Erosita*.

— A menos que você tenha começado a envelhecer normalmente e não seja mais imortal — ele respondeu, franzindo a testa. — Quando um vínculo *Erosita* é quebrado, o mortal simplesmente retoma sua idade padrão.

— Sim. Mas meu caso não é normal. Tenho genética lycan por parte da minha mãe. No entanto, essa linha foi severamente reprimida por meu pai, o doador de esperma *Erosita*. Então Lilith me vinculou a ela de maneiras nunca explicadas a mim. E me disseram que há pelo menos mais um. Eu... eu também posso sentir isso.

— O vínculo?

— Não. — Busquei as palavras sobre como explicar o sentimento. — Os laços foram enfraquecidos há décadas, e eu nem consigo senti-los de verdade. Mas posso sentir minha imortalidade. Se não existisse mais, eu saberia. E nada parece errado.

— Entendo. E você não sabe a quem está vinculada?

Balancei a cabeça.

— Não, mas espero que possamos encontrar algo no Bunker 37. — Esse foi um dos meus primeiros pensamentos quando ele disse que estávamos indo para lá. Também queria revisar os registros do *data center*, mas estavam com Damien.

— Você está me dizendo isso, então sei que será cooperativa em nossa jornada porque isso te beneficia —Jace respondeu, apertando meus ombros. — Bem jogado.

— Na verdade, só estou dizendo o que eu gostaria de descobrir. Os próximos dois dias serão uma prova da minha vontade de cooperar. — Encontrei seu olhar no espelho. — Também acredito que meu comportamento neste jato provou minhas intenções.

Me comportei durante nossa viagem para o *data center*, mas esse fato parecia discutível, uma vez que essa próxima jornada não tinha nada a ver com minhas experiências de pesquisa e tudo a ver com minha capacidade de desempenhar o papel de uma humana dócil e submissa.

Ele estudou meu reflexo por um momento, então me virou para encará-lo.

— Você não poderá falar assim comigo quando desembarcarmos do jato. Também não pode olhar para mim ou qualquer outra pessoa. Não até que eu diga o contrário.

— Estou ciente de como os humanos Vigílias agiam na presença da Lilith. Farei o meu melhor para imitar esse comportamento.

A expressão de Jace ficou pensativa.

— Vigílias têm mais benefícios do que a maioria dos humanos neste mundo. Mas os membros do meu harém normalmente são tratados com o mesmo respeito, então deve dar certo para os nossos propósitos. — Ele se inclinou para beijar meu pescoço exposto, afundando os dentes na ferida que já havia criado.

Um tremor percorreu meus membros e seu toque e boca provocaram uma série de sensações em todo o meu interior. A mordida de Lilith nunca fez isso comigo. Mas ela também nunca fez nenhuma daquelas outras coisas que Jace fez... como me morder *lá embaixo*.

Fechei os olhos enquanto eu me entregava às sensações. Ele baixou as mãos para cobrir meus seios, acariciando os mamilos com os polegares através do tecido quase imperceptível.

Um gemido ficou preso na minha garganta e meu corpo reagiu à fêmea dentro de mim, esta criatura devassa que ansiava por mais.

A vida toda, desejei ser tocada, sem ter ideia do que estava perdendo. Até Jace.

E agora eu temia nunca mais ser a mesma.

— Ainda é apenas minha destreza vampírica, geniazinha? — ele perguntou em meu ouvido.

Engoli em seco. Ele havia feito essa pergunta inúmeras vezes ao longo das últimas vinte e quatro horas. Como todas as outras, me recusei a responder.

O que só o fez rir contra meu pescoço.

— Vou interpretar seu silêncio como um pedido de estudo mais aprofundado do assunto. — Ele beijou minha bochecha e seu olhar encontrou o meu no espelho. — Considere esta minha aceitação de seu desafio, doutora. Estou ansioso para participar de várias rodadas de experimentação antes de você esboçar um resumo de nossos resultados. — Suas íris azuis gelo brilhavam com intensidade. — E espero que você recite esses resultados enquanto toma meu pau no fundo da garganta.

Meu estômago queimava quando ele me soltou, e senti minhas entranhas se transformarem em um calor líquido com a promessa daquelas palavras.

Sua expressão me disse que ele sabia disso.

Este homem levava a confiança a um nível totalmente novo, e sua idade e experiência eram adições ao talento arrogante de suas feições.

Lilith exalava um ar semelhante, sendo que com uma camada adicional de superioridade. Jace me parecia alguém que sabia que era poderoso e não precisava dominar os outros para provar isso. Enquanto Lilith amava estar no comando e queria que todos se curvassem a ela.

Abordagens muito diferentes.

Ao menos, pelo que eu observei.

Agora que estávamos entrando em seu território, minha conclusão poderia mudar. Mas algo me disse que não.

Ele parou na porta e estendeu a mão em minha direção, seu olhar mais uma vez encontrando o meu no espelho.

— Calina.

Eu me virei e fiz minha melhor reverência.

— Meu Príncipe. — Foi o termo que ele me disse para usar. Ou *Vossa Alteza*.

— Linda — ele murmurou. — Fique de pé.

Fiz o que ele ordenou de bom grado, porque manter aquela posição fez minhas coxas queimarem. Eu não tinha certeza de como Juliet havia aguentado isso por tanto tempo.

Todos os humanos são doutrinados neste mundo?, me perguntei.

Eu sabia algumas coisas sobre o antigo, principalmente do meu tempo nos laboratórios e os arquivos de pesquisa que pude revisar. Foi assim que conheci São Francisco, o local agora renomeado como Cidade de Jace. Costumava ser um setor de tecnologia popular na era anterior.

— Agora caminhe em minha direção. — Jace continuou a estender a mão, talvez para me segurar se eu caísse – um cenário provável, considerando a natureza instável desses saltos finos.

No entanto, com o jato parado, descobri que poderia me mover com mais facilidade pelo carpete. Não com elegância ou sedução como Juliet, mas com eloquência suficiente para que funcionasse.

— Boa menina — Jace elogiou, segurando meu braço enquanto eu o alcançava. — Agora, mantenha a cabeça baixa e fale apenas quando eu mandar, e você vai passar no primeiro teste.

Não respondi, o que me rendeu uma risada.

— Foi um excelente começo — ele murmurou, dando um beijo na minha bochecha mais uma vez.

O elogio envolveu minha psique, me dando uma estranha vontade de sorrir. Ignorei a inclinação e foquei na tarefa de andar com Jace e não cair – algo que se provou muito mais difícil enquanto descíamos as escadas do jato.

— Bem, não totalmente graciosa — Darius disse. — Mas ela vai passar contanto que você não a solte.

Jace soltou meu braço e passou o dedo pela minha coluna exposta.

— Posso pensar em atividades mais desagradáveis na vida.

— Concordo — seu soberano falou e o tom me disse que ele tinha acabado de fazer algo semelhante com Juliet. Não conseguia vê-los porque meu foco estava no chão, o que funcionou a meu favor quando começamos a nos mover, me permitindo observar meus passos.

— Endireite os ombros e só curve a cabeça — Jace disse no meu ouvido, corrigindo minha postura com a palma da mão na parte inferior das minhas costas.

Ajustei minha posição sem comentários, fazendo com que ele acariciasse minha coluna mais uma vez. Um arrepio acompanhou seu toque, não porque eu o achasse particularmente desagradável, mas o ar fresco da noite ao nosso redor começou a se infiltrar através da renda fina do vestido.

Essa roupa era totalmente impraticável para o clima, algo

com que meus braços pareciam concordar enquanto meus membros se arrepiavam.

Foi preciso me conter para não tremer, cada passo me deixando com mais frio do que o próximo.

Jace apoiou a mão na parte inferior das minhas costas, mas seu calor fez pouco para aquecer meu estado de resfriamento.

Felizmente, chegamos a um carro preto. Jace não perdeu tempo em me conduzir para a parte de trás. Em seguida, ele se sentou ao meu lado no banco de couro enquanto Juliet e Darius se sentaram à nossa frente.

O silêncio caiu quando a porta se fechou.

E continuou enquanto o motor rugia para vida.

Mantive os olhos baixos, fazendo o meu melhor para aderir ao papel de humana subserviente – uma posição que eu preferia ao status de bolsa de sangue.

Sua mão foi para a minha coxa, me lembrando da bainha curta do vestido enquanto as pontas dos seus dedos relaxavam a poucos centímetros do meu sexo.

As vibrações do carro de repente assumiram uma sensação diferente dentro de mim, meu novo lado sedutor aparecendo. Me contorci um pouco, fazendo com que Jace me apertasse mais.

— Fique quieta — ele exigiu.

Engoli em seco, sentindo meu coração bater muito forte no peito.

— Ryder não deve tê-la treinado corretamente — Darius comentou. — Pelo menos, você vai gostar de consertá-la.

— Sim, pretendo começar imediatamente. — O tom de Jace tinha uma pontada de aborrecimento. — Preciso que você entre em contato com o Ivan e diga que não vou me juntar ao meu harém conforme agendado anteriormente. Imagino que ele e o Trevor possam continuar entretendo-os na minha ausência. Como você sabe, alguns humanos requerem uma mão mais firme do que outros.

— Sim, nem todos são tão adequados quanto a minha Juliet — Darius respondeu.

— Não. Ela é verdadeiramente única. — O carinho na voz de Jace substituiu a sugestão de irritação, e senti que ele sorria.

— O que você tem a dizer sobre isso, querida? — Darius perguntou.

Sua resposta foi imediata.

— Obrigada, Meu Príncipe. É um prazer atendê-lo, como sempre.

— Talvez você possa se juntar a mim em meus aposentos hoje e me ajudar a continuar o treinamento de Calina — Jace ofereceu.

— Eu adoraria, Vossa Alteza — Juliet respondeu.

— Brilhante. Darius, traga-a com você depois de dar a notícia a Ivan. Teremos uma saideira esta noite.

— Claro, Meu Príncipe.

Jace deu outro aperto na minha perna, este com um significado que não entendi. Conforto? Desapontamento? Algum tipo de aviso?

Eu não estava nem perto de uma resposta quando paramos mais uma vez alguns minutos depois em algum tipo de guarita que exigia que o motorista falasse com alguém do lado de fora.

Foi necessário um grande esforço para não olhar.

Em seguida, estávamos nos movendo novamente, e nós ficamos silêncio enquanto eu ponderava sobre a conversa de Darius e Jace. Eles não tinham falado assim no avião, me dizendo que devia haver algum tipo de dispositivo de escuta por perto. Ou talvez fosse o motorista. Jace não o cumprimentou quando entramos. Ele também não falou com quem abriu a porta.

Muito diferente do piloto com quem ele conversou quando embarcamos.

Embora o piloto fosse vampiro.

O motorista era humano?

Eu não poderia dizer da minha posição.

Isso é realmente ridículo, pensei, lutando contra a vontade de cerrar os dentes.

Os humanos podiam ser inferiores em força, velocidade e vitalidade geral, mas não éramos criaturas com morte cerebral. Eu era a prova viva disso como ex-pesquisadora chefe de Lilith no Bunker 47.

Jace e Darius começaram a falar sobre seus planos de viagem para a região de Lajos, listando tudo o que precisava ser feito antes de nossa partida.

Era necessário marcar horário de compromissos para mim e para Juliet.

Mimos, eles chamaram.

Jace comentou sobre a minha necessidade de um novo guarda-roupa enquanto Darius parecia tomar notas.

— E parece que Sebastian acabou de chegar — o soberano falou e seu tom me disse que ele não estava animado com a perspectiva. — Ele pediu uma reunião comigo.

— Com você? — Jace parecia surpreso. — Por quê?

— Ele se considera a razão da minha recente promoção. — Darius não pareceu impressionado. — Vou entretê-lo apenas para ser educado. Além disso, Juliet gostou do nosso último jantar, não foi?

— Claro, Senhor. — Ela parecia muito dócil e quieta, o oposto de como eu normalmente falava.

— Me avise sobre o que você pretende colocar no menu — Jace respondeu. — Eu posso me convidar.

Darius deve ter assentido porque não respondeu.

A conversa continuou de maneira semelhante, o itinerário

deles quase completamente definido antes que o carro parasse novamente.

A porta se abriu quase que de imediato, e Jace saiu depois de falar em voz baixa:

— Venha, Calina.

Calina

DESCI DO CARRO, fazendo o meu melhor para evitar que o vestido subisse, e parei com cuidado sobre os saltos altos quando estava fora do carro.

Jace segurou meu cotovelo e me puxou para o lado enquanto Juliet e Darius se juntavam a nós. Seus pés eram as únicas coisas que eu podia ver junto com a calçada.

Bela vista, pensei. *Simplesmente maravilhosa.*

Ele acomodou a mão nas minhas costas enquanto me guiava. Dessa vez, ele se dirigiu a todos ao nosso redor, cumprimentando a equipe pelo nome e sendo gentil, mas mantendo um ar de autoridade.

Lilith escolhia intimidar.

Jace, liderar.

Fascinante.

Mas me pareceu estranho que ele não tratasse o motorista de maneira semelhante a todos os outros. Me perguntei mais uma vez se ele era humano ou vampiro, porque parecíamos estar passando por todos os tipos de vida em nosso caminho. E Jace tratou a todos igualmente. Fez até uma pausa na área da recepção para se dirigir a um homem mortal dizendo:

— Por favor, traga as malas de Darius para minha suíte. Ele e a Juliet ficarão em um dos meus quartos de hóspedes.

— S-sim, Meu Príncipe. — Foi a gagueira em sua voz que me disse que era humano.

Isso e a falta de roupas adequadas.

Eu não conseguia ver, mas ele não usava calça social ou sapatos elegantes. Só calças vermelhas largas e tênis.

— Paula, vou manter o membro... — Jace parou, e seu tom sugeria que ele queria que alguém terminasse a frase por ele.

— Treze, Meu Príncipe — o humano sussurrou. As palavras soaram tensas, como se ele não quisesse verbalizá-las, mas não tivesse escolha.

— Membro Treze da equipe — Jace repetiu, em tom pensativo. — Sim, Paula, vou manter o membro Treze da equipe esta noite. Certifique-se de anotar isso em seu arquivo. Vou devolvê-lo quando terminar, supondo que ele ainda esteja vivo.

— Claro, Meu Príncipe — uma mulher respondeu.

Conforme continuamos em nosso caminho, comecei a me perguntar se Jace já havia se cansado de ser tratado de forma tão formal o tempo todo.

Meu Príncipe.

Sua Alteza

O tempo todo, sempre com murmúrios de concordância antes da frase formal.

No momento em que entramos no elevador, minha cabeça estava girando com as palavras repetidas.

De repente, Jace estava na minha frente, me empurrando contra a parede com uma mão no quadril e a outra na minha garganta.

Eu me assustei, percebendo que não havia mais ninguém conosco nesta pequena caixa. Só eu e Jace.

— Entediada? — perguntou enquanto seu polegar forçava meu queixo para cima.

Nuvens de tempestade olharam para mim, com um raio parecendo piscar em suas pupilas.

— Não, Meu Príncipe — respondi, me deliciando por ser capaz de dizer algo diferente de todas as expressões mundanas de aceitação lá embaixo.

Ele arqueou a sobrancelha.

— Você achou graça?

Considerei isso por um momento, tentando encontrar uma maneira inteligente de responder.

— Estou pensativa, Alteza. — Quase ri por ter de me dirigir a ele de maneira tão formal novamente.

Estou enlouquecendo.

Ou talvez eu só estivesse cansada. Exausta. Sobrecarregada pelos últimos dias. Perdida em um mundo de humanos submissos e semântica banal.

Ele devia estar cansado disso.

Passei pouco tempo aqui e já tinha superado as formalidades e a estrutura ridícula.

— Pensativa — ele repetiu. — Entendo.

Jace apertou minha garganta, roubando o suprimento de ar apenas o suficiente para me dizer que fiz algo errado.

Eu não conseguia imaginar o que – permaneci em silêncio e olhei para o chão por todo o caminho. Ninguém falou comigo. Só ele. *Sua Alteza.*

Um estranho desejo de rir atingiu minhas entranhas, fazendo com que eu me contorcesse.

As duas sobrancelhas de Jace se ergueram.

E por alguma razão, achei essa expressão totalmente hilária.

Ele ficou realmente surpreso com minha reação? Toda a pretensão estabelecida aqui era cômica.

Lilith havia exigido formalidades semelhantes no laboratório, mas eram diferentes de alguma forma. Talvez porque ela era a dona de todos nós e dos laboratórios.

Mas Jace possuía este território e seus súditos.

Então, não. Não podia ser isso.

— Não consigo decidir se quero te comer ou te matar agora — Jace falou, me tirando de meus pensamentos.

Um *ding* soou atrás dele.

Ele me puxou com a mão ainda na minha garganta, a outra no meu quadril e me guiou pelas portas do elevador.

Mantive o olhar no seu o tempo todo, me recusando a olhar ao redor para inspecionar nosso novo ambiente. Principalmente porque a fúria que irradiava dele cativou meu foco.

Não. Isso não é fúria. Isso é fome.

Estremeci, sentindo meu corpo reagir como se programado para atender a todas as suas necessidades.

Este vampiro me enredou. Eu parecia uma mosca em sua teia, esperando para ser comida e desejando minha morte.

— Você está me enfeitiçando — Jace acusou, roubando os pensamentos da minha mente enquanto afrouxava o aperto na minha garganta. — Me diga o que você está pensando. Fale livremente. Não há dispositivos de gravação ou espiões no meu espaço pessoal.

Suas palavras me deram uma pausa. Espiões?

— É por isso que você foi frio com seu motorista? Ele é um espião?

Jace piscou e a surpresa ficou evidente em seus traços.

— Você estava pensando no Puck?

— Esse é o motorista?

— Sim.

— Ah. Você não o cumprimentou como os outros. — Foi uma observação simples, mas sua expressão registrou intriga.

— Uma coisa fascinante para você notar. Me diga mais.

— Sobre Puck?

— Sobre tudo.

Franzi o cenho.

— Não há muito o que contar. Foi só um coro de *Sim, Meu Príncipe, e é claro, Sua Alteza.* — Tentei soar calma em cada frase, algo que parecia encantá-lo. — Alguém já disse não?

— Você.

— Bem, sim. Não sou uma escrava doutrinada.

— Mesmo assim, você trabalhou para a Lilith.

— Como pesquisadora chefe — apontei. — E ela provou há muito tempo que nada que pudesse fazer comigo me mataria, o que diminuiu meu medo de forma significativa. Afinal, a dor é apenas temporária.

— Te comer — ele respondeu.

Minha carranca anterior se aprofundou.

— O quê?

— É a minha decisão. Eu quero te comer, não te matar. Mas estamos prestes a ter companhia, então vamos ter que esperar. — Ele soltou meu pescoço e estendeu a mão para acariciar uma mecha de cabelo que havia escapado do coque bagunçado. — E sim, Puck é uma espécie de espião. É por isso que ajo assim perto dele.

Isso parecia... estranho.

— Por que você o mantém por perto?

— Porque ele é um fofoqueiro útil que gosta de espalhar notícias sobre meus negócios pessoais. Portanto, garanto que ele ouça exatamente o que quero. Ele espalha a notícia, e eu permito que viva. Por enquanto, pelo menos. Terei um prazer absoluto em matá-lo no futuro.

— Entendo. — A estratégia de Jace era bastante respeitável. Eu faria a mesma coisa no lugar dele. — Ele é vampiro? — perguntei, curiosa.

— Claro. Humanos não podem dirigir.

— Oh.

Ele sorriu.

— Outra tática de controle destinada a enfraquecer sua espécie.

— Mesmo assim, vocês dão armas a eles — comentei, pensando nos Vigílias.

— Para usar uns nos outros, sim — respondeu. — Eles estão muito ocupados lutando pela imortalidade para pensar em lutar contra nós. E mesmo que tentassem, as balas são de chumbo. Doeria um pouco, mas só até retaliarmos, rasgando a garganta do atirador.

Considerei isso e assenti. Era uma avaliação justa.

Um par de covinhas sutis apareceu em suas bochechas enquanto seu sorriso se alargava.

— Sua mente me fascina.

— Por quê?

— Porque lembra a minha — respondeu quando o elevador apitou novamente. — Permaneça como está, Calina. Não são necessárias regras.

— Claro, Meu Príncipe — repeti por instinto.

Ele riu alto, seu prazer quase rivalizando com o meu.

Uma troca tão estranha, nascida de um lugar que eu não entendia muito bem, mas queria saber mais. Foi a parte de mim que ele despertou. Ou talvez a parte de mim que a morte de Lilith chamou à luz.

Eu não era livre, mas me sentia dessa forma. Como se minhas correntes tivessem sido removidas, me permitindo finalmente viver como eu desejava. Sem mais tarefas. Sem laboratórios. Sem experimentos. Mais nenhuma ordem.

Exceto as de Jace.

Mas suas ordens não me afetavam como as de Lilith.

Por que será?, me perguntei quando um homem usando calças largas vermelhas e camisa de botão combinando entrou no quarto. *Membro Treze da equipe*, percebi, observando seu corpo magro e a estrutura óssea rígida de suas bochechas. Ele parecia meio faminto. Foi um choque encontrá-lo não apenas caminhando, mas também carregando um conjunto de malas.

Seu olhar estava no chão e seu cabelo era uma confusão

de cachos que caíam sobre a testa enquanto ele fazia uma reverência vacilante. Ele não se endireitou, mas permaneceu ali enquanto esperava mais instruções. Assim como Juliet fez no avião.

Jace se aproximou e seu sorriso derreteu em uma carranca.

— Vou fazer duas perguntas, membro Treze da equipe. Suas respostas determinarão seu destino. — Ele parou diante do homem. — Fique de pé e olhe para mim para que eu possa julgar a veracidade delas.

Meu coração acelerou com a mudança repentina na postura de Jace. Este seu lado me fez lembrar um pouco demais de Lilith e sua tendência para degradar humanos e cobaias de laboratório por esporte.

O humano se endireitou e suas bochechas afundadas pareciam sombreadas sob a luz fraca de cima. Suas íris verdes claras semicerraram enquanto suas pupilas dilatavam com um medo inato. Mas ele encontrou o olhar de Jace.

— Por que... — Jace parou de forma abrupta enquanto olhava para o pulso. — Humm. Preciso atender. Não se mova. — As duas últimas palavras foram para o servo.

Jace se virou sem explicação, indo em direção a um par de portas ao lado da sala de estar. Ele desapareceu, me deixando sozinha com o homem paralisado.

Literalmente paralisado.

Sem se mover.

E tendo claramente interpretado as palavras de Jace como um comando para nem mesmo respirar.

— Hum, acho que ele quis dizer para você não ir embora — reformulei.

O humano não respondeu nem piscou. Lágrimas começaram a se formar em seus olhos alguns segundos depois, seu rosto ficando ainda mais pálido.

— Sério, ele só queria que você não fosse embora — falei, tentando novamente.

Nada.

Suspirei.

— Você só pode se auto asfixiar até um ponto antes que seu corpo o force a respirar. No entanto, em seu estado atual, suponho que esse simples ato vai te deixar desequilibrado, o que vai resultar em você mudar de posição, ou mais provavelmente, cair. Portanto, você também pode respirar. Ele não vai ver e não vou dizer a ele. Mas se você cair, ele vai notar.

Não que eu achasse que Jace realmente se importaria, já que eu suspeitava que sua ordem era para manter o humano na suíte, não paralisado.

As íris claras do humano se voltaram para mim, com uma nota de desesperança chocada me olhando.

Ele cambaleou e tombou para o lado no segundo seguinte, aterrissando com um baque surdo contra o chão de mármore.

Eu o encarei.

— Viu?

O membro Treze da equipe – que mentalmente encurtei para apenas Treze – tentou se levantar de novo, mas suas pernas se recusaram.

Um grito agudo deixou sua boca quando a palma de sua mão foi para a virilha, e ele se enrolou em posição fetal.

Fiz uma careta para sua forma convulsiva. Ele parecia estar com muita dor.

Tirando os sapatos, me agachei no chão ao seu lado, sentindo meus instintos acelerarem. Eu não era médica no sentido de cuidados medicinais, mas sabia o suficiente sobre anatomia humana para ser útil em certas situações.

— Agora me diga...

Um suspiro interrompeu meu pedido.

Então Treze ficou parado de novo.

Só que desta vez, não parecia ser por um comando, mas de seu corpo anulando sua consciência e fazendo-o desmaiar.

Franzi o cenho enquanto avaliava a melhor forma de girá-lo de costas.

Alinhando o antebraço com sua coluna, envolvi a palma da mão em sua nuca e usei a mão oposta em seu quadril para mover seu corpo com cuidado. Demorou um minuto, pois tive que manobrar o braço para que suas costas tocassem o chão, mas consegui manter seu pescoço protegido durante os movimentos.

Em seguida, verifiquei seu pulso e descobri que estava diminuindo.

Sua respiração também era superficial.

Dada a forma como suas bochechas estavam encovadas, o suor orvalhado brilhando em seus membros e a cor acinzentada de sua pele, suspeitei que ele tivesse perdido muito sangue recentemente.

Verifiquei seu pescoço em busca de sinais de alimentação. Havia uma cicatriz notável, mas não era recente.

Verifiquei seu torso.

Em seguida, seus braços.

E enquanto eu movia sua mão para longe da virilha, notei a cor avermelhada das mãos. Combinava com a cor de sua calça, mas não porque a tinta tivesse manchado sua mão.

Não.

Alguém o mordeu lá e o deixou sangrando.

Engoli a bile e desabotoei sua calça, em seguida comecei a puxar o zíper para baixo...

— Que merda você está fazendo?

Jace

O RESUMO dos eventos de Damien me surpreendeu, principalmente porque ele encontrou a fonte do armamento que Lilith havia usado em Ryder recentemente. Ele também descobriu uma série de registros deixados para alguém que Lilith havia se referido como seu soberano.

Vim para cá com uma pergunta nos lábios, pensando se Lilith já havia mencionado um rei ou soberano antes.

Apenas para encontrar Calina abrindo o zíper da calça de outro homem na sala de estar.

O que havia efetivamente destruído todas as outras perguntas na minha cabeça, me deixando com a única:

— *Que merda você está fazendo?*

Ela não respondeu de imediato, continuando a mover as mãos, e o som do zíper irritou meus ouvidos.

Então a fêmea teve a audácia de puxar as calças para baixo.

— *Calina.* — O nome saiu em um grunhido quando o cheiro de sangue fresco provocou minhas narinas.

Sua entrada sutil de ar não parecia ser uma resposta a mim, mas ao que quer que ela tivesse acabado de revelar.

Minha fúria chocada diminuiu lentamente sob uma nuvem de compreensão misturada com confusão. Eu simplesmente reagi de forma irracional.

Por quê?

Por que achei que ela iria transar com um humano na sala de estar?

Eu adorava compartilhar. Também adorava assistir. No entanto, a noção de que ela estava de joelhos, pronta para servir a outro homem, me distraiu da cena muito óbvia diante de mim: o humano desmaiou devido à perda de sangue.

E ela tinha acabado de encontrar o ferimento que causava seu estado atual.

Com um balançar de cabeça, me juntei a ela e amaldiçoei ao ver seu pau gravemente ferido. Alguém o havia mordido várias vezes, provavelmente enquanto ele estava excitado, e depois se alimentou de sua artéria femoral a ponto de quase matá-lo.

— Bem. Isso responde minha primeira pergunta — murmurei.

Eu tinha a intenção de perguntar por que ele estava mancando. Fui capaz de sentir o cheiro de sangue nele, sugerindo uma alimentação recente que tinha ficado um pouco fora de controle, mas não tinha percebido o quanto.

— Como foi que ele conseguiu trazer aquelas malas até aqui? — perguntei em voz alta, olhando para ele e depois para as malas de Juliet e Darius.

— Imagino que ele não teve escolha — Calina respondeu com o tom carente de emoção. — Ele claramente quer sobreviver, tanto que parou de respirar quando você saiu da sala.

Fiz uma careta.

— Isso é o oposto de tentar sobreviver.

— Você disse a ele para não se mover. Ele interpretou de forma literal. — Ela terminou de tirar as calças e moveu a perna para observar a ferida em sua coxa. — Ele precisa de pontos e provavelmente de uma transfusão de sangue. — Ela levantou o olhar para seu pau. — Dependendo da profundidade dessas incisões, ele pode precisar....

— Jesus — Darius murmurou enquanto saía do elevador para a suíte com Juliet ao seu lado. — Que merda é essa, Jace?

Dei uma olhada nele.

— Você sabe que essa não é minha preferência de alimentação.

Morder a boceta de uma mulher para levá-la ao orgasmo, sim. Mas isso não tinha a ver com alimentação, já que o sangue não fluía naquela região tão bem quanto na artéria femoral. Razão pela qual mal cheguei à superfície quando me banqueteei com a carne lisa de uma mulher.

Quem quer que tenha feito isso com o homem claramente queria machucá-lo.

Calina se levantou de repente.

— Preciso de suprimentos.

— Você vai operar? — perguntei, ligeiramente divertido com a perspectiva. E também um pouco surpreso por ela ter imaginado que essa seria a solução para o problema. Isso mostrou o pouco que ela entendia sobre a sociedade atual.

Quase todos os membros da realeza em minha posição simplesmente terminariam o trabalho e deixariam o humano morrer.

Mas Calina queria salvá-lo.

Nesse caso, eu desejava o mesmo resultado que ela, porque precisava saber quem fez aquilo com ele na minha ausência. Este humano era minha propriedade, e ele foi regulamentado para servir em minha torre pessoal. O que significava que ele deveria estar fora do cardápio. Outros humanos haviam sido designados para esse destino.

Posso não concordar com as operações atuais deste mundo.

Mas tinha um papel a desempenhar em acompanhá-los. Pelo menos, até que eu pudesse mudá-los adequadamente.

— Sim. — Calina olhou para mim. — Onde fica o hospital mais próximo?

Dei um sorriso irônico a ela.

— Querida, hospitais são para humanos, não imortais. Portanto, não existem mais. — Exceto as clínicas de criação. No entanto, elas servem a um propósito muito específico. E salvar a vida desse homem não seria uma prioridade lá.

Ela nem piscou.

— Então, onde posso encontrar suprimentos?

— Não há nenhum.

— Deve haver agulhas e bolsas de sangue em algum lugar — ela respondeu, ainda imperturbável. — E estou certa de que o tipo de sangue dele está registrado em algum lugar. É assim que você cataloga os humanos, não é?

— Ele não tem o tempo de que você precisa para salvá-lo.

— Então dê a ele seu sangue para curá-lo.

Ergui as sobrancelhas.

— Meu sangue?

— Sim. Senti os efeitos dele. Você é forte e antigo. Sua essência deve ser suficiente para salvá-lo.

— E por que eu iria salvá-lo? — Eu tinha toda a intenção de fazer exatamente isso, mas sua insistência em ajudar o humano me fascinou.

— Porque você não é a Lilith.

— Não, não sou. Mas isso não significa que vejo valor na vida dele. — Humanos morriam todos os dias. Eram comida. E embora eu pudesse não concordar com seu tratamento geral, ainda reconhecia seu lugar no mundo.

— Você o escolheu para trazer aquelas malas por um motivo. E não era apenas para deixá-lo morrer na sala de estar. — Ela cruzou os braços. — Salve-o.

— Primeiro, não recebo ordens de ninguém além de mim mesmo. Em segundo lugar, ele é um servo. É por isso que o fiz trazer as malas.

— Essa é apenas uma das razões pelas quais você o chamou. A outra era fazer um show no andar de baixo para que todos acreditassem na sua charada de vampiro real. E você também tinha duas perguntas para ele, uma das quais foi respondida. Salve-o e você pode fazer a segunda.

Calina falava sem nenhuma preocupação no mundo, com confiança.

E isso me deixava duro.

Além do mais, ela parecia ver através de mim. Provavelmente porque dei a ela detalhes suficientes sobre minhas verdadeiras intenções para ela fazer suposições razoáveis sobre meus motivos. Mas suspeitei que fosse muito mais profundo do que isso.

Essa mulher pensava nas situações com um toque estratégico que rivalizava com o meu.

— Cuidado, Calina — avisei. Porque se ela continuasse assim, eu ficaria tentado a mantê-la por toda a eternidade.

Claro, eu já a possuía.

Portanto, o aviso era bastante discutível.

Porque neste ponto, eu definitivamente pretendia mantê-la.

— Ele vai morrer — ela afirmou de forma categórica. — Sem suprimentos adequados, não posso ajudá-lo. Só você pode. Você me disse para observar sua versão de liderança. No momento, não estou impressionada.

Eu quase ri.

— Isso foi no *data center*, linda. E nós dois sabemos que você ficou mais do que impressionada com minhas ações lá.

— Ela provou o quanto estava entusiasmada com minha demonstração de *liderança* no avião também.

Ela semicerrou os olhos com o uso do duplo sentido.

— Você está se envolvendo em um jogo de palavras comigo quando poderia salvá-lo. Isso é decepcionante.

— Não é um jogo. — Embora eu pudesse ver por que ela se sentia assim. — É mais uma experiência.

— E o que você está testando?

— Você — respondi. Então mordi o pulso e me ajoelhei para pressionar a ferida na boca do homem enquanto inclinei sua cabeça para trás para receber o fluido revigorante.

Ele podia se sufocar.

Ele podia engolir.

Dependia de sua própria resolução.

— Gostaria de saber minhas descobertas? — perguntei a ela enquanto esperava que o mortal escolhesse seu destino. A resposta natural de seu corpo deveria ser aceitar minha essência. Mas se ele estivesse muito longe, ele optaria por se afogar.

Mentes mortais eram inconstantes e se rompiam com muita facilidade.

Mas uma fortaleza sempre perseverava no final.

Calina se moveu para se ajoelhar ao lado do humano. Ela passou a ponta do dedo ao longo de sua garganta como se quisesse que ele engolisse apenas pelo toque.

— A Lilith fez experiências comigo por quase quarenta anos. Tenho certeza de que nada que você aprenda por meio de seu estudo qualitativo me surpreenderia. — Ela pronunciou as palavras em tom baixo, mas com uma convicção que senti profundamente.

— Estive avaliando o quanto você me lê bem — respondi com honestidade. — O quanto você interpreta e entende minhas ações. — Encontrei seu olhar. — Você me impressionou.

Ela piscou, olhou para o homem que agora engolia, e então olhou de volta para mim.

— Retiro o quê disse — ela respondeu com a voz ainda baixa. — Isso me surpreende.

Sorri e retirei o pulso do humano, ciente de que ele tinha

sangue mais do que suficiente para iniciar o processo de recuperação.

— E agora preciso que você continue a me impressionar — eu disse a ela, levantando e estendendo a mão para se juntar a mim. — Damien está enviando os registros que ele baixou. Quero que você me ajude a revisá-los.

Ela mudou seu foco para o humano novamente, franzindo a testa.

— Ele precisa de cuidados.

— Ele precisa de descanso — eu a corrigi. — Darius vai colocá-lo em algum lugar seguro. Quando ele acordar, vou perguntar quem o colocou nesta situação e partiremos daí. — Encontrei o olhar de Darius. — O menino tem um apelo jovem. Portanto, suspeito que tenha sido Gaston.

A expressão de Darius permaneceu estoica.

— Sim, vi o nome dele nos registros de visitantes.

— Tenho certeza de que você não vai se importar de deixá-lo saber como me sinto sobre a transgressão, supondo que determinemos que foi ele? — expressei isso como uma pergunta, mas nós dois sabíamos a resposta. Gaston pediu para se tornar meu soberano há vários meses. Eu o rejeitei em favor de Darius.

Como se eu fosse promover um vampiro que gostava de comer e transar com crianças.

— Acho que posso lidar com a entrega dessa mensagem — Darius concordou.

— Sim, imagino que você seja mais do que capaz. Ele provavelmente também está esperando por essa mensagem. — Que foi a verdadeira razão pela qual pedi que o humano entregasse minhas malas.

Percebi o estado de declínio do mortal quase de imediato. Solicitar publicamente que ele trouxesse minhas malas serviu como um aviso sutil para quem quer que o tivesse tocado de que eu não apenas estava ciente da saúde do humano, mas provavelmente estaria acompanhando a transgressão depois de me livrar dele de maneira adequada.

Sendo que este teria uma recuperação milagrosa.

— Vou precisar de um novo emprego para ele — continuei, pensando em voz alta sobre a nossa situação. — O menino, quero dizer. Não Gaston.

— Tenho certeza de que a Ida não se importaria de ter alguma ajuda na casa. Ela está envelhecendo e um jovem é exatamente o que ela precisa para ajudá-la com coisas mais pesadas.

Assenti.

— Sim. Considere-o um presente. Mas quero um nome primeiro.

— Eu também — ele concordou.

— Não, você quer o nome de Gaston especificamente.

— Ou de Sebastian — ele ofereceu.

— Não será Sebastian. Ele tem fome de poder, mas é respeitoso. — Eu não desgostava do vampiro mais velho, daí a razão de eu tê-lo nomeado regente em meu território. Esse era um passo abaixo de soberano. Eu não confiava nele o suficiente para lhe dar um papel mais importante, mas ele me intrigava o suficiente para testá-lo. E até agora, não me decepcionou.

— Veremos se concordo depois de jantar com ele. — O tom de Darius me disse que era duvidoso.

— Ele pode surpreendê-lo — respondi, falando sério. Minha atenção se voltou para a loira ajoelhada ao lado do humano.

— Calina?

Seus dedos ainda estavam no pescoço do homem.

— Seu pulso está estável novamente.

— Sim. — Eu podia ouvir um baque sedutor no ar. Assim como também podia ouvir o dela. Entre os dois, seu pulso me atraiu mais. Assim como seu cheiro.

Quase não conseguia mais sentir o cheiro de Juliet, sua essência virgem de sangue não estava mais chamando meu lado predatório.

Calina me enredou.

E quando seus lindos olhos verde azulados se ergueram para encontrar os meus, entendi o porquê.

Essa mulher me cativou em todos os sentidos.

— Venha — eu disse a ela, lutando para me lembrar o que eu precisava que ela fizesse. A única imagem em minha mente era dela de joelhos engolindo meu pau entre aqueles lindos lábios carnudos.

Infelizmente, estava quase amanhecendo.

Nos dando menos de dois dias para nos prepararmos para a Região de Lajos.

E o zumbido sutil contra meu pulso me lembrou do que precisávamos fazer nesse ínterim.

— Os arquivos estão começando a chegar — falei, relembrando nossa tarefa com clareza. — O Damien disse que há um punhado de registros que precisamos revisar, pois parece que a Lilith deixou instruções para alguém sobre como assumir.

— Instruções? — Darius repetiu.

Assenti.

— Para alguém que ela considerava seu rei.

Calina franziu o cenho quando aceitou minha ajuda para se levantar.

— Seu rei?

— Damien só ouviu alguns até agora, mas ela se refere a alguém como *meu rei* e *meu soberano* em todos os registros. Ele diz que há um para cada ano, bem como alguns que foram soltos após a morte dela.

— Insinuando que alguém os está ouvindo agora? — Darius adivinhou.

— É isso o que Damien suspeita. Ele ainda está tentando

rastrear para descobrir para onde estão indo, mas ele está muito ocupado com os lycans no momento.

— Correu tudo bem com os homens de Luka?

— O relatório dele foi breve. — Só conversamos por alguns minutos. — Ele mencionou os registros e como iria enviá-los. Então disse que encontraram a arma debilitante que Ryder mencionou. Ainda estão trabalhando na limpeza de tudo, incluindo lidar com um monte de lycans selvagens que eram cobaias. Ele deve ligar de volta em uma hora com mais informações.

Darius assentiu em compreensão.

— Então devemos começar a revisar os registros.

— Concordo. — Olhei para Calina. — Pronta para continuar me impressionando, geniazinha?

Aguarde uma mensagem importante do seu assistente virtual.

Mensagem para começar em três, dois...

Meu senhor, parece que sua equipe de recuperação foi interceptada nos data centers. Uma equipe de segurança está no local agora para avaliar os danos, mas suspeito que toda a equipe foi comprometida, pois o Bunker 27 acabou de ficar offline. Minha fonte interna ainda está avaliando os danos. No entanto, temo que a resistência esteja perto de descobrir sua identidade e localização. O protocolo de escalonamento é sugerido. Diga-me como deseja proceder.

Clique na seta verde para ativar a sequência de escalonamento. Ou pressione...

O próximo registro deve começar em três, dois...

Se você está assistindo a isso, primeiro devo começar com um pedido de desculpas, porque claramente falhei em nossa causa. Não vou insistir nesse ponto, já que o tempo agora é essencial. Em vez disso, farei o meu melhor para reconquistar sua confiança por meios eficientes.

Gravo esta mensagem mensalmente para garantir que você tenha os detalhes mais atualizados sobre nossa situação. Hoje, marcamos o quarto mês do ano cento e dezessete. Faltam oito meses para a próxima cerimônia do Dia do Sangue.

Os eventos recentes são contraproducentes para nossos

objetivos. Parece que Silvano decidiu travar uma guerra contra o vizinho Alfa do Clã Clemente e, sem surpresa, ele perdeu.

No entanto, agora existe uma tríade composta por três membros da resistência.

Parece que Jolene está praticando seus velhos truques.

Você estava certo ao questionar os lycans e sua habilidade de formar parcerias com vampiros para a liderança. Suspeito que uma nova ordem mundial possa ser necessária em um futuro próximo. Dei a eles a posição de magistrado, assim como discutimos, mas claramente não é o suficiente.

Felizmente, a maioria dos lycans parece alheia e confortável em nosso estado atual. Suprir suas necessidades de caça à lua e procriação parece ser o suficiente para saciar seus desejos por enquanto.

Como resultado deste incidente no território do Clã Clemente, um velho vampiro saiu do esconderijo.

Ryder.

Ele assumiu o posto de realeza temporária da região de Silvano.

Sua lealdade ainda está para ser vista, mas dada sua tendência a quebrar as regras, suspeito que ele será um problema. No entanto, duvido que a resistência o atraia. Ele sempre considerou apenas a si mesmo e raramente se preocupa com as necessidades dos outros.

Anexo, você encontrará tudo que sei sobre a resistência de nossa fonte interna. Tenho certeza de que nosso ativo entrará em contato na primeira oportunidade disponível.

Também está anexada uma lista de nossos aliados conhecidos. Como está hoje, esses vampiros estão cientes de nossa aliança secreta e irão apoiá-lo em sua ascensão ao poder.

A lista final contém os lycans que devem ser mais fáceis de

persuadir a ficar do seu lado enquanto você reivindica o manto do poder.

Claro, você sempre pode considerar o protocolo de memória para persuadir mais a se juntar ao nosso lado. Mas vou deixar isso para você decidir.

Para começar a revisar os detalhes da resistência, digite o código de ação: Resistência.

Para começar a revisar os detalhes dos aliados, digite o código de ação: Aliados.

Começar...

Arquivos Aliados ativados.

Clique na seta verde para ver mais informações sobre Lajos.

Ou...

Arquivo de Lajos ativado.

Jace

Sebastian e Gaston acabaram sendo a última de nossas preocupações.

Darius ainda compareceu ao jantar para manter as formalidades – o que acabou sendo uma experiência positiva, uma vez que Sebastian mostrou um respeito admirável durante a refeição. Aparentemente, tudo o que ele queria era permissão para construir uma nova propriedade na costa da minha região.

Concedi prontamente a aprovação por mensagem de texto e voltei a revisar os registros com Calina.

Havia amplos relatórios de pesquisa, muitos dos quais vinculados aos estudos do Bunker 47. Mas também havia uma série de vídeos apresentando Lilith em vários pontos ao longo dos últimos cento e dezessete anos.

Assim que terminei de revisar os resultados do laboratório – e concluir que o nome de Cam não estava listado em nenhum deles – mudei o foco para os vídeos de Lilith.

Eram relatórios de cada ano, o que não me interessou muito. Vivi cada Dia de Sangue, portanto, me conscientizando de seus resultados.

Mas sua voz nos vídeos me cativou, assim como sua deferência frequente a *meu soberano*. Esses vídeos foram feitos para alguém que ela considerava seu superior, e esse detalhe me fascinou.

Ela também falou com uma reverência que eu não ouvia há mais de um século, sugerindo que estava conversando com Michael.

Mas ele estava morto.

— Ela é louca — Darius disse após o terceiro vídeo.

Eu queria concordar com ele, mas minha parte estratégica não conseguia. Porque tudo o que ela colocou em movimento era brilhante demais para ser criado por alguém com uma mente doentia.

Então passei meu tempo nos últimos dois dias revisando o máximo de registros que pude.

Damien havia estabelecido algum tipo de conexão *backdoor* no *data center*, nos permitindo escanear todos os documentos alojados dentro da instalação. Era mais fácil do que tentar fazer o download de todos e encontrar armazenamento adequado em outro lugar.

Calina entendia melhor do que eu, já que ela o ajudou com a configuração.

E de forma consistente, ela continuou a me impressionar durante nosso tempo em na cidade de Jace.

Exatamente como ela fazia agora, sentada ao meu lado no jato.

Ela usava um de seus novos vestidos. O tecido azul-marinho revelava cada curva de sua bela forma. Foi preciso muita contenção para não puxá-la para o meu colo e tirar proveito de seu decote baixo. O fato de eu mal tê-la tocado nos últimos dois dias, mantendo o foco nos arquivos que Damien enviou para revisão, não ajudou em nada.

A única vez que fiz uma pausa foi quando a proprietária de uma butique chegou com uma arara de vestidos para Calina experimentar. Entrei no meu papel com facilidade, pois ditava o que queria que Calina vestisse, e ela desempenhava de forma admirável o papel de humana submissa.

Assim que a dona da butique saiu, Calina voltou ao seu estado de confiança e voltou a repassar os registros comigo. Quase transei com ela na mesa, mas ela descobriu um registro sobre um protocolo de morte de Lilith que imediatamente me distraiu.

Ela levantou a hipótese de que alguém poderia estar assistindo a isso, principalmente porque o vídeo começou com ela dizendo que a gravação seria reproduzida se e quando algo desse terrivelmente errado. O que Calina traduziu como significando a morte de Lilith.

Depois de assistir ao registro com ela, concordei.

O que observamos agora foi em relação a um protocolo de escalonamento. Eu o puxei para uma tela de cinema na cabine executiva do jato, permitindo assim que Darius e Juliet assistissem conosco.

— Onde estão os anexos? — Darius perguntou quando o vídeo terminou.

— Não há nenhum — Calina respondeu, com o laptop controlando o vídeo em seu colo. — Acho que estão em um local diferente ou Lilith os alojou em outro *data center*.

— Essa seria uma forma estratégica de fazer isso — admiti. — E nós já sabemos que existem outros.

Calina assentiu.

— Muitos dos relatórios também são cortados em partes. — Ela abriu um de um experimento lycan que ajudou a criar a arma que Lilith usou em Ryder. — Sabemos que está incompleto por causa dos arquivos que Damien recuperou do Bunker 27.

— Verdade — Darius concordou.

Calina começou a examinar mais registros, a maioria deles a respeito do Dia do Sangue novamente enquanto Lilith fornecia sua versão de um relatório anual.

Tomei outro gole de vinho, entediado.

Mas Calina parecia fascinada com a informação, assim como Juliet. Tudo isso era novo para elas. Então permiti que o show continuasse enquanto eu examinava a última atualização de Damien.

— Eles conseguiram tirar o último dos lycans de suas gaiolas — falei para Darius. — Luka está trabalhando com eles. Até agora, dois foram abatidos. Eram muito ferozes e uma ameaça ao Clã Majestic.

Aparentemente, havia um ponto em que a parte humana de um lycan morria completamente. Embora, neste caso, Luka suspeitasse que o aspecto humano da natureza do ser não tinha permissão para se formar. E, infelizmente, os lycans eram fortes demais para serem soltos na natureza.

— Nesse ponto, quem quer que estivesse esperando uma atualização dos Vigílias provavelmente está ciente de nossa interferência — Darius apontou após mais quinze minutos observando os registros de Lilith. — E pelo que alguns desses vídeos sugerem, eles também conhecem as identidades daqueles que se opõem à Aliança.

— Sim. — No entanto, Lilith não nos nomeou em nenhum de seus registros, e Calina não encontrou nossos nomes em nenhum dos arquivos. O que nos fez supor que nossas identidades podiam ou não estar incluídas em seus registros.

— Podemos estar voando para uma armadilha — Darius acrescentou.

— Sim — repeti. — Supondo que Lajos realmente apoie o regime da Lilith.

Também não tínhamos encontrado provas disso. Não sabíamos os nomes de seus apoiadores, assim como não tínhamos ideia de quem eram esses registros.

— Não temos escolha a não ser prosseguir — continuei.

— Precisamos encontrar o Bunker 37. Além disso, talvez

possamos usar isso como uma oportunidade para provar que as teorias da Lilith estão erradas. É tudo conjectura neste momento, já que ela não poderia ter provas. Ainda não fizemos nada. Então, talvez usemos isso como uma forma de provar nossa lealdade à era atual, ao mesmo tempo que acalma Lajos em um estado de conforto.

— Ou poderíamos simplesmente matá-lo — Darius ofereceu.

Eu sorri.

— Você gostaria disso.

— Talvez.

— Se ele se mostrar inútil, vou considerar a opção — prometi.

— Parece familiar — ele falou, não sobre o decreto que eu havia emitido ontem.

O membro da equipe Treze confirmou que foi Gaston quem quase o matou, o que normalmente teria rendido a ele uma sentença de excomunhão. Eu dava muita importância que outras pessoas tocassem em minha propriedade sem permissão expressa, e um membro da equipe não era um item do cardápio.

— Gaston ainda é útil — lembrei a Darius. — Ele me ajuda a manter minha imagem, que agora sabemos que é mais importante do que nunca. Se os registros de Lilith forem dignos de crédito, de qualquer maneira.

— Ela estava louca.

— Essa é sua declaração favorita ultimamente — murmurei. — A questão é, quantos acreditaram nela? Quanto mais eu puder fazer para refutar essas noções, mais fácil será para todos nós.

Porque me daria o elemento surpresa necessário. E me permitiria sobreviver por tempo suficiente para traçar estratégias apropriadas para meu próximo movimento.

Se os apoiadores de Lilith acreditassem em seus rumores

sobre mim, teriam mais probabilidade de reagir mal após a notícia de sua morte. Mas se eu os mantivesse em dúvida, eles poderiam fazer uma pausa longa o suficiente para que eu ganhasse a vantagem.

Era tudo uma questão de estratégia e jogar a aliança de forma adequada.

Eu não poderia fazer isso se minhas cartas já estivessem na mesa.

— Não posso acreditar que vou dizer isso — Darius começou, limpando a garganta. — Mas eu gosto do plano do Ryder de aparecer na próxima semana e jogar a cabeça decepada de Lilith na sala e encerrar o dia.

Embora apreciasse a imagem mental que esse pensamento evocou, ainda balancei a cabeça.

— Isso inspiraria o caos.

— Tudo isso vai inspirar o caos — ele ressaltou.

Suspirei.

— Sim. E as descobertas no Bunker 27 não ajudarão em nada. — Uma vez que os lycans descobrissem o que Lilith estava fazendo, eles se rebelariam contra os vampiros que perdoariam as ações dela.

A próxima semana seria um show de proporções épicas, a menos que encontrássemos uma maneira de adiar a reunião.

Ter o telefone de Lilith ajudava, mas não era normal ela se esconder em uma região por muito tempo. Já estávamos abusando da sorte por manter Ryder e Willow fingindo estar com Lilith.

Precisávamos encontrar Cam. E precisávamos encontrá-lo agora.

— Independentemente disso, ainda precisaremos acalmar Lajos para deixá-lo em um estado de conforto — falei, repetindo minha declaração anterior. — Pelo menos temporariamente. O que significa jogar seu jogo por tempo suficiente para que ele nos dê liberdade para vagar. Então, encontraremos o bunker com base nas informações que Damien obteve dos Vigílias.

— E quanto a Jasmine? — Darius pressionou.

— Vou me encontrar com ela para descobrir quais são os seus desejos e vou usar o tempo para avaliar seu caráter.

Darius bufou.

— Posso te dar um resumo do personagem dela: vadia sádica.

Contraí os lábios em diversão.

— Isso descreve metade do conselho.

— Mais como três quartos.

— Mas você tem que considerar quantos estão jogando como nós — argumentei. — Quero dizer, há um ano, você imaginaria que Kylan poderia estar do nosso lado?

Darius ficou quieto por um momento, então balançou a cabeça bem devagar.

— E o Ryder.

— Precisamente. — Essa era a parte mais difícil deste jogo político – discernir os inimigos dos aliados em potencial. — Lajos é uma causa perdida. — Disso eu não tinha dúvidas. — Mas a Jasmine me deixa curioso.

— Então, o que você está sugerindo?

— Vamos frequentar um dos renomados clubes de Lajos.

Os olhos verdes de Darius queimaram com irritação.

— Sabia que você ia dizer isso.

— Então para que perguntar?

— Eu esperava ouvir uma resposta diferente.

— Você me conhece bem.

Ele apertou a mandíbula, olhando diretamente para Juliet.

— Ele vai querer prová-la.

— Então sugiro que você dê um show daqueles para distrai-lo — respondi. — Isso é o que eu e a Calina faremos.

Ele arqueou as sobrancelhas.

— Você pretende negá-la?

— Sim. — Não elaborei, mas tomei a decisão ontem à noite. Seu sangue raro representava um risco muito grande. E dado ao quanto ela provou ser útil, eu não podia arriscar perdê-la para um vampiro voraz. — Pretendo perder o controle em seu ambiente provocativo, não deixando o suficiente para ele desfrutar.

— Entendo. — Darius coçou o queixo e inclinou a cabeça devagar. — Vou seguir o exemplo.

Olhei para Calina para encontrá-la olhando para mim.

— Sim, geniazinha?

— Você espera que eu permaneça em silêncio durante este ato? — Seu tom não revelava nada, o som inexpressivo era quase admirável.

Mas eu podia sentir o cheiro de sua intriga.

Claro, ela me disse que era apenas sua reação natural à perspectiva de ser devorada por um predador.

— Vou avisá-la — disse a ela, sem saber o que eu queria. Deixaria o ambiente definir o clima.

Ela cedeu com um movimento do queixo e voltou aos arquivos no computador. Outro vídeo começou a ser reproduzido, este de dois anos atrás, baseado na introdução de Lilith.

Bocejei, já entediado.

O vídeo de algumas semanas atrás retratando os acontecimentos entre a Região de Silvano e o Clã Clemente era mais interessante. Particularmente porque Lilith parecia um pouco inquieta, e foi por isso que ela organizou uma reunião trimestral da Aliança.

Com nossa primeira reunião marcada para a próxima semana.

Considerei mais uma vez a proposta de Ryder de fazer uma grande entrada, imaginando o cenário na minha cabeça.

Haveria suspiros. Mas quantos realmente reagiriam? Este

mundo havia entorpecido nossas emoções de forma tão severa que muitos poderiam nem mesmo se surpreender.

O caos que mencionei era em relação a uma batalha política sobre o papel de liderança vago. Kylan era o próximo na linha com base na idade, mas ele não queria o cargo. O que significava que cairia para mim. E embora eu não tivesse problemas para aceitar as tarefas, sabia que vários lycans se oporiam à minha liderança.

Outros argumentariam que um lycan deveria estar no comando.

Em seguida, os vampiros apontariam que os lycans morriam, marcando-os como a raça um pouco mais fraca.

O que só pioraria quando a pesquisa de Lilith fosse revelada.

Eu precisava saber quem tinha aprovado para dar aos lobos um alvo para sua agressão. Se apresentados de forma adequada, eles eliminariam as maiores ameaças e oponentes de uma reforma potencial.

No entanto, conquistar esses lycans também seria problemático. As coisas que Lilith fez foram imperdoáveis, e eu não ficaria surpreso se os lycans culpassem toda a raça de vampiros.

Também havia a questão da existência de Calina. Como pesquisadora-chefe, os lycans sem dúvida exigiriam sua cabeça como compensação. E há seis dias, eu teria concedido.

Agora, eu não tinha tanta certeza.

Uma revelação estranha, considerando que eu não me envolvia em ligações emocionais. Mas ela provou ser útil.

E eu não tinha acabado de prová-la ainda.

Talvez esta visita à região de Lajos ajudasse a curar meu desejo.

Olhei para Calina mais uma vez, meu olhar caindo automaticamente para seu decote delicioso.

Ou talvez este empreendimento vá piorar a nossa situação.

Calina

Treze apareceu na cabine principal com as bochechas coradas quando anunciou:

— Sal disse que vamos pousar em dez minutos.

— Excelente. Obrigado — Jace respondeu. — Você já escolheu um novo nome?

Os olhos de Treze brilharam com a pergunta. Jace disse ao homem para parar de se inclinar, e eu poderia dizer por sua postura rígida que ele fazia muito esforço para obedecer. No entanto, ele limpou a garganta e respondeu:

— Anvil.

— Anvil — Jace repetiu.

— Foi a Sal quem sugeriu — Treze — *ah, ou era Anvil agora?* — respondeu.

Jace assentiu.

— Ela sempre teve uma queda por nomes que começam com A — Ele olhou para mim. — Sal foi astronauta. E agora ela é a minha piloto principal. — Seu foco voltou para o homem. — Anvil, então. Presumindo que Darius aprove?

— Por mim, Anvil está bom — o outro vampiro respondeu, com o olhar em Juliet. — Mas a Sal talvez não queira deixá-lo ir.

— Veremos — Jace murmurou. — Por favor, avise a ela que vamos nos preparar para o pouso.

Anvil começou a se curvar, então rapidamente endireitou a coluna com um murmúrio:

— Obrigado, Meu Príncipe. — E voltou com o corpo rígido para a cabine.

— Calina. Preciso que você coloque o vestido vermelho. — Jace falou sem olhar para mim. — Agora, por favor.

Fechei o laptop e o coloquei na mesa de centro, então me levantei para obedecer.

Nos últimos dois dias, passamos apenas alguns minutos com outras pessoas, onde tive que fingir uma personalidade dócil. No entanto, Jace me avisou que eu precisaria manter o papel de humana obediente assim que pousássemos e teria que continuar agindo assim até que ele me desse permissão para agir de outra forma.

Ele também disse que não seríamos capazes de nos esconder atrás de portas fechadas.

Porque aparentemente os dispositivos de vigilância e escuta eram muito comuns neste mundo.

Este conceito não me chocou, já que toda a minha vida foi vivida dentro de um bunker fortemente vigiado. Eu também estava acostumada a seguir ordens.

Razão pela qual não tive problemas em caminhar até os fundos do avião para trocar o vestido de renda azul-marinho por um vermelho.

Embora não fosse exatamente um vestido.

As alças finas do tecido transparente mal seguravam o vestido nos ombros. O profundo decote em V ia até meu umbigo. A parte de trás não existia. E enquanto a saia fluía para o chão, duas fendas iam até meus quadris.

Peguei as roupas íntimas combinando para usar por baixo do tecido. Sem sutiã. Apenas calcinha, meias e ligas.

Os dois últimos itens eram novos para mim. No entanto, um tutorial do designer me ajudou a entender como usá-los.

Vesti a calcinha fio dental, seguida pelas meias vermelhas translúcidas, e as fixei nos ganchos do tecido rendado.

Calcei um par de saltos pretos, terminando de vestir a roupa. Dei uma olhada em meu reflexo quando o jato começou a declinar, o ângulo me dizendo que estávamos em descida.

Engolindo em seco, me virei com cuidado, pronta para voltar para Jace, apenas para encontrá-lo observando da porta.

Seu olhar cor de gelo me observou com interesse revelado e expressão faminta.

— Fiz certo? — perguntei, mostrando a ele a perna esquerda.

Ele se afastou da porta e veio em minha direção.

Meu coração acelerou com sua abordagem silenciosa, e os movimentos predatórios me fizeram lembrar de sua superioridade e graça.

Cada passo tornava a deglutição muito mais difícil, até que ele estava bem na minha frente. Sua loção pós-barba amadeirada provocava minhas narinas, o cheiro que eu estava começando a desejar mais do que deveria.

As pontas dos dedos dele roçaram meu quadril e seu olhar prendeu o meu enquanto seu toque se movia mais para a liga ao redor da minha coxa. A carícia provocou arrepios em seu rastro.

Parei de respirar quando seu movimento leve como uma pena deslizou até a alça ao longo da minha bunda. Seu movimento diminuiu enquanto ele tocava todo o caminho até o tecido rendado em minhas coxas.

— Perfeição — ele sussurrou, com os lábios a milímetros dos meus. — Impressionante demais.

Ele capturou minha boca em um beijo violento que acabou com minhas faculdades mentais.

A queimadura no meu peito me disse que eu precisava fazer algo.

Mas sua língua era tudo em que eu conseguia me concentrar, os carinhos ternos contra a minha era como um abraço hipnótico que redefinia a vida.

Seu sangue gotejou em minha boca e me encontrei engolindo por instinto, seguido por uma inspiração muito necessária.

Fui envolvida em seu beijo no momento seguinte, enquanto ele me levantava do chão para me levar para a cama. Era semelhante à do outro jato em que havíamos voado, só que mais opulenta. Mais intrincada. Mais Jace.

Ele me deitou no colchão enquanto o mundo continuava a girar ao nosso redor.

Jace me segurou com facilidade, afundando os dentes em meu lábio inferior e me fazendo soltar um grito baixo. Ao invés de me castigar por fazer um som, ele me beijou com mais força, fazendo nosso sangue se misturar e dando um novo significado ao *abraço vampírico*.

Seus quadris se acomodaram entre os meus e o tecido do vestido se afastou automaticamente para permitir que minhas pernas se abrissem.

Foi tudo tão natural. Tão intrínseco. Tão sensual.

Enfiei os dedos em seu cabelo, segurando-o contra mim enquanto eu engolia, beijava e chupava. Ele permitiu, mantendo uma mão na minha coxa e a outra no meu rosto.

Isso foi inesperado. Belo. *Êxtase*.

Não queria que acabasse, mas senti o momento em que o jato atingiu o solo e sabia o que viria.

No entanto, Jace me deu alguns minutos extras, sua essência espessa na minha garganta enquanto ele me revestia com sua versão de proteção.

Entendi isso: essa era sua maneira de aumentar minha força. Porque nenhum de nós sabia o que aconteceria a seguir.

E se Lajos me reconhecesse? Ele era um dos meus laços imortais? Não sabíamos e os arquivos que revisamos não forneciam informações úteis. Minha única graça salvadora foi que eu não conseguia me lembrar de ter visto Lajos, o que, felizmente, significava que ele também nunca tinha me visto.

Seus lábios deixaram os meus, seguindo um caminho do meu pescoço até meus seios, onde ele afastou o tecido para revelar um mamilo. Eu sabia o que ele pretendia fazer um mero segundo antes de suas presas me atingirem. Um grito ameaçou escapar de minha boca, mas lutei contra o desejo e me forcei a engoli-lo, para ser a humana silenciosa que eu sabia que ele precisava que eu fosse.

E ele me recompensou lambendo a carne ferida antes de sorrir para mim.

— Muito bom, Calina.

Mantive os dedos em seu cabelo e apertei um pouco para expressar aborrecimento, o que o fez sorrir ainda mais.

E então ele me mordeu de novo, só que com mais força dessa vez.

Meu corpo inteiro tremia com a necessidade de gritar, mas por milagre, consegui me calar.

Era uma sensação perigosa que sem dúvida levaria a um fim letal. Cada segundo que passava parecia me enredar mais, tornando impossível resistir a isso.

E o brilho tortuoso em seu olhar azul-prateado me disse que ele também sabia.

— Você é adorável, linda — ele sussurrou, com os lábios roçando os meus. — Vou sentir saudade dos seus olhos. — Ele falou as palavras tão baixinho que quase não as ouvi. Em seguida, segurou meu rosto e inclinou minha cabeça com gentileza em uma pose mais submissa.

Eu esperava que ele me levasse adiante.

No entanto, ele se ajoelhou diante de mim.

Seus dedos traçaram minha panturrilha por baixo do

tecido do vestido, seguindo até a tira do meu sapato de salto. Estava torcida quando ele me carregou para a cama e eu não tinha percebido. Mas provavelmente teria sentido depois de alguns passos.

— Obrigada, Meu Príncipe. — As palavras eram quase inaudíveis, pois eu não sabia quem poderia nos ouvir.

— De nada, geniazinha — ele respondeu, acariciando meu tornozelo com o polegar antes de passar pela minha perna enquanto se levantava mais uma vez. Seus lábios roçaram minha têmpora enquanto afastava a mão da minha coxa para alcançar e pressionar a pele nua da parte inferior das minhas costas.

Ele não disse outra palavra enquanto me tirava do jato.

Darius e Juliet já estavam esperando por nós do lado de fora perto de outro carro preto, que Jace chamou de *limusine*.

O sol forte me fez desejar uma pausa e olhar para cima, mas a palma da mão contra minha coluna me manteve em movimento.

E estávamos na parte de trás da limusine antes mesmo que eu tivesse a chance de lamentar a perda do sol.

Pelo que entendi, Sal e Anvil permaneceriam no jato. Jace mencionou que queria estar pronto para voar no caso de precisarmos de uma fuga. Perguntei se Lajos reconheceria sua intenção, mas ele apenas deu de ombros e disse que o amor de Sal pela aviação era bem conhecido entre sua espécie.

Jace passou a mão pela fenda do vestido e apoiou na minha coxa enquanto ele e Darius conversavam sobre seus planos para a noite.

— Eu gostaria de algumas horas de descanso primeiro — Darius disse. — A Juliet me manteve ocupado a maior parte do dia.

— Humm, sim, ela é hábil nisso — Jace respondeu de forma categórica. — Embora, não posso dizer que estou desapontado com o show que ela e Calina fizeram para nós.

— Não, *desapontado* certamente não é a palavra que eu usaria para descrever — Darius concordou.

Quase fiz uma careta, pois a conversa deles estava cheia de implicações falsas, mas eu sabia que era esse o ponto.

A maior parte do nosso voo foi gasto revisando os registros de Lilith, que deixamos a bordo do jato porque Jace não podia arriscar que ninguém pegasse seu laptop. E ele confiava na piloto para protegê-lo.

Também tinha uma série de recursos de segurança no dispositivo que destruiria o conteúdo caso alguém digitasse a senha incorretamente três vezes.

Para alguém que não parecia tão experiente em tecnologia, ele certamente sabia a importância das sequências de segurança.

Era possível que Damien o tivesse ajudado a configurar tudo, mas eu suspeitava que não era o caso. Seu laptop estava na Cidade de Jace, não conosco no avião original. O que sugeria que os protocolos de segurança já existiam.

— Então está resolvido. Teremos um descanso até mais ou menos meia-noite. Os melhores clubes de Lajos não abrem até as duas, de qualquer maneira — Jace declarou. — Tenho certeza de que ele não se importará que tomemos o café da manhã na cama.

Darius riu.

— Sei que eu não vou me importar.

As pontas dos dedos de Jace subiram para tocar a renda que cobria meu sexo.

— Com certeza, eu também não.

Estremeci com a promessa em suas palavras, a declaração juntamente com suas ações criando um enigma inebriante.

Tudo isso era um ardil. No entanto, o tornava muito mais atraente. Porque eu não conseguia distinguir a verdade da ficção. Seu toque parecia real. Quase me perdi na farsa, sentindo que o desejo de derreter ao seu lado era uma noção muito atraente.

Seus lábios roçaram meu pescoço, fazendo meu coração disparar.

— Mal posso esperar para arrancar este vestido de você — ele sussurrou em meu ouvido. — Depois vou devorar sua carne úmida até você desmaiar.

Cerrei as coxas, sentindo minhas entranhas queimando com a perspectiva.

Mas ele estava falando sério? Ou tudo isso fazia parte do seu jogo?

Eu não tinha como saber porque, mesmo quando saímos da limusine, ele continuou a me abraçar com um propósito sensual.

Ele afastou a mão da parte inferior das minhas costas, colocando-a na minha bunda enquanto me guiava para um edifício gelado.

O ar-condicionado imediatamente fez meus mamilos intumescerem, o que enviou um lembrete pelo meu corpo do que ele tinha feito no meu seio no jato. O mamilo roçou a renda – o tecido endureceu com o meu sangue.

Jace se curvou para mordiscar o mamilo sensível, e seu gemido de aprovação foi direto para o meu interior. *O que ele está fazendo comigo?*

Sua essência correndo pelo meu corpo parecia me deixar hiper consciente de seu toque, aumentando cada estocada, lambida e chupada de sua língua.

Eu sabia que outros podiam nos ver. Estávamos em um saguão ornamentado enquanto Darius falava com alguém nas proximidades. Mas não conseguia pensar além de Jace e sua carícia maliciosa enquanto ele beijava um caminho até minha garganta, mandíbula até minha boca.

Ele passou a língua no meu lábio inferior antes de penetrar em minha boca.

Foi breve, começou e parou em um segundo. Meus olhos encontraram os seus, as pupilas estavam dilatadas de luxúria, e ele levou a mão até minha nuca para forçar meu olhar para baixo mais uma vez.

Minha cabeça girou em confusão. Não entendi essa demonstração de carinho.

Então ouvi Darius bufar e dizer:

— Ela é o mais novo brinquedo do Jace. Ele não consegue manter as mãos longe dela. Isso está me fazendo duvidar do fascínio da Juliet.

— Ah, nós dois sabemos que meu desejo por sua *Erosita* ainda está muito vivo — Jace afirmou enquanto usava a mão livre para puxar Juliet em sua direção. — Estou gostando das duas juntas.

— E é por isso que ficaremos na mesma suíte. Queremos dois quartos, mas a área comum precisa ser compartilhada — Darius disse com seu forte sotaque inglês.

— Claro, senhor — uma voz feminina respondeu enquanto Jace dava um beijo na clavícula de Juliet. Eu podia ver em minha visão periférica, e a visão fez meu estômago se contorcer de desconforto.

A facilidade com que ele fingia afeição por ela me fez me perder nesta terra da verdade contra a ficção mais uma vez.

Ele falou sério? Está atraído por ela? A própria noção de uma resposta positiva me fez querer franzir o cenho. Não gostei nada dessa ideia.

Mas eu estava igualmente perplexa com o conceito de ele fingir com ela, porque isso implicaria que havia fingido comigo também.

Pare com essa tolice, eu me repreendi. *Esse tipo de pensamento é uma perda de tempo.*

Não eram práticos ou úteis, apenas distrativos e irritantes.

— Sim, nos pegar às duas horas seria o ideal — Jace disse,

respondendo a alguma pergunta que eu não ouvi enquanto estava perdida em meus pensamentos.

Era exatamente por isso que eu precisava prestar atenção.

Mas sua mão me distraiu totalmente quando ele soltou minha nuca para descer pela minha espinha até minha bunda. Ele deu um aperto forte, me fazendo pensar se era uma punição ou outra de suas manobras.

Tentei me concentrar no último, entender sua estratégia quando ele começou a pedir o café da manhã no quarto para entregarem à meia-noite.

Ele pediu duas refeições, provavelmente para mim e Juliet. Em seguida, acrescentou:

— Um garçom O negativo também seria delicioso...

— Vou me certificar de que o pessoal da cozinha esteja ciente de seu pedido, Meu Príncipe — a mulher murmurou.

— Você vai precisar de algum serviço adicional para ajudar na sua chegada tardia? Algo excitante à tarde, talvez?

— Humm — Jace murmurou, levando os lábios de volta ao meu seio enquanto ele mordiscava o mamilo – aquele que não estava machucado. — Não. Acho que a Calina vai se sair bem esta noite, e se eu precisar de mais, vou pegar a Juliet emprestada. Sua ligação com a imortalidade de Darius é muito benéfica.

— Fico feliz em agradar — Darius retornou.

— Assim como a Juliet — Jace respondeu enquanto levantava sua cabeça do meu peito. — Obrigado por sua ajuda, Mika. Você tem sido muito complacente.

— Qualquer coisa por você, Sua Alteza.

Eu não conseguia ver Jace, mas o senti sorrindo.

— Vou manter isso em mente.

— Por favor, faça isso. — O tom sensual de sua voz me disse que os dois tinham uma história juntos ou ela queria construir uma.

E achei isso quase tão preocupante quanto Jace desejar

Juliet.

Verdade ou ficção?

Pare de pensar nisso.

Tudo que Jace fazia era metódico e estratégico. Ele precisava deixar todo mundo à vontade. E eu não estava nos fazendo nenhum favor ao analisar demais suas intenções.

Forcei minha cabeça a mudar para o modo lógico e comecei a avaliar os arredores. Meu ponto de visão só me permitiu ver o chão e alguns itens na minha periferia – que foi principalmente consumido por Jace e Juliet. Mas por um lado, eu também notei o brilho, sugerindo que as janelas aqui não estavam escurecidas como as do prédio de Jace.

Pelo que eu sabia de nossa localização, estávamos nas antigas ilhas havaianas. O clima ameno lá fora confirmou isso. Também havia fragrâncias florais. E um aroma subjacente de sal.

O oceano.

Jace me deixaria ver? As cortinas do avião ficaram fechadas durante nosso voo, atrapalhando minha visão através das janelas.

Jace roçou os lábios em meu pescoço e seus dentes tocaram meu ponto de pulsação.

— Vamos — ele sussurrou contra meu ouvido, com a mão ainda na minha bunda enquanto me guiava.

Darius conversou um pouco com nosso acompanhante – outro vampiro, baseado em como Darius e Jace se dirigiram a ele. Seu comentário incluiu um resumo dos arredores e onde os restaurantes e locais de entretenimento estavam localizados.

Jace murmurou em interesse evasivo, movendo a mão para o meu quadril enquanto passava seu braço por minhas costas.

Paramos perto de um hall de elevadores.

Então pegamos dois carros separados para o andar acima, nossa comitiva tendo crescido com os humanos que empurravam nossos pertences em carrinhos.

Jace e eu estávamos com um deles. O homem se curvava enquanto tentava desaparecer no canto. Só pude vê-lo porque o interior do elevador era de vidro, inclusive o piso, permitindo-me vislumbrar vários ângulos no pequeno espaço.

Um par de olhos azul prateado encontrou os meus durante minha busca, as profundezas demonstrando um brilho malicioso.

Porque Jace podia me ver investigando e sabia exatamente o que eu estava fazendo.

No entanto, em vez de me advertir, ele me deu uma piscadela brincalhona antes de olhar com expectativa para as portas.

Elas abriram meio segundo depois, exibindo pisos de obsidiana e mais aromas florais.

Saímos e viramos à direita. Darius e os outros chegaram. Sua voz era como um eco atrás de nós enquanto Jace liderava o caminho através das portas.

Os ladrilhos pretos deram lugar a um tapete de cor creme, e senti a textura macia debaixo de meus pés. Jace passou o braço ao meu redor, como se antecipasse minha oscilação, mas me segurei firme e me movi com uma elegância forçada.

Mais luz se espalhava pela sala, iluminando um conjunto de dois sofás escuros, cadeiras combinando e uma mesa de centro de mármore.

Parecia haver um degrau à frente que nos levava a um piso de madeira com vista para as janelas.

Área de jantar, imaginei. *Talvez uma cozinha?* Embora, eu suspeitasse que poderia ser à minha esquerda, onde o tapete se transformou em um mármore cor de ardósia.

Nosso acompanhante explicou o funcionamento do escurecimento das janelas, algo que Darius utilizou de imediato, deixando a sala mais escura. Uma luz fraca foi acesa, arruinando o ambiente.

Eu preferia muito mais a luz natural do sol. Provavelmente porque eu nunca tinha experimentado isso até esta semana.

O acompanhante continuou com um tour pelo quarto, explicando as comodidades da cozinha, que de fato ficava localizada perto do mármore cor de ardósia. Em seguida, nos levou para a sala de jantar e em direção a um corredor com dois quartos.

Os dois quartos eram suítes master com móveis elegantes e banheiros de tamanho generoso. Mal prestei atenção aos comentários do acompanhante, mantendo o foco em andar com firmeza sobre o tapete macio.

Jace escolheu o cômodo mais distante da área de estar, afirmando que gostava da varanda. Quase olhei, deixando minha curiosidade pela visão potencial sobrepujar minha necessidade de permanecer submissa.

Mas segurei o desejo rapidamente.

— Obrigado por sua ajuda, Maurício. Talvez você se junte a nós uma noite para jantar? — Jace perguntou.

— Seria uma honra, Meu Príncipe — ele respondeu.

— Brilhante. Darius irá ajudá-lo com os detalhes. — Jace soltou meu quadril, me deixando no centro do quarto. — Calina, vou acompanhar o Maurício até a porta. Espero encontrá-la naquela cama, apenas com essas meias quando eu voltar. Apresente-se de forma adequada para mim e vou te recompensar.

A porta se fechou antes que eu pudesse reagir. Não que eu soubesse o que dizer ou como responder. Ele disse que havia câmeras em todos os lugares, que meu papel submisso se aplicava até mesmo em nosso quarto de hotel.

O que significava que eu precisava tirar o vestido e sapatos.

E me apresentar na cama.

De forma adequada.

Seja lá o que isso significasse.

Jace

Darius e eu levamos trinta minutos para confirmar que não havia câmeras na suíte, apenas aparelhos de escuta.

E mais quinze para colocar nossas contramedidas no lugar.

O que significava que deixei Calina em uma posição precária sem motivo.

Bem. Talvez tenha sido um pouco forçado, porque eu poderia criar um motivo para deixar uma linda mulher seminua na minha cama.

Darius usou o telefone para configurar a última das gravações automatizadas – um truque que a companheira de Luka, Mira, nos ensinou há algumas décadas – e me encarou.

— O silêncio é realmente uma bênção — ele me informou. — Configurei um alarme para desligar automaticamente antes que nosso café da manhã da meia-noite chegue, assim temos algumas horas para falar livremente.

— Saúde — murmurei, entregando-lhe um copo de uísque.

Ele o encostou no meu e então tomou um grande gole.

Segui o exemplo, sentindo meus ombros relaxarem um pouco por ter alterado todas as escutas. Estávamos em um dos melhores hotéis de Lajos. Não fiquei surpreso que estivesse repleto de vigilância, porque todos os seus visitantes da realeza ficariam aqui.

Minhas acomodações mais sofisticadas também eram decoradas com aparelhos de escuta. Alguns até tinham câmeras.

Vampiros raramente confiavam uns nos outros. Estávamos muito velhos para sermos tão ingênuos. E apenas raras alianças formavam amizades verdadeiras.

Darius e eu terminamos nossas bebidas em silêncio, os dois perfeitamente cientes da noite que viria.

— É melhor aproveitar nossa solidão enquanto ela dura — finalmente falei.

— Posso fazer uma sugestão? — Darius perguntou, arqueando a sobrancelha daquele jeito arrogante.

— Acho que sim. Não significa que vou ouvir.

— Não, você dificilmente ouve. Mas, neste caso, espero que você pelo menos considere o que vou dizer.

Tudo dependia do que ele pretendia dizer.

— Qual é a sugestão?

— Transe com ela, Jace. Você pode não ter outra chance, e sei como você se sente sobre oportunidades perdidas. — Ele não esperou uma resposta, apenas me deu um tapinha no ombro e se dirigiu para seu quarto.

Olhei carrancudo em sua direção, nada satisfeito com a implicação de suas palavras.

Ele não achava que Calina sobreviveria a esta viagem.

Dada a tendência de Lajos para destruir humanos deliciosos, era uma avaliação justa. No entanto, eu não tinha intenção de permitir que isso acontecesse.

E o quanto isso era estranho?

Eu protegia meu harém até certo ponto, mas os reconhecia pelos piões que eram neste jogo. Se um membro da realeza gostasse, eu normalmente entregaria o mortal para ganhar um favor.

Alguns sobreviviam.

Outros, não.

Não era exatamente emocionante, mas prático. Sobrevivi por tanto tempo devido à minha disposição e aptidão para jogar na arena política. Exigia estratégia e sacrifício.

No entanto, a ideia de sacrificar Calina despertou uma sensação desconfortável dentro de mim.

Esfreguei o peito, tentando definir a hesitação. Seu sangue delicioso certamente me atraía. Eu também não tinha acabado de prová-la, o que suponho que combinava com a recomendação de Darius.

Terminar a tarefa provavelmente cortaria esse desejo de mantê-la viva.

Embora ela também fosse útil.

E ela me leu melhor que todo mundo, entendendo meu comportamento antes mesmo de tentar defini-lo.

Me servi de um segundo copo e o carreguei comigo para o quarto enquanto minha cabeça girava com todas as várias maneiras que eu queria tomar Calina.

Darius fez soar como uma tarefa simples. Uma vez e pronto. Mas quando entrei no quarto para encontrá-la esperando na cama com os joelhos dobrados e as pernas abertas, eu sabia que uma vez não seria o suficiente.

Ela se posicionou como Juliet fez na mesa do jato outro dia. Pés com meias no colchão. Braços ao lado do corpo. Foco no teto. As coxas estava entreabertas para revelar a seda cobrindo seu monte.

A única maneira que poderia ser aperfeiçoado era deixando os sapatos de salto. Mas eu não tinha especificado isso em meus requisitos.

Tomei um gole do Bourbon enquanto admirava a vista, soltando um zumbido suave de aprovação. Não era a pose que eu esperava dela, já que a maioria das minhas consortes sabiam que deveriam esperar por mim de joelhos.

No entanto, eu não culparia Calina por sua falta de treinamento. Não quando ela se apresentou tão lindamente de uma maneira alternativa.

Me aproximei dela bem devagar, com uma mão no copo, a outra no bolso.

Ela não olhou para mim, seus lindos olhos verde azulados estavam fixos no teto.

— Tão obediente — murmurei, observando seus mamilos rígidos e os arrepios cobrindo seus braços.

O ar-condicionado do prédio parecia estar sendo usado em potência máxima para conter a umidade do lado de fora. Mal percebi, mesmo depois de pendurar o paletó no armário do hall de entrada. Arregacei as mangas da camisa social, mas ainda me sentia um pouco quente com a mudança de clima.

Calina não respondeu, mas seu pulso acelerou, seduzindo o predador dentro de mim.

Ela não estava com medo. Suas bochechas estavam muito vermelhas para isso. E sua falta de ar parecia relacionada a tentar permanecer parada por mim.

Porque ela achava que estávamos sob vigilância.

Talvez houvesse um toque de medo dentro dela, aquela voz sussurrando em seu ouvido que ela não podia se dar ao luxo de cometer um erro.

Quase disse a ela para relaxar.

Mas a parte prática de mim rejeitou a inclinação.

Esta era uma oportunidade, uma maneira de testar sua determinação em um ambiente seguro, para ver até onde sua obediência iria.

— Humm. — Considerei sua posição mais uma vez. — Embora aprecie a vista, Calina, esta não é a pose que eu esperava.

Ela permaneceu imóvel e em silêncio, me fazendo arquear uma sobrancelha.

— Você não tem nada a dizer? — Tecnicamente, eu disse

a ela para permanecer em silêncio, a menos que eu dissesse o contrário. O que significava que ela permaneceu bem-comportada para os padrões da sociedade.

No entanto, minha espécie era notoriamente cruel e conhecida por punir humanos por esporte. Portanto, esse tipo de tratamento fornecia uma boa introdução ao que esperar.

Claro, eu não falei as palavras de uma forma dura. Curiosamente.

— Sinto muito, Meu Príncipe — ela respondeu. — Diga-me qual é a sua preferência e farei o meu melhor para lhe agradar.

O tom sutil de zombaria em suas palavras fez meus lábios se contorcerem. Era a quantidade certa de travessura misturada com submissão, criando um ar inebriante de sedução.

Porque eu queria acabar com o desafio dela.

Ao mesmo tempo, elogiá-la por ser tão obstinada.

Me aproximei da cama e alcancei seu pescoço com a mão livre.

— Quero você de joelhos, sentada sobre os calcanhares, com as palmas das mãos nas coxas e olhando para baixo. Agora.

Apertei seu pescoço e a puxei.

Calina ajudou, apoiando as mãos na cama para se levantar, em seguida obedeceu ao meu comando ficando de joelhos, sentada sobre os calcanhares e com as mãos apoiadas nas meias de seda.

— Humm — murmurei, enquanto acariciava sua pulsação com o polegar. — Maravilhoso. — Foi tanto em resposta ao seu batimento cardíaco crescente quanto a pose que ela aperfeiçoou em meros segundos.

Mudei meu aperto em seu queixo, inclinando sua cabeça para trás e pressionando a borda do copo em seus lábios.

— Abra a boca e engula o que eu te dou. — O gesto

serviu como uma espécie de recompensa porque o álcool ajudaria a aquecê-la um pouco. Também a ajudaria a relaxar.

Ela aquiesceu lindamente, e vi sua garganta se movendo enquanto bebia dois goles de uísque. Seu vacilar me disse que não era seu sabor favorito, mas ela não se engasgou ou protestou.

— Muito bom — eu a elogiei, tirando a bebida e pressionando os lábios nos dela por meio segundo. — Agora não se mova nem faça barulho.

Seus olhos brilharam para os meus, com aquele toque de desafio à espreita em suas profundezas azul-esverdeadas.

Eu queria me afogar naquele olhar, levá-la comigo sob uma onda de depravação e viver para sempre na escuridão com ela ao meu lado.

Era um desejo muito intenso. Um desejo que eu não conseguia me lembrar de ter experimentado antes. E naquele único momento, eu sabia que esta mulher era igual a mim.

Uma compreensão total e repentina. Inesperado e espontâneo.

Esta mulher foi feita para ser domesticada por mim. Subjugada para meu prazer. E secretamente se tornou minha luz tão necessária na noite fria e amarga.

Não lutei contra a inclinação ou o desejo bizarro. Eu simplesmente soltei sua garganta, tomei um gole do meu copo e me inclinei para morder seu seio perfeito.

Seu sangue tingiu o álcool em minha boca, aperfeiçoando o líquido enquanto eu engolia.

Ela soltou um suspiro silencioso, movendo o peito de forma sutil contra a minha boca. Olhei para cima para encontrá-la me observando, com aquele seu olhar vívido ardendo em chamas, mesmo no quarto escuro.

Eu vou te destruir, prometi com o olhar. *E você vai adorar cada minuto.*

Era hora de ela sentir a minha contenção, perceber o

perigo em me pressionar até aqui e entender meu lado predatório – o lado que ela havia acabado de invocar de forma infalível para brincar com sua depravada interior.

Repeti a ação no seio oposto, terminando o conteúdo do copo e colocando-o na mesa de cabeceira.

Marcas de mordidas iguais saudaram minha visão enquanto eu me endireitava, vendo seus seios marcados de forma brilhante para o meu prazer.

E, puta merda, essas meias. Esse fio dental. As pernas dela.

Saber que ela não morreria facilmente, que eu poderia perder totalmente o controle sem arriscar sua vida, só aumentou minhas expectativas.

Passei muitos anos flertando com humanos que se acabavam com muita facilidade.

Mas esta não.

Porque ela não era totalmente mortal.

De repente, entendi o objetivo de Lilith de criar um brinquedo que pudesse resistir aos monstros dentro de nossas almas. Alimentar nossa fome, saciar nossa sede sádica e continuar voltando para mais.

Calina ansiava pelo perigo que eu oferecia. Eu podia ver no brilho rebelde em seu olhar quase de flerte.

Ela era a rainha do meu rei, jogando no tabuleiro com uma manobra experiente que parecia quase natural para ela. No entanto, eu não ficaria surpreso se ela tivesse estrategicamente estimulado essa sensação dentro de mim.

A mulher havia me enfeitiçado desde o primeiro momento, desrespeitando minha autoridade e exibindo uma assertividade que achei intensamente satisfatória.

Talvez Darius estivesse certo.

Talvez tudo que eu tivesse que fazer fosse transar para tirar essa sensação de dentro de mim.

Mas eu me preocupava que ele estivesse muito errado, que

eu rapidamente me tornasse ainda mais viciado nesse enigma atraente e me perdesse por completo.

Era um risco.

E eu adorava o perigo.

Eu o cortejava. Ansiava por ele. *Precisava* disso.

Um contraste tão atraente com todos os meus planos cuidadosamente traçados.

Calina me fez sentir espontâneo. Vivo. Energizado. *Completo.*

Me esqueci do jogo. Esqueci da manobra de tentar ensiná-la a se comportar corretamente. E envolvi a mão em sua nuca para puxá-la para um beijo.

Puta merda.

O que começou como uma necessidade física rapidamente se transformou em um abraço destruidor de almas cheio de promessas sombrias e ameaças sensuais.

Ela não se conteve, e moveu a língua com a minha de uma maneira que serviu como o oposto de submissa. Calina exigia o devido, demolindo os limites planejados entre nós e me mostrando com a boca o quanto ela poderia ser poderosa no quarto.

Fiquei parado sobre seu corpo quase nu e pude senti-la assumir o controle quando deveria ser a submissa.

Isso me animou. Me enfureceu. Me seduziu.

Meu aperto ficou mais forte, levei a mão ao seu quadril enquanto eu a puxava de joelhos e a arrastava para a beira da cama.

— Desabotoe minhas calças — exigi contra sua boca.

Suas mãos encontraram meu abdômen primeiro, descendo até o cinto em volta da minha cintura.

Muito rápido e ágil.

Uma aluna excelente.

Minha conquista perfeita.

Ela puxou o couro das presilhas e jogou-o no chão. Em

seguida, seus dedos focaram no botão, seguido pelo zíper. Senti um breve alívio por estar livre do confinamento das minhas calças, mas a boxer ainda estava apertada em minha virilha.

Esta mulher me excitava de uma maneira que eu nem conseguia começar a definir. Eu me sentia como se estivesse prestes a explodir por ela. Eu a queria embaixo de mim. Gemendo. Gritando. *Arqueando* o corpo.

Tirei os sapatos e calças, deixando Calina se equilibrar sobre os joelhos. Seus seios encontraram meu peito quando ela começou a se inclinar para frente. Meus movimentos eram muito rápidos para seus olhos humanos rastrearem. Ela ficou boquiaberta em surpresa, então estremeceu quando eu a beijei novamente. Desta vez, mais forte. Com mais *intensidade*.

Eu basicamente a reivindiquei.

Mostrei a ela o que um membro da realeza poderia fazer.

Um vampiro de milhares de anos.

E a senti murchar contra mim quando percebeu minha verdadeira força e potencial.

Foi isso o que quis dizer quando disse que iria destruí-la. Assim como falei sério quando prometi fazê-la se divertir.

Ela moveu os dedos sobre a minha camisa, uma ação que eu não tinha autorizado e ainda assim era bem-vinda, porque colocou sua pele nua contra a minha.

Seus mamilos estavam duros, já que o ar-condicionado a deixou gelada por muito tempo. Eu a compensaria agora colocando fogo em seu sangue.

Enfiei os dedos em seu cabelo, capturando sua boca na minha enquanto espalmava sua bunda.

Ela estremeceu.

Eu grunhi.

E então eu a devorei mais uma vez.

A mulher desafiadora continuou a derreter. Sua resolução era como uma poça entre as coxas enquanto ela aquiescia a todas as minhas demandas não ditas. Isso não seria gentil ou suave. Seria selvagem. Um caso brutal de pele e dentes, repleto de êxtase requintado.

— Vou possuir cada centímetro seu — prometi contra sua boca. — Fazer você experimentar o que estou sentindo por dentro. E quando eu terminar, você nem vai lembrar da porra do seu nome.

Não dei a ela a chance de responder. Não que ela pudesse. Exigi que ela ficasse em silêncio, o que ela estava obedecendo lindamente. No entanto, me desafiava com a língua, me drogando com sua essência e me fazendo esquecer toda e qualquer razão.

Passei a mão em seu traseiro, movendo-a entre suas coxas para testar a umidade que encharcava sua calcinha. Um gemido provocou minha garganta, o desejo de provar sua excitação assumiu minhas intenções e me forçou a entrar em ação.

Suas costas bateram no colchão na próxima respiração, minha força e velocidade vampíricas a oprimindo, exigindo que ela se rendesse, dizendo a ela sem palavras quem dominava quem aqui.

Ela abriu as coxas.

Puta merda, quase rasguei o tecido em meu esforço para expor sua boceta à minha vista.

Mas me recusei a deixá-la assumir o controle.

Este era o meu playground. Minhas regras. *Meu* mundo.

Me inclinei para afundar meus dentes em sua coxa. Sua artéria femoral me deu exatamente o que eu queria e fez Calina quebrar seu silêncio com um gemido assustado.

Não a disciplinei, porque não me importava mais com o decoro ou o fato de que eu pretendia testar sua determinação.

Tratava-se de cumprir a missão que começamos dias atrás.

De finalmente pegar o que eu queria.

De ceder à doçura de sua mente, corpo e alma.

Soltei sua meia – a que mordi através do tecido para chegar à artéria femoral – e praticamente a arranquei de sua perna. Então parei para admirar seu tornozelo delicado e o alongamento flexível de sua perna. Eu a movi sem pensar e ela permitiu sem protestar, seu corpo parecendo se dobrar à minha vontade apenas por instinto.

Me sentei de joelhos entre suas coxas abertas e coloquei seu tornozelo no meu ombro enquanto olhava para ela.

As pupilas de Calina estavam totalmente pretas, suas bochechas em um tom delicioso de vermelho e seus lábios deliciosos estavam entreabertos em uma respiração ofegante que senti vibrando em cada centímetro do meu ser.

— Quem é você? — Fiquei maravilhado, totalmente cativado pela beleza estonteante na cama diante de mim. — É como se você tivesse sido criada para me matar.

Palavras vulneráveis.

Ainda assim, verdade.

Ela umedeceu os lábios e seus olhos me diziam que ela não sabia como responder.

E estava tudo bem, porque eu não precisava que ela falasse. Eu precisava que ela gozasse. Gritasse. Que reconhecesse minha reivindicação dentro de seu espírito.

Isso era perigoso. Enganador. Sombrio. Depravado.

Ela me enredou em uma teia da qual eu não podia mais escapar.

Calina parecia uma viúva negra de jaleco, com cabelo loiro bonito e uma boca viciante.

Pernas longas.

Renda encharcada.

Eu podia sentir o cheiro da sua excitação, a doçura emanando no ar e me tornando muito mais duro para ela.

Pressionei a mão no pedaço de tecido entre suas coxas, em seguida, agarrei o tecido vermelho e o arranquei dela.

Um grito baixo entreabriu seus lábios, que rapidamente

se transformou em um som de aprovação quando me inclinei para passar o nariz por intimidade. Ela dobrou a perna, provando ainda mais sua flexibilidade e me fornecendo uma série de pensamentos sórdidos sobre posições para comê-la.

Mas nossa primeira vez seria frente a frente.

Eu precisava vê-la.

Tinha que ver seu rosto enquanto eu estocava dentro dela, levando-a até o fim várias vezes.

O impulso animalesco ameaçou dominar todos os meus movimentos, me encorajando a afundar as bolas profundamente em seu calor acolhedor e nos levar ao limite da loucura.

Mas eu a lambi, capturando aquele sabor delicioso em minha boca e terminando o ato chupando seu clitóris.

Ela se inclinou para fora da cama. Seu controle era inexistente. Se ela estava pensando em câmeras em potencial antes, com certeza não estava agora. E eu a mantive naquele estado enquanto a massageava de forma íntima com a língua, adorando-a com a boca no sentido mais tradicional.

Passei uma das mãos correu por sua perna macia como seda até a liga em volta de sua coxa, em seguida, puxei a meia final, enquanto a outra mão traçava seu membro do tornozelo ao joelho.

Ela era primorosa.

Uma obra-prima que eu queria memorizar com mãos e boca e deixar gravada para sempre na minha memória.

Então foi exatamente o que fiz, ficando de joelhos novamente e abaixando sua perna na cama enquanto me inclinava entre suas coxas. Comecei uma jornada de beijos, mordiscadas e carícias em cada parte de sua forma nua.

Seus seios foram meu ponto de partida. Minhas marcas ainda estavam embutidas em sua carne e me encorajaram a beber mais uma vez.

Seus mamilos eram picos rosados de pecado, umedecidos pela minha língua.

Ela esticou o pescoço enquanto eu beijava uma trilha para cima até sua mandíbula. Quando seus olhos selvagens encontraram os meus, a mulher estava tão consumida pelas endorfinas que eu havia liberado que ela não entendia mais o prazer. Estava perdida em um estado de êxtase encorajado por minha mordida e provocado por minha língua e mãos.

Eu a beijei.

A devorei.

Em seguida, guiei suas mãos para a minha boxer com um sussurro contra seus lábios.

— Tire.

Ela estremeceu e obedeceu, deixando-nos nus enquanto eu tirava as meias.

Era assim que deveríamos estar, membros emaranhados e partes excitadas.

Calina tentou envolver as pernas na minha cintura, mas me desviei de seu aperto.

Não havia terminado de explorá-la.

E disse isso a ela enquanto a pressionava com a palma da mão contra seu esterno.

— Fique aí.

Ela soltou um grunhido baixo que fez meus lábios se curvarem.

— Você não está no comando aqui, Calina. — Ah, seu corpo podia me cativar em todos os sentidos e sua mente podia se qualificar como minha igual, mas eu venceria todas as vezes no quarto – um fato que provei enquanto descia por seu corpo mais uma vez para reivindicar sua boceta com a boca.

Ela gritou, seu clímax foi um evento inesperado que a deixou tremendo sob meu toque.

Tudo o que precisei foi roçar minha presa contra sua doce intimidade.

Em seguida, eu a mordi para forçá-la a outra rodada de prazer, uma que a fez tremer com violência enquanto ela se esquecia de como respirar.

— Inspire — falei contra sua boceta encharcada. — Não quero que você desmaie em mim ainda.

Porque não estávamos nem perto de terminar.

Isso era só o aquecimento.

A última chance para ela correr.

Claro, eu ia persegui-la, pegá-la e transar com ela de qualquer maneira. Porque ela desencadeou minha natureza selvagem, a besta que pretendia colocar sua imortalidade à prova.

Ela poderia ser destruída.

Ou poderia experimentar a melhor noite de sua existência.

Era meu trabalho garantir o último.

Assim que ela se recuperasse do seu último clímax.

Calina

Onde estou?, me perguntei. Minha visão era uma mistura interessante de pontos pretos e lençóis de seda.

Eu estava de bruços.

E Jace estava entre minhas coxas.

Eu estava montando em seu rosto.

Não conseguia me lembrar de ter me virado, já que o último orgasmo apagou todos os meus pensamentos, me deixando me contorcendo na cama.

Mas Jace agarrou meus quadris... e agora... *ahh*.

Meus joelhos estavam ao lado de sua cabeça, minhas mãos contra os travesseiros e eu estava gritando enquanto lutava por algum tipo de controle mental.

Ele não parava. Sua boca era voraz, convincente e desafiava toda a razão.

O calor da felicidade agitou minhas veias e senti meu estômago se apertar enquanto outro clímax ameaçava me derrubar mais uma vez. Estava na ponta da minha língua implorar para que ele parasse, para dizer que eu não aguentava mais enquanto ele deslizava dois dedos dentro de mim e roubava minha capacidade de processar qualquer coisa além da sensação.

Pensei que ele morder meu clitóris foi intenso, mas isso... era... muito *mais*.

Ele acariciou uma parte secreta de mim que destruiu minha existência, deixando-me ofegante e ininteligível.

Minha cabeça não funcionava mais. Toda a minha estratégia árdua e controle... se *foram*.

E eu não conseguia nem me preocupar em me importar.

Porque eu estava voando alto, com o corpo tremendo em bela agonia. Doía da melhor maneira. Isso me deixou sem fôlego. Fraca. Mas ainda cheia de vida.

Tive vontade de rir. Não, eu queria rir. E então queria suspirar e implorar para ele fazer tudo de novo.

— Humm, eu poderia te manter neste estado por toda a eternidade — Jace sussurrou, com a boca de repente perto da minha.

Ele me virou novamente e o colchão era um conforto para minha pele superaquecida. Cada centímetro de mim queimava. A marca de Jace era uma energia abrasadora que senti roçar minha própria alma.

Mas ele não havia terminado.

Eu podia sentir na intenção de sua boca enquanto ele me beijava, a maneira como seu corpo forte se alinhava ao meu com o seu coração dele pressionando em minha carne sensível.

Ele ia me despedaçar.

E eu o recebi abrindo as pernas.

Porque eu queria experimentar tudo o que ele tinha para dar e muito mais.

— Puta merda, Calina. — As palavras foram um sopro contra meus lábios.

— Sim — respondi, me arqueando para ele e respondendo à pergunta que ele não havia formulado.

Jace não era do tipo que perguntava. E eu também não era exatamente o tipo de pessoa que aceitava.

No entanto, eu não era mais a dra. Calina.

Eu existia apenas neste momento para experimentar o

prazer com este vampiro real e deixá-lo demonstrar o que significava ser um rei.

Ele me penetrou, me preenchendo sem aviso e arrancando um grito da minha garganta. Porque eu não estava pronta. Eu não tinha percebido... eu não *sabia*... eu... eu nunca tinha *experimentado*...

O lycan me veio à cabeça, mas aquela exposição solitária estava longe de ser suficiente para me preparar para isso.

Jace obscureceu meus sentidos e seu poder era uma reivindicação quente ao meu espírito que eu não tinha antecipado.

E ele não me deu tempo para entender.

Ele apenas me beijou e começou a se mover, fazendo com que a agonia de sua reivindicação me despedaçasse por dentro, meus membros ficassem tensos e minha alma gritasse para ele parar.

Só que logo se transformou em... em... um inferno apaixonado. Algo que me consumiu da cabeça aos pés e me enviou em uma espiral em um mundo desconhecido.

Eu gemi. Gritei. Enfiei as garras em seus ombros. E levantei os quadris para encontrar os dele.

Eu não sabia mais quem eu era, só que precisava corresponder a ele em todos os sentidos. Tinha que lutar com ele até o fim. Consumar esse ato como parceira, não como um participante mansa.

Ele grunhiu, e eu grunhi de volta para ele.

Jace afundou os dentes em meu lábio inferior. Respondi na mesma moeda, sentindo algum animal estranho dentro de mim me levar a batalhar com ele.

Batalhar não, mas *combinar* com ele.

Ele era mais forte. Mais rápido. Mais velho. Mais experiente. E nada disso me assustou. Mostrei isso a ele com a língua, dentes e unhas contra suas costas.

Jace agarrou minha garganta, apertando intensamente enquanto sua mão oposta foi para o meu quadril.

Mas eu não conseguia parar de continuar esta dança perigosa entre nossos corpos.

Parecia certo. Libertador. Intensamente íntimo.

— Pequena feiticeira — ele murmurou, lambendo seu lábio inferior onde eu tirei sangue. — Puta merda, Calina. Nunca conheci ninguém como você.

Essas palavras soaram doloridas, como se doesse admitir isso em voz alta.

E então ele estava me beijando novamente, movendo os quadris nos meus em submissão enquanto ele me apertava, cortando minha capacidade de respirar.

Cravei as unhas em sua nuca, não porque queria que ele parasse, mas porque precisava de mais.

Ele persuadiu minha alma a brincar, e agora eu era escrava de sua necessidade animalesca.

Jace afastou a mão do meu quadril e a levou entre nós, deixando que seu polegar encontrasse minha protuberância sensível. Entreabri os lábios em um grito que não consegui liberar e o ar sumiu dos meus pulmões.

E, de alguma forma, isso só fortaleceu o momento, prolongando meu prazer até que eu não pudesse mais ver.

— Goze, Calina — Jace exigiu contra meu ouvido, tornando meu mundo uma visão de nuvens negras e impossibilidades.

Ainda assim, senti meu corpo tombar sob seu comando e meus membros se esticarem enquanto eu caía de cabeça no desconhecido.

Eu estava tonta.

Morrendo.

Incapaz de respirar.

Enquanto tremia e clamava por mais em silêncio.

Este mundo era o que ele dominava, meu corpo era seu

instrumento de escolha, e eu me vi caindo em seu abraço perverso, dando-lhe tudo enquanto ele continuava a me comer sem restrições.

Ele estava me desestruturando e senti meus ossos virarem pó sob sua existência autoritária.

Eu me sentia mole.

No entanto, queimava por dentro.

Muito calor, intensidade e graça estonteante.

Meu nome escapou de seus lábios, e ele afastou a mão do meu pescoço, enquanto segurava minha bochecha e respirava em minha boca com um beijo que roubou minha alma.

Havia beleza neste caos, um encontro apaixonado de espíritos, nosso sangue se unindo.

Não entendi, mas senti o calor de nossa união indo muito além da conexão entre minhas coxas. Seu ritmo atingiu o auge, os movimentos me levaram cada vez mais alto até que eu não aguentava mais um segundo dessa insanidade.

Meu corpo inteiro pegou fogo.

Cada parte de mim tremeu.

Meus pulmões gritavam por oxigênio.

Minha garganta protestou ao ponto de desuso.

Eu não conseguia mais engolir. Não me movia mais. Não pensava mais.

Não me lembro mais do meu nome, pensei, recordando-me de algo importante sobre aquela frase e esquecendo-a no momento seguinte.

Porque eu estava morrendo sob uma avalanche de sensações, pensamentos e emoções.

A história bateu em minha consciência.

Mundos que eu não entendia.

Idiomas que não eram meus.

Uma mente distorcida com lógica e estratégia. Tão masculino e perfeito. Belo em sua astúcia. Motivado politicamente. Gentil, mas severo.

Relaxei naquele estado mental, sentindo-o se unir a mim e aceitar os caminhos entrelaçados formados por duas mentes.

Duas almas.

Dois seres se tornando um.

Uma união deslumbrante.

Confuso, mas certo.

Não entendo, fiquei maravilhada, perdida nos pensamentos de um homem com mais de quarenta vezes a minha idade. Quatro mil anos. Perto de cinco mil. Tantas memórias. Muitos pensamentos. Tanta inteligência.

Eu estava perdida.

Deve ser o paraíso, decidi, felizmente satisfeita com o desenvolvimento. Porque este lugar era minha casa. Minha essência. Meu estado de ser preferido.

Calina, Jace murmurou, com uma pontada de admiração em seu tom. *Como isso é possível?*

Segui sua voz masculina, flutuando em uma nuvem de pensamentos. *Onde estamos?*

Ele moveu os quadris contra os meus, com seu pau ainda dentro de mim. Pisquei, assustada com a sensação que ele evocou abaixo, sentindo meu corpo já antecipar mais.

O que era impossível.

Ele me destruiu. Me matou. Me mandou para o céu dentro de sua mente.

— Calina — ele disse, roçando a boca na minha. — Você não está morta, mas vou tomar isso como um elogio. — Ele passou os dentes pelo meu lábio inferior machucado. — E ficarei feliz em mandá-la de volta para o céu em breve. Mas quero ver seus olhos primeiro.

Fiz uma careta e tentei me concentrar, mas minha visão estava escura mesmo enquanto levantava minhas pálpebras.

No entanto, muito lentamente, seu lindo rosto apareceu.

Assim como o quarto ao nosso redor.

Na Região de Lajos. Havaí.

Tudo parecia um sonho. Exceto que eu podia sentir que não era, algo que ele pontuou enquanto se movia mais uma vez.

Gemi em aprovação, sentindo a plenitude entre minhas coxas me embalar em um estado de necessidade intrínseca. *Você me transformou em alguém que eu nem mesmo reconheço*, eu o acusei.

Eu poderia dizer o mesmo a você, ele respondeu.

Levei um momento para perceber que estávamos falando na mente um do outro.

Porque estávamos em sincronia, com nossos estados mentais unidos como um só.

Pisquei novamente.

Como isso é possível? perguntei a ele, assustada com a descoberta.

Você acabou de se tornar minha primeira e única *Erosita*, ele respondeu. *Achei que você tinha dito que não era virgem.*

Eu não era.

Então isso não deveria ter acontecido.

Eu sei. Finalmente me concentrei em seus olhos.

E agora? Porque eu não tinha certeza de como processar nada disso.

Ah, agora, vou te comer de novo, ele respondeu. *Porque não terminei. Mas quando eu tiver acabado, vamos descobrir o que fazer.*

Eu podia ouvir em sua mente a verdade de sua declaração e sua intenção de transar comigo até me tirar da cabeça. Ele viu isso como um desenvolvimento interessante que poderia lhe proporcionar uma nova experiência.

Uma Erosita. É melhor jogar. Ver no que dá toda a confusão.

Um pensamento prático. Algo que me irritou, mas não ao mesmo tempo. Porque eu entendi sua abordagem – era semelhante a algo que eu faria nessa situação.

Isso era algo novo – uma raridade para alguém tão velho quanto ele.

Ele queria se entregar a isso até que não o intrigasse mais.

Uma fantasia passageira.

Uma transa divertida.

Não eram as palavras que eu usaria, mas isso não as tornava menos compreensíveis. Porque eu também queria explorar mais, descobrir o que significava.

No entanto, seu desejo de tornar isso temporário foi sombreado por um indício de dúvida que se formou em seus pensamentos enquanto ele se perguntava: *E se uma aventura temporária não for possível? E se eu nunca me cansar dela?*

Uma série de pensamentos se seguiu, alguns me deixando mal do estômago enquanto ele revisitava conquistas passadas e relatava seu amor por sexo.

Ele não era um homem monogâmico.

Ele adorava transar. Seduzir. Jogar. A eternidade era muito tempo para amarrar sua alma a outra.

Sim, ele estava mais ou menos apaixonado por mim – algo que suas reflexões subsequentes me disseram que era anormal. Jace tinha me visto como um desafio a conquistar, o que o intrigou inicialmente.

Mas agora ele não tinha certeza de como interpretar nosso vínculo, a mim ou meu lugar em sua vida.

E isso o deixou inquieto.

Ele ponderou por um momento.

Então optou por ignorar aquele pensamento irritante e se concentrar no presente. Ele queria ver até onde essa paixão poderia ir, para depois decidir como proceder.

Como um experimento, traduzi, ofendida e intrigada com a perspectiva.

Sim, ele concordou, sua mente acompanhando a minha enquanto eu lia suas intenções e discernia meus próprios sentimentos sobre o assunto. Aconteceu rapidamente, durante talvez segundos em vez de minutos, já que nossas mentes pareciam trabalhar em velocidades sobrenaturais.

Porque eu estava amarrada a ele agora. E ele possuía a alma de um ser antigo.

Uma parte irracional de mim não gostou de ser vista como um desafio e uma experiência. No entanto, meu lado prático reconheceu seu fascínio e compartilhava uma visão semelhante... apenas dele.

Porque ele me fazia sentir coisas fora do meu normal.

Ele me dava uma sensação de paz que eu nunca soube que desejava.

E seu corpo sabia como brincar com o meu.

Por que não testar os limites dessa conexão e ver o que acontecia? Talvez eu também me cansasse dele.

Provavelmente não, ele respondeu.

Continue tendo pensamentos arrogantes como esse, e eu terminarei antes de você, ameacei.

Ele sorriu. *Não é arrogância, doce gênia. É confiança.*

Eu bufei. *Posso ler sua mente.*

E eu posso ler a sua, ele rebateu. *É por isso que sei que você está tão intrigada com este desenvolvimento quanto eu. Agora vamos realmente experimentar e ver quantas vezes posso fazer você gozar antes de desmaiar.*

Ofeguei quando ele começou a se mover. Minha mente interpretou seu desafio antes de desligar em aceitação.

Então você pode se submeter, ele se maravilhou. *Bom saber.*

Ele não me deu chance de responder, porque no momento seguinte, estava transando comigo de novo. E levou apenas alguns minutos para me levar às estrelas.

Este experimento pode me matar, percebi enquanto minha mente começava a piscar dentro e fora da realidade.

Porque essa conexão uniu nossas almas.

E quando ele decidisse quebrá-la, provavelmente não sobreviveria, pensei enquanto ele gozava dentro de mim novamente.

Ele não me ouviu, seu prazer era muito forte e seu desejo de consumi-lo ainda mais.

Seus dentes perfuraram meu pescoço. Sua mente

vampírica exigia que ele se banqueteasse com o que era seu por direito – a essência de sua *Erosita*.

Gemi, sentindo meus membros tremerem enquanto ele me enfraquecia mais e mais a cada gole.

— Jace... — o nome saiu rouco, pois minha garganta estava dolorida por todos os gritos. —Jace, por favor...

Eu podia ouvir sua intenção, sua necessidade sombria, a besta selvagem dentro dele engolindo... engolindo... engolindo.

—Jace — murmurei. Seu nome não era nada além de ar.

Minha, ele grunhiu em resposta, sua mente acariciando meus pensamentos. *Você é minha.*

Seu pulso foi para a minha boca na inspiração seguinte, me afogando em seu sangue.

Mas era tarde demais, meu corpo já havia começado a desaparecer em outro redemoinho climático de sensações.

Eu mal podia sentir agora. Meus membros estavam tremendo suavemente em resposta ao êxtase dentro de mim.

Isso aqueceu minha alma. Me fez sorrir.

E então eu caí, caí, caí em uma piscina escura de doce morte.

Algo que encontrei tantas vezes antes.

Só que esta ocasião foi marcada por um calor acolhedor. Um beijo suave. E uma promessa de me manter segura.

Eu não entendia.

Mas ncm tentei.

Eu sucumbi com um leve sorriso nos lábios.

Durma, pequena feiticeira. Durma.

O MEMBRO da realeza Helias continua a ser um problema. Ele é arrogante e não leal à nossa causa.

Tentei, meu senhor, mas ele só se preocupa consigo mesmo e não tem consideração pelo quadro mais amplo. No entanto, eu o mantive no arquivo aliado porque ele é facilmente persuadido. Quando chegar a hora de anunciar seu retorno, ele vai...

Aguarde uma mensagem importante do seu assistente virtual.

A mensagem vai começar em três, dois...

Meu soberano, confirmei que o Bunker 27 foi comprometido. A avaliação de danos está em andamento. Também não pude consultar nosso ativo. Portanto, não tenho certeza de quem interceptou nossa equipe, mas suspeito que seja a resistência. E se você revisou esses arquivos, sabe que nem todas as suas identidades são conhecidas.

Preciso saber como você deseja proceder.

Existem três protocolos em vigor para lidar com essa situação.

O primeiro é o protocolo de terminação, que colocará todos os bunkers em uma sequência de destruição de doze horas. Para saber mais sobre este protocolo, selecione: Terminação.

O segundo é o protocolo de vigilância, que envolverá os recursos de alimentação ao vivo dos vários bunkers e nos permitirá assistir os eventos se desenrolando em tempo real. Isso normalmente é usado quando se deseja identificar um agressor desconhecido. Para saber mais sobre este protocolo, selecione: Vigilância.

A terceira opção é envolver o protocolo de aliança, que enviará comunicações a todos os nossos aliados e agendará uma reunião urgente na cidade de Lilith. Este protocolo significaria alertá-los de seu despertar e iniciará nossa sequência de aquisição. Para saber mais sobre este protocolo, selecione: Aliança.

Qual sequência você...

Protocolo de vigilância selecionado.

Para revisar os parâmetros deste método, pressione o botão de informações. Caso contrário, selecione...

Protocolo de vigilância iniciado.

Arquivo de registro de aliado para Helias retomar em três, dois...

Jace

A MENTE de Calina me fascinou. Ela era ainda mais estratégica do que imaginei. Seu cérebro era como uma teia de quebra-cabeças lógicos e informações intrigantes.

Vasculhei algumas de suas memórias enquanto ela dormia, curioso sobre seu tempo nos laboratórios. Bastou um pequeno empurrão na direção de seu trabalho anterior, e uma série de imagens se seguiram. Muitas delas incluíam Lilith e sua falta de criatividade no que dizia respeito à morte.

Pelo que eu poderia dizer, Lilith nunca foi sexual com Calina. Ela exigia um relatório, que minha *Erosita* — um termo que eu precisaria me acostumar a pensar — fornecia prontamente. Então Lilith a mordia e a deixava seca.

Lilith morreu com muita facilidade, decidi depois de testemunhar repetidamente as mortes de Calina em sua mente.

Havia muitos casos para contar.

Tinha chegado a um ponto em que Calina simplesmente antecipava a sangria e aceitava isso como seu destino. Sem medo. Sem implorar. Apenas aquiescência lógica e foco em outras atividades em sua vida.

Como naquelas em torno de sua fuga potencial. Ela projetou vários mecanismos, incluindo a evasão dos sistemas de informação de Lilith.

Mesmo assim, você nunca tentou fugir, me maravilhei enquanto passava os dedos por seus cabelos. *Que fascinante.*

Uma imagem de James e Gretchen apareceu.

Entendo, murmurei, captando seu apego familiar no que dizia respeito ao casal e seu bebê lycan.

Seguiu-se um sentimento de perplexidade, que sugeria que ela havia se questionado e reconhecido seu comportamento irracional.

A aceitação veio em seguida, quando ela me mostrou a análise intrincada que conduziu em resposta às suas emoções.

A teia me intrigava cada vez mais, me fazendo continuar investigando sua psique.

Muitas mulheres ficariam furiosas com minha intrusão. Mas senti a consciência de Calina da minha presença e seu reconhecimento da minha curiosidade.

Porque minha mente despertou seu próprio interesse também.

Ela achava que meu cérebro era o paraíso, e seu talento para estratégia rivalizava com o meu.

Definitivamente, havia benefícios para essa conexão intensa, aquelas que substituíam o quarto.

Calina bocejou e rolou na minha direção, ainda dormindo. No entanto, eu a senti em minha cabeça, puxando minhas experiências e pesquisando minha base de conhecimento em busca de informações esclarecedoras.

Foi um acasalamento bizarro de mentes, alimentado por nossas faculdades mentais semelhantes. Nós dois gostávamos de jogadas estratégicas, tínhamos tendência para analisar todos os resultados possíveis, que era uma base para um tipo único de parceria.

A praticidade superava nossas emoções.

Ela sabia a minha posição quanto à monogamia. Senti que ela revia o detalhe e o descartava no segundo seguinte. Isso não era de longo prazo. Isso era benéfico no momento.

Eu não tinha que permanecer fiel a ela para manter esse vínculo vivo. Ela viu a verdade em meus pensamentos. O que a fez examinar como quebrar o vínculo de *Erosita*, seu conhecimento de que o sexo era a chave lhe fez parar.

Porque ela não era virgem.

Ouvi enquanto ela se intrigava com as razões potenciais para nossa ligação e franzi o cenho quando ela começou a procurar por suas ligações com a imortalidade.

Elas eram a base de sua fonte de vida imortal.

Outros vampiros que criaram um vínculo tipo *Erosita* com ela.

Explorei mais isso enquanto ela revia o que eu sabia sobre os laços de acasalamento de vampiros, seu cérebro trabalhando quase tão rapidamente quanto o meu – o que foi um feito impressionante considerando seu estado quase em coma.

Ela parecia estar absorvendo meu conhecimento em sua mente, catalogando minhas experiências e memorizando os principais detalhes.

Era fascinante.

Mas eu não me importava com seus supostos laços com outros seres imortais. Ela revelou sua conexão com Lilith, mas não conseguiu defini-la, sua mente ficou em branco quando cutuquei para obter mais detalhes.

Isso explicava sua ânsia de estudar os arquivos comigo – ela queria saber mais sobre sua origem. O pensamento provava que ela havia falado a verdade outro dia.

Na verdade, ter acesso à sua mente confirmou que tudo o que ela me disse desde a primeira vez era verdade. Ela nunca mentiu.

Ah, mas ela omitiu alguns detalhes, por exemplo como eu provei que sua avaliação das proezas dos vampiros estava errada quase imediatamente.

Humm, murmurei para ela. *Vou gostar de puni-la por essa pequena omissão mais tarde.*

Ela respondeu seguindo esse fio de pensamento à minha experiência novamente e puxando algumas das minhas atividades favoritas no quarto. Uma mistura de irritação e interesse se seguiu. Ela não se importou particularmente com minha vasta exposição a atividades sensuais. E ainda assim, as achou intrigantes.

Depois de alguns minutos, ela descartou os pensamentos e voltou às suas reflexões sobre nossa conexão.

Eu a segui, curioso para vê-la resolver o quebra-cabeça do que não deveria existir entre nós. Ela examinou minha base de conhecimento e a dela, comparando notas ao longo do caminho e finalmente chegando a uma conclusão que ecoou em meus pensamentos.

Minha genética irregular deve me tornar predisposta a aceitar um companheiro vampiro.

Ela começou a pensar em sua experiência com o lycan, o que fez com que meus dedos se prendessem em seus cabelos.

— Pare com isso. — Eu não queria aquela memória na minha cabeça. Era pior do que Lilith beber dela. Pior do que *tudo* que descobri em sua mente até agora.

Mas agora que ela começou a trilhar o caminho, todo o episódio se desenrolou atrás dos meus olhos, me deixando tonto de raiva.

— Calina — rebati, odiando essa experiência mais do que qualquer outra coisa na merda da minha vida. — Pare.

Ela não parou.

A memória piorou e sua dor era como um chicote agonizante para meus sentidos.

Ela não teve permissão para gritar, sua boca foi amordaçada para mantê-la em silêncio. Mas ela não foi capaz de conter as lágrimas. A angústia escorria de seus olhos enquanto o lycan a devastava.

Ele estava cego de luxúria e sua necessidade fez com que desconsiderasse sua forma humana e a confundisse com uma companheira lycan.

Eu quase podia senti-lo me comendo por trás, e nem era minha memória.

Calina estremeceu ao meu lado e suas bochechas ficaram repentinamente molhadas enquanto ela chorava em seu sono, as imagens de pesadelo muito reais e ameaçadoras para ela se livrar.

Havia toda uma área de sua mente cheia de horrores que rivalizavam com este. Anos sendo tratada como uma cobaia. Crescendo dentro de um bunker e nunca tendo permissão para sair.

Lilith se alimentando dela.

Lilith testando os limites da imortalidade de Calina.

Ela a matou muitas vezes de várias maneiras diferentes. Eu havia considerado Lilith chata antes, sentindo que seus métodos não eram tão criativos.

Como eu estava errado.

Agora que Calina havia aberto essa parte de sua mente, eu podia ver toda a tortura que ela suportou. A dor que manteve trancada atrás de uma máscara de indiferença. Foi isso o que a levou a um estado de espírito lógico. Este tormento era demais para uma psique mortal. Então, ela se agarrou à razão e à estratégia, escolhendo praticidade em vez de pensamento irracional.

Ela compartimentou sua angústia.

Foi uma revelação interessante que partiu meu coração.

Esta fêmea brilhante tinha sobrevivido ao inferno.

E ela me enfrentou com o espírito de um leão dentro de si.

— Puta merda, Calina — sussurrei, extasiado com ela mais uma vez. Emoldurei suas bochechas para afastar as lágrimas e pressionei os lábios nos dela.

Ela não acordou.

Mas sua mente começou a se acalmar enquanto eu puxava nossa conexão, trazendo-a para minha mente para se aventurar em minhas memórias novamente.

Ela foi imediatamente para a queda da humanidade, testemunhando a guerra onde os mortais não tiveram chance contra seus superiores. Eu não lutei, ao invés disso, tentei encontrar uma maneira de criar uma coexistência pacífica onde vampiros e lycans governassem e os humanos tivessem alguma aparência de direitos.

Calina puxou um fio específico, trazendo uma visão de Cam em minha mente. Foi uma conversa em que discutimos destinos alternativos – algo que fazíamos com frequência naquela época – mas esta terminou de forma diferente.

Porque foi a noite em que Cam e eu nos despedimos.

— *Você sabe que estou certo. Meu sacrifício será lembrado* — Cam *disse e vi seus olhos azuis intensos.*

— *Supondo que a Lilith permita.*

— *Estou contando que ela não vá permitir* — *ele respondeu.* — *Proibir meu nome só me tornará uma memória que evoca o pensamento e a preocupação.*

Considerei isso por um momento, então assenti. Seu plano estava certo. Precisávamos acalmar Lilith em um estado de conforto, para descobrir seu verdadeiro plano para este novo mundo. Ela alegou querer formar uma aliança de lycans e vampiros e dividir as terras igualmente.

Mas todos nós sabíamos que ela desprezava os lobos.

Como muitos de nossos irmãos, ela sentia que os vampiros eram superiores.

O que ela não conseguia entender era que os lycans compartilhavam uma aparência de nosso DNA, marcando-os como nossos iguais.

Assim como ela não conseguia entender a importância da vida humana. Sem os mortais, todos nós morreríamos. Os vampiros precisam de sangue humano. Nenhuma outra essência serviria.

— *E se ela te matar?* — *perguntei.*

— *Ela não vai.* — *Cam parecia muito confiante e sua familiaridade com Lilith era muito mais profunda que a minha.*

— *Só porque o Cane a transformou...*

— Cane... — uma nova voz sussurrou, essa de natureza feminina, e nada ligada a essa memória.

Abri os olhos, não tendo percebido que tinha caído na lembrança do meu passado.

As íris cor de avelã de Calina eram de um tom azul surpreendente, sem nenhum sinal de verde hoje. Entreabri os lábios para comentar sobre isso, mas ela começou a falar antes que eu tivesse a chance.

— Eu conheço esse nome. A Lilith falou dele.

— Cane? — perguntei, lutando para me lembrar de quem ela se referia. Suas íris eram tão bonitas. Como safira líquida. O tipo de cor em que um homem apaixonado poderia se afogar.

— Sim. Ela mencionava Cane regularmente.

— Imagino que sim — respondi, ainda perdido em seus lindos olhos. — Cane foi seu criador. Ele também era meu primo. O pai do Cam e de Cane era meu tio.

Ela franziu o cenho.

— Seu tio? Como um parente de sangue? Ou por que ele era irmão de seu criador?

— Alguns diriam que não há diferença — comentei, com os dedos ainda em seus cabelos. Terminei de pentear os fios e segurei sua bochecha, com o olhar perdido no dela. — Quanto você sabe sobre a nossa origem? — perguntei em voz alta, curioso sobre o que Lilith poderia ter contado a ela.

Como pesquisadora, faria sentido para ela entender a distinção entre linhagens reais e linhagens vampíricas diluídas.

— A genética de vampiros nunca foi meu foco principal. Apenas lycans.

Eu deveria ter adivinhado isso, já que revisei muitos dos

arquivos com ela e passei as últimas horas vasculhando suas memórias.

— Isso é muito interessante, considerando que seu objetivo final era fortalecer a longevidade humana. Alguém poderia pensar que a genética dos vampiros ajudaria nessa tentativa mais do que a de um lycan. Embora os lycans sejam tecnicamente nossos descendentes. Talvez Lilith quisesse encontrar uma maneira de os humanos continuarem a linha de sangue por meio de fios mais fracos e vulneráveis.

Enquanto eu comentava em voz alta, percebi a verdade disso.

— Sim, era exatamente isso que ela pretendia. — Fazia todo o sentido. Ela sabia que os lycans vinham de linhagens de vampiros, então ela quis criar uma raça semi imortal mais forte dos lycans. Mas sem nenhum dos benefícios. Apenas aquele que os mantinha vivos por mais tempo e os tornava um pouco mais duros por fora. — Assim eles não podiam ser mortos com facilidade por vampiros.

Calina observou meu rosto e assentiu.

— Eu concordo.

Duas palavras. Não vazias, mas uma concordância verdadeira. E foi facilmente expresso.

Porque ela vasculhou toda a lógica dentro da minha mente enquanto eu falava.

— Essa conexão é fascinante — admiti em voz alta. Não fazia sentido manter isso para mim, já que ela iria ouvir de qualquer maneira.

— Sim. — Ela começou a procurar informações sobre minha origem. Sua mente vasculhou minhas memórias sem perguntar. Assim como fiz enquanto ela dormia.

E também, como ela, isso não me incomodou.

Dei o que ela queria, mostrando a ela a linha de sangue em meus pensamentos.

Meu pai, Johan, foi um dos vampiros originais. Um ser diferente de muitos outros devido ao seu sangue único.

— Diz-se que vinte mortais foram abençoados pela Deusa Nyx — murmurei. — Vinte linhagens reais. No mundo todo. E todos os Abençoados eram homens. A maioria deles se reproduziu com fêmeas humanas. E a partir desses pares, nasceu a minha era.

— O que aconteceu aos Abençoados?

— Todos já retornaram à terra — respondi. — Mas não estão mortos. Eles apenas dormem.

— Por quê?

— Porque eles preferem isso à vida. — Dei de ombros. — Todas as suas amantes morreram há milhares de anos. Na verdade, é dito que esses espíritos são de onde vem o vínculo *Erosita* – que as amantes dos Abençoados foram todos para Nyx e imploraram para que seus filhos vampiros pudessem ter amantes mortais sem exigir o beijo da morte.

Eu não tinha certeza se acreditava nisso.

Mas não podia negar a magia da nossa existência.

— O beijo da morte sendo o presente vampírico da imortalidade? — Calina adivinhou corretamente.

— Exato. Não era uma opção para os Abençoados. Eles eram dotados de uma vida sem fim, mas não podiam concedê-la a suas amantes. No entanto, eles tiveram filhos imortais. Cam foi o primeiro, seu pai sendo Cronus.

Uma árvore genealógica parecia se formar em sua cabeça quando ela ligou meu pai, Johan, ao pai de Cam, Cronus.

— Os dois foram abençoados, talvez porque minha avó fosse uma renomada adoradora noturna. Não tenho certeza, mas é de onde vêm os rumores de que Nyx é a mãe de nossa espécie – todos os Abençoados vieram de famílias que adoravam várias formas de uma Deusa da Noite.

Isso foi há milhares de anos. Toda a literatura dessas crenças foi destruída há muito tempo.

Assim como as línguas.

— Vinte linhagens reais foram criadas. Mas os Abençoados logo descobriram que havia um preço para seus filhos permanecerem imortais.

— Sangue — Calina disse. Sua mente processou e entendeu minha história mais rápido do que eu poderia dizer.

— Sim. E nossa incapacidade de procriar da forma tradicional. — Passei o polegar pelo seu lábio inferior quando sua boca finalmente afastou meu olhar de seus olhos. — Alguns eram mais gulosos do que outros, mas logo aprendemos a transmitir nossa genética pela mordida. E o beijo da morte se espalhou para criar a enorme população que existe hoje.

— Mas e os lycans? — Calina perguntou, atraindo meu olhar de volta para o seu. — Como eles surgiram? E onde estão os outros membros da realeza? Você disse que há vinte linhagens. Só há dezessete soberanos.

Senti uma vibração em meu pulso antes que eu pudesse responder, e havia uma nota de Darius para me lembrar da hora.

— Cinco minutos — eu li, ligeiramente irritado com a interrupção, mas me lembrando de nosso propósito aqui. — Os dispositivos de escuta estão prestes a voltar a funcionar. — Segurei sua bochecha e pressionei os lábios nos seus.

Em seguida, falei o pouco que eu sabia sobre a criação lycan em sua mente.

Tinha relação com uma mordida e uma linhagem de sangue misteriosa, similar aos Abençoados, mas enfraquecida pela mortalidade

Porque todos os lycans eventualmente morrem.

Embora alguns vivessem mais de mil anos, a maioria declinava aos setecentos ou oitocentos anos.

Calina franziu a testa ao final do meu breve resumo e seus

pensamentos me diziam que ela sentia que algo estava faltando.

Eu concordava com ela. Faltava mesmo alguma explicação. Mas com tantos vampiros mais velhos dormindo, era difícil dizer.

Cane está dormindo? Calina perguntou, sua mente já processando a resposta e produzindo uma teoria. *Foi isso o que a Lilith acordou?*

Agora foi a minha vez de franzir a testa.

Era uma possibilidade que eu não havia considerado, algo que me fez balançar a cabeça. *Não. Cane nunca toleraria o que ela fez. Ele e o Cam eram semelhantes em suas opiniões sobre a humanidade. Foi por isso que Cane escolheu dormir, na verdade. Ele sentiu que sua apatia o estava desequilibrando e decidiu se juntar ao pai na cripta da família.*

Mas sua teoria me fez pensar em várias outras possibilidades. Porque Cane não foi o único de nossa era que escolheu dormir.

— Venha — falei, puxando-a da cama. — Quero te comer no chuveiro antes que nossa comida chegue.

Foi uma mudança abrupta na discussão alimentada pelos aparelhos de escuta ligados ao nosso redor.

Lajos esperaria um show.

E então daríamos um a ele.

Algo que falei a Calina em sua mente, expressando exatamente o que pretendia fazer com ela contra a parede de azulejos.

E o tempo todo continuando a considerar o novo rumo de pensamento que ela acabou de me conduzir.

Talvez estivéssemos considerando a identidade do soberano do ângulo errado. Presumimos que fosse algum tipo de aliado dos tempos recentes.

Talvez precisássemos voltar um pouco mais para determinar seu parceiro.

Alguns milhares de anos ou mais.

Aos Abençoados e à era original.

Houve muitos naquela época que desvalorizaram a humanidade, considerando-se deuses a serem adorados, não seres que deveriam viver escondidos.

O que explicava a percepção da deusa de Lilith.

Puta merda. Por que não pensei nisso antes?, me perguntei enquanto levava Calina para o chuveiro.

Porque você não me teve antes, Calina respondeu, com as mãos em meus quadris. *Novas perspectivas podem ser cruciais para descobertas difíceis.*

Fiquei olhando para ela, para aqueles olhos muito azuis. *Você está me seduzindo com sua mente, Calina.*

Ela respondeu segurando meu eixo e dando um apertão. *Só com a minha mente?*

Puta merda, essa mulher era uma deusa por direito próprio.

Ela bufou. *Com certeza, não.*

Shh, estou pensando, querida. As interrupções não estão permitidas.

A atrevida revirou os olhos. *Pare de pensar e me beije.*

Ainda tentando dominar, pelo que vejo.

Ela apertou meu pau com firmeza.

— Me come, Meu Príncipe. Por favor.

Grunhi, irritado e imensamente excitado por seu pequeno ato afctuoso.

Se seu objetivo era me distrair de pensar na lista de antigos em minha mente, ela havia conseguido.

Mas eu ia fazê-la pagar por me distrair.

— Estou prestes a te destruir, geniazinha.

Com palavras ou ações? ela zombou.

Droga, Calina. Capturei sua boca desobediente e a puni com a língua. O que só a fez gemer – uma quebra clara das regras – mas não me importei.

Esta mulher queria que eu libertasse minha besta.

Melhor se manter firme, eu a avisei. *Não vamos trabalhar devagar.*

Calina

Meu corpo queimava com as atenções de Jace.

Ele não estava brincando quando me falou de suas intenções. Estocou em mim com tanta força que jurei que era capaz de prová-lo na minha boca.

Lutei contra a vontade de me contorcer novamente, sentindo a seda que cobria minha pele lisa fazer coisas bizarras em meu estado mental.

Eu usava um tipo diferente de vestido esta noite. A saia era de seda azul-marinho profundo que fluía para o chão. As fendas nas duas pernas revelavam as meias pretas, saltos e as tiras de liga que enganchavam na calcinha. Duas fitas azuis finalizavam o conjunto, a seda grossa cruzando meus seios para amarrar atrás do pescoço.

Minhas costas estavam expostas, assim como a maior parte do meu abdômen e as laterais do meu corpo.

Mas, apesar de tudo isso, eu não conseguia sentir o ar frio da limusine ao nosso redor.

O calor do corpo de Jace inflamava meu sangue como se fosse o dele.

Ele se sentou ao meu lado usando um terno todo preto, com a mão na minha coxa e a apertava toda vez que eu sentia a necessidade de me mover.

O que não me ajudou em nada.

Algo que ele sabia.

Mas o cretino estava se divertindo muito.

Cuidado, linda, ou vou ter que te comer de novo por seus movimentos desobedientes.

Eu nem estou me movendo, argumentei.

Está, ele murmurou. *Se o Lajos estivesse aqui, ele notaria. Assim como Darius notou.*

Cerrei a mandíbula.

E ele acabou de notar isso também, pois arqueou a sobrancelha para mim.

Você deveria ter contado a ele sobre nosso vínculo Erosita, murmurei.

Aparentemente, as conexões não eram óbvias e não podiam ser percebidas por outros vampiros. Porque se fosse esse o caso, Darius já saberia. O que ele obviamente não aconteceu.

Se ele soubesse que você estava na minha cabeça, entenderia minhas reações, acrescentei.

Jace bufou uma risada ao meu lado, então a cobriu com uma tosse. *Os dispositivos de escuta em nossa suíte tornaram impossível contar a ele. Além disso, quase perdemos o café da manhã, graças à sua teimosia no chuveiro.*

Minha teimosia?

Sim. Você só gozou três vezes antes de declarar que tinha terminado. Um cavalheiro precisa de pelo menos cinco orgasmos para considerar o trabalho concluído.

Senti as bochechas aqueceram com a lembrança de como ele me girou, pressionou meus seios contra a parede e me comeu por trás enquanto exigia que eu gozasse em todo o seu...

Pare. De. Se contorcer, ele grunhiu na minha mente.

Sinto muito. Minhas entranhas ainda estão em convulsão por causa da sua contagem de orgasmos obrigatória. Eu disse a ele que não poderia gozar de novo, e ele provou que eu estava errada, forçando mais dois clímax.

Doeu fisicamente obedecer.

Mas o prazer que se seguiu valeu a agonia.

Ele bateu na minha coxa.

— Fique parada.

Grunhi em sua mente.

Ele grunhiu de volta.

Eu engoli e fiz o meu melhor para entrar no papel da humana submissa que ele desejava.

Ah, não é o que eu desejo, doce Calina. É exatamente por isso que preciso que você pare, ou eu vou transar com você de novo, porque sua desobediência está me deixando duro.

Olhei de suas coxas fortes até sua virilha. E, involuntariamente, umedeci os lábios.

— Que foda — ele murmurou em voz alta, com o corpo inteiro tenso.

— Foi isso o que você fez a noite toda, certo? — O tom de Darius soou irritado.

— Verdade. — Jace parecia muito irritado, mas sua mente contava uma história diferente. Ele só gozou uma vez no chuveiro e com certeza poderia gozar por mais duas rodadas.

E apenas o pensamento disso me fez...

Calina, por favor, ele disse, e pude sentir a agonia tocando seus pensamentos. *Não quero transar nesta limusine.*

Não, você planeja fazer isso no clube, respondi, totalmente ciente de sua estratégia para esta noite. *E possivelmente deixar o Lajos experimentar minha boca.*

Desta vez, seu grunhido foi mais de raiva do que de luxúria. *Ainda não decidi.*

Eu sei. Porque eu podia ler seus pensamentos.

Assim como eu sabia que ele poderia me excluir – algo que considerou fazer como medida de proteção para nós dois. Mas rapidamente descartou a ideia, observando a vantagem de manter nosso canal aberto para comunicação, já que eu não teria permissão para falar esta noite. Manter o vínculo aberto nos permitiu traçar estratégias juntos.

Foi por isso que falei: *Se ficar de joelhos é o que preciso fazer para distraí-lo, farei.*

Isso não significava que eu queria.

Mas entendi nossa intenção aqui. Precisávamos que Lajos se sentisse confortável para que pudéssemos ter liberdade para explorar e encontrar o Bunker 37.

E se não pudéssemos acalmá-lo e deixá-lo em um estado de conforto, então precisávamos distraí-lo.

Eu provavelmente seria essa distração.

Não, Jace respondeu. *Não vou deixar você sozinha com ele.*

Eu não vou morrer.

Você não sabe disso. Se ele transar com você, esse vínculo provavelmente será quebrado. E quanto aos seus outros laços com a imortalidade? Até que tenhamos mais informações sobre sua história e os detalhes sobre seu status imortal, não podemos arriscar.

Você terá que arriscar por Cam, rebati, relembrando seu objetivo final. *Nós dois sabemos que você vai escolher ele em vez de mim. Por favor, não menospreze minha inteligência fingindo o contrário.*

Embora, não fosse exatamente um fingimento da parte dele. Eu podia senti-lo lutar emocionalmente com o conceito de deixar Lajos me possuir.

Não era apenas a ideia de eu morrer, mas a noção de outro homem transar comigo.

Parecia que Jace tinha adquirido uma certa possessividade no que se referia a mim, o que nós dois sabíamos que era por causa do vínculo.

Assim como nós dois sabíamos que sua tendência para a estratégia venceria no final.

Eu admirava isso nele porque minha mente funcionava da mesma maneira.

Eu vou...

Não vamos falar sobre isso. Ainda não. Não até que não tenhamos outra opção. As palavras foram um grunhido agudo, a discussão encerrada.

Tudo bem, concordei, me concentrando no meu corpo mais uma vez e tentando relaxar em uma pose mais submissa.

Jace apertou a mão na minha coxa quando começou a repassar os nomes de todos os Abençoados e seus herdeiros. Aparentemente, vários desses herdeiros escolheram descansar junto com seus pais, tendo se aborrecido com a imortalidade depois de alguns milhares de anos. O que significava que alguns dos membros da realeza eram, na verdade, aqueles que foram mordidos e transformados primeiro.

Vampiros como Darius.

Pelos pensamentos de Jace, eu descobri que Darius era a única progênie de Cam, razão pela qual ele provavelmente um dia seria forçado a liderar.

Jace nunca transformou ninguém, o que era incomum. Ele observou em sua mente que Kylan esperou até este ano para criar um vampiro.

Todos os outros haviam mordido e transformado pelo menos um humano.

E esses vampiros se transformaram em mais.

E mais.

E mais.

Milhares de anos permitiram a criação de muitos vampiros, e as linhagens foram diluídas como resultado.

Apenas aqueles das primeiras três gerações – a era de Cronos e Johan. A era de Cam, Cane, Kylan, Ryder e Jace. E a era de Darius – eram considerados verdadeiros membros da realeza por causa de seus estreitos laços familiares com os Abençoados.

Todo mundo ficava em algum lugar abaixo da linha.

Alguns nem mesmo conseguiam rastrear suas origens.

Aprendi tudo isso com a mente de Jace enquanto o ouvia

separar todas as identidades para o *soberano* em potencial com quem Lilith falava nos registros.

Ele examinou suas identidades rapidamente, fixando em alguns e dispensando outros em um piscar de olhos. Era fascinante ouvir. Seu processo estratégico era uma espécie de sedução.

A palma de sua mão na minha coxa não ajudou.

E nem o fato de que ele podia ouvir como sua inteligência me impactou.

Puta merda, ele disse, levando as mãos aos meus quadris enquanto me puxava para me sentar em suas coxas. Darius murmurou algo, mas foi perdido para o latejar em meus ouvidos.

Jace capturou minha boca no instante seguinte, sua língua duelando com a minha enquanto ele continuava a considerar quem Lilith poderia ter acordado.

Sua capacidade multitarefa era inebriante, fazendo meu sangue ferver em minhas veias a cada segundo que passava.

Porque rastreei cada pensamento e concordei com cada decisão, mas consegui acompanhar o movimento de seus lábios nos meus.

Ele era capaz de envolver meu corpo e minha mente ao mesmo tempo, me deixando satisfeita de uma forma que rivalizava com nosso tempo no chuveiro.

— Meu Príncipe. — O tom de Darius carecia de emoção.

No entanto, Jace reconheceu a nota sutil de impaciência no ar.

Porque aparentemente tínhamos chegado ao nosso destino e nenhum de nós havia notado.

Uma pontada de admiração cintilou no olhar de Jace quando ele afastou a boca da minha e observou meu rosto. *Você é perigosa, Calina.*

Não tanto quanto você.

Humm, vamos ver, ele murmurou enquanto passava o polegar em meu lábio inferior.

— Estamos prontos.

Uma batida forte seguiu seu comentário.

Em seguida, a porta se abriu ao nosso lado.

Darius saiu primeiro e estendeu a mão para ajudar Juliet. Foi um movimento muito natural, algo que agora reconheci como posse, e isso me deixou imaginando o que Jace faria.

Ele riu em minha mente e roçou os lábios nos meus. *Confie em mim. Minha marca é evidente em sua expressão.* Ele me levantou de seu colo em rápida sucessão e saiu do carro. Em seguida, estendeu a mão, balançando os dedos de um jeito provocante. *Saia agora, geniazinha. Quero te exibir.*

Engoli em seco, sentindo meu coração de repente bater muito forte por um motivo totalmente diferente.

Porque eu sabia o motivo de ele querer me exibir.

Eu era uma isca.

Para um vampiro real com tendência para matar seus brinquedos.

Agora, Jace adicionou, claramente ouvindo minha hesitação. Ele estava me dizendo para me apressar para que não precisasse fingir que estava me punindo por isso – uma compreensão que obtive em seus pensamentos.

Com a respiração estável, deslizei pelo banco de couro e coloquei a mão na sua.

Ele me puxou para fora do carro com a facilidade de um ser muito mais forte e passou o braço imediatamente pelas minhas costas enquanto me mantinha ao seu lado.

Demonstrando posse tanto quanto necessário.

E tínhamos um show para fazer.

Quanto mais ele me idolatrasse, mais intrigado Lajos ficaria. Solidificando, assim, meu papel como moeda de troca.

Jace beijou meu pescoço, mas quase não senti através do meu pulso acelerado.

Eu entendia o ponto de tudo isso. Eu tinha um papel a desempenhar, assim como Jace. Mas enfrentar a dura realidade de ser usada como um peão foi muito mais difícil do que aceitar.

Meus joelhos tremiam enquanto caminhávamos.

Me concentrei em me firmar, desconsiderando tudo ao nosso redor.

Sou uma boneca. Um brinquedo. Uma escrava humana. Uma comida...

Calina, Jace interrompeu. *Entendo o que você está fazendo, mas por favor, pare. Você não é nenhuma dessas coisas para mim.*

Eu sou quem preciso ser, eu disse a ele. *Quem você precisa que eu seja.*

Seu suspiro mental ecoou em minha mente, e ele apertou meu quadril enquanto me guiava pela madeira escura debaixo dos meus pés. Entramos no prédio sem que eu percebesse, e senti o ar-condicionado como uma carícia gelada na minha pele superaquecida.

Ele falou com alguém.

Eu ignorei as palavras.

Me desliguei da sensação de olhos na minha pele.

Ignorei a batida pesada da música quando entramos em outra sala.

Não ouvi os suspiros agudos e gritos de prazer e dor que se seguiram.

Ignorei os grunhidos ecoando.

Bem como a risada cruel.

Mantive distante a sensação arrepiante de poder que nos deu as boas-vindas a uma área posterior.

E acima de tudo, ignorei o calor ao meu lado.

Ou tentei, de qualquer maneira.

Na realidade, notei cada detalhe, memorizei os cheiros, sons e visões do chão, enquanto meu cérebro mapeava uma rota de fuga potencial com base apenas em meus sentidos.

Jace ouviu cada palavra. Seu braço era como uma marca nas minhas costas enquanto ele me lembrava que fugir não era uma opção.

Predadores gostavam de perseguir.

Eles também gostam de foder o que pegam, Jace acrescentou em minha mente enquanto me puxava para seu colo. *Faça o que fizer, não olhe para o palco.*

Suas palavras me fizeram pausar, então segui o comentário até sua própria lembrança do que ele tinha visto.

Meu estômago se revirou com a exibição erótica da morte que apareceu em sua mente.

Humanos ensanguentados estavam sendo comidos até a morte literal em vários instrumentos de tortura.

Vários gritavam.

Outros estavam entorpecidos demais para se importar.

E um mar de vampiros voyeuristas assistia ao show, muitos deles desfrutando de suas próprias formas de prazer em suas respectivas mesas.

Vinho com sangue fluía por toda a sala. Literalmente de fontes.

Jace manteve uma fachada entediada enquanto ele e Darius conversavam. Eles também fizeram sinal para um garçom, que pude ver através da mente de Jace que estava nu, exceto por alguns piercings habilmente colocados, e pediram um lanche para a mesa.

Da variedade humana.

Jace pressionou os lábios na minha pulsação trovejante. *Os mortais aqui vão morrer independentemente do que Darius ou eu façamos. Podemos, ao menos, fornecer um final rápido.*

Eu sei. Porque pude ler a intenção de sua mente.

Parte de mim reconhecia que ter a ligação mental com Jace era provavelmente tudo o que me impedia de reagir ao pesadelo ao meu redor. Eu podia ouvir seu próprio desgosto com a exibição e sua irritação com a pouca consideração que Lajos tinha pela humanidade.

Não foi como Jace escolheu governar. Sim, ele tinha humanos que foram alocados para a indústria de alimentos. Mas ele os escolhia com cuidado, normalmente garantindo que fossem de uma certa idade ou declínio físico antes de chegar a esse ponto.

No entanto, se ele fosse realmente o responsável pelo mundo, criaria um programa de banco de sangue cheio de doadores voluntários. Ele raciocinou que muitos mortais veriam os vampiros como os deuses que eram e os serviriam de bom grado em troca de proteção.

Analisei suas ideias, me perdi no futuro que ele ansiava e descobri que aprovava.

Só de pensar nisso, me acalmei.

Quase suspirei de alívio.

Até que uma nova energia carregou o ar.

— Lajos — Jace cumprimentou enquanto levava a mão até meu quadril e me movia para a cadeira ao lado da sua para que ele pudesse ficar de pé. O couro frio me atingiu através do vestido, me fazendo tremer quando o calor do corpo de Jace deixou o meu.

— Jace — uma voz profunda respondeu. — Que bom ver você.

— Igualmente — Jace respondeu. — Você sabe o quanto eu gosto dos seus clubes. Pareceu um lugar razoável para levar Jasmine em seu pedido de uma reunião.

Uma mentira. Algo que eu podia ouvir tão claro quanto o dia nos pensamentos de Jace. Mesmo assim, ele a disse com a facilidade de um político habilidoso.

— Sim — um tom abafado respondeu. — Fico muito feliz que você pensou nisso, Jace.

— Claro. — Ele beijou a mulher na bochecha – uma ação que senti através do nosso vínculo e que não apreciei, porque parecia um soco no estômago. Quando ela o segurou e retribuiu... *em seus lábios*... quase grunhi.

Foi uma reação bizarra, que a parte científica de mim percebeu que era por causa da nossa conexão.

Isso era o que Lilith vinha tentando diluir em todas as provações – os impulsos possessivos que vinham com uma ligação *Erosita*.

Que estranho que eu nunca os tivesse experimentado por ela. No entanto, ela os sentia por mim.

Algum dos outros imortais se sentiria assim por mim? Ou estavam muito distantes? Eu não conseguia senti-los, mas isso não era novidade.

Embora eu geralmente percebesse meus laços com a imortalidade. Ainda que de forma sutil. E tudo que eu podia sentir agora era Jace.

E as mãos daquela mulher em seu peito.

Ela cravou as unhas em seu paletó enquanto ele ria de algo que ela havia acabado de falar. Um comentário sobre o jogo sexual no palco. Algo que perdi, mas ouvi sussurros espreitando em sua mente.

Me recusei a seguir o pensamento porque não queria saber. A aversão de Jace pela conversa me acalmou. Ele era um mago por fora, rindo e dando uma demonstração de puro prazer. Mas por dentro, ouvi seu comentário zombeteiro.

Quase me divertiu.

Mas todo o meu senso de diversão morreu quando Lajos se sentou ao meu lado.

E colocou a palma da mão na minha coxa.

Jace

A HASTE de cristal da taça quase se espatifou com o meu aperto cada vez maior.

Lajos se sentou atrás de mim.

Ao lado de Calina.

Com a merda da mão em sua perna.

E não havia porra nenhuma que eu pudesse fazer sobre isso que não criaria uma cena.

Vampiros eram afetuosos. Gostávamos de acariciar e tocar os outros. E foi tudo que Lajos fez nos últimos dez minutos enquanto conversava com Darius.

Fiquei de olho nele através dos pensamentos de Calina. Infelizmente, isso só me deixou com mais raiva, porque eu podia sentir seu desconforto enquanto ele acariciava o topo de suas meias de seda.

Isso era para meu benefício, não para ele.

Mas eu a vesti assim porque sabia que ele desejaria uma visão mais íntima mais tarde. Todos os seus bens foram tentadoramente cobertos, algo que ele gostaria de revelar com as próprias mãos.

Darius pretendia fazer um show com Juliet, depois oferecer ao vampiro real uma breve bebida antes de Lajos descarregar seus desejos cheios de luxúria em minha consorte.

Mas ela não era apenas minha consorte agora.

E eu estava lutando muito com a ideia de permitir que outro homem a tocasse, quanto mais transar com ela.

Era tudo parte do nosso vínculo, essa necessidade possessiva de mantê-la focada por nossa conexão mental. Racionalmente, entendi isso.

O problema era que eu não queria ser racional.

Me consumiu muito esforço continuar conversando com Jasmine quando tudo que eu queria fazer era agarrar Calina e reivindicá-la na frente de todo o lugar.

De repente, eu possuía ainda mais admiração por Darius e sua habilidade de manter um ar tão inexpressivo quando outros homens admiravam e tocavam sua Juliet.

Caramba, fiquei impressionado por ele nunca ter me dado um soco pelas coisas que fiz a ela.

Porque eu queria muito dar um soco em Lajos agora.

Não. Eu queria matar o cretino. As pontas dos dedos dele estavam perto demais do meu céu desejado. Acariciando apenas o suficiente para provocar a renda entre as coxas de Calina antes de se aventurar de volta para suas meias.

Vou gostar de esfaqueá-lo um dia, decidi enquanto perguntava:

— Então, como estão as coisas na cidade de Jasmine?

Eu particularmente não me importava. Só queria acabar com essa discussão. Jasmine queria algo de mim. Quanto mais rápido eu pudesse recusar seu pedido, mais rápido poderia voltar para Calina.

Jasmine tagarelou sobre sua região e suas mais recentes exportações de tecnologia. Vi através das tentativas de me seduzir com seu potencial comercial, sabendo muito bem que ela estava me levando a uma conversa sobre a troca de sua tecnologia venerada por sangue humano.

Eu estava na mesa de coquetel na área isolada do clube, fingindo esperar cada palavra que Jasmine dizia enquanto ouvia atentamente a conversa atrás de mim.

— Então, onde o Jace encontrou um brinquedinho tão

bonito? — Lajos perguntou, com a atenção inteiramente em Calina. Ela podia sentir os olhos sobre si, mas tentou ignorá-los, interpretando os vários cenários em sua cabeça. Escutei, fascinado por sua habilidade de compartimentar uma situação tão perigosa.

— Entendo — eu disse, respondendo a Jasmine em um esforço para encorajá-la a continuar falando.

Funcionou.

Ela seguiu contando sobre o layout de sua linha de produção, falando sobre como os humanos eram usados para criar seus dispositivos mais recentes.

— Ele a encontrou em um buraco em algum lugar. — O tom de Darius continha o tom perfeito de escárnio. Ele não falava sério, mas não era esse o ponto. Ele tinha um papel a desempenhar e se destacava nisso melhor do que a maioria. Razão pela qual ele era o soberano perfeito. — Acho que ela se qualificou como uma recompensa benéfica depois de tudo que passou com Ryder.

E houve uma tentativa de distração de Darius.

— Ah, sim, Lilith mencionou sua intenção de visitá-lo — Lajos respondeu, mas sua voz não revelou nada.

No entanto, me peguei ponderando essa afirmação, me perguntando o que ele não estava dizendo. *Ele sabe que ela está morta? Ele é um dos aliados mencionados nos registros? Ele sabe quem é o soberano?*

Calina também se distraiu com perguntas semelhantes. Mas ela também analisou Darius e sua habilidade magistral de reflexão.

— Eu acredito que ela ainda está lá, embora eu não possa determinar precisamente o porquê. — Darius manteve um ar de tédio. — Não há como ajudar Ryder. O homem desconsidera totalmente as regras.

— Bem, você conhece a Lilith. Ela é uma lutadora.

— É verdade — Darius concordou. — Mas o Ryder também é.

Calina se concentrou nas palavras para se distrair da subida da palma da mão de Lajos. No entanto, quando ele tocou seu sexo novamente, ela engoliu em seco e se forçou a não estremecer de repulsa.

Meu aperto aumentou novamente em torno da taça de vinho.

Jasmine estava detalhando as horas que ela reservava para seus escravos humanos e a quantidade de comida que eles precisavam para se manter produtivos. Dado o pouco que ela os alimentava, não fiquei surpreso quando ela acrescentou:

— Mas não parece ser o suficiente. Eles murcham e morrem rápido demais.

Assenti.

— Eles são seres frágeis.

— Muito frágeis — ela respondeu, tomando um gole de vinho.

— Estou surpreso que Silvano não tivesse essa linda mulher em seu harém — Lajos comentou, trazendo a conversa de volta para Calina mais uma vez, sua curiosidade me irritando.

Eu esperava que ele ficasse interessado, mas havia algo em seu tom e toque que parecia demais. Foi uma sensação que captei de Calina, mas também percebi. O desvio de Darius para Ryder deveria ter despertado mais atenção por parte de Lajos.

Ryder era um companheiro da realeza e recentemente adquiriu um novo território.

Qualquer outro vampiro de nossa posição gostaria de saber como isso estava acontecendo.

No mínimo, para determinar o potencial de ganho político ou aquisição de um território caso o soberano fracasse em sua tarefa.

Mas não Lajos.

Não, ele queria falar sobre Calina.

— Como nunca conheci Silvano muito bem, não posso dizer — Darius respondeu. — Mas estou curioso para saber o que acontecerá com seu território sob o governo de Ryder.

Outra tentativa de desvio.

Algo que Lajos permitiu por um breve momento enquanto comentava sobre a incapacidade de Ryder de liderar alguém além de si mesmo.

— Acredito que a Lilith já aprendeu essa lição — ele concluiu, fazendo com que os cabelos da minha nuca se arrepiassem.

Ele sabe, pensei.

Mas não tive a chance de reagir a isso porque nossa verdadeira bebida chegou no minuto seguinte na forma de uma mulher com cabelo castanho emaranhado.

— Ah, hora de melhorar o vinho — Darius falou de uma maneira suave que sugeria que ele não tinha ouvido o último comentário de Lajos. Mas eu o conhecia bem. Ele não apenas ouviu, como estava avaliando.

Como eu.

Assim como Calina.

Embora a bandeja de instrumentos afiados pousando na mesa a tivesse distraído quase que imediatamente. Eram ferramentas destinadas a remover partes do corpo.

E a humana os carregava para sua própria morte.

Shh, silenciei na mente de Calina, acalmando-a antes que ela pudesse reagir externamente.

Isto é muito errado.

É a vida.

É errado, ela resmungou de volta.

Soltei um suspiro mental e empurrei pensamentos sobre o futuro para ela. Um preenchido com meus planos, ideias e as maneiras que pretendia fazê-los funcionar. Eu a senti revendo esses detalhes antes, e notei a aparência de paz que isso trouxe a ela.

Felizmente, isso funcionou novamente agora que a humana se sentou na mesa ao lado dos talheres.

Obrigada, ela sussurrou de volta para mim.

Se apoie em mim, Calina. Sempre. As palavras vieram naturalmente para mim, seguidas por um breve calor no meu peito enquanto eu voltava ao discurso de Jasmine sobre seu problema de deficiência humana.

Parecia que ela estava finalmente chegando ao seu ponto – sua necessidade de corpos mais quentes.

Toda a situação confirmou o que eu já sabia sobre Jasmine: ela não estava preparada para liderar.

— Humm, não, isso não é do meu gosto agora — Lajos estava dizendo atrás de mim. — Sinto que estou muito mais interessado na nova escrava do Jace. Talvez ela pudesse adoçar meu vinho?

Calina parou de respirar quando Lajos começou a acariciar uma das facas que estava sobre a mesa. Sua mão se aventurou a subir novamente, e ele acariciou de forma corajosa o pedaço de tecido entre suas coxas. Ela lutou para não reagir quando ele a segurou, mas o erro do ato ressoou através de nosso vínculo.

E não era apenas Calina protestando contra a sensação, mas eu.

Minha.

— Acredito que o Príncipe Jace pretende que ela seja saboreada como uma sobremesa privada mais tarde, não como um aperitivo — Darius disse, e seu tom beirou a frieza.

Não foi violento o suficiente, na minha opinião. No entanto, manteve o aviso necessário. Além disso, o uso que ele fez do meu título e nome foi proposital. Ele queria ter certeza de que eu o tinha ouvido e reconhecido o que estava acontecendo.

Porque em qualquer outra situação, eu teria apenas deixado que ele lidasse com isso sozinho e esperado por tal aviso.

No entanto, Calina não era uma situação típica.

Calina é minha.

— Mas prefiro me entregar às sobremesas primeiro — Lajos rebateu, com um tom arrogante. — Jace não vai se importar.

— Na verdade, eu me importo — respondi, cortando tudo o que Jasmine tinha acabado de dizer. Desisti de qualquer pretensão de ouvi-la quando o dedo de Lajos acariciou Calina de forma inadequada.

Puta merda, cada movimento seu tinha sido *inapropriado*.

Nem uma vez dei permissão a ele para sequer tocá-la, muito menos *lá*.

Não importava que eu normalmente compartilhasse minhas consortes com facilidade. Não importava que eu nunca o tivesse impedido no passado.

Tudo o que importava era Calina.

Minha Calina.

Lajos ergueu as sobrancelhas.

— Você está me negando uma prova do seu brinquedo?

Foi necessário um esforço significativo para manter a compostura e um tom neutro.

— Calina foi feita para ser uma sobremesa, assim como Darius disse. Uma iguaria para se desfrutar em privado. Se você estiver interessado em uma bebida antes de dormir, fique à vontade para voltar conosco.

Onde o teríamos sozinho.

Em particular.

E ser capaz de questioná-lo de forma adequada.

Porque que tudo se fodesse.

O plano. A estratégia. Que tudo isso se fodesse.

Ele não iria tocar em Calina.

Jace, ela sussurrou. *Não podemos...*

Agora, não. Não estava com vontade de negociar minha decisão. Aquele cretino não ia tocar em minha *Erosita*. Acalmá-lo era uma perda de tempo. Prefiro atirar nele e arrancar a informação de seus lábios.

Darius me lançou um olhar de advertência.

Eu o ignorei enquanto esperava pela resposta de Lajos.

— Calina — ele repetiu.

Só de ouvir o nome dela em seus lábios me encheu de raiva. Por algum milagre, consegui dar de ombros ao dizer:

— É um nome que combina com ela.

— É muito bonito — ele concordou, acariciando-a mais uma vez. — De origem grega, se não me engano. Uma variante de Selene.

Calina lutou contra o desejo de fechar as pernas, mantendo o corpo parado como um milagre enquanto esperava com a respiração suspensa para ouvir o que ele diria a seguir. Ela estava tentando se distrair lendo suas ações e palavras.

Era algo que eu também deveria estar fazendo, mas não conseguia pensar além da ira. Tudo que eu queria fazer era arrancar a porra da cabeça de seu pescoço e puxar Calina para meus braços mais uma vez.

Controle-se, me repreendi. *Você não é assim. E ele vai notar.*

Porque eu sempre compartilhei.

Nunca reivindiquei uma consorte por muito tempo.

Calina não deveria ser diferente.

Exceto que ela era muito diferente para mim.

Esta merda de vínculo ia nos matar. Racionalmente, eu sabia que romper era uma escolha prática. Mas outra parte de mim raciocinou que nossa conexão era intensamente benéfica. Ela pensava exatamente como eu. Minha imortalidade a tornou mais formidável também.

Eu também ainda precisava dela.

Para me ajudar a encontrar Cam.

E talvez por outros motivos.

Nós não terminamos. Nosso tempo juntos havia apenas começado.

Pare, ordenei a mim mesmo, afastando todos os pensamentos e tomando um gole do vinho enquanto esperava pelo próximo movimento de Lajos.

— Você percebe que este é o meu território — ele disse me observando com uma intensidade que me deixou gelado por dentro. Exceto que eu sabia que tinha mantido minha fachada perfeitamente, além de interromper Jasmine. Tudo que fiz foi me virar para apoiar meu soberano, esclarecendo que Calina foi feita para a sobremesa.

Certamente, Lajos não tinha lido muito sobre isso.

Suas motivações políticas eram movidas pela ganância e sadismo, não por estratégia.

Mas enquanto ele continuava me encarando, uma pequena parte de mim questionou sua intenção aqui.

— Estou muito ciente de que este é o seu território — disse a ele com cuidado. — E sou grato por você ter permitido a mim e a Darius uma chance de visitá-lo. É por isso que esperamos que você se junte a nós mais tarde para uma bebida adequada. — Reiterei a oferta, esperando que fosse o suficiente.

No entanto, o brilho em suas íris cor de ébano me disse que não. O sádico queria jogar agora.

— No meu território, pego o que quero, quando quero.

— Ela não está disponível agora — respondi de imediato, abandonando minha postura elegante e permitindo que ele sentisse a onda do meu poder. — Ela é minha propriedade, Lajos. Não sua. — E como mais velho, ele teria que respeitar isso.

— Você me negaria o prazer em minha própria cidade? — Ele parecia surpreso com a perspectiva.

— Estou apenas atrasando sua gratificação.

— Não. Você está fazendo um movimento de poder — ele respondeu. — Algo que eu não aceito.

Ele se moveu antes que eu pudesse reagir, levando as mãos para a cabeça de Calina e torcendo-a com um estalo retumbante de seu pescoço.

— Pronto — ele disse, permitindo que seu corpo inerte caísse no assento ao seu lado. — A distração morreu. Problema resolvido.

O mundo mudou ao meu redor, meu coração literalmente parando no peito com a visão da forma sem vida de Calina.

Em um momento, ela estava viva na minha cabeça.

E agora...

Agora eu não conseguia senti-la de jeito nenhum.

Ela se foi.

Sua mente se apagou.

Sua alma foi destruída. Desapareceu. Morreu. Por este vampiro cretino. Como algum tipo de jogo. Uma diversão passageira. Sua risada ecoou em minha mente. Seus movimentos diminuíram. Seu pulso latejava com um *tum, tum, tum,* onde Calina permaneceu em silêncio.

Morta.

Ele a matou.

Minha companheira.

Minha Erosita.

Eu não conseguia respirar. Não conseguia pensar. Eu não pude fazer nada além de ficar boquiaberto com a situação enquanto tudo se desenrolava em câmera lenta.

Apenas um segundo se passou.

Talvez dois.

Seu corpo ainda não estava completamente parado.

Seu cabelo ainda esvoaçava.

Mas sua mente não existia mais.

Sua bela e requintada presença.

Morta.

Pisquei. A cena não mudou.

Outro instante se passou. Talvez meio segundo.

Meu cérebro se recusou a processar a visão diante de mim. Eu me sentia vazio. Sozinho. Como se alguém tivesse pegado metade da minha alma e queimado bem diante dos meus olhos.

Se foi.

Ela esteve na minha vida apenas por um breve espaço de tempo. E naquele momento feliz, ela se tornou minha.

Romper o vínculo nunca foi uma opção. Prático ou não, percebi isso agora. Deveríamos ter uma eternidade nos conhecendo. Ela era minha igual de uma maneira que eu nunca poderia ter imaginado.

E esse idiota tinha acabado de tirá-la de mim.

Com uma merda de risada!

Uma torção do pescoço.

Seguido por uma declaração que reverberou em minha mente. *Problema resolvido.*

Não, não estava resolvido, porra.

Ele não apenas me desrespeitou da pior maneira possível, mas também *a* levou. Minha Calina. Minha companheira. A porra da minha outra metade.

Eu não era mais capaz de pensar racionalmente. Ele a destruiu *quebrando o pescoço dela*.

Não havia escolha. Nenhuma decisão. Nem raciocínio na minha cabeça.

Por que não posso senti-la? Eu... eu ainda deveria ser capaz de senti-la, certo? Ela era imortal. Por minha causa.

Não. Não só por minha causa.

Nada em Calina era típico.

E se nosso vínculo...? Engoli em seco, meu lado analítico ameaçando minha sanidade com uma pergunta prática que eu não queria ouvir. No entanto, ela se completou de qualquer maneira. E se nosso vínculo de alguma forma revertesse sua imortalidade? E se agora tudo funcionasse ao contrário?

Era uma possibilidade estúpida.

Mas eu não conseguia senti-la.

Ela se foi.

Meu espírito se sentiu... *perdido*.

E Lajos *riu. De novo*. O som vibrou através de mim e suas palavras soaram como uma risada ao vento quando ele disse:

— Bem, seria uma pena desperdiçar sangue quente. Que tal compartilhá-la agora, hein?

Todo pensamento racional cessou quando ele segurou seu braço.

A cena se desenrolou em câmera lenta. Um milissegundo de cada vez. Eu não conseguia sentir Calina, sua psique não estava mais casada com a minha, e eu não tinha ideia se era permanente ou não.

E ele queria compartilhá-la?

Ele não tinha o direito. Sem jurisdição. Nem vínculo.

Ela era minha, e ele a tirou de mim.

Todos os pensamentos do passado, presente e futuro morreram na minha próxima respiração.

Ela se foi.

E ele está prestes a mordê-la mesmo assim. Se banquetear dela. Manchar o que sobrou da minha Calina.

Os instrumentos afiados brilharam na luz. Escolhi um que pareceu certo na minha mão. E então enfiei na porra de seu pescoço.

Não estalou. Ele gorgolejou. Soltou um grunhido.

Ignorei os sons e tudo o mais na sala. O pescoço quebrado de Calina era tudo que eu podia ver. Tudo que pude ouvir. Tudo o que pude *sentir*.

Ele a tirou de mim.

E eu o mataria.

Ele não iria mordê-la. Não iria tocá-la. Ele não teria o que eu considerava meu.

Você matou minha companheira.

E não sei se ela vai voltar.

Mas que se foda, estou farto deste jogo. Acabei com esta charada. Terminei com este maldito mundo e todos os idiotas sádicos que pensam que podem comandar o show.

Eu sou a porra de um rei, e está na hora de eles se curvarem.

A serra de osso não me decepcionou, e minha força e velocidade me permitiram terminar o trabalho em um piscar de olhos.

Um momento, ele estava rindo e alcançando minha companheira.

No próximo, sua cabeça olhava para mim do chão.

Nem esperei seu corpo morrer. Eu o empurrei para o chão e agarrei Calina, embalando suas bochechas enquanto eu procurava por nossa conexão perdida, precisando senti-la voltar para mim, precisando que nosso vínculo fosse o suficiente para torná-la imortal.

Mas e se...?

Pare, grunhi para mim mesmo. *Pare de analisar. Ela tem que sobreviver a isso. Ela é meu espírito. Minha outra metade. Minha companheira.*

Mas não senti-la... vê-la morrer... saber que aquela coisa no chão tinha sido a última a tocá-la... eu não conseguia lidar com isso. Não conseguia aceitar. Recusava esse destino.

Ela era minha para proteger. Minha para valorizar. E eu a deixei com o pior tipo de predador.

Não era assim que deveríamos viver ou liderar. Este não era o nosso futuro.

Volte para mim, pequena feiticeira, sussurrei. *Volte para mim.*

— Jace — Darius disse e a urgência em seu tom ressoou na minha cabeça.

Mas eu não conseguia me concentrar em nada além da

minha companheira. Eu precisava encontrar sua mente, sentir sua alma.

Puta merda, como eu pensei que poderia quebrar esse vínculo?

Doeu mais do que qualquer coisa que já experimentei. Nenhuma quantidade de tortura poderia se comparar a ter a alma arrancada de seu peito.

Eu não tinha certeza de porque o destino me entregou Calina agora ou o que eu fiz para merecê-la. Mas eu nunca iria desonrá-la novamente.

Apenas volte para mim.

— *Jace* — Darius repetiu. — Você acabou de matar um membro da realeza.

— Eu sei — rebati. — Porque ele matou a porra da minha *Erosita.*

Finalmente olhei para ele e vi a compreensão imediata em seu olhar.

— Um assassinato justificado.

Certo. sim. Acredito que sim. Ou não. Eu não me importava. *Ele a tocou e quebrou seu pescoço.* E agora eu não conseguia encontrar sua alma.

— *Erosita?* — uma voz repetiu nas proximidades.

Jasmine.

Puta merda.

Eu não tinha pensado nada. Apenas reagi. E faria de novo.

E de novo.

E de novo.

Se isso significasse que Calina iria respirar mais uma vez.

Nem me reconheci. Foi-se o estrategista que passou mais de cem anos aperfeiçoando essa farsa.

E em seu lugar estava um homem que não tinha percebido o que esta mulher significava para ele.

Até agora.

Até que ele a perdeu.

Ela não está morta, disse a mim mesmo, precisando que fosse verdade.

Mas ela poderia estar.

Porque falhei com ela.

Como foi que fiquei lá parado enquanto Lajos a tocava? Que merda eu estava pensando?

Eu não era digno dela. Não era digno de nós. Eu queria usá-la até que não a desejasse mais. Mas vi como isso era impossível agora. Ela me encantou com seu sangue e sua alma.

Então ela se casou comigo com sua mente.

Não foi planejado ou pretendido. Talvez isso tornasse tudo tão perfeito. Éramos tão metódicos que nunca teríamos chegado a essa conclusão por conta própria. Mas agora que estávamos aqui, me recusava a deixar isso para trás. Me recusava a aceitar seu fim.

Inclinei-me para beijar seu pescoço, sua mandíbula, seus lábios.

— Volte para mim, doce gênia. Por favor.

— Vai demorar algumas horas — Darius me disse. — E temos um problema muito maior agora.

Olhei para ele, discordando totalmente dessa afirmação. Nada poderia importar mais do que Calina.

— Não posso senti-la — falei entre os dentes.

Ele me considerou por um momento.

— Sua conexão está recente. Você não sabe como encontrá-la ainda. Mas o corpo dela vai se curar.

— Parece como...

— Como se a sua alma tivesse morrido? — ele sugeriu.

— Sim. — E eu odiava isso.

— Entorpecer a conexão por meio da inconsciência ou morte temporária pode ser alarmante no início. É perturbador. Mas também é normal experimentar uma dissociação temporária — ele respondeu.

Então ele desviou o olhar para a esquerda, chamando minha atenção para a sala agora silenciosa.

Bem, merda.

Algo se encaixou no meu cérebro enquanto suas palavras eram registradas. Dissociação temporária.

Não ser capaz de senti-la é normal.

Ela vai reviver em breve.

Porque ela é imortal e é apenas um pescoço quebrado.

Todas as coisas que eu já sabia. Foi a súbita falta de conexão com a qual eu não sabia como lidar. Isso me deixou vulnerável, perdido e totalmente desestruturado.

Então Lajos a alcançou com a intenção de morder e...

Puta merda.

Eu tinha perdido a cabeça.

Pisquei e balancei a cabeça, limpando-a pela primeira vez no que pareceram horas, mas foram mais realisticamente apenas minutos, talvez até segundos.

Foi um lapso momentâneo de sanidade provocado pela mais inesperada das causas.

Lentamente absorvi a cena e toda a força do que eu tinha acabado de fazer forçou meu retorno ao presente.

Todo mundo estava nos observando.

Incluindo Jasmine.

E eles pareciam absolutamente horrorizados.

Minha mente finalmente começou a trabalhar de novo enquanto eu processava minhas ações do começo ao fim.

Lajos matou Calina.

Eu matei Lajos.

Vários membros importantes de seu eleitorado observaram a troca.

Agora estavam todos esperando pelo que viria a seguir.

Porque isso não tinha precedentes. Membros da realeza

não matavam outros membros da realeza. As linhagens eram muito preciosas. Havia regras. Existiam procedimentos. Eu simplesmente desconsiderei todos por causa das minhas emoções vencendo a razão.

Merda.

Darius havia chamado de assassinato justificado, o que teria sido verdade há cento e dezoito anos.

Mas não sob o reinado de Lilith.

Exceto que ela também estava morta.

Rapidamente processei nossas opções antes de encontrar o olhar de Darius mais uma vez.

— Ligue para a Lilith. Está na hora de relatar um assassinato.

— Tem certeza? — ele perguntou, com um duplo significado soando em suas palavras.

— Está na hora.

Ele me considerou com cuidado, provavelmente avaliando minha sanidade. Então, balançou a cabeça devagar e repetiu:

— Está na hora.

Jace

Jasmine estava a três metros de nossa mesa, e sua pele bronzeada estava pálida.

Ela sabia que não possuía nenhuma chance em uma luta. Ela era uma vampira de terceira geração. Assim como Lajos. Isso me tornava não apenas o mais velho, mas também mais forte. Algo que claramente provei quando decapitei o soberano que estava no chão. Ele não tinha sido capaz de lutar, muito menos expressar um protesto. Eu me movi muito rápido para ele processar o que estava acontecendo até que a morte roubou sua alma.

Boa viagem, pensei enquanto colocava Calina com cuidado no banco. Sua coluna precisava estar alinhada para que o pescoço se curasse de forma adequada.

Passei os dedos por seu cabelo, grato por Lajos não ter arrancado sua cabeça. Ele poderia facilmente ter feito isso em sua posição, e então ela teria realmente morrido.

Porque não havia como colar um pescoço decepado.

Mas ele provavelmente não queria desperdiçar energia no que considerava trivial. Portanto, um simples estalo bastou. Porque ele não sabia sobre seus laços imortais.

A decapitação era a única forma de garantir a morte.

Daí a razão para eu ter serrado seu pescoço.

Infelizmente, a verdadeira morte de Lajos parecia estar causando alguma confusão na sala. Como membro da realeza que o matou, fazia sentido que eu herdasse esta região.

Mas eu odiava o Havaí e sua tendência para o sol quente. O inferno seria mais confortável.

Os constituintes provavelmente também se perguntariam como Lilith me puniria por isso – e parecia improvável para eles que ela me daria a região de Lajos.

Isso explicava alguns dos olhares mais calculistas na sala – os vampiros mais velhos se perguntando se eles tinham uma chance de lucrar com este massacre.

Eu forneceria uma.

Só não da forma que eles esperavam.

Deixando Calina se curar no banco, finalmente me levantei e olhei para a humana paralisada na mesa. Ela não se moveu um centímetro desde quando se colocou lá como comida.

Admirei aquela demonstração de obediência, mas também tive pena.

Ela parecia ter se esquecido de como viver, já tendo aceitado sua morte iminente. Muitos dos outros mortais tinham uma aparência semelhante.

Era uma demonstração nauseante de morbidez que fez meu estômago embrulhar.

Fiz uma careta.

— Quero todos os mortais vivos nesta plataforma. Agora.

Vários vampiros se entreolharam em confusão.

— Não fui claro? — A superioridade absoluta enfatizou meu tom, desafiando-os a não obedecer ao mestre entre eles. Ah, eles podiam pensar que Lilith pretendia me punir. Mas ela não estava aqui para me impedir de causar mais danos.

E nenhum deles teria chance contra mim.

Mesmo se dez se unissem, eu massacraria todos eles.

Eu era mais rápido e mais forte, algo que demonstrei ao chegar à borda da plataforma. Aconteceu num piscar de olhos, era uma habilidade que só os antigos possuíam. Eu raramente a usava, pois quase nunca tinha motivos para demonstrar meu poder. No entanto, eu o faria agora. Mesmo que isso significasse remover mais algumas cabeças.

Felizmente, a vida inteligente começou a se agitar quando alguns vampiros reuniram os humanos que respiravam e os trouxeram para mim como uma espécie de oferenda doentia de carne fresca.

Eu os observei, notando aqueles que tratavam os mortais com mais cuidado do que os outros.

Esses eram aliados em potencial.

Os outros eram sádicos que viviam nesta região por um motivo.

Claro, eu poderia ter decifrado isso baseado em quem havia jogado nos palcos e quem apenas observou das sombras. Suspeitei que alguns estavam aqui apenas para me ver, ou talvez Jasmine, não para o show.

A notícia de nossa visita teria se espalhado, e não era incomum para um vampiro solicitar uma audiência para discutir uma possível relocação. A melhor maneira de fazer isso seria chamar a atenção do soberano em um clube ou no jantar e torcer para ser chamado para uma conversa rápida.

Alguns desses vampiros poderiam realizar seu desejo.

A maioria dos humanos permaneceu absolutamente imóvel, mesmo aqueles que foram jogados ao acaso por cima da corda na área VIP ao meu redor.

— Só catorze — falei, suspirando. — Que desperdício.

— Concordo — Darius falou. Ele enviou uma mensagem para "Lilith" há alguns minutos. Estávamos esperando um retorno da chamada, o que todos neste clube sabiam.

Alguns enviaram suas próprias mensagens de texto,

provavelmente para espalhar a notícia de que acabei de matar Lajos.

Eu não estava preocupado.

Se alguém quisesse se vingar, tudo bem. O estado de silêncio de Calina me deixou com um humor letal. Eu poderia aproveitar o escape para a violência que estava fermentando dentro de mim.

Em vez disso, me concentrei nos mortais puxando alguns do chão e levando-os para os outros bancos de couro nesta área. Era a área privada de Lajos, reservada apenas para convidados especiais, como outros membros da realeza. O tamanho da plataforma rivalizava com o ego do soberano, ou seja, grande o suficiente para acomodar todos os mortais e mais alguns.

Depois de colocar o último dos humanos no chão, me aventurei até a fêmea em nossa mesa e a peguei em meus braços.

Sua cabeça tombou para trás, sem vida.

No entanto, ela não sangrou.

Era o que acontecia quando a psiquê humana era dilacerada – eles pararam de se importar ou sentir. Ter de carregar os instrumentos para a própria morte provavelmente foi o último prego em seu caixão.

Afastei os fios emaranhados de seu rosto enquanto a colocava com cuidado em um banco vazio.

— Você está segura — sussurrei para ela.

Ela não estava.

Ainda não.

Mas estaria.

Sua falta de consciência doeu quando a deixei lá em uma nuvem de sua própria miséria. Havia muito que eu poderia fazer em um mundo consumido por prestígio e violência. Mas o que muitos não conseguiam ver é que os humanos não eram os únicos a sofrer.

Alguns dos vampiros espreitando nos cantos da sala que trabalhavam aqui.

O trabalho deles era preparar as refeições enquanto tudo o que podiam comer eram as sobras. E provavelmente moravam neste estabelecimento esquecido por Deus também.

Porque toda esta sociedade foi construída com o objetivo de honrar e adorar a realeza. Jovens vampiros foram deixados para morrer de fome. Aqueles de linhagens sem importância recebiam trabalhos braçais para ganhar seu sustento.

Isso não era uma utopia, mesmo para os que viviam para sempre.

Era a porra de uma ditadura.

Com Lilith como rainha. E alguma entidade desconhecida que ela considerava seu rei.

Olhei para Darius, depois para a sala enquanto todos permaneciam quietos, observando, esperando e desejando que eu fizesse meu próximo movimento.

Mas não fiz.

Ainda não.

Em breve.

Eu me aproximei de Calina, a demonstração de poder era proposital e destinada a manter as massas focadas em mim. Então me inclinei para beijar a cabeça de minha *Erosita* mais uma vez. Eu ainda não conseguia senti-la, o que me preocupava muito. Mas eu também sabia que quase nenhum tempo havia se passado desde que Lajos havia quebrado seu pescoço.

Talvez dez minutos no máximo.

Parecia que o tempo estava passando bem devagar por causa da rapidez com que processei tudo e nossos próximos passos.

No entanto, eu estava planejando este momento pelo que pareceu uma eternidade. Não era como eu queria que acontecesse. Caramba, não estava nem perto de como eu esperava mover as peças ao longo do tabuleiro.

Mas Lajos me forçou ao xeque-mate ao derrubar minha rainha.

Só havia uma jogada para mim como rei.

Então fiz meu movimento, finalmente saindo das sombras para me proclamar como o governante legítimo deste jogo.

Havia apenas mais um aspecto a resolver e a vibração em meu pulso me disse que finalmente estava na hora.

Selecionei um botão que colocou a voz de Lilith no viva-voz.

— Sim? — ela perguntou. A Inteligência Artificial que Damien havia criado era uma réplica perfeita de seu tom entediado.

— Lilith, querida. Preciso relatar um assassinato.

Uma pequena pausa se seguiu. Então a IA disse:

— Oh?

— Sim. Acabei de matar Lajos. — As palavras saíram com facilidade e sem cuidado. Mesmo se eu estivesse falando com a Lilith real, eu ainda não daria a mínima. O cretino havia tocado em minha companheira. Ele merecia seu destino.

O silêncio caiu, tanto por telefone quanto na sala enquanto todos esperavam que sua "Deusa" falasse.

— Talvez seja hora de conversarmos por vídeo? — sugeri.

— Humm. — A voz do outro lado veio de uma mente tão antiga quanto a minha. Ele traduziria facilmente o que eu pretendia aqui. E provou isso dizendo: — Tudo bem — na voz de Lilith. — Estou pronta quando você estiver, Rei.

Contraí os lábios e olhei para Darius com uma sobrancelha arqueada.

— Deve haver uma tela em algum lugar por aqui.

— Posso ajudar com isso, Meu Príncipe — uma voz falou do canto do clube. Um vampiro com cabelo castanho espetado entrou na luz fraca, com a cabeça ligeiramente inclinada em reverência. — Há um sistema de vídeo em um auditório que Lajos usa para, er, transmitir.

Eu só podia imaginar o que significava essa transmissão. Provavelmente estava relacionada às tendências renomadas de Lajos de atormentar seu harém na frente de um público – algo que ele obviamente queria fazer com Calina.

Então ele a matou.

Só para provar um ponto.

Funcionou bem para você, não foi? pensei enquanto pisava em seu corpo no chão para descer as escadas em direção ao vampiro que eu não sabia o nome.

Sua identidade veio a mim quando me aproximei. Seus traços de menino eram memoráveis por causa da ligeira cicatriz acima de seu olho verde direito.

Ele ganhou a Copa Imortal há cerca de uma década.

Dadas suas roupas surradas e cabelo despenteado, suspeitei que ele fosse um dos vampiros que trabalhavam e viviam neste estabelecimento.

— Qual nome você escolheu? — perguntei a ele quando me aproximei. Ele teria nascido com um número, sem identidade. Mas um dos poucos presentes dados aos que ganhavam a imortalidade era uma identidade, por mais dócil que pudesse ser.

— Mouse — ele respondeu.

Eu arqueei uma sobrancelha.

— Você escolheu o nome *Mouse*?

Ele mexeu um pouco os pés.

— Ah, bem...

— Lajos chamou você de Mouse. — Lajos era o tipo de vampiro que escolhia nomes como esse, que significava rato, para seus súditos.

Ele assentiu e baixou os olhos para o chão.

Mais uma prova do que havia de errado com este mundo.

— Vamos mudar isso — prometi a ele. — Agora, como faço para conectar isso à tela para que todos possamos ver Lilith?

Mouse pediu meu telefone, que tirei do bolso e o entreguei. Ele fez uma pequena manobra no menu do sistema, então o rosto de Ryder apareceu.

— Ah, aí está você — eu disse, achando graça em encontrá-lo encostado na parede do que parecia ser um elevador. — Essa é uma bela transformação.

— Diz o Rei — Ryder respondeu com a voz de Lilith. Ele se encolheu com o som e começou a mexer em algo em sua extremidade enquanto murmurava: — Porcaria de IA. Como faço para desligar essa merda?

— Eu sou, então? — perguntei, ignorando sua pequena tangente.

— Você é o quê? — ele perguntou, sua voz regular finalmente aparecendo. — Muito melhor.

— Rei.

— Bem, você foi voluntário.

— Humm. Não é bem como eu me lembro — admiti, relembrando a reunião na Região de Silvano logo após Ryder ter arrancado a cabeça de Lilith. — Onde está Lilith?

— Estou indo até ela agora.

Isso explicava o elevador.

Enquanto Ryder seguia, me dirigi à sala de rostos confusos.

— Posso sentir a confusão de vocês. Prometo que tudo fará sentido assim que a Lilith aparecer.

Vários dos vampiros se entreolharam, e Ryder olhou para nós.

— Me mostre a sala.

Fiz uma careta e olhei para Mouse.

— Como faço isso? — Eu entendia como meu telefone e relógio funcionavam, mas não essa tela gigante.

O jovem vampiro fez algumas coisas atrás de uma cortina, seguido por Ryder dizendo.

— Ah, que audiência. Onde está Lajos?

— Atrás da Jasmine — respondi, olhando para a área VIP. Estava apenas um degrau acima da sala, em uma plataforma delineada por cordas de veludo.

Ryder olhou para nós novamente, então seus dedos apareceram quando ele fez algo em sua extremidade.

— Porcaria de telecomunicação — ele murmurou para si mesmo, com os olhos semicerrados. Em seguida ele ergueu as sobrancelhas. — Ah, aí. Sim. Zoom. Ótimo. Humm.

— Todos nós podemos te ouvir.

— Como se eu me importasse — ele falou, inclinando a cabeça para o lado quando um *ding* soou.

Ele saiu do elevador, mas parou para avaliar alguma coisa. Em seguida, seus dedos apareceram novamente, na sua frente desta vez, sugerindo que ele tinha feito a imagem da sala girar.

Um truque útil em certos dispositivos. Eu poderia ter feito isso com o meu, mas precisava da tela maior.

— Corte limpo — ele finalmente disse. — E nem uma gota de sangue em você. Atrevo-me a dizer que estou impressionado. Mas o que aconteceu com a doutora?

— Lajos quebrou o pescoço dela.

Ele ergueu as sobrancelhas novamente, provavelmente com o grunhido em meu tom.

— E então você o matou?

— Sim.

— Isso não é muito diplomático.

— Ryder.

— O quê? Você deveria ser o Rei agora, pregar a diplomacia e toda essa merda, certo? Ou você repensou sua abordagem de liderança?

— Pare de protelar.

— Ah, eu não estou protelando. Estou genuinamente curioso para saber como o calmo e frio Rei Jace perdeu a cabeça. Espere, não, permita-me reformular. Estou genuinamente curioso para saber o que fez com que o calmo e frio Rei Jace decepasse uma cabeça. Sim. Foi isso que eu quis dizer.

Revirei os olhos.

— Sempre tão falante.

— Agora quem está protelando?

— Lajos quebrou o pescoço da minha *Erosita*. Eu retribuí o favor cortando a dele.

Choque verdadeiro apareceu nas feições de Ryder, seguido de compreensão.

— Bem. Esse é um desenvolvimento intrigante. — Seus dedos apareceram novamente e desapareceram após um momento. — Muito bem. Eu aprovo. Quer compará-lo com o meu trabalho manual?

Finalmente.

— Por favor.

A sala inteira parecia estar presa em um estado de surpresa confusa, ninguém ousando se mover. Nem mesmo Jasmine. Embora ela parecesse um pouco verde.

— Vocês podem querer gravar isso — falei. — Vou pedir que vocês compartilhem o veredicto da Lilith em breve. — Uma vez que estava prestes a vazar de qualquer maneira.

Ryder não fez comentários, apenas começou a assobiar enquanto caminhava pelo corredor familiar da cobertura em sua torre.

Então ele fez um show ao abrir a porta da suíte de Damien.

E continuou andando pela sala enquanto assobiava uma melodia que eu agora reconhecia como uma velha canção de rock. *Another one bites the dust*, cantarolei junto em minha cabeça, sorrindo de seu humor doentio.

Ele arrastou os pés ao se aproximar da porta que prendia a geladeira e balançou a cabeça enquanto cantava.

Deixe para Ryder ser o showman.

Eu apenas balancei a cabeça e o deixei ter seu momento. Ele assobiou mais algumas notas, então virou a câmera em direção à sua mão enquanto segurava a maçaneta para abrir a porta.

— Lilith, querida, temos companhia — disse, girando a câmera novamente para exibir sua mão segurando a cabeça. Benita estava ao lado dela, parcialmente congelada, mas ainda viva. Damien não tinha acabado de puni-la pelo que ela havia feito com a sua ratinha.

Mais uma razão para mudar o nome do homem ao meu lado.

— Sorria — Ryder murmurou. — Sei o quanto você adora se exibir.

— Ah. Meu. Deus. — A voz de Jasmine ecoou pelas paredes.

— Acredito que ela preferia *Deusa* — Ryder respondeu de forma casual. Em seguida ele se aproximou e se agachou perto da cabeça dela, assentindo. — Sim. Ela ainda prefere. Claro, ela é uma deusa muito morta. Pessoalmente, acho que é uma aparência muito melhor.

— Eu concordo — Darius gritou.

Murmúrios estouraram na sala quando a realidade da situação começou a se instalar em suas cabeças.

O choque inicial deixou a todos sem palavras.

Agora parecia que estavam levando meu comentário a sério e tirando fotos e fazendo vídeos.

— Como está o meu ângulo? — Ryder perguntou, inclinando seu dispositivo para trás para mostrar um sorriso ao lado da cabeça de Lilith. Era uma *selfie* mórbida pra cacete, mas certamente transmitia o ponto. — Quero ter certeza de que estou exibindo minhas melhores características aqui.

— Você está incrível — falei impassível.

— Excelente. Terminamos?

— Acho que fizemos o comunicado. A menos que você queira me repreender por matar Lajos?

— Humm, não. Não posso dizer que vou sentir muito a falta dele.

— Brilhante — respondi. — Obrigado por se juntar à festa.

— Desculpe por não poder estar aí pessoalmente.

— Está sendo muito menos sangrento assim.

— Diz o homem que acabou de cortar a cabeça de outro soberano — ele falou. — Definitivamente, uma maneira eficaz de anunciar seu novo papel como Rei.

— Rei? — Jasmine repetiu, com uma nota estridente em sua voz. — Você matou a Lilith.

Levantei meu olhar para onde ela estava. Suas bochechas não estavam mais verdes, mas um pouco coradas.

— Tecnicamente, o Ryder matou a Lilith — respondi. — Ela tentou torturá-lo com um dispositivo que abusa do elo *Erosita*, e ele retaliou.

— A Willow ajudou — Ryder acrescentou.

Jasmine grunhiu em resposta, com o olhar selvagem.

— Você não pode estar falando sério.

— Mortalmente — respondi. — Você gostaria de se juntar a Lajos ou permanecer viva por tempo suficiente para comparecer à reunião do conselho na próxima semana? Quero dizer, presumindo que não foi cancelada. — Olhei para a tela, tentando encontrar a câmera através da qual Ryder poderia ver e desisti depois de um segundo perdido. Porque não importava se ele conseguia me ver ou não. Ele podia me ouvir. — Suponho que você deva seguir em frente e enviar um alerta pelo telefone da Lilith.

Ryder sorriu.

— Estou começando a ver por que o Damien gosta de você. — Ele desligou sem dizer mais nada.

Um grito soou da plataforma quando Jasmine perdeu sua postura sempre amorosa. Ela parecia um espírito *banshee*.

Darius pegou uma faca da mesa e a lançou na parte de trás do crânio da mulher, em seguida, esfregou as têmporas quando ela caiu no chão.

— Que baita dor de cabeça.

O caos estourou no próximo segundo com vários vampiros correndo para a única saída do prédio, mas apareci na porta para detê-los.

— Afastem-se e sentem-se. Agora.

Vários deles pularam para trás não apenas ao me ouvir, mas também ao me ver.

Um caiu aos meus pés.

Os outros paralisaram.

Em seguida, reagiram prontamente, fazendo exatamente o que eu exigia.

Havia apenas dezessete na sala. O mais poderoso já havia sido morto. A outra tinha uma faca na nuca.

O que deixou a mim e Darius com um grupo de vampiros menores.

A maioria realmente não se sentou. Eles se ajoelharam com a cabeça baixa, reconhecendo-me como mais velho e seu líder.

Apenas dois me encararam de frente.

Provei a idade deles no ar, observando que tinham menos de mil anos.

Então eu apareci atrás deles para quebrar seus pescoços.

Os vampiros próximos estremeceram de medo, cientes de que eu poderia arrancar suas cabeças se quisesse. Mas eles me mostraram uma aparência de respeito. Portanto, eu os deixaria viver agora.

— Tudo bem. Isso é o que vamos fazer — comecei,

andando na frente dos vampiros e ignorando os restos humanos espalhados pela boate. — Quero que vocês enviem cópias desses vídeos e fotos para todos que conhecem, garantindo que o mundo saiba que a Lilith está morta.

Não era a maneira que eu pretendia que essa informação fosse distribuída, mas Lajos mudou tudo isso quando matou Calina.

Fiz uma pausa para procurar sua mente novamente, então engoli em seco, ainda sem conseguir alcançá-la.

Concentre-se, disse a mim mesmo, respirando fundo. Está quase terminado.

Na verdade, não, eu não estava nem perto de terminar.

Fui até o palco para me recostar nele e considerei os vampiros ajoelhados diante de mim.

— Todos nós fomos humanos uma vez — falei em voz baixa. — Alguns de nós mais recentemente do que outros. Vocês podem olhar para o palco atrás de mim e dizer que está tudo bem? Que a forma como tratamos os humanos é justa e correta? Somos superiores em todos os sentidos, mas com essa superioridade vem um senso de responsabilidade para proteger os fracos. Em vez disso, enfraquecemos os mortais ainda mais e os escravizamos.

Meu foco mudou para a plataforma mais uma vez, para os humanos que estavam ouvindo cada palavra e se recusando a arriscar uma olhada.

— Me lembro de uma época em que eu tinha que seduzir minha presa. Onde eu tinha que me esforçar pelo meu sangue. Onde os humanos apresentavam potencial para serem uma conquista. Agora, eles apenas se curvam e oferecem. E, francamente, estou entediado pra cacete com isso.

Alguns dos vampiros se mexeram, olhando para os lados para encontrar os olhos de seus aliados e amigos.

— No passado, havia um vampiro que acreditava que poderíamos coexistir com os humanos de uma maneira muito diferente do que foi feito. Muitos de vocês sabem o nome dele, apesar de Lilith nos proibir de mencioná-lo. Cam. O mais velho da minha geração. O mais velho entre nós.

Saí do palco para retomar o ritmo.

— A Lilith dizia a todos que ele está morto. Ele não está. Está escondido em um bunker em algum lugar, talvez até mesmo aqui na região de Lajos. — Fiz uma pausa para avaliar os vampiros mais uma vez, procurando por qualquer indício de uma reação às minhas palavras. — Já encontramos várias instalações de pesquisa secretas. Estamos cientes de que o Bunker 37 fica na região de Lajos. Mas não temos certeza de qual ilha.

Esperei, permitindo que a isca assentasse. Já tínhamos uma boa ideia de onde o bunker estava localizado com base na inteligência dos antigos Vigílias de Lajos, mas eu esperava que alguém aqui quisesse provar seu valor por meios úteis.

Demorou mais alguns segundos antes que uma mulher com cabelo escuro limpasse a garganta e um par de olhos amendoados se erguessem para os meus.

— Não sei onde fica o bunker, Alteza. Mas acho que posso ajudá-lo a encontrar.

— Como? — perguntei, notando seu guarda-roupa rasgado. Ela provavelmente trabalhava aqui com Mouse.

— No escritório dele, Meu Príncipe. Ele tem um aqui neste prédio, pois é seu clube preferido.

Assenti.

— Isso é útil. Alguém mais? — perguntei ao grupo. — Estou oferecendo a todos uma oportunidade. Vocês podem não concordar com a reforma. Podem preferir o *status quo* deste banho de sangue. Mas vocês terão um rude despertar quando perceberem a escassez de sangue em nosso mundo. Nos tornamos glutões e não há sangue suficiente para nos sustentar ao ritmo do nosso consumo. Poucas regiões têm o suficiente para se manter.

Eu apontei para a forma imóvel de Jasmine.

— Se não acreditam em mim, avaliem a Região de Jasmine. Ela queria se encontrar comigo hoje para propor uma troca – sangue por tecnologia. E há uma razão para ela estar desesperada o suficiente para me pedir apoio. Ela não é a primeira. E não será a última. Porque, ao contrário de muitos de meus irmãos, eu regulo o sangue de forma apropriada em meu território.

Ninguém falou.

Soltei um suspiro e passei a mão no rosto.

— Olhem, a mudança está diante de nós. A decisão é de vocês. Ou estão cansados dessa besteira e querem ver o que estou propondo, ou vão preferir o *status quo*. Enviem seus vídeos e mensagens e, em seguida, joguem seus telefones e dispositivos no palco. Se quiserem saber mais sobre meus planos, fiquem. Se prefere nosso mundo atual de caos, podem ir embora. Não vou impedir. Porque eu não sou a Lilith e não acredito em governar pelo medo.

E eu estava muito cansado de tudo isso para dizer qualquer outra coisa para fazê-los ficar.

Eu precisava encontrar Cam.

Depois, falaríamos ao conselho.

Supondo que todos fossem se encontrar na próxima semana.

Quem poderia saber? Todo aquele planejamento, toda a minha atuação e persuasão... se foi. Estava arruinada. Destruído por uma mulher.

Quase ri da insanidade de tudo isso.

Até que senti um pequeno indício de vida se agitar em meu peito. Um puxão no vínculo. O espírito de Calina se agarrando à minha imortalidade para iniciar o processo de renascimento.

E eu sabia que tinha valido a pena.

Uma mudança tão bizarra e inesperada de pensamento e sentimento.

Ainda assim, eu aceitei. Minha alma me disse que era certo, e nunca fui de fugir de meus instintos.

Não foi isso que eu planejei. No entanto, tornou nossa união muito mais extraordinária.

Assentindo, me dirigi à multidão com um comentário final.

— Enviem suas mensagens. Façam suas escolhas. E que se foda a Aliança de Sangue.

Lilith

AGORA QUE VOCÊ revisou os arquivos aliados e resistência, é hora de discutir os protocolos de controle.

Primeiro, você precisará alertar nossos aliados de seu estado ressuscitado. Eles estão antecipando sua chegada e serão muito receptivos com a notícia.

Em segundo lugar, sugiro arranjar...

Aguarde uma mensagem importante do seu assistente virtual.

Mensagem para começar em três, dois...

Meu senhor, tenho notícias urgentes de nossos aliados. O membro da realeza Lajos acabou de ser assassinado pelo Príncipe Jace. As razões ainda estão por vir, mas parece que ele tomou uma Erosita. Sua fidelidade sempre foi questionada devido aos laços com antigas metodologias. Ele foi visto em um vídeo mencionando o Bunker 37, sugerindo que está trabalhando com a resistência e faz parte de nossa recente violação. Como você gostaria de proceder?

Para continuar a vigilância, clique em...

Vigilância continuada.

Sugiro que você considere revisar os protocolos de despertar a seguir, meu senhor. Eles contêm os detalhes necessários sobre como despertar os antigos de seu descanso, o que, devido a eventos recentes, pode ser necessário para garantir sua liderança. Especialmente com seus laços familiares com certos membros-chave da resistência, como seu irmão.

Se você gostaria...

Lamento, o sistema não reconhece esse comando.

Por favor, escolha uma das seguintes...

Lamento, o sistema não reconhece esse comando.

Escolha uma das seguintes opções: Para obter mais informações sobre os protocolos de ativação, selecione Ativar. Para obter mais informações sobre protocolos de vigilância, selecione Vigilância. Para retornar ao seu registro atual, selecione Retornar.

Sinto muito, o sistema não...

Sinto muito, o sistema não...

Aguarde assistência ao vivo.

Bip.

Bip.

Bip.

Bip.

Bi...

Comando de silêncio aceito.

Calina

Argh, pensei, sentindo meu corpo vibrar de dor. *Lilith deve ter me matado novamente.*

E como todas as outras vezes, eu não conseguia me lembrar dos detalhes ainda. Eles viriam a mim em breve na forma de um pesadelo. Outra lembrança assustadora para meus sonhos.

Suspirei e esperei pelo inevitável enquanto me deleitava no estado intermediário em que eu estava viva, mas não acordada.

A agonia se estilhaçou pela minha coluna, seguida por um calor reconfortante.

Isso é... diferente

O dor veio novamente, desta vez acompanhada por um leve toque em minha garganta.

Humm, um perfume sedutor se seguiu, me lembrando da natureza selvagem. *Árvores. Madeiras. Luz do sol nas folhas. Sal.*

Como reconheci esses aromas? Eu nunca estive na floresta ou testemunhado o...

Espere.

A imagem de um homem surgiu em meus pensamentos.

Bonito. Maçãs do rosto fortes. Mandíbula quadrada. Íris sedutoras em um tom azul prateado. Lábios carnudos com sorriso arrogante.

Estendi a mão para ele. Sua presença era uma isca

hipnótica que me atraiu dos recessos da minha mente para um mundo de inteligência e realidade absoluta.

Exceto que eu não estava acordada.

Mas pude vê-lo. A mente dele. Seus pensamentos perversos. Sua raiva...

Lajos.

Vacilei com a memória do vampiro real agarrando meu pescoço e o torcendo.

Ai!

Embora eu não pudesse sentir. Não exatamente. Eu estava vendo pelos olhos de outra pessoa.

Jace.

O calor tocou meu coração quando pensei no nome. Em seguida, outro daqueles toques sensuais viajou pela minha coluna, seguido por uma sensação de diversão.

Posso te ouvir, geniazinha. Me deixe ver esses lindos olhos. Quero ver de que cor eles estão hoje.

Fiz uma careta, não entendendo a intrusão da voz masculina.

Até que a ficha caiu. Não porque a voz explicasse, mas porque sua psique me lembrou de nosso vínculo.

Ele era meu companheiro.

Eu morri. Sua imortalidade me trouxe de volta. Ou foi a minha? Eu ainda não sabia.

Ah, mas ele tinha uma mente linda! Tão cheia de admiração e conhecimento, sua experiência eterna. E o poder... este ser... *meu Jace...* possuía uma quantidade incrível de força e habilidade.

Ele poderia se *teletransportar* em um piscar de olhos.

Eu não tinha ideia de que ele era tão rápido. Tão forte. Tão... *sobrenatural.*

Minha alma se derreteu um pouco por estar ligada a um homem tão impressionante.

No entanto, sua habilidade mental me seduziu mais.

Intrincada.

Sólida

Estratégica.

Brilhante.

Acariciei seus fios mentais e suspirei de contentamento enquanto seguia de um pensamento para o outro. Ele me sentia dentro de sua mente, demonstrando sua diversão com a exploração evidente na área exterior de sua psique.

Ele me encorajou a ir mais fundo, a vê-lo de uma forma que ninguém mais viu. Porque ele suspeitava que eu seria a única pessoa que poderia realmente entender.

Ele estava certo.

Nossas mentes eram absolutamente compatíveis, algo que nunca teríamos confirmado sem nossa conexão.

Senti o quanto ele apreciava a singularidade de nosso acasalamento. Nenhum de nós planejou isso, mas fazia sentido em cada revisão racional de nossa situação.

Ele queria me manter para sempre.

Ele se sentiu indigno por causa do que havia acontecido com Lajos.

Mas também jurou nunca cometer esse erro novamente – algo que nossas mentes concordaram que era melhor do que qualquer pedido de desculpas que ele pudesse expressar.

Considerei sua perspectiva sobre nosso acasalamento, a maneira prática pela qual ele decidiu que deveríamos mantê-la a longo prazo.

Nós nos fortalecemos. Ofereci a ele um playground mental para trocarmos ideias e ele me deu imortalidade e proteção.

Uma relação pragmática.

Mas havia um aspecto de que não gostei.

Monogamia.

Jace não era monogâmico.

No entanto, eu podia sentir por suas memórias de Lajos

que me compartilhar nunca seria uma opção. O que significava que ele pretendia que eu fosse fiel.

Mas e quanto a ele? Jace seria fiel a mim?

Ele me ouviu ponderar essas perguntas, agitando em sua mente uma série de respostas que me deixaram inquieta. Principalmente porque ele não parecia saber.

Abri os olhos, me deparando com o mundo escuro e sensual enquanto eu me encontrava na cama ao lado de Jace.

Ele não falou. Seu olhar observava o meu enquanto ele se apoiava no cotovelo ao meu lado.

Eu queria dizer a ele que a ideia de compartilhá-lo me incomodava. Mas eu não conseguia definir o porquê.

Sim, ele era meu companheiro. Nossas mentes estavam unidas, assim como nossas almas. Mas e quanto aos nossos corações?

Nós queríamos uma conexão romântica? Um casamento por amor? Isso era possível para alguém como eu ou ele?

Ele segurou minha bochecha, curvando os lábios em um sorriso suave.

— Azul.

Franzi o cenho.

— Azul? — Saiu um pouco rouco, como um grasnido.

Ele se aproximou de mim para pegar um copo d'água da mesa de cabeceira e o trouxe à minha boca.

— Beba.

Não o questionei. Entreabri os lábios e permiti que o líquido frio descesse pela minha garganta inflamada. Foi um alívio quase instantâneo, me fazendo reviver de uma maneira que eu não esperava.

— Seus olhos — ele disse enquanto eu tomava outro gole. — Estão azuis.

Contemplei isso por um momento e quase assenti. Porque fazia sentido. Meu lado lycan tendia a ser mais prevalente em situações que envolviam morte ou dor.

Jace ouviu enquanto eu me intrigava com esse fato, pensando nas outras vezes em que meus olhos estiveram azuis. Como quando me senti ameaçada.

— Ou excitada — ele acrescentou. — Eles ficam azuis durante o sexo também.

— Ficam? — Isso podia explicar os desejos animalescos que senti no quarto com ele.

— Vai chamá-los de naturais agora? — ele perguntou, escutando meus pensamentos. — Semelhante à forma como você só reagiu à minha sensualidade vampírica porque era uma inclinação natural? — Ele disse como uma provocação, já que sua pergunta era retórica.

— Você forneceu provas científicas suficientes para o contrário — eu disse a ele, admitindo que estava muito errada em minha teoria original.

— Eu sugeriria fornecer ainda mais, mas não temos tempo para jogar agora. — Ele devolveu a água para a mesa de cabeceira, o que fez com que se aproximasse de mim novamente. Só que, desta vez, ele ficou lá e pressionou os lábios nos meus.

Retribuí seu beijo e busquei seus pensamentos para saber mais sobre nosso suposto limite de tempo.

A resposta apareceu rapidamente.

Bunker 37.

Ele tinha as coordenadas dos Vigílias que eram de Lajos e as confirmou depois de revisar alguns dos arquivos do vampiro morto.

Ouvi enquanto ele detalhava o escritório que havia explorado enquanto eu me recuperava do meu ferimento. Ele me contou tudo o que encontrou dentro do espaço privado de Lajos, o que não foi muito, mas o suficiente para confirmar que ele sabia sobre os projetos de Lilith. Pelo menos aqueles em seu território.

O que levou Jace a se perguntar como Luka não sabia sobre o bunker nas terras do Clã Majestic.

Mas ele ignorou essa curiosidade ao ler várias mensagens de correspondência entre Lajos e Lilith.

A língua de Jace acariciou a minha. Seu beijo era uma mistura inebriante de desejo e estimulação intelectual.

Eu gemi, não gostando de nossa linha do tempo, mas também ansiosa pela perspectiva de respostas.

Definitivamente, não é apenas seus dons vampíricos, pensei para ele.

Ele riu, baixando a mão para segurar meu seio. *Vou cobrar isso mais tarde.*

Estremeci com a promessa em suas palavras e ao perceber que estava nua.

Sua mente sussurrou o motivo – *minha.*

Ele não gostou que Lajos não só tivesse me visto com aquele vestido, mas também me tocado.

O modo como a situação havia terminado só despertou mais culpa e raiva.

Então ele me despiu, assim como a si mesmo, e me abraçou pelas últimas duas horas enquanto eu terminava a cura.

Seu beijo se aprofundou, seu toque se derreteu enquanto eu decifrava e traduzia esta revelação. Foi dominador, atencioso e tão diferente de minhas outras experiências de morte, onde acordei com frio e sozinha.

Jace me protegeu.

Porque ele se *importava.*

Fiquei maravilhada com o conceito quando nosso abraço se transformou em algo mais íntimo do que sexual. Seu toque mudou do meu seio para o meu pescoço enquanto sua língua sussurrando súplicas em minha boca.

Parei de analisar e apenas permiti que acontecesse.

Ele fez o mesmo.

Nossos corpos falando em vez de nossas mentes.

Foi um momento impressionante de paixão e promessa, interrompido apenas pela sensação estrondosa debaixo da cama.

Estamos no avião, percebi, não tendo notado muito além de Jace até agora.

Sim. *O Bunker 37 fica em uma ilha diferente.* Ele empurrou as coordenadas para minha mente, me dizendo que tínhamos decolado há apenas trinta minutos. Ele esperou até sentir minha essência prosperar em nosso vínculo, porque não queria entrar no bunker sem mim.

Duas mentes pensam melhor que uma, acrescentou, explicando sua decisão.

O que ele não mencionou foi a razão persistente em sua mente, aquela que finalizou sua escolha – ele entendia a importância de eu ir com ele. Ele não queria que eu perdesse a oportunidade de encontrar os arquivos relacionados à minha criação.

Obrigada, sussurrei enquanto nosso beijo diminuía para uma pausa natural. Abri os olhos para encontrar seu olhar sedutor e seus traços que redefiniam o significado de beleza. Ele realmente era notável, com todas as linhas regulares e um nariz perfeitamente simétrico.

O título de *rei* combinava muito bem com ele.

— Isso faz de você a minha rainha? — ele brincou enquanto o jato se movia para anunciar nossa descida.

Não tive a chance de responder – não que eu tivesse uma resposta a dar – porque uma voz profunda começou a falar.

— Já te ocorreu informar outras pessoas sobre suas intenções antes de agir? — uma voz perguntou. — Ah, a quem estou enganando? Claro que sim. É você, o jogador mestre de xadrez. Então, eu deveria estar insultado por não receber pelo menos uma mensagem de texto como um aviso?

— Kylan. — Jace parou acima de mim e olhou para o alto-falante na mesa de cabeceira. — Darius remendou você?

Kylan. Vampiro Real. Aliado. Meu cérebro rapidamente trouxe esses detalhes ao ouvir o nome familiar.

— Não me diga que a falta de um anúncio ou aviso o incomodou, Jace. Não é como se você não tivesse feito isso comigo quando Ryder explodiu a aliança com uma foto dele sorrindo como um mergulhão enquanto segurava a cabeça decepada da Lilith.

Franzi o cenho. *Por que Ryder enviaria tal mensagem?* Jace disse que eles precisavam de mais aliados antes de anunciar sua morte.

O que eu perdi enquanto estava inconsciente?

Não me ocorreu perguntar como Jace conseguiu acesso ao escritório de Lajos. Eu estava muito distraída com os detalhes e nosso próximo destino para procurar saber mais.

Mas agora entendi, porque eu podia ver os detalhes que eu havia perdido.

Você matou Lajos, sussurrei, observando a memória se desdobrar. Com isso veio uma onda de desespero e fúria, a reação de Jace à minha morte. Ele estava preocupado que fosse permanente.

Ele estava preocupado comigo.

Meus lábios tentaram formar uma resposta a isso, mas eu não conseguia nem pensar em uma, muito menos expressá-la.

Não que eu tivesse uma chance porque Jace já estava respondendo a Kylan.

— Se tivesse a oportunidade, você mataria Robyn? ele perguntou, se afastando do que Kylan havia dito, mas meu vínculo com a mente de Jace me disse porque ele escolheu aquela investigação. Ele viu a situação como algo relacionado à sua decisão em relação a Lajos.

Robyn tinha prejudicado a propriedade de Kylan como uma espécie de jogo doentio e distorcido. Ela insultou sua superioridade no processo, semelhante à como Lajos desrespeitou Jace quebrando meu pescoço.

Mas foi mais profundo que isso.

Jace não me considerava sua *propriedade* tanto quanto sua companheira, algo que ouvi sussurros no fundo de seus pensamentos. Apesar de ser humana e muito menos experiente, ele me via como igual, pelo menos mentalmente. Tudo por causa de como nossas mentes funcionavam.

Considerei isso enquanto Kylan disse:

— Não tenho certeza de como isso se relaciona, mas a morte seria adequada para ela, sim. Você está me oferecendo a oportunidade?

Isso não é um oferecimento — Jace respondeu. — E está relacionado porque Lajos matou minha *Erosita*. Felizmente, foi temporário. Mas não parecia temporário na hora, e eu reagi.

Mais silêncio caiu sobre a linha enquanto Jace contava o incidente e sua reação instintiva. Ele jogou fora mais de um século de planejamento... por... por *mim*.

Fiquei maravilhada com a revelação, ouvindo como ele processou a decisão e não se arrependeu. Nem mesmo agora. Nem mesmo depois de me ter viva embaixo dele.

Lajos mereceu seu destino. Essas palavras giraram em sua mente, não necessariamente para eu ouvir, apenas uma declaração de fato que ele continuou a repetir.

Não era a maneira que ele pretendia que nada disso acontecesse.

E não havia nada que ele pudesse fazer para mudar isso.

Ele já havia começado a se concentrar no futuro e nas próximas etapas, que consistiam principalmente em encontrar Cam o mais rápido possível.

— Não tenho certeza do que me choca mais — Kylan comentou. — O fato de que o mestre estrategista se desviou tanto de seu curso ou de que o fez por uma mulher. Uma

Erosita. Você, de todos os vampiros, era o último que imaginei tendo uma companheira permanente.

— Eu poderia dizer o mesmo de você — Jace respondeu, com os lábios contra o meu pescoço. Ouvi enquanto ele contemplava o termo *companheira permanente* de Kylan, sua mente calculando a veracidade disso e achando-a apropriada. — Como está a sua Raelyn?

— Está conversando com a Willow sobre um bebê lycan — Kylan respondeu. — Outro detalhe que me deixa bastante confuso.

— Humm, bem, o Ryder vai ter que te atualizar, pois estamos prestes a pousar, e eu preciso encontrar algumas roupas para Calina. — Ele saiu de cima de mim enquanto falava e foi até o armário me dizendo mentalmente para ficar na cama. O declínio do jato tornou o piso instável e ele não queria correr o risco de eu cair em meu estado de recuperação.

Eu estava bem. Mas não me importava de admirar a visão dele andando nu.

Eu ouvi isso, geniazinha.

É uma reação instintiva ao seu físico sobrenatural, eu disse.

— Ah, e a *Erosita* tem um nome — Kylan comentou, interrompendo nosso flerte mental. — Onde você a encontrou?

— No mesmo lugar que o filhote de lycan que Raelyn está conhecendo — Jace respondeu.

— Nos laboratórios.

— Sim. E estamos a caminho de um terceiro que supostamente contém informações sobre a criação de Calina. Esperamos encontrar Cam também.

— O santo esquivo destinado salvar todos nós. Eu me pergunto como ele se sentirá sobre este desvio do plano.

— Ele estará muito ocupado concentrando-se na

estratégia futura para se preocupar com minhas escolhas de vida. — O tom de Jace continha uma nota de censura.

Mas Kylan apenas riu em resposta.

— Vamos ver. Posso fazer algo para ajudar?

Jace voltou para a cama com jeans e camisa branca sem mangas.

— Coloque isso.

— Colocar o quê? — Kylan perguntou.

— Estou falando com a Calina.

— Rude — Kylan falou. — Estou ao telefone.

— Sim, uma ligação que não me lembro de ter aceitado.

— A vida é cheia de surpresas, cara.

— Não foi por isso que você ligou – para expressar sua aversão a surpresas? — O tom de Jace refletia irritação, mas a sugestão de um sorriso acariciou seus lábios, sugerindo que ele estava provocando Kylan mais do que o repreendendo.

— Nunca afirmei não gostar, apenas expressei meu descontentamento por ter sido deixado de fora da diversão.

— Então você ligou para fazer beicinho — Jace respondeu e a diversão substituiu o aborrecimento em sua voz.

Havia uma longa história entre esses dois vampiros antigos, algo envolto em uma amizade profunda que havia se rompido devido a seus interesses semelhantes. Acariciei as memórias, descobrindo mais sobre seu passado e suas visões compartilhadas.

No momento em que terminei de revisar os pensamentos, a ligação foi encerrada e Jace estava diante de mim usando jeans e camiseta preta.

— Vai continuar fuçando no meu passado ou se vestir?

Considerei isso por um momento, com a mente ainda muito conectada à dele.

— Você não quer que eu me vista — falei, pegando essa opinião em seus pensamentos.

— Sim, eu preferia que você vagasse nua todos os dias, o dia todo, mas apenas para mim. Não para os outros. E não estaremos sozinhos nesta missão. Portanto, roupas são necessárias. — Ele gesticulou para as calças e a blusa na cama.

Notei a falta de calcinha e o ouvi responder mentalmente que era proposital. Parecia que o fino tecido branco também era intencional.

Seu olhar prateado brilhou com intenção maliciosa depois que eu me vesti, e seu foco se desviou para o meu peito.

— Perfeito. — Em seguida, ele me entregou um colete grosso. — Isto é para proteção.

— Para mim ou para os outros? — perguntei a ele, pegando o duplo uso da palavra em seus pensamentos.

— Os dois. Protege você de qualquer tiroteio em potencial. E protege todos de eu matá-los por ver você com essa camiseta.

Coloquei o colete conforme solicitado e resmunguei:

— Foi você que escolheu minha roupa

— Sim. Para mim, não para os outros.

Balancei a cabeça e aceitei as meias e os calçados que ele me entregou em seguida.

Jace segurou meus ombros para me manter firme enquanto o jato tocava o solo. Sua força e estabilidade era uma obra-prima de experiência, idade e poder.

Fiquei maravilhada quando terminei de amarrar os tênis, a cor preta igual à dele.

Ao terminar, ele prendeu meu cabelo em um rabo de cavalo, depois me deu uma olhada e assentiu.

— Linda e novinha em folha.

— Não vou me sentir assim até depois do banho — admiti, sentindo a rigidez do renascimento, que era uma sensação residual que correu por minha pele.

Jace fez uma pausa, considerando a opção, então disse:

— Faremos isso depois que terminarmos.

Assenti em concordância, os laboratórios tendo prioridade em minha mente.

Posso finalmente descobrir quem sou. O que sou. A quem estou vinculada. Como fui feita.

E tudo isso era muito mais importante do que um banho.

— Estou pronta — disse.

Ele se inclinou para beijar meus lábios e havia uma miríade de emoções e pensamentos em sua mente, como se estivessem surgindo de uma só vez. Mas sumiram mais rápido do que eu poderia decifrá-los quando seu lado prático assumiu o controle.

— Tudo bem. Vamos, geniazinha.

Jace

Darius esperou por mim perto da borda do campo, seu jeans e camiseta rivalizando com a minha. Juliet estava ao lado dele toda de preto, com um colete combinando com o que dei a Calina. Tecnicamente, os dois coletes pertenciam a Juliet. Provavelmente eram as versões de Darius para presentes românticos.

Eu teria que me lembrar de não consultá-lo para futuros presentes.

Supondo que Calina gostasse dessas coisas.

Por que estou pensando nisso? Balançando a cabeça, segurei Calina pela cintura e me transportei com ela para o lado de Darius.

Ela não reagiu, sua mente tendo captado minha intenção um segundo antes de eu completar a ação.

E, como de costume, ela aceitou com graça, porque classificou o movimento como prático.

É como se você tivesse sido feita para mim, eu disse a ela. Então meu foco foi para Darius.

— Damien foi capaz de fornecer algum detalhe útil para a infiltração?

Ele deu de ombros, a imagem da indiferença.

— Apenas os códigos para a porta do bunker e os comandos que os Vigílias esperam ouvir.

— Bem, isso parece útil — respondi, divertido por sua fala inexpressiva. — Você parece desapontado, Darius. É porque não vamos tirar sangue na entrada?

— Acho que já vi derramamento de sangue suficiente para alguns dias — ele respondeu, referindo-se à boate de Lajos e a todos os humanos mortos que encontramos enquanto procurávamos algo útil nas instalações.

Não tínhamos encontrado muito mais do que alguns documentos importantes no escritório de Lajos que confirmaram seus laços com Lilith. Depois disso, chamei um dos meus aviões para pegar os vampiros restantes – apenas dois haviam partido depois do meu discurso – e os humanos do clube.

Levou tempo e energia para organizar tudo, pois minha mente estava mais focada na recuperação de Calina do que na tarefa real de ajudar os outros, mas conseguimos encerrar tudo em menos de oito horas. Ivan concordou em ajudar a lidar com suas acomodações temporárias em minha torre, algo que dei a ele jurisdição por escrito para fazer.

Eu resolveria o resto mais tarde. Incluindo encontrar acomodações permanentes e empregos apropriados em minha região para os vampiros refugiados.

Também enfrentaria Jasmine em algum momento. Eu a deixei no chão do clube com os dois vampiros de pescoço quebrado. Todos já deveriam estar acordados agora. Provavelmente estavam chateados também.

Deixá-los acordar daquele jeito não foi o melhor, mas eu tinha um vampiro antigo para encontrar. E localizar Cam tinha prioridade sobre a política neste momento.

— Podemos? — Fiz um gesto para o bunker à frente.

Ninguém saiu para nos cumprimentar, sugerindo que não tinham vigilância externa. Isso não me surpreendeu, visto que os outros dois bunkers também pareciam não ter câmeras externas.

O principal objetivo da segurança do bunker é manter os ocupantes dentro de casa, Calina disse. Pelo menos, era assim no Bunker 47.

Pelo que Damien disse, era o mesmo no 27, informei a ela.

Darius começou a andar em busca de respostas, com seu passo confiante enquanto Juliet o seguia.

Calina e eu seguimos atrás deles, e ela acariciava meu braço de forma casual ao longo do caminho.

— Vou deixar você liderar já que o Damien te deu todos os detalhes — eu disse a Darius.

— É como se você estivesse me preparando para a liderança.

— Bem, o Havaí está disponível. Eu sei o quanto você adora o sol. — Lutei contra a vontade de olhar para o farol em questão. Brilhante pra cacete.

Você precisa de sangue? Calina perguntou em tom sério.

Sorri com a oferta. *Humm, tentador, mas você me alimentou bem esta semana. Mas posso precisar de uma mordida depois que terminarmos aqui.*

Seu arrepio pareceu tocar minha própria pele, fazendo com que sua antecipação quente e selvagem vibrasse em nosso vínculo.

Eu realmente poderia ficar viciado em sentir você de forma tão íntima, murmurei. *Na verdade, já posso estar.*

— Dê para o Trevor — Darius disse, me trazendo de volta à nossa conversa sobre o Havaí. O fato de que demorou um pouco para responder me disse que ele realmente considerou a oferta.

— Trevor como membro da realeza? — Eu quase ri. — Não. — Ele pensava muito com o pênis para ter alguma utilidade na política. Razão pela qual o deixei para entreter meu harém.

E, curiosamente, não me importava nem um pouco que

ele e Ivan estivessem brincando ativamente com minhas consortes.

No entanto, a mera ideia de um deles tocando Calina me fez querer grunhir.

Ela estava fora dos limites para todos, menos para mim.

— Faça dele um soberano, então — Darius sugeriu.

Balancei a cabeça.

— Ele é muito jovem.

— Então dê para o Ivan. Trevor o seguirá.

— Você não sentiria falta de sua progênie? — perguntei, genuinamente curioso. Darius tinha gerado Ivan há alguns séculos. E Ivan gerou Trevor logo depois. Isso os marcou como algo próximos à linha real, como vampiros de quarta e quinta geração na linha de Cam.

— Eles precisam de mais responsabilidade. — Darius parou a poucos metros do topo do bunker. — Além de transar com seu harém.

Contraí os lábios.

— É uma responsabilidade e tanto.

Uma estranha pontada de aborrecimento emanou da mente de Calina para a minha, me fazendo olhá-la. Ela não mostrou nada externamente, mas eu a senti tentando se concentrar um pouco demais na porta do bunker.

— Ivan certamente tem um talento especial para a política — eu disse, ainda olhando para ela. — Ele também provou ser um especialista no jogo. Acho que poderia recompensá-lo com o território, assumindo que é assim que tudo isso se desenrola. Por enquanto, vou deixá-lo continuar com sua tarefa. — Algo que eu poderia precisar que ele fizesse indefinidamente, pois parecia que a ideia de eu ter um harém irritava minha *Erosita*.

Te incomodaria se eu tivesse um harém? ela perguntou, ainda sem olhar para mim.

Sim, respondi de imediato.

Ela não respondeu, mas seu ponto foi feito com os sentimentos que a pergunta evocou.

Porque se eu me sentia assim por ela, provavelmente ela sentia o mesmo por mim.

Fiz uma careta, considerando isso por um momento enquanto Darius digitava um código na porta externa.

Um clique soou, permitindo a nossa entrada.

Então a porta se abriu para revelar uma entrada que me lembrou aquela do Bunker 47, mas com luzes acesas e piso limpo.

Darius entrou primeiro. Sua postura me dizia que ele estava contando apenas com a habilidade vampírica, apesar da pistola no coldre em sua cintura. Eu tinha uma semelhante presa ao meu, assim como Juliet e Calina.

No entanto, argumentei que Calina possuía uma arma muito superior à sua disposição.

Experiência.

Ela analisou o corredor, observando o padrão e as características semelhantes ao Bunker 47. Sua mente me disse a posição do elevador antes de encontrá-lo, a estrutura do prédio claramente idêntica àquele em que ela viveu por décadas. Isso não a surpreendeu, já que ela nunca havia realmente notado nenhuma diferença ao deixar seu cativeiro experimental para seu novo papel.

Ela absorveu tudo com calma e compreensão, seu lado lógico enfocando os usos práticos de sua história, não o impacto emocional que alguns daqueles testes de laboratório tiveram em sua psique.

Como aquele com o lycan em seu trigésimo aniversário.

Eu podia sentir essas memórias à espreita de seus pensamentos enquanto sua psique as bloqueava com barreiras pragmáticas que a forçaram a se concentrar no aqui e agora. Era fascinante observar. A maioria dos humanos teria sido destruído sob o peso de suas experiências anteriores.

Mas não Calina.

Ela era forte. Inteligente. Uma lutadora. Ela não vivia no passado, apenas usava o que passou para reforçar seu futuro.

Eu a admirava mais a cada minuto que passava, e essa ligação entre nós me concedia muito mais profundidade e exposição a ela do que qualquer outra pessoa em minha existência. O que era fascinante. Senti como se a conhecesse melhor do que conhecia Darius, melhor até mesmo do que meu pai ou Cam.

Seus olhos azuis encontraram os meus, a cor verde ainda inexistente. Ela entendia meu fascínio e sua mente me disse que ela nunca conheceu alguém tão profundamente.

Isso cimentou muito mais a nossa conexão.

Quebrar esse vínculo desmantelaria algo absolutamente belo. Único. Precioso.

Você trouxe um relógio? ela me perguntou, baixando o olhar para o meu pulso.

Enfiei a mão no bolso para revelar o dispositivo que tirei de um dos Vigílias na fazenda de servidores. Darius e eu prevíamos a necessidade de um depois de aprender sobre a importância deles no Bunker 47. Darius tem um no bolso também.

Ela assentiu. Você vai precisar disso para chamar o elevador.

Calina começou a avançar, mas franziu a testa por cima do ombro.

Também precisamos fechar a porta externa, ela acrescentou. *A vigilância será desligada ao inserir o código do lado de fora, e os Vigílias terão sido avisados da chegada do visitante. O mesmo acontece com quem está no comando aqui. Fechar a porta e inserir o código do elevador fará com que o sistema seja reiniciado, com a vigilância voltando a ficar online quando chegarmos ao nível principal.*

Estava na ponta da língua perguntar por que a vigilância era desligada quando peguei a resposta de sua mente.

Os andares eram todos numerados em uma ordem não tradicional, tornando impossível para os ocupantes determinar qual nível estava mais próximo da superfície.

Desligar temporariamente a vigilância garantia que ninguém pudesse descobrir o protocolo de entrada, tornando assim a fuga impossível, porque todas as portas em cada nível pareciam exatamente iguais.

Algumas das salas tinham vigilância interna, mas não todas. Foi assim que os vampiros e lycans reduziram os níveis e portas a verificar durante a tentativa de fuga.

Fascinante, eu disse depois de revisar todos os detalhes em sua mente.

A falta de vigilância de entrada e saída é o motivo pelo qual demorou tanto para os lycans e vampiros encontrarem uma saída no Bunker 47, ela acrescentou. Sua chegada é provavelmente o único motivo pelo qual conseguimos escapar.

E você estava monitorando as câmeras de vigilância enquanto todos tentavam encontrar uma saída, esperando que descobrissem para você. Um método cruel, mas inteligente de encontrar a saída.

Também a manteve viva, já que todos os sobrenaturais em seu bunker a queriam morta.

Se os Vigílias deste bunker fossem enviados para o data center, pelo menos alguns sabiam como deixar o lugar, meditei, pensando nos protocolos. *Isso significa que a vigilância funciona de forma diferente aqui?*

Potencialmente. Ou Lajos não pretendia que voltassem. Eles deveriam ir para o Bunker 27 primeiro, permitindo-lhes assim acesso a uma riqueza de informações, algo que Lilith teria desaprovado.

Pensei nessa possibilidade e assenti. *Ele provavelmente pretendia que eles voltassem para a região de Lajos, onde ele teria descoberto os detalhes da pesquisa e, em seguida, destruído os Vigílias.*

Exceto que eles enviaram os dados antes, ela me lembrou. *Então, eles não tiveram realmente um motivo para voltar.*

Verdade, concordei, pensando bem. *Ele pode ter pretendido que eles fossem destruídos...*

A porta bateu, fazendo com que todos nos virássemos, surpresos.

Então um zumbido contra minha coxa me fez encontrar o olhar de Darius.

Discutimos o potencial de algo assim acontecer. Levamos quase catorze horas para chegar a este bunker devido a todos os eventos na ilha principal. O que significava que os aliados de Lilith teriam tido bastante conhecimento sobre nossas intenções.

Sem falar na bandeira vermelha levantada quando os Vigílias não voltaram.

Como resultado, esse cenário era totalmente esperado.

Exceto que prevíamos alguém atacando quase imediatamente. No entanto, meus sentidos me disseram que não havia ninguém mais neste andar além de nós.

Me virei em direção ao elevador, ouvindo atentamente se havia movimento lá dentro e não ouvi nenhum.

Nada mais aconteceu.

Nenhuma luz piscou.

Sem alarmes.

Mas percebi a mudança no ar, assim como Calina.

Pegando o relógio, li os números na tela e praguejei quando começaram a contagem regressiva.

— Outro protocolo do Juízo Final — Calina sussurrou, com os olhos arregalados. — E se foi para aquele relógio, então é o sinal para os Vigílias matarem todos no laboratório.

— Então é melhor irmos andando, porque temos só oito horas para fazer a busca neste bunker antes que ele exploda.

— Eu já estava indo em direção ao elevador, mas os pensamentos preocupados de Calina me pararam.

Uma horda de sobrenaturais havia buscado a porta de saída do bunker por horas, sem sucesso.

A única razão pela qual ela abriu foi a explosão de Damien do lado de fora.

Peguei o telefone para verificar o sinal e descobri que estava bloqueado.

Darius seguiu o exemplo, sua expressão me dizendo que seu telefone refletia o mesmo problema.

— Merda. — Rapidamente calculei nossas opções, focando em Calina mais uma vez. — Precisamos levá-la a um computador para que você possa enviar uma mensagem para o Damien. — Puxei a pistola do meu quadril e olhei para Darius. — Parece que você vai ter aquele banho de sangue afinal.

— Brilhante — ele brincou, imitando minha pose. — Espero que tenhamos munição suficiente.

Calina

— Se o sinal saiu nos relógios usados pela unidade de Vigílias do *data center*, então o Damien já sabe — eu disse, interrompendo Jace no meio de um passo novamente. — A menos que o sinal tenha sido feito especificamente para nós, triangulado de alguma forma para este local específico ou algo assim.

Olhei ao redor, notando que nada disso parecia certo.

— Não seria estabelecido um protocolo para a vigilância de um homem morto — continuei em voz alta. — E a Lilith teria pretendido que aquela unidade morresse antes de retornar, algo que ela teria transmitido a Lajos nos protocolos. O que significa que isso pode não ser uma armadilha, mas um sistema de segurança acionado como resultado do uso de relógios marcados para destruição.

Ela teria pensado em todos os resultados potenciais, incluindo a ideia de Lajos traí-la e decidir manter os Vigílias vivos — algo que eu tinha certeza de que ela seria contra. Permitir que alguém soubesse demais seria considerado uma fraqueza em seu legado e de sua operação.

Jace olhou para mim enquanto eu continuava intrigada por todos os procedimentos, procurando pelo caminho que Lilith teria escolhido.

Ela desencadeou a sequência do Juízo Final no Bunker 47

após sua morte. No entanto, não destruiu nenhum dos outros, pelo menos nenhum que encontramos. O que significava que ela havia considerado algo muito valioso para qualquer outra pessoa encontrar.

Mas quando os arquivos não foram enviados como esperado, uma equipe de Vigílias deste local foi enviada ao data center para recuperá-los. Eles enviaram uma cópia para este local, mas deveriam se encontrar no Bunker 27.

— Damien descobriu por que eles deveriam ir ao Bunker 27? — perguntei, mantendo o foco em Jace porque ele entenderia minha pergunta já que estava em sintonia com minha mente.

Ele me observou enquanto respondia:

— Acho que ele não deu a eles chance de descobrir. Ele entrou com as armas em punho e limpou o laboratório.

— Eu me pergunto se eles foram enviados lá para morrer.

— Isso faria sentido. Eles já haviam enviado os arquivos para cá e não mencionaram uma missão de retorno, apenas que deveriam parar no Bunker 27.

Claro, a missão de retorno estava implícita.

Mas Lilith não tinha a intenção de que eles realmente vissem isso.

Ela teria outro protocolo esperando por eles no Bunker 27, um onde eles teriam sido atendidos e as informações teriam sido oficialmente confirmadas.

Exceto que eles apareceram com Damien.

E o procedimento de segurança não foi acionado.

— Você tem um espião — eu disse, endireitando a espinha. — Quem sabia que o Damien estava com o transporte?

— Espião? — Darius repetiu.

Jace ergueu a mão. Seu olhar era muito atento enquanto ele mergulhava na lógica em minha mente.

— Alguém cancelou o protocolo.

Assenti.

— Para nos colocar em um estado de conforto.

— Então acabaríamos aqui — concluiu, voltando sua atenção para o relógio. — Você acha que é um temporizador falso?

— Não acho que podemos confiar em nada neste momento — admiti. — Pode até ser um blefe. Os protocolos de segurança do Bunker 47 enviaram os Vigílias a cada andar para eliminar todos os ocupantes. Mas você ainda não ouviu o elevador se mover. Isso não faz sentido.

— Tem razão. — Ele olhou para Darius. — Não ouço ninguém além de nós.

— Você está achando que o bunker foi evacuado? — Darius perguntou.

— Não tenho certeza — ele respondeu. — Se fosse uma armadilha para nos matar, o laboratório já teria explodido. E com base no que vimos do Bunker 47, estaríamos mortos de verdade.

— Então, qual é o jogo aqui?

— Xeque-mate — Jace murmurou de forma enigmática. — A Lilith adorava um bom show. Isso é conosco. Ou nós a satisfazemos ou tentamos ir embora.

— Ou a superamos — interrompi, percebendo a chave para tudo isso. — Eu deveria estar morta. Não tem como ela imaginar que eu estaria aqui.

— Mas se tenho um espião, como você sugeriu, quem está no comando agora sabe que você está aqui também — ele ressaltou.

— Sim. Isso é verdade. Mas seja o que for, eu sou o curinga. — Porque eu deveria morrer no Bunker 47. Eram os meus arquivos que ela queria enviar para cá. Algo dentro de mim era a chave para tudo isso.

A questão era: a pessoa responsável sabia da minha importância na vida de Lilith? Porque eu estava disposta a apostar que eles não sabiam todos os detalhes. Lilith não era o tipo que compartilhava. Era por isso que ela sempre me visitava sozinha.

— Você era o segredo mais bem guardado dela — Jace traduziu, respondendo aos meus pensamentos.

— Ou talvez não seja eu, mas algo na minha cabeça. O que pode ser realmente o motivo de tudo isso – quem está no comando precisa de algo de mim ou não tem ideia de quais detalhes eu possuo.

Eu só precisava descobrir o que eu sabia que era tão importante.

— Precisamos encontrar uma sala de informática ou um laboratório com acesso ao servidor. — A resposta estaria nos arquivos em algum lugar.

— Espere, estou tentando entender o plano aqui. Você quer pesquisar arquivos e tentar determinar o propósito deste jogo, mas para quê? Ser morto por nosso problema no final? — Darius não pareceu impressionado. E expressado dessa forma, eu concordava.

— Não acho que o objetivo final seja a nossa morte — Jace respondeu. — A Lilith não matou o Cam. Ela também não tentou matar o Ryder. Eu sempre me perguntei por que, particularmente em relação ao Cam, já que ele obviamente se opunha a ela. Mas talvez quem quer que seja este *soberano*, deve ter dito a ela para mantê-lo vivo. Imagino que a mesma regra se aplique aqui.

— Esse é um palpite perigoso.

— É uma estimativa prática baseada no comportamento anterior — Jace corrigiu. — É possível que o responsável só queira se gabar ou que Lilith tenha definido tudo isso como uma espécie de final de jogo mórbido. Mas eu realmente não acho que nossa morte seja o objetivo aqui. Nós representamos duas linhagens antigas. E como Damien me disse recentemente, há poder no sangue. Eles não vão querer desperdiçar.

— Não. Eles vão querer colher. — Darius parecia ainda menos impressionado do que antes. — Prefiro muito mais a opção do banho de sangue.

— Bem, vamos manter isso em mente enquanto descobrimos nosso verdadeiro propósito aqui. — Jace segurou seu ombro. — Se este for o verdadeiro fim do jogo, então o Cam pode estar lá em algum lugar.

Darius suspirou.

— Eu odeio política de vampiros.

Jace sorriu.

— E ainda assim você é muito habilidoso em jogar o jogo. Vamos ganhar este, sim?

Sim, concordei apesar de a pergunta ser para Darius. Ele também concordou, e os dois começaram a discutir as opções de como proceder.

— Não acho que o elevador desce — Juliet falou baixinho, fazendo com que os dois homens olhassem para ela. — Acho que vai para a montanha.

Ela apontou para o corredor na direção oposta da porta que havíamos entrado.

— Essa é uma teoria interessante — Jace disse. — Por que você acha isso?

— O livro turístico que li no caminho até aqui diz que Kauai tem muitas cavernas. Eram atrações populares no velho mundo. Se eu fosse construir um bunker aqui, aproveitaria uma estrutura natural.

Jace piscou, então olhou para Darius.

— Você deu um guia de Kauai a ela?

O outro vampiro deu de ombros.

— Ela gosta de ler.

— Ele gosta de me dar livros — Juliet corrigiu. — Ele me

deu vários sobre o Havaí enquanto estávamos na cidade de Jace.

Jace ficou boquiaberto com Darius.

— Onde é que você os encontrou?

— Humanos morreram. Bibliotecas, não — Darius brincou. — Guardei todos os meus livros. E enviei Trevor em uma missão para pegar algumas coisas enquanto planejava nossa viagem.

— Claro que sim.

— Acho que ela está certa — interrompi, desinteressada em como Juliet havia adivinhado. O tempo era precioso e tínhamos um quebra-cabeça para resolver.

Ignorando-os, fui em direção à porta no final do corredor. Parecia exatamente como o que havíamos entrado, só que estava do lado oposto.

O teclado se parecia com os que usei no Bunker 47.

Jace apareceu com o relógio, e eu o peguei, curiosa para testar minha teoria sobre o uso interrompido do dispositivo.

Fiz a varredura e não fiquei surpresa quando disse "Acesso negado".

Darius experimentou o relógio contra o bloco do elevador, provocando uma resposta semelhante que ecoou pelo corredor branco imaculado.

Considerei nossas opções e digitei um código mestre que teria funcionado para abrir uma porta no Bunker 47.

— Acesso negado.

Mordendo o lábio, pensei: *O que a Lilith faria?*

Muitas vezes, levava de trinta minutos a uma hora para que seu elevador chegasse ao Bunker 47. Era possível que ela simplesmente tivesse enviado um sinal à frente para anunciar sua aparição iminente. No entanto, sempre suspeitei que ela havia entrado no prédio e depois se ocupado por um período de tempo enquanto nos deixava esperando. Às vezes, eu até jurava que ela estava nos observando no saguão, apenas para ter certeza de que éramos escravos obedientes.

Ela gostava de manter todos no limbo porque isso provocava medo.

Mas ela teria sido pragmática sobre isso.

O que significava que provavelmente havia algum tipo de sala de informática neste nível. Algum lugar onde poderia passar o tempo, espionar seus funcionários e verificar a pesquisa antes de exigir uma atualização verbal.

Sempre foi um teste para a vampira. Ela queria garantir que eu lhe daria todos os detalhes de acordo com o que ela já sabia.

Quando eu passava, ela me recompensava me matando.

Uma medida de controle.

Algo que eu entendia muito bem para ser tão eficaz quanto ela desejava, o que a irritava ainda mais.

Então, para onde você iria? me perguntei, olhando ao redor do corredor, examinando cada porta. *Se houver computadores, você precisaria que eles estivessem em boa refrigeração. Longe do elevador ou atrás dessa parede.*

Só havia duas portas do lado oposto.

As duas tinham teclados.

Com o relógio sem funcionar, preciso de um código de substituição. *Então, o que você escolheria?*

Seria algo pessoal para ela. Algo que poucos saberiam porque ela não confiava em ninguém. Nada óbvio. Nada relacionado à sua vida na aliança, mas talvez a segredos em outros laboratórios.

Como o Bunker 47.

O que você queria proteger e ocultar? me perguntei, indo em direção à primeira porta para observar o teclado e a maçaneta. Então vaguei até o outro para compará-los, tentando notar qual era mais bem usado.

Humm, mas seu código seria conhecido por Lajos, pensei,

franzindo a testa. Os Vigílias disseram que ele deu a ordem do data center pessoalmente, o que significava que ele havia frequentado o bunker. E como Lilith, ele provavelmente passou um tempo aqui antes de se aventurar lá dentro.

Então, o que você confiou que ele soubesse? me perguntei, pensando no pouco que sabia sobre ele. A mente de Jace me ajudou a preencher algumas das lacunas, mas eu sabia que isso seria mais pessoal. Algo entre Lajos e Lilith.

Você sabia sobre mim? fiz a pergunta para Lajos, não Jace. Havia uma sugestão de familiaridade em nosso encontro, algo que me deixou desconfortável. Como se ele estivesse jogando algum tipo de jogo distorcido em vez de realmente mostrar interesse por mim.

Ficou nítido com seu toque.

E seus comentários.

Me lembrei do que ele disse sobre meu nome e sua familiaridade com a origem.

— Uma variante de Selene.

Seu comentário provocou um arrepio na minha espinha, algo sobre isso me inquietou. Porque Lilith também me disse isso uma vez. Foi por isso que ela escolheu meu nome. Selene significava algo para ela.

Selene era a deusa da lua na religião grega e romana, Jace disse. Sua mente estava quieta enquanto observava meus pensamentos. Mas ele também retransmitiu uma peça importante sobre a origem de Nyx como a deusa da noite.

Os dois andavam juntos em nome e ideologia.

Decidindo arriscar, digitei *Selene* no teclado, curiosa para ver o que aconteceria.

Um clique soou, mas a porta não abriu.

Precisa de uma frase de acompanhamento, percebi, tentando *Nyx* em seguida.

Outro clique.

Tudo bem. Eu estava prestes a digitar Lilith quando o sussurro de um pensamento de Jace me deu uma pausa.

Vesperus, ele sussurrou.

O quê?

É Vesperus, ele respondeu com firmeza. *O consorte de Nyx.*

Esse não era um nome que eu conhecia, mas ouvi a história em sua mente. O presente que Nyx concedeu aos Abençoados veio de seu amor por Vesperus, um deus semelhante a um vampiro que exigia sacrifícios de sangue para viver.

Nossa alimentação supostamente o mantém vivo, Jace sussurrou.

Certamente se encaixava os outros dois nomes no contexto. Mas eu não tinha certeza de como Selene entrava na equação. Independentemente disso, tentei *Vesperus.*

Um terceiro clique soou, fazendo com que a porta se abrisse sozinha.

Por que Selene? perguntei a Jace enquanto seguia pelo caminho aberto.

— Selene era a mãe do primeiro lycan — Jace respondeu em voz alta.

Franzi o cenho.

— Nyx a criou?

— Mais ou menos. — Ele deu um passo à frente para espiar dentro da sala quando as luzes se acenderam. — Selene era uma *Erosita* criada por um dos vampiros da minha geração. Mas eles não estavam apaixonados. Ele fez isso para que um Abençoado pudesse mantê-la para sempre. Não funcionou como esperado.

Eu o segui para dentro da sala, observando a forma retangular e porta alternativa. Parecia que o ponto de entrada não importava. Todo esse lado do corredor era uma grande área de servidores e, definitivamente, para onde Lilith teria ido.

— Estou familiarizada com esse nome — Juliet falou

enquanto se juntava a nós dentro da sala. — Selene, quero dizer. Ela escreveu em seus livros sobre o vínculo *Erosita*. — A última frase parecia ser dirigida a Darius.

— Sim. Dizem que ela é a razão pela qual *Erositas* devem permanecer fiéis aos seus companheiros vampiros — ele explicou enquanto eu seguia para o que imaginei ser o computador principal.

— A conexão *Erosita* deve ser valorizada, e Selene desafiou esse presente dormindo com o Abençoado — Jace adicionou com o foco em mim enquanto ele falava.

— Qual Abençoado? — Juliet perguntou.

— Fen — Darius murmurou. — Não só Nyx tirou sua imortalidade, mas também amaldiçoou o filho deles ao transformá-la na primeira lycan. Ela é imortal, como os Abençoados, mas todos de sua espécie eventualmente morrem. É por isso que os vampiros costumam ver os lycans como inferiores – eles não vivem para sempre.

O computador ganhou vida quando me sentei na frente dele e a tela pediu outra senha.

— E eles são amaldiçoados — Jace explicou, referindo-se ao motivo pelo qual os vampiros sentiam que os lycans estavam abaixo deles. — Lilith sempre viu a aliança como um presente porque concordamos em dividir os territórios igualmente.

— Mas a preferência sempre pesou a nosso favor — Darius murmurou.

— Verdade — Jace concordou. — Alguma suposição sobre a senha?

Eu tinha várias, então simplesmente assenti e comecei a digitar. Eu duvidava que Lilith tivesse usado as mesmas palavras dos códigos das portas.

Então, passei por outros detalhes conhecidos sobre ela.

Cane.

— Acesso negado.

Michael.

— Acesso negado.

Calina.

— Acesso negado.

Olhei para a tela e digitei uma senha que conhecia do Bunker 47.

— Acesso negado.

Tamborilando os dedos sobre a mesa, avaliei minhas opções. Todos os sistemas tinham uma senha de administrador associada. Foi como contornei os procedimentos de bloqueio em meu próprio laboratório.

Usando meu conhecimento de computadores e protocolos de *backdoor*, comecei a trabalhar para quebrar a camada externa de segurança, primeiro passando pela área de senha esquecida e trocando os perfis dentro do sistema.

Jace observou e sua admiração brilhou através de nosso vínculo.

Enquanto isso, Juliet e Darius continuaram discutindo a origem dos lycans e vampiros, o que a levou a discutir os protocolos de adoração no Conventus.

Fiz uma pausa enquanto ela recitava a oração que a fizeram repetir várias vezes ao dia.

— Um anagrama — sussurrei, ouvindo enquanto ela falava.

Para seu eterno,
Dê a nossa devoção,
Adie a cada segundo,
Saboreie mais da nossa noite,
Adoração em luz amorosa,
Deleite-se com a euforia sensual,
E glorifique todas as noites imortais.

Digitei as palavras conforme elas se formavam em minha mente. *A deusa se levantará novamente.*

— Acesso negado.

Humm. Tentei outra combinação. *ADSLN.*

"Acesso aceito."

O choque de Jace ondulou através de mim quando Darius disse:

— Essa besteira de prece realmente tem um significado?

— Parece que sim — Jace respondeu. — Acho que isso significa que a Lilith estava louca.

— Obviamente. Nyx nunca foi vista e, pelo que sabemos, ela está muito viva. Puta merda, ela pode nem mesmo existir. — O tom de Darius continha uma nota de descrença que ignorei em favor dos arquivos que povoavam o sistema.

Tudo no Bunker 37 tinha acabado de ser revelado diante dos meus olhos.

Começando com as câmeras de vigilância dos laboratórios subterrâneos.

Um arrepio percorreu minha espinha com a familiaridade de tudo isso, particularmente o quarto em que passei muito tempo. Alguém novo o ocupava agora. Um homem com cabelo escuro emaranhado e ombros curvados.

— Cam — Jace sussurrou. — Esse é o Cam.

Jace

Calina clicou o vídeo na tela, ampliando-o.

Amaldiçoei e olhei para Darius.

— Precisamos descobrir como colocar aquele elevador para funcionar. Agora.

— Pode deixar — ele respondeu, já se movendo.

— Existe algum tipo de controle neste sistema? — questionei, sentindo o coração disparado no peito. *Cam está aqui. Ele está nesta merda de bunker. Ele está...*

— Algo não está certo — Calina falou, interrompendo meus pensamentos.

— Nada disso está *certo* — rebati.

— Não, quero dizer com a filmagem. — Ela abriu mais a imagem, seu foco na parede. — Está... — Ela inclinou a cabeça, olhando para algum detalhe que parecia estar faltando.

Então, uma memória dela agarrando as paredes atingiu minha mente, suas unhas sangravam enquanto ela tentava se erguer depois de um dos experimentos mais duros.

Havia sulcos no cimento.

Sulcos que estavam faltando na sala agora.

Escutei enquanto ela raciocinava por meio de suas memórias e da imagem diante de si, tentando escolher detalhes sutis que só ela notaria.

Coisas sutis que diziam que o que ela estava vendo não era realmente aqui, mas em outro lugar.

Ela começou a alternar entre as telas, puxando uma variedade de câmeras de uma vez. Seu olhar avaliava cada uma e sua mente trabalhava enquanto ela tentava decifrar o que estava realmente vendo e comparando com suas memórias.

Eu me acalmei enquanto a ouvia, minha mente racional ajudando a separar a ânsia da realidade.

Uma pista falsa, ela dizia para si mesma. *Um vídeo que eles querem que vejamos.*

Porque quem quer que o tenha colocado ali sabia que deixaria a mim e a Darius em um frenesi.

Toda essa merda de situação era apenas um jogo gigante de perseguição com Lilith liderando o caminho, deixando migalhas de pão para seguirmos.

Calina estava cansada de ir atrás dela.

Ela assumiu o comando puxando todos os arquivos que pôde encontrar, os itens escondidos à vista de todos. Todas as coisas que teríamos perdido se tivéssemos pulado no elevador para encontrar Cam.

As datas estavam todas erradas.

A filmagem de Cam naquela cela era de semanas atrás, não de agora.

Vi quando Calina puxou cada quadro e, em seguida, fez alguns truques de *back-end* para revisar o carimbo de data / hora.

— Estes não são do Bunker 37 — ela finalmente disse. — Mas alguém os colocou aqui sabendo que os encontraríamos.

— Ela começou a olhar ao redor da sala, assim como eu, e nós dois vimos a câmera ao mesmo tempo. — Alguém sabe que estamos aqui.

— Você pode rastrear a localização? — perguntei,

semicerrando o olhar para o equipamento de vigilância no canto.

— Posso tentar — ela respondeu, já movendo os itens pela tela. — Eu também quero saber onde fica esse outro laboratório. A configuração é exatamente a mesma do Bunker 37. Mas as paredes não estão certas.

Darius e Juliet já tinham se juntado a nós novamente, Darius provavelmente tendo ouvido nossa conversa do corredor. Os dois observaram a tela enquanto eu olhava diretamente para a câmera, desafiando quem estava nos observando a fazer um movimento.

Alguém estava do outro lado dessa câmera.

Alguém queria que caíssemos em uma armadilha.

Alguém estava prestes a pagar.

Quem é você? me perguntei. *O infame soberano? Outro aliado? Algum membro da realeza querendo vingança? Um lycan, talvez?*

Não, eu duvidava que fosse o último. Um lycan nunca aprovaria as pesquisas que acontecem nesses laboratórios.

Talvez fosse um Abençoado, mas eu não conseguia imaginar quem aprovaria esse comportamento de Lilith. Uma das razões pelas quais muitos deles dormiram foi para manter seus laços com a humanidade. Talvez alguém tenha acordado sem que os outros soubessem e perdido a cabeça no processo.

— Volte — Juliet pediu de repente, fazendo Calina pausar e virar a tela novamente.

— Para esta?

— Sim. — Juliet se inclinou sobre o ombro dela, observando a imagem de uma mulher humana com a cabeça baixa. — Acho que essa é a minha matrona.

— Matrona? — Calina repetiu.

— Uma espécie de treinadora do Conventus — expliquei, trocando um olhar com Darius enquanto Calina puxava o vídeo que Juliet havia sinalizado e clicava em *Play*.

A humana tropeçou para frente. Ela parecia mancar da perna direita e incapaz de movimentos graciosos.

Alguém grunhiu nos alto-falantes.

Mas a fêmea não parou. Seus movimentos eram claramente coagidos enquanto ela continuava em direção à cela. Arregalei os olhos para o homem familiar atrás das grades.

— Puta merda.

— Bem, isso complica as coisas — Darius murmurou, levando a mão a nuca. — Achei que ele estava dormindo.

— Eu também — respondi, estremecendo quando o vampiro de cabelos brancos agarrou a fêmea e afundou as presas em seu pescoço.

Juliet cobriu a boca com a mão. Eu não precisava de uma confirmação verbal para saber que era definitivamente sua matrona. Estava escrito nas profundezas de seus olhos castanhos.

No entanto, ver tudo se desdobrar abriu um caminho potencial em minha mente, que segui com facilidade quando tirei uma conclusão óbvia.

— Um ancião recentemente acordado e uma matrona — eu disse, encontrando o olhar de Darius. — Isso só pode ser um lugar.

A Itália sempre foi um território neutro nesta nova era porque abrigava o local de descanso escolhido para os antigos. No entanto, as terras estavam notoriamente sob o governo de Lilith por causa da localização do Conventus em Roma.

Mais especificamente, o Vaticano.

Acima e abaixo do solo.

Ela possuía tudo isso como líder da aliança, tornando-o um território fácil para esconder segredos.

Como um vampiro antigo controlado por uma arma de manipulação da mente sobrenatural.

Qual o melhor lugar para escondê-lo do que em uma área cercada por imortais adormecidos?

Ninguém para ouvi-lo gritar ou implorar.

Era a porra de uma cripta.

A expressão de Darius me disse que ele já tinha entendido, mas falei em voz alta de qualquer maneira.

— Cam está debaixo do Vaticano. — Eu tinha certeza. — Como não vimos isso?

— Porque é um local de descanso sagrado que nunca poderíamos imaginar que seria profanado — Darius respondeu, parecendo frustrado. — Puta merda. Se pudermos provar isso, não há nenhuma chance de alguém nos culpar por derrubar a Lilith.

— A menos que um ancião seja o soberano. — Olhei para a câmera novamente. — A questão é qual?

Darius e eu começamos a examinar as possibilidades, os nomes que não discutíamos há muito tempo. Mais da metade deles foi descartada imediatamente com base em seus desejos conhecidos de preservar a vida humana – eles eram a fonte de nossa essência. E para aqueles que acreditaram nas histórias de origem, eles viram seu sangue como sacrifícios reverenciados, destinados a manter nossos legados vivos.

Calina continuou procurando nos registros por qualquer menção ao soberano ou aos Abençoados e aos vampiros da primeira geração enquanto conversávamos. Ela interrompeu algumas vezes com descobertas. A maioria eram detalhes interessantes sobre tecnologia, incluindo as especificações das várias armas que Lilith havia fabricado no século passado.

Examinamos os detalhes do dispositivo de manipulação mental que ela usou em Ryder e, em seguida, examinamos outro registro sobre uma ferramenta de refinamento de memória.

Mas nenhum dos arquivos revelou as respostas de que realmente precisávamos.

Um tempo indeterminado se passou. Horas, talvez. Discutimos e revisamos vários outros itens no computador, ao mesmo tempo em que permanecíamos sem ser perturbados por quem quer que nos vigiasse de cima.

Quem quer que fosse queria que descobríssemos esses arquivos.

Ou talvez não estivéssemos sendo observados.

Desistimos de tomar conta, examinamos os arquivos novamente, os registros, a vigilância e, em seguida, voltamos à nossa discussão sobre o infame soberano e quem poderia ser.

Quando começamos a discutir alguns dos antigos mais cruéis, como Ícaro e Néftis, ficou claro que poderia haver alguns culpados em potencial aqui. Até Fen estava na lista porque se alguém tinha motivos para ficar com raiva, era ele e sua prole lycan.

No entanto, uma coisa permaneceu obscura para mim.

— Como ela os acordou? — Exigiam-se cerimônias específicas para despertar os antigos de seu sono. E teria exigido boa vontade e concordância de várias linhagens reais, incluindo a minha. — Tenho certeza de que meu pai nunca daria seu sangue ou sua permissão para um ritual. E eu com certeza não dei.

Darius parecia inquieto e fechou os olhos.

— Não. Mas se Cam o fizesse, sua linhagem não seria necessária.

— Ele nunca faria isso.

— Ele pode fazer isso por Ismerelda, — Darius apontou em voz baixa, olhando para Juliet. Sua expressão dizia: *algo que eu entenderia*. Porque ele faria isso por Juliet.

E pelo relato de Ryder de sua conversa com Lilith, ela sabia sobre a localização de Izzy.

O que significava que ela poderia ter usado isso para ameaçar Cam.

— Merda. — Passei a mão no rosto e no queixo,

considerando o resultado. Cronus era o irmão mais velho, o que o marcava como um pouco mais poderoso do que meu pai. Em teoria, sua linhagem poderia substituir a minha.

Olhei para Calina, me perguntando se eu faria um sacrifício semelhante por ela. Só que seu foco intenso na tela me distraiu dos meus pensamentos, principalmente porque os dela eram tudo que eu podia ouvir.

Ela encontrou os registros sobre seu nascimento.

Enquanto procurava informações sobre Selene, percebi ao ouvir a surpresa em seus pensamentos.

Calina Selene, nascida em 17 de março, ela leu, *o ano vinte e dois antes da revolução que havia criado nosso novo mundo. Nomeada por sua mãe.*

Calina clicou no arquivo pertencente a sua mãe, e meu queixo quase caiu no chão.

Mira.

Fiquei boquiaberto enquanto Darius reagia ao rosto na tela.

— Isso não é possível — ele sussurrou.

No entanto, conforme Calina continuava a revisar os arquivos, ficou muito claro que não era apenas possível, mas verdade. Havia vídeos, arquivos de voz, assinaturas e muitos outros detalhes que demonstravam não apenas o envolvimento de Mira, mas também sua vontade de ajudar.

E quando Calina começou a vasculhar os arquivos de Mira, ficou evidente o *porquê* Mira ajudou.

Assim como o nome de Calina de repente assumiu um significado totalmente novo.

— Mira é filha de Selene — sussurrei, maravilhado com a revelação.

— Como isso é possível? — Darius perguntou. — Não saberíamos? Não conhecemos Mira até pouco antes da revolução? Certamente alguém a conheceria ou a reconheceria de antes.

Balancei a cabeça devagar.

— Há rumores de que ela escolheu o sono eterno em vez de uma vida de solidão. Qualquer um que ela transformasse já estaria morto há muito tempo, tornando sua identidade impossível de determinar.

— E ela teria dormido nas catacumbas — Darius disse, nos levando de volta à nossa teoria da localização de Cam.

— Precisamente. — Coloquei a mão na nuca, soltando um suspiro quando acrescentei: — Ela conheceu Luka há cerca de duas décadas antes da revolução. Pouco depois da criação de Calina. Ela faz parte disso desde o início.

— Mas por quê? — Darius questionou. — Por que ela faria isso?

— Para criar lycans imortais — Calina sussurrou, mantendo o foco ainda na tela enquanto revisava algum tipo de relatório. — Fui o primeiro teste bem-sucedido, por isso ela me deu um nome. No entanto, é por causa dos vínculos imortais que tenho com meu pai. — Ela abriu um novo relatório, exibindo outra foto familiar. — O *Erosita* da Lilith. Michael.

Todos os pensamentos sobre a câmera acima e a localização de Cam desapareceram enquanto Calina continuava lendo todos os arquivos sobre sua criação e sua imortalidade.

O objetivo era criar um lycan imortal.

Eles conseguiram isso usando o elo *Erosita* e a genética de Mira e, em seguida, implantando o feto no útero de um tipo de sangue raro. O que, descobrimos através da leitura, era parte do que tornava Mira tão única.

Sua mãe não tinha sido apenas uma *Erosita*, mas uma humana de uma essência única, semelhante ao sangue dourado que corria nas veias de Calina.

As virgens de sangue, como Juliet, eram todas relacionadas a esse tipo de sangue raro também. Não eram sangues dourados, mas uma variante, o que explicava por que Lilith escolheu mantê-los alojados sobre as catacumbas.

Eles também estavam sendo usados para experimentação, algo que os arquivos revelaram enquanto Calina continuava a vasculhar os vários relatórios.

Tudo estava ligado.

Vampiros. Lycans. Virgens de sangue. *Erositas.*

Calina foi criada manipulando geneticamente a parte do cérebro onde as conexões *Erosita* residiam em seres imortais, infundindo sua essência com a linhagem de sua mãe e, em seguida, envolvendo tudo em um tipo de sangue irresistível que a tornava ainda mais atraente.

O objetivo de Lilith era criar humanos imortais que poderiam ser comidos e sangrar até a morte, revivendo em seguida para fazer tudo de novo.

Mas o objetivo de Mira era encontrar uma maneira de prolongar a vida dos lycans.

De alguma forma, as duas concordaram em trabalhar juntos. O que explicava como Mira foi capaz de contornar a tecnologia de Lilith, mesmo em seu próprio território.

Porque Lilith havia permitido.

Assim como ela permitiu que o Clã Majestic operasse como um porto seguro para os humanos.

— A Mira contou tudo a ela — percebi, observando os arquivos com Calina. — E agora alguém nos permitiu descobrir. — Olhei para a câmera novamente. — É você, Mira? Você é a soberana? — Parecia impossível. Mas ela era mais velha que Lilith. Potencialmente ainda mais poderosa.

— Diz aqui que a Lilith acordou Mira depois que o primeiro lycan foi descoberto por humanos — Calina disse, interrompendo minha disputa com a câmera.

Quem é você? me perguntei. *Por que está nos contando seus segredos agora?*

Ainda estávamos no meio do jogo. A distração foi evitada,

mas ainda não fomos punidos por encontrar todos esses detalhes.

O que significava que quem estava no comando queria que soubéssemos dessas coisas.

— É por isso que eles criaram o laboratório — Calina continuou. — Mira queria fortalecer a espécie lycan para garantir que isso nunca mais acontecesse.

— É isso que diz? — perguntei, finalmente olhando para a tela novamente.

— Não. Mas é o que faz sentido. — Ela puxou uma entrada de registro inserida por Mira exibindo suas tentativas e erros. Todas anteriores à revolução e quando ela conheceu Luka. A final foi exatamente dois anos após o nascimento de Calina, com Mira deixando instruções para futuros pesquisadores continuarem seu trabalho.

— Ela confiava em Lilith para mantê-la atualizada — comentei em voz alta, revendo o final de seu diário. — Ela pode não ter ideia de que você ainda está viva.

— A menos que ela esteja nos observando agora. — Calina olhou para a câmera. — Mas acho que o *soberano* é o Michael.

Balancei a cabeça.

— Michael está morto.

— Não. — Ela clicou na tela para abrir outro registro com a data de seu nascimento. — Ele é um vampiro.

Franzi o cenho.

— Isso não faz sentido. — Mas enquanto eu lia as palavras na tela, elas começaram a pintar um quadro muito perturbador.

Ele foi atacado por humanos.

Quase morreu.

Até que alguém de ascendência real lhe deu sangue para trazê-lo de volta à vida.

O nome na tela me fez piscar.

— Isso é impossível. Ele teria me contado. — Me concentrei em Darius. — Ele te contou sobre isso?

Ele tinha uma expressão de consternação semelhante.

— Não. Cam nunca mencionou salvar o Michael.

— Tem que ser mentira — falei, me perguntando o quanto de tudo isso era realmente verdade. — Isso... tudo isso... é demais... — Eu não conseguia encontrar as palavras. Principalmente porque *inacreditável* parecia um eufemismo.

No entanto, a prova de tudo estava olhando para nós na tela.

— Cam iria...

O chão sob meus pés tremeu quando uma explosão atingiu o corredor do lado de fora. Minha arma caiu enquanto eu me movia para a porta, encontrando escombros por todo o chão.

E um Kylan sorridente de pé perto da entrada destruída.

— Viu, é por *isso* que você me convida para jogar. Sou útil quando quero ser.

Jace

— Que merda você está fazendo aqui? — perguntei, chocado e grato pela chegada inesperada de Kylan.

— Bem, eu estava falando cóm o Ryder, como você sugeriu. E ele falava sem parar sobre alguns escravos humanos que teve que adotar para agradar a Willow. Acho que ele emitiu um decreto declarando que um filhote de laboratório chamado Petri e seus pais biológicos estão oficialmente sob sua proteção?

— Gretchen e James — respondi, um tanto divertido ao saber desse desenvolvimento. Louis ficaria muito desapontado. Mas só alguém que cortejasse o suicídio arriscaria a ira de Ryder, e se ele havia escolhido protegê-los para o benefício de Willow, então eles eram realmente afortunados. — Eram dois dos assistentes de laboratório de Calina no Bunker 47.

— Ah, entendi. — Kylan considerou isso por um momento. — Bem, de qualquer maneira, no meio do falatório do Ryder, Damien ligou para falar sobre algum tipo de alarme de relógio. Então ele mencionou não ser capaz de entrar em contato com você. Resumindo, eu era o mais próximo e tenho o jato mais rápido.

Semicerrei o olhar para a pontada sutil. Nós dois éramos colecionadores. E ele tinha, de fato, o jato mais rápido. Porque me superou em um leilão.

— Por enquanto — eu disse por entre os dentes, respondendo à sua afirmação.

Ele deu de ombros e cruzou um tornozelo sobre o outro.

— Veremos. — Ele arqueou uma sobrancelha escura e o cabelo de mesma cor caiu em sua testa de um jeito que dizia: *explodi algumas coisas por aí.* — Então. Você encontrou Cam?

— Sim e não — admiti, olhando para o relógio que eu havia esquecido enquanto revia os arquivos. Restava quase uma hora. — Achamos que ele está nas catacumbas do Conventus, na Itália.

Kylan arqueou uma sobrancelha.

— Com os antigos?

— Sim.

Ele bufou.

— Seria típico de Lilith perturbar a paz. Toda a parte da Deusa realmente subiu à cabeça dela, não foi?

Eu teria concordado com ele, mas um alarme nos pensamentos de Calina me fez retornar imediatamente para o seu lado. Era um vídeo dela amarrada a uma mesa, gritando enquanto um lycan...

A fúria atingiu meu ser, seguida por um terror agudo quando as emoções de Calina dominaram nosso vínculo.

Estendi a mão para fechar a janela, em seguida segurei seu queixo e a forcei a encontrar meu olhar.

Nenhuma palavra foi dita.

Apenas um intenso momento de silêncio sublinhado em meu voto silencioso de nunca deixar algo assim acontecer novamente.

Ela engoliu em seco, e senti um pouco de seu medo diminuir. Mas a inquietação permaneceu e seu estômago embrulhou por ter encontrado aquele arquivo em particular.

Darius disse algo para Kylan no corredor, confirmando que ele e Juliet tinham saído para nos dar privacidade. Porque ele provavelmente viu todos os detalhes, assim como eu.

Eu estava clicando nos relatórios, e-e...

— Você não precisa explicar nada para mim — eu disse a ela, soltando seu queixo para segurar sua bochecha enquanto me ajoelhava diante dela. — Você queria respostas. Você as encontrou.

Ela engoliu novamente.

— E-essa não era a resposta que eu queria.

— Eu sei. — Passei o polegar pela sua bochecha, observando seus olhos ainda azuis. — Mas algumas delas eram os que você precisava. Embora, ainda não explique nossa conexão.

— Acho que sim — ela sussurrou, sua mente me fornecendo um vislumbre da análise que ela já havia feito sobre o assunto.

Com os laços *Erosita* dentro de sua mente, ela estava fortemente predisposta a se tornar a companheira de um vampiro. E fui o primeiro a trocar sangue com ela, minha essência, o único sangue de vampiro que ela já engoliu.

Ela também nunca transou com um vampiro.

Até mim.

Me tornando tecnicamente o primeiro, apesar da relação com o lycan.

Talvez não se trate tanto de ser virgem quanto de ser intocada por outros vampiros, ela sussurrou em minha mente. *Ou eu sou única.*

Ou as duas coisas, eu disse a ela, maravilhado mais uma vez em como sua mente funcionava de forma tão semelhante à minha. Essas foram revelações de partir o coração que teriam levado muitas mulheres às lágrimas, mas não Calina.

O vídeo a assustou, mas ela não chorou. Ela apenas catalogou a memória como correta enquanto estremecia de repulsa e imediatamente voltou à consideração pragmática do que fazer com a informação.

— Precisamos ir para a Itália — eu disse.

— Acho que você deveria revisar os registros telefônicos e

as comunicações de Mira primeiro — ela rebateu, fazendo minha sobrancelha arquear. — Porque não acho que seja apenas Cam na Itália. Acho que encontraremos o soberano lá também. Mas ela deve ser capaz de confirmar o que precisamos saber.

— Ou podemos pegá-la e exigir que ela responda às nossas perguntas — Darius sugeriu da porta. — Claro, vamos precisar da ajuda de Luka com isso. E ele pode não estar interessado em interrogar sua companheira.

— Ele ficará quando souber de sua traição — eu disse, voltando o foco para o computador. — Precisamos baixar o máximo possível desses arquivos. E estamos ficando sem tempo para fazer isso.

Esperei para ver se Calina tinha algum escrúpulo sobre o potencial de sequestro e tortura de sua mãe para obter informações, mas ela não demonstrou nem mesmo uma partícula de emoção sobre o assunto. Para ela, era o caminho certo.

Darius também concordou e saiu para organizar o equipamento de que precisávamos no jato.

Enquanto isso, Calina começou a reunir todos os arquivos em um local central para exportação.

Fiquei atrás dela e continuei olhando para a câmera, certo de que estávamos sendo observados. *Por que você não está fazendo nada?*, perguntei à pessoa por trás da câmera vigilância. *Que teia você criou para nos enredar agora?*

Porque deixar-nos sair com todos esses detalhes parecia contraproducente para o objetivo final.

A menos que Lilith sempre tenha pretendido que sua pesquisa fosse conhecida.

Contemplei o potencial dessa revelação enquanto Calina trabalhava. Darius se juntou a nós novamente, dizendo algo sobre Rae e Juliet terem retornado aos jatos para manter uma distância segura. Eu apenas assenti, pensando no plano de

Lilith e tentando decifrar exatamente o que ela pretendia aqui.

Estávamos operando sob a suposição de que a pesquisa de Lilith perturbaria a aliança, tornando-a algo que deveríamos compartilhar.

Mas o que ela ganharia se nós mostrássemos para os lycans e vampiros do mundo?

Caos, ouvi Calina sussurrar para mim.

Franzindo a testa, considerei suas palavras.

Os lycans ficariam furiosos ao saber o que Lilith estava fazendo com sua espécie. Então, descobrir que Mira, a primeira lycan que existiu, tinha ajudado... só pioraria tudo.

A menos que Mira realmente não soubesse. Ela confiava em Lilith para continuar sua pesquisa, exceto que elas compartilhavam objetivos diferentes.

Você pode pesquisar nossos nomes? perguntei a Calina, curioso para saber se Darius ou eu fomos mencionados em algum diário.

Já fiz isso. Não há nada sobre você. Nem mesmo nos arquivos que encontrei sobre o Cam.

— Você encontrou arquivos sobre o Cam? — Fiquei tão surpreso que falei as palavras em voz alta.

— Sim. E o dispositivo que a Lilith usou para incapacitá-lo. — Ela abriu os registros para me mostrar um vídeo dele de joelhos, gritando enquanto Lilith falava de forma casual sobre o que pretendia fazer com Izzy.

Meu sangue queimou com suas provocações e minha mente substituiu automaticamente o nome de Izzy pelo de Calina.

E percebi que Darius estava certo. Se Lilith tivesse ameaçado Izzy para forçar a obediência de Cam, ele teria concordado. Porque eu faria o mesmo.

Fiquei maravilhado com essa constatação enquanto Calina me mostrava mais alguns itens no arquivo de Cam.

Quase tudo parecia repetitivo com Lilith usando o dispositivo para torturá-lo, mantendo-o trancado em um quarto e enrolado em posição fetal enquanto ela o provocava repetidamente.

— Qual é o arquivo mais recente sobre ele? — perguntei, checando o relógio e notando que tínhamos apenas dez minutos.

— A última frase do arquivo dele diz: *Atualizar protocolo...* — ela disse, olhando para mim enquanto lia a data em voz alta.

— Foi quando a Lilith morreu.

— Eu sei — ela respondeu.

Cerrei a mandíbula. *Que merda é um protocolo de atualização?*

A resposta me escapou quando Calina terminou de carregar os arquivos finais. Com uma rápida olhada no relógio, percebi que tínhamos dois minutos para escapar e encontrei seu olhar.

— Isso me lembra do nosso primeiro encontro.

— Não tenho certeza se chamaria essa experiência de primeiro encontro.

Eu sorri.

— Você acabou nua depois.

— Não por escolha.

— Ah, sim. Eu me esqueci. É tudo sobre a minha proeza de vampiro. — Eu a segurei pelos quadris e a levantei. — Pernas em volta da minha cintura.

Ela obedeceu e suas íris brilharam com intenção sensual.

— Se você quiser me despir após este encontro, eu aprovo.

— Eu te devo um banho — murmurei, envolvendo os braços na parte inferior das suas costas. — E temos um longo voo pela frente.

Tinha que fazer algumas ligações primeiro, mas seriam rápidas.

Ou pediria a Darius para fazê-las.

Comecei a me transportar enquanto minha mente negava a tarefa de deixar isso para Darius. Luka precisava ouvir as notícias diretamente de mim.

Pessoalmente, pensei enquanto o ar da noite nos cercava. *Ele precisa ver os arquivos para acreditar.*

Calina não respondeu, apenas rodeou meu pescoço com os braços e me segurou enquanto eu corria em direção aos jatos. Eles haviam mudado para uma praia a cerca de três quilômetros de seu local de pouso original.

Quando finalmente chegamos, Calina paralisou e seu olhar foi para a lua pairando sobre a água.

Era como se o sol tivesse voltado, só que desta vez eu estava a par de seus pensamentos.

Tão inocente, jovem e bonita.

Ela nunca tinha visto a praia antes, muito menos o oceano. E ela foi cativada pela visão.

Dei a ela um momento para admirar a vista, estremecendo apenas um pouco quando senti o chão tremer embaixo de nós. Parte de mim não tinha pensado que os laboratórios iriam explodir, que quem liderou este jogo estava blefando.

Talvez não estivéssemos sendo observados.

Mas meus instintos me disseram que alguém estava nos observando o tempo todo.

E logo, descobriríamos *quem*.

Coloquei Calina na praia, ciente de que ela queria tocar a areia e a água. Ela me entregou a bolsa que tinha colocado no ombro – aquela que continha todos os dispositivos que Darius trouxe para nós antes de desaparecer com Kylan – e seguiu até onde as ondas rolavam. Ela se ajoelhou. Seus pensamentos estavam alegres e cheios de admiração.

Admirei a vista e a doce emoção em sua mente.

Isso me fez querer ter certeza de que eu estaria presente

em todas as suas primeiras vezes, que eu realizaria cada sonho e curiosidade que ela possuía.

Uma risada suave encheu sua mente enquanto a água tocava seus dedos e seus lábios se curvaram em um sorriso que eu queria gravar em minha memória e nunca mais apagar.

Esta mulher estava firmemente dentro da minha alma. Seu rosto era o único que eu queria ver. Seu coração era o único que eu precisava possuir. Seu corpo era o único que eu desejava ter.

Em algum ponto durante nosso tempo juntos, caí de um penhasco de luxúria em algo muito mais profundo.

Talvez fosse o nosso vínculo.

Talvez fosse o destino.

Talvez até alguma combinação de ambos.

Mas essa mulher começou a significar algo para mim que desafiava a razão e a compreensão.

Ela me fez querer largar a bolsa de dispositivos, correr até ela e carregá-la para o oceano. Tirar nossas roupas. E fazer amor entre as ondas.

Era um desejo tão vívido que abrangia todos os meus pensamentos e visão, tanto que não percebi que Kylan se juntou a mim até que ele limpou a garganta.

— Humm, então é amor — ele comentou com as mãos nos bolsos da calça preta, as mangas da camisa escura enroladas até os cotovelos e o colarinho desabotoado no pescoço. — Isso cai bem em você, velho amigo. Parabéns por encontrar seu coração.

Quase o corrigi, meu velho hábito da indiferença desejando uma válvula de escape.

Mas eu não conseguia expressar as palavras.

Porque eu não queria mentir. Não queria degradar o que Calina e eu tínhamos. Eu não tinha certeza se era amor. Parecia um termo muito leve para a união entre nossas mentes. Ela era como minha outra metade, tornando uma vida sem ela impossível de compreender.

Ela morreu, e eu fiquei tão perdido que matei um membro da realeza e arruinei mais de um século de planos. Ainda assim, eu sabia que se acontecesse de novo, eu faria a mesma coisa.

Porque ela era minha para proteger.

Eu nunca ia me desculpar por vingá-la.

Kylan pigarreou.

— Darius acabou de falar com o Damien. Acontece que ele já suspeitava da Mira, porque um dos técnicos do laboratório a reconheceu de longe. Ele não disse nada porque queria mais provas, mas a está vigiando.

Assenti.

— Então parece que vamos para o Clã Majestic.

— Vamos mesmo. O Ryder está combinando com Edon, Silas e Luna para nos encontrarmos lá.

— Outra reunião — eu disse, com o olhar ainda em Calina. — E quase a tempo para a original que Lilith planejou.

— Engraçado como isso funciona — Kylan falou, batendo a mão no meu ombro uma vez antes de começar a puxar a bolsa para longe de mim. — Darius e Juliet vão voar comigo para que você possa brincar de forma apropriada com sua nova escrava.

Normalmente, eu argumentaria com tal afirmação e o lembraria de minha posição superior.

Mas ele era mais velho.

E eu não queria discutir o presente que ele acabou de me dar.

Então eu apenas assenti em gratidão e continuei vendo minha companheira brincar na água. Ela tirou os sapatos e enrolou as calças até as panturrilhas para sentir as ondas. Era uma coisa tão juvenil de se fazer, mas ela merecia este momento. Isso a ajudaria a relaxar e esquecer as memórias encontradas nesses arquivos. Isso a ajudaria a escapar da verdade de sua herança. E a fez sorrir.

Essa última parte era tudo que eu precisava para saber que este momento importava para ela.

Uma nova experiência para sua mente.

Me sentei na praia enquanto ela continuava a brincar com a água. Ela ergueu o olhar só uma vez quando o jato de Kylan decolou. Ele teria que parar para abastecer no caminho enquanto o meu estava totalmente abastecido no campo de aviação da cidade de Lajos.

Então, mesmo que eu desse a Calina mais trinta minutos aqui, ainda chegaríamos primeiro no Clã Majestic.

Sabendo disso, me apoiei nos cotovelos e observei minha pequena ninfa dançar ao luar, com o cabelo loiro brilhando enquanto se virava com uma risada.

— Você também pode se despir, pequena feiticeira — gritei para ela. — Eu adoraria o show e vou fazer você se despir antes de entrarmos no jato de qualquer maneira. — Suas roupas estavam ensopadas de água.

Ela parou de girar e olhou para mim.

Então, muito lentamente, ela puxou o colete à prova de balas para revelar a blusa branca justa por baixo.

Mordi o lábio com a impressionante visão dela ao luar. Ele delineava seus seios perfeitamente, inclusive os mamilos endurecidos.

Uma onda a atingiu, o líquido espirrou em sua cintura e umedeceu o tecido perto de seu abdômen plano.

Ela respondeu puxando a peça sobre a cabeça e me dando uma visão completa de seus seios perfeitos.

Humm, essa é uma visão atraente. Me encante mais, querida. Me deixe tão duro que eu nem consiga andar.

Seus olhos brilhavam com círculos amarelos no escuro, seu lado lycan evidente em seu olhar.

Isso só me excitou mais.

Sempre imaginei a natureza animal do tipo lycan. E minha mulher claramente tinha uma besta dentro de si que rivalizava com a minha.

Estiquei as pernas e as cruzei na altura dos tornozelos, admirando a vista apoiado nos cotovelos enquanto Calina abria o zíper do jeans e começava a pular para removê-lo.

Era erótico de um jeito divertido ver o tecido agarrado a suas pernas enquanto ela lutava para livrá-los de suas coxas.

Ela perdeu o equilíbrio nas ondas, me fazendo sentar.

Mas se levantou novamente, com o rabo de cavalo loiro encharcado e com um sorriso gigante.

Ela terminou de se despir, ficando nua e linda enquanto rolava nas ondas novamente.

Você ao menos sabe nadar? perguntei, de repente preocupado por ela não ter voltado à superfície. *Calina?*

Ela não respondeu.

— Merda. — O Oceano Pacífico tinha uma forte ressaca, tornando nadar em uma praia como essa bastante perigoso para alguém inexperiente.

Não me incomodei em tirar a roupa, apenas fui para a água onde ela esteve e quase caí quando ela saltou das ondas em mim. Eu a segurei pela cintura, sentindo meu coração acelerar de surpresa.

E ela riu.

Eu pisquei.

— Você acabou de...? — Eu não conseguia nem formular a pergunta. Ela pregou uma peça em mim. Algo que eu teria percebido se tivesse levado um minuto para ler sua mente, mas meu instinto de salvá-la veio primeiro. — Esse é um movimento perigoso, Calina.

Ela riu de novo, bêbada de vida. Ou talvez apenas bêbada da água salgada.

— Pode me punir, Alteza.

Arqueei uma sobrancelha.

— É isso que você quer?

Ela considerou por um momento e vi seus lindos olhos refletindo a lua clara.

— Quero você. — Ela se inclinou, roçando os lábios nos meus. — Você me queria nua, certo? De boa vontade? Aqui estou. E agora eu quero você.

Um grunhido fez cócegas no meu peito e a necessidade de levá-la a cabo quase descarrilou todos os meus pensamentos.

Mas não tinha tempo suficiente para tomá-la adequadamente.

No jato, eu teria.

E eu já tinha prometido a ela um banho.

— Humm — murmurei, voltando ao jato e subindo os degraus sem me importar com as roupas na praia. — Podemos ir agora — eu disse a Sal ao passar por ela. — Calina e eu estaremos nos fundos se você precisar de mim.

— Sim, Meu Príncipe — ela respondeu de forma obediente. Embora eu não tenha perdido a pontada de diversão em seu tom. Parecia que minha paixão recém-descoberta divertia a todos.

Dada a minha história, acho que merecia isso.

Mas parecia certo.

Como se fosse exatamente onde eu deveria estar.

Calina me tornou mais forte. Mais feliz. Mais estratégico. *Completo*.

— Estou começando a me perguntar quem eu era antes de você — admiti enquanto a carregava para o quarto e diretamente para o banheiro privativo. — Você me mudou de forma irrevogável, Calina. Não tenho certeza se algum dia serei o mesmo.

— Isso é ruim? — ela perguntou e seu sorriso desapareceu em uma expressão mais séria.

— Eu nunca soube que precisava mudar — disse a ela. —

Mas agora que sei quem posso ser com você, me pergunto como fiquei satisfeito antes.

Eu a coloquei no banco e terminei de tirar as roupas enquanto ela observava. Uma dúzia de ideias passou por sua mente, todas centradas em meu pau e cada uma delas mais atraente que a anterior.

Mas nenhuma era o que eu pretendia fazer.

— Levante-se, geniazinha — falei, estendendo a mão para abrir o chuveiro. — Há uma parte sua que ainda não reivindiquei. E pretendo fazer com que cada centímetro de seu corpo seja meu.

Calina

Estremeci com a promessa na voz de Jace.

Que parte? Eu queria perguntar, mas a intenção sombria em seu olhar me fez obedecer ao seu comando. Também ouvi murmúrios em minha mente, a intenção que eu nunca teria considerado.

Suas mãos encontraram meus quadris enquanto ele me puxava para dentro da água, o chuveiro maior do que qualquer outro que já vi. Exceto por aquele em sua casa na cidade de Jace – só a banheira foi feita para cinco ou mais pessoas desfrutarem ao mesmo tempo.

Algo que eu não queria pensar porque trazia sussurros do passado de Jace.

Ele segurou meu queixo, me forçando a olhar para ele.

— Não vou me desculpar pelo meu passado, Calina.

— Nunca pedi isso para você. — Jamais pediria. Era uma parte dele que eu tinha que aceitar. Além disso, era o futuro que mais me preocupava.

Ele inclinou a cabeça, aumentando seu aperto no meu queixo e quadril quando o jato começou a se mover.

A água continuou a cair sobre nós, o calor lavando um pouco do gelo que se formava dentro de mim ao pensar no que nosso futuro reservava.

Nosso vínculo era indefinido. Eu poderia dormir com outras pessoas. Ou talvez não.

Mas Jace, com certeza poderia.

E não gostei dessa ideia.

Eu queria chamá-lo de meu, assim como ele fez alguns momentos antes. No entanto, senti como se não pudesse reivindicar algo semelhante porque ele realmente não era meu.

O vínculo *Erosita* era injusto a esse respeito, dando ao vampiro todo o controle e deixando o mortal dependente da conexão para sobreviver.

Jace continuou a me observar. O ar entre nós estava carregado com palavras não ditas e uma miríade de pensamentos. Ele podia ouvir os meus, incluindo minha hesitação em relação ao nosso futuro juntos.

Suas experiências anteriores criaram o homem antes de mim. Eu nunca o invejaria por isso. Mas me perguntei como afetaria nosso relacionamento a longo prazo.

Ele não acreditava em monogamia.

Em contrapartida, essa era a única escolha para mim, a menos que eu quisesse arriscar minha imortalidade.

Mas isso inspirou uma pergunta interessante. *Quero viver por uma eternidade amarrada a um companheiro infiel?*

— Você não me perguntou se eu quero ser fiel — Jace disse depois de um instante, enquanto a água caía ao nosso redor e minhas orelhas estalavam com a altitude do jato. — Você simplesmente presume que não vou ser.

— Você não me deu uma razão para acreditar no contrário — apontei. — E posso ouvir sua mente, Jace. Sei o que você quer.

— Você sabe o que estou questionando — ele corrigiu. — Que estou tentando determinar meus desejos tanto quanto você.

Assenti.

— Você tem a oportunidade de escolher. Eu não tenho.

Ele me soltou e acariciou meu rosto, do queixo ao cabelo, soltando o rabo de cavalo com um puxão rápido. Meu pescoço arqueou, fazendo com que seu olhar caísse para a minha garganta exposta antes de retornar para os meus olhos.

— Você quer que eu te transforme? Para nos tornar iguais?

— Não — respondi de imediato. — Meu sangue te sustenta. Se me transformar, você perderá isso.

Eu também não queria ser vampira. Preferia meu estado atual. Minha preocupação era com nosso futuro, não com o presente.

Eu tinha um hábito de sempre planejar, entender para onde estávamos indo para que eu pudesse fazer os ajustes apropriados em meu processo mental para aceitar o inevitável.

O que, neste caso, parecia ser Jace se dispersar.

E por alguma razão, tive dificuldade em aceitar essa eventualidade.

— Você não confia em mim para permanecer fiel — ele afirmou, seu olhar procurando o meu enquanto me ouvia raciocinar por meio de nosso vínculo e dos potenciais que estavam por vir.

— Não tenho certeza se você vai *querer* ser fiel — corrigi.

— E não gosto da ideia de te forçar a ser alguém que não é.

— Não seria adequado para nenhum de nós. Ele acabaria me odiando por isso, assim como eu o desprezaria se ele me obrigasse a um papel de submissão permanente. Eu não era assim, semelhante a ele estar preso em um relacionamento não se encaixava em suas preferências.

— Você está falhando em entender algo importante, Calina — ele disse baixinho, passando os dedos pelo meu cabelo molhado enquanto sua mão ia até a parte inferior das minhas costas para me puxar para mais perto. — Você já me mudou.

Seus lábios sussurraram nos meus e seus dedos se entrelaçaram em meus fios úmidos enquanto ele me segurava de encontro a seu corpo.

— Não tenho certeza de como isso aconteceu, nem quando, mas você está dentro de mim agora — ele murmurou. — Não quero perder isso ou você. Também não quero te compartilhar. Só de pensar nisso, fico louco.

Ele me permitiu ver a veracidade de suas palavras em sua mente, a fúria que sentiu quando Lajos me tocou, e a promessa posterior de nunca deixar outro fazer isso de novo.

— Então eu entendo seu desejo de não me compartilhar também. Mas, para ser honesto, não tenho certeza se alguém mais vai me intrigar novamente. Não desviei o olhar de você nenhuma vez, Calina. Eu nem considerei a possibilidade. Você é tudo que eu posso ver. — Ele segurou minha bochecha enquanto se afastava para olhar nos meus olhos. — Isso tudo é muito novo para mim. E não é que eu não goste de monogamia, querida. Ninguém nunca me deu motivos para considerá-la. Até você.

Ele me beijou de novo, desta vez com mais intensidade, suas emoções aquecendo através do nosso vínculo e encantando minha própria alma.

Porque senti a verdade de suas palavras como uma flecha em meu coração.

Nenhum de nós sabia o que o futuro nos reservava, mas estávamos presos um ao outro para sempre agora. Iríamos enfrentar os obstáculos conforme eles se apresentassem.

No entanto, havia uma certeza dentro de Jace que me deixou com os joelhos fracos.

Ele me queria a longo prazo. Não só agora. Mas para sempre.

E ele faria o que fosse necessário para garantir que eu sempre me lembrasse disso.

Não se tratava de suas tendências anteriores, mas de seus

novos desejos – seu desejo por mim. Sua *Erosita*. Sua companheira. Sua igual.

Ele me via como a parte de sua alma que nunca soube que faltava e de jeito nenhum pretendia me perder.

Com a boca, ele sussurrou promessas de eternidade. E com a mente, ele provou que já era meu.

Ninguém o conhecia melhor que eu porque ele nunca se conectou a ninguém neste nível íntimo. Ele me deu livre acesso a todos os pensamentos e memórias, sem reter nada. Até me mostrou como seria fácil me deixar de fora, me bloqueando totalmente de sua mente.

No entanto, ele nem sequer considerou fazer isso. Nem mesmo quando achou que seria o melhor para minha proteção.

Não. Ele me abraçou mais a cada segundo que passava, sua mente se casando com a minha de uma maneira que poucos outros já experimentaram.

Eu pertencia a ele e ele pertencia a mim.

Nada mais importava além desse conhecimento.

Se eu quisesse a monogamia, ele me daria, porque meus desejos rivalizavam com os seus. Ele me mostrou isso em sua mente, a abertura para passar a eternidade comigo e só comigo.

Você é tudo que eu quero, ele sussurrou em meus pensamentos. *Você é aquela que eu nunca soube que precisava. Todos os outros eram diversões que entraram no meu caminho até que eu te encontrasse, minha verdadeira igual, minha companheira pretendida. Nada disso deveria ser possível, mas o destino garantiu que nos encontrássemos. E agora farei de tudo para me certificar de que sou digno de você, Calina. Vamos descobrir como lidar com isso como uma equipe. Só você e eu. Porque é isso que somos juntos.*

Meu coração ameaçou explodir. A sensação era nova e um pouco enervante. Mas dei boas-vindas ao calor que se seguiu, acariciando cada centímetro de mim enquanto ele aprofundava nosso beijo.

Sua noção anterior de me reivindicar se fundiu em um novo tipo de necessidade, baseada na afeição mútua e na promessa que unia nossos espíritos.

Meus braços se arrepiaram, meu corpo reagiu ao ataque de emoções e pensamentos vindos dele, todos baseados em suas intenções para nós, seus votos de me manter segura e seu desejo de aprofundar nossa conexão ainda mais.

Ele queria um futuro.

Desejava explorar todas as oportunidades que existiam entre nós.

E o mais importante, ele precisava de mim.

Era tudo tão novo, tão recente, mas antigo em nossas mentes. Como se já nos conhecêssemos há uma eternidade, mas tivéssemos acabado de nos encontrar.

Eu não quero perder você, ele disse, voltando as mãos para meus quadris enquanto me levantava.

Minhas pernas automaticamente circundaram sua cintura enquanto ele pressionava minhas costas contra a parede. O azulejo frio provocou um arrepio no meu corpo e sua virilha logo neutralizou quando ele se pressionou o ápice entre minhas coxas. Isso me deixou com calor e frio. Despertada e consciente. Pronta e à beira de implorar por mais.

Você é minha, Calina, ele jurou. *Tanto quanto sou seu. O vínculo pode exigir que apenas um de nós permaneça fiel ao outro, mas a conexão é baseada na necessidade de criar uma alma gêmea imortal. Não tenho nenhum desejo de menosprezar esse presente, amor. Nenhum desejo de arruinar nada entre nós. Eu sempre adorei o sexo, não necessariamente a arte de compartilhar esse desejo com os outros.*

Ele angulou seus quadris e me penetrou sem aviso, me preenchendo completamente com seu pau e roubando um suspiro dos meus lábios.

É isso que eu gosto, ele me informou. Sua voz era um silvo sensual para os meus sentidos.

— Mais especificamente — ele continuou em voz alta. — É você que eu gosto de comer, Calina. Só você. — Ele fez seu ponto com uma estocada forte, roubando o ar dos meus pulmões e engolindo meu grito de paixão com sua boca.

Cada movimento de seus quadris foi acompanhado por um novo pensamento. Uma promessa. Uma sensação. Uma emoção. Uma bênção.

Ele me disse que nunca se cansaria de estar dentro de mim. Não apenas sexualmente, mas mentalmente também.

Ele me disse como queria me manter.

Ele me disse como queria que eu o mantivesse.

Ele me disse que estávamos destinados um ao outro.

Ele me disse que nossos espíritos estavam comprometidos por toda a eternidade e não sabíamos disso até que finalmente nos conhecemos.

Ele me agradeceu por existir. Agradeceu ao destino por lhe dar uma companheira perfeita. Ele me adorou com sua mente e corpo, seus lábios acariciando os meus antes de viajar para o meu pescoço para lamber e sugar minha pulsação sem romper a pele.

Ele era viciado em minha essência.

Ele me chamou de feiticeira.

Ele me chamou de *sua*.

Suas mãos permaneceram em meus quadris, me angulando para recebê-lo mais profundamente, seu corpo me dizendo para obedecê-lo. Para gozar. Para me derreter ao seu redor. Para apertar sua ereção com força e reivindicá-lo como meu.

Obedeci, contraindo as coxas enquanto um orgasmo percorria meus membros, me fazendo tremer.

Lágrimas escorreram pelo meu rosto, não apenas pelo prazer de nossa união, mas também pelas palavras que ele ecoou em meus pensamentos e as emoções que as acompanharam.

Nós nos beijamos novamente enquanto nossas línguas falavam por nós e ele continuava a me estocar. Ele queria que eu chegasse ao clímax novamente, para provar a ele com meu corpo que eu estava exatamente onde deveria estar.

Ofeguei, sentindo seu poder e força como uma marca em meu ser, me forçando a obedecer e encontrá-lo movimento por movimento.

Essa parte sensual de mim – aquela que ele despertou – acordou e se espreguiçou.

Meu animal interno.

A loba que eu nunca tive permissão de ver.

Ela só existia dentro do meu espírito, mas reconhecia este homem como seu igual. Seu companheiro. Sua outra metade.

Ela me incentivou a mordê-lo.

Afundar meus dentes em seu pescoço e marcá-lo para que todos vissem.

Faça isso, ele encorajou, capturando a necessidade dentro da minha mente. *Me morda, Calina. E eu vou retribuir o favor.*

Minhas entranhas queimaram com a perspectiva, não apenas de pensar em prová-lo, mas também de saber como sua mordida me fazia sentir.

Parei de pensar. Eu agi. Tracei a linha masculina de sua garganta até seu ombro musculoso. Então mordi o mais forte que pude, sentindo minha alma se regozijar com a afirmação ousada.

Meu macho.

Seu, ele concordou, com os dedos de repente em meu cabelo enquanto me segurava contra si. Seu ritmo diminuiu, seu torso tensionou como se estivesse retardando prazer iminente.

Eu queria levá-lo ao limite, como ele sempre fazia comigo.

Mas senti sua necessidade de esperar. Seu desejo de me

fazer gozar novamente antes que explodisse. E sua intenção de me virar e me comer por trás.

Nos esfregaríamos antes.

Um enxágue rápido.

Em seguida, uma transa animalesca enquanto ele deixava sua besta livre e me montava do jeito que desejava.

Estremeci com a perspectiva, o pensamento fazendo minhas entranhas apertarem em torno dele. Seus dedos permaneceram no meu cabelo enquanto sua mão deixou meu quadril para se aventurar no ponto ideal entre minhas coxas.

Bastou o toque de um dedo no meu clitóris para me levar às alturas.

Ele arrancou o prazer de mim, manuseando meu corpo com uma habilidade que só ele possuía, alongando minha felicidade até que se juntou a mim na agonia fantástica do êxtase.

Tremi, gritei e chorei, as sensações eram demais com seu sangue encantador na minha língua, sua espessura me penetrando profundamente, seu sêmen me reivindicando por dentro.

Minha visão começou a escurecer.

Mas seus dentes no meu pescoço me trouxeram de volta ao presente enquanto eu caía em outra espiral de intensidade que destruiu minha capacidade de pensar.

Ele permaneceu dentro de mim enquanto nos ensaboava.

Nos manteve conectados intimamente enquanto lavava meu cabelo.

Me segurou, usando o chuveirinho para encontrar os ângulos e movimentos corretos.

Eu o observei, com as pálpebras pesadas e o corpo inútil.

Mas as ondas de prazer continuaram a me aquecer por dentro, meu ser já se revitalizando e se preparando para mais.

Ele ainda estava duro.

Seus olhos prateados ainda estavam escurecidos com malícia.

E seu toque continuou a evocar arrepios de desejo.

Ele era um vício do qual eu nunca me cansaria. Um experimento sem fim. O parceiro perfeito para eu explorar pela eternidade.

Sua mente ecoou os mesmos pensamentos, seus lábios se curvaram com a minha reação bêbada de luxúria.

— Vou mantê-la neste estado durante todo o nosso voo — ele decidiu em um murmúrio baixo. — Você vai ficar tão dolorida e cansada quando eu terminar que provavelmente não será capaz de andar. Mas tudo bem. Eu te carrego. Então vou te comer de novo, porque pensar em você delirando e dolorida com minhas atenções só vai me fazer querer repetir cada momento extraordinário.

Estremeci, aceitando sua ideia sem muita consideração.

— E é por isso que nunca vou me cansar de você — acrescentou. — Estou tão viciado quanto você, talvez até mais. Você me capturou, Calina. Eu nunca imaginei isso. Mas também não vou lutar contra. Somos muito bons juntos, amor. Em todos os sentidos.

Ele me beijou de novo, sussurrando mais daquelas deliciosas promessas em minha boca.

Eu mal senti seus dedos cutucando meu traseiro.

Isso era certo.

Ele era certo.

Ele queria me reivindicar por completo, tomar cada parte.

Aceitei, porque eu já era dele. E ele já era meu.

— Sim — eu disse a ele, respondendo a uma dúzia de perguntas não ditas. — Sim, Jace.

Seus lábios capturaram os meus mais uma vez. Senti a pressão crescer enquanto ele usava água e algo escorregadio para me preparar para sua entrada. Era uma necessidade bestial que emanava de dentro dele, crescendo a cada segundo que passava. Ele precisava estar dentro de mim, me tomando dessa maneira.

Mas ele tinha milhares de outras maneiras com que pretendia transar comigo.

Cada ideia se espalhou pelos meus pensamentos, cada uma mais sórdida que a anterior.

E elas só me fizeram queimar muito mais por esse vampiro.

Ele finalmente se retirou de dentro de mim, o vazio imediatamente fazendo meu coração doer. Mas então começou a mover meus quadris novamente, me erguendo, ainda de frente para ele enquanto se inclinava em minha outra entrada.

Era inegavelmente íntimo e a intensidade se aprofundou quando encontrou e manteve o olhar no meu.

Ele não estocou.

Me penetrou lentamente enquanto sua mente me conduzia através das reações, me dizendo para relaxar, para aceitá-lo, para permitir-lhe esta reivindicação.

Um tremor passou por mim quando percebi que a plenitude era totalmente diferente. Mas ele rapidamente contornou isso penetrando dois dedos em minha boceta e acariciando aquele lugar bem dentro de mim.

— Jace — murmurei seu nome como uma oração e uma maldição quando ele começou a se mover.

— Como você está se sentindo? — ele perguntou, com os olhos ainda nos meus. — Me diga como você se sente, Calina.

— Completa — sussurrei.

Seu polegar encontrou meu clitóris e seus dedos ainda estavam profundamente dentro de mim enquanto a mão agarrou meu quadril para me manter no lugar.

— Eu me sinto possuída — acrescentei com um gemido quando ele me penetrou e me esticou. Eu não tinha certeza se queria chorar ou implorar por mais, a sensação era diferente de tudo que eu já esperava.

Ele não se afastou, mantendo os dedos acariciando suavemente aquele ponto dentro de mim. Um tremor agitou meu abdômen, espalhando-se por meus membros e me inutilizando.

— Perfeito — Jace murmurou. — Você é tão linda, Calina. E tão perfeita. — Seus olhos brilharam com a verdade de suas palavras, então ele me beijou e começou a se mover.

Não havia nada de suave ou gentil.

Ele era muito poderoso para ir com calma. Jace me tomou com uma necessidade impulsionada pelo predador dentro dele, e minha besta interior respondeu na mesma moeda, dando boas-vindas à sua posse, se apertando em torno dele e pedindo-lhe para penetrar mais. Estocar mais. Ir mais fundo.

Meus mamilos doeram, os pontos tensos se esfregando contra seu peito enquanto ele devorava minha boca e reclamava meu corpo.

Ele me incendiou.

Marcou minha alma.

Gravou uma promessa em minha mente que foi direto ao meu coração.

Estávamos nisso juntos. Para a eternidade. Nosso vínculo era muito mais profundo do que o amor ou convenções frívolas. Eu não precisava dessas palavras, porque entendia suas intenções em sua mente.

Éramos nós.

Existíamos como um.

Para sempre.

Sua testa se encostou na minha, seu hálito quente nos meus lábios enquanto ele encarava meu olhar mais uma vez. Tudo o que eu sentia por ele estava refletido naqueles olhos.

Adoração.

Respeito.

Desejo.

Inteligência.

Parceria.

Estava tudo bem ali.

Calor.

Intensidade.

Paixão.

Suspirei, sentindo meu corpo se derreter sob a ferocidade de suas atenções e os votos de seu coração.

Minhas pernas tremeram.

Meu estômago se apertou.

Seus dentes se afundaram em meu pescoço.

E seu nome escapou da minha boca em um sussurro enquanto eu caía em um redemoinho de sensações intensas. Queimou em minhas veias, arrancando lágrimas dos meus olhos à medida que eu me afogava em uma onda arrebatadora de insanidade.

Ele me destruiu.

Eu estava muito perdida nas sensações para me importar.

Trevas. Felicidade. Ondulações de energia. Força. Um gemido viril. Sêmen quente dentro de mim. Músculos em espasmos, perfeição masculina, o cheiro amadeirado da floresta.

Amor.

Tudo isso me cercou de uma vez.

Seguido pelo conforto do algodão quente.

Um corpo masculino forte me abraçando nos lençóis.

Seu pau dentro de mim novamente.

Me empurrando para frente.

Me mantendo neste estado de inconsciência abençoada.

Chorei.

Gritei.

Perdi a voz.

Bebi seu sangue.

Ele bebeu o meu.

Companheiros se afogando em paixão e em essências compartilhadas.

Muito sexo.

Muito prazer.

Muita intensidade.

Ele lambeu minhas lágrimas. Traçou cada curva do meu corpo com a língua. Guiou minha boca para seu pau. Me encheu com sua essência. Me obrigou a engolir. Em seguida, retribuiu o favor fazendo o mesmo por mim.

Eu estava perdido para tudo isso, vivendo em uma nuvem de esquecimento da qual não queria escapar.

Até que meu corpo não aguentou mais.

E a escuridão finalmente veio, me puxando para um sonho.

Um sonho em que ele ficou entre minhas pernas. Lambendo, sugando e extraindo mais prazer, mesmo enquanto eu dormia.

Me acordando com orgasmos.

Me acalmando de volta ao sono.

Só para repetir de novo.

Em algum ponto, perdi completamente a cabeça. E confiei nele para ser meu guia neste abraço apaixonado.

— Eu te amo, Calina — ele sussurrou em meu ouvido. — Você pode não precisar das palavras, mas quero que você as ouça. Que saiba que eu nunca disse essa frase a ninguém. Só para você. Só você sempre.

Ele pressionou os lábios nos meus, mas meu corpo estava exausto demais para permitir uma resposta.

Então ele me deu um pouco mais de seu sangue.

O que me acalmou em um estado final de descanso.

Sonhe comigo, geniazinha. Sonhe conosco.

Jace

Mordisquei o clitóris de Calina, trazendo-a de volta para a nossa realidade com um orgasmo que fez suas costas arquearem. Ela estava tão bonita, corada e satisfeita. Era uma pena que iríamos pousar em breve.

— Ahh — ela gemeu e suas pernas tremeram enquanto ela relaxava de seu clímax.

Sorri enquanto sua mente me implorava para parar e continuar ao mesmo tempo. Atendi ao último pedido, mudando para sua artéria femoral e me entregando à sua doce essência.

—Jace — ela sibilou enquanto gozava mais uma vez.

Eu ri, divertido com o fato de que era fácil tirar prazer dela. Então lambi sua boceta, acalmando-a com a língua enquanto ela se recuperava do orgasmo.

Ela estremeceu tanto que a cama praticamente balançou.

Minha pobre Calina.

Ela não tinha ideia do que eu poderia fazer com ela. Porque este era apenas o começo e nós tínhamos a eternidade para testar cada um de seus limites.

— Você vai transar comigo até a morte — ela acusou, com a voz rouca.

— Que bom que você vai voltar — provoquei, me acomodando de forma proposital entre suas coxas.

Ela saltou quando a cabeça do meu pau tocou seu clitóris inchado e seus lábios imediatamente se entreabriram em um gemido de prazer-dor.

Eu a beijei devagar, reconhecendo a necessidade de seu corpo se recuperar e mordi a língua antes de colocá-la dentro de sua boca. Ela sugou avidamente em resposta. Seu desejo pelo meu sangue superava sua capacidade de pensar. Mas depois de dois goles, ela relaxou embaixo de mim e senti seu corpo já se recuperando.

Calina suspirou e passou as unhas pelas minhas costas até a minha nuca, me abraçando enquanto relaxávamos juntos por mais alguns minutos.

Nosso abraço permaneceu suave e fluido, e nossas mentes inteiramente abertas para o outro.

Você disse que me amava, ela se maravilhou.

Esfreguei o nariz no seu e sorri contra sua boca.

— Sim, eu disse. — Mordi seu lábio inferior com adoração. — Falei sério.

Seus olhos – que ainda estavam azuis – capturaram e observaram os meus.

— Falou mesmo — ela respondeu. — Posso sentir isso.

— Humm. — Eu me pressionei contra a umidade entre suas coxas. — É apenas o meu pau, querida. — Me afastei para olhar para ela. — Não, espere, é apenas minha *destreza de vampiro*.

Ela revirou os olhos e riu.

— A *destreza de Jace* é mais preciso.

— Humm — murmurei. — Gosto do som disso.

— Claro que gosta. Você é arrogante o suficiente para reivindicar total responsabilidade por tudo. — Ela gesticulou entre nós, com a sobrancelha levantada em provocação.

Dei a ela um olhar ofendido.

— Você sabe que considero esse tipo de atrevimento um desafio, certo?

— Sei.

— Bem, vou exigir amplos cenários de teste agora — pressionei.

Ela fingiu considerar.

— Aceito.

— Claro que aceita — eu disse, repetindo suas palavras de propósito. — Você é exatamente o tipo de pesquisadora que desejaria diversas rodadas de teste no laboratório. — Suspirei de forma dramática. — Meu pau vai ficar exausto quando você terminar.

— Parece justo depois do que você me fez passar hoje — ela apontou.

Ah, eu só estava provando minha devoção — eu disse. — E testando sua capacidade de acompanhar minha fome.

— Como eu me saí?

— Lindamente — admiti, sorrindo. — Mas vou precisar de mais evidências para confirmar sua resistência.

Ela assentiu e sua expressão assumiu um brilho sério.

— É aconselhável testar uma teoria diversas vezes. Uma vez pode ser acaso.

— Duvido, mas vou gostar de alcançar os mesmos resultados continuamente. — Quase comecei esse desafio, no entanto, uma mudança na pressão me disse que estávamos em nossa descida final.

Então apenas a beijei.

Mantendo-a em meus braços até pousarmos.

Me assegurei de que suas feridas estivessem curadas e ajudei-a a se vestir. Foi uma pena cobrir todas aquelas curvas, mas eu não queria que ninguém mais a admirasse além de mim. Daí a camisa preta de mangas compridas e jeans. Vesti um traje semelhante, apenas com calça social em vez de jeans.

Senti Damien esperando na sala do jato antes de sairmos do quarto, seu cheiro de couro e especiarias era familiar.

Ele se levantou quando entramos e sua expressão me dizia que eu não ia gostar do que ele tinha a dizer.

O que significava que só poderia ser uma coisa.

— Mira — falei.

— Sim, preciso te mostrar uma coisa. — Ele apontou para o laptop que já havia instalado na mesa.

Avancei, com o olhar na tela.

— Deve ser importante se você não podia esperar até que desembarcássemos.

— Achei que você gostaria de um momento para revisar o que descobri antes que Luka chegue. O que acontecerá a qualquer minuto — ele respondeu enquanto voltava para seu assento. — Invadi o telefone da Mira. Tenho traduzido as mensagens criptografadas dela há uma hora. Você precisa ver isso.

Calina e eu nos posicionamos atrás dele, nosso interesse aguçado.

— Ela não é quem pensávamos — Damien falou enquanto exibia as evidências na tela. — Mas ela não está no comando.

Ele abriu uma mensagem que dizia apenas: *Relate seu status*.

— Isto é de alguém do Bunker 7, que deduzi que é um código para sua base doméstica. — Ele olhou para mim. — Parece que a Lilith era fã do número sete.

Eu já tinha concluído isso depois de ouvir todos os nomes dos bunker.

— Ela respondeu?

— Não até cinco minutos atrás. Ainda estou descriptografando. Mas não é isso que eu queria que você visse. — Ele começou a reorganizar as janelas na tela, exibindo uma mensagem do dia em que Lilith morreu.

— Quem enviou isso? — perguntei, lendo a nota sobre a morte de Lilith.

— Mira — ele respondeu, com um tom irritado. — É o

que ativou os protocolos. E esta — ele clicou em outra mensagem — inclui instruções sobre como infiltrar outro membro da matilha como o espião no Clã Majestic.

Li a evidência na tela com a mandíbula cerrada.

— Espero que o Luka não o tenha punido ainda.

A expressão de Damien endureceu.

— A Mira se ofereceu para fazer isso.

— Claro que se ofereceu. — O que significava que o pobre homem provavelmente estava morto. — Luka está trazendo a Mira aqui para nos encontrar? Isso é algo que ele normalmente faria.

— Não sei — Damien admitiu. — Estou muito ocupado tentando...

O computador apitou, distraindo-o.

— Ela acabou de enviar outra mensagem — ele falou, arrastando o mouse para algum tipo de aplicativo.

Aplicativo de descriptografia, Calina me disse. *Realmente fascinante, já que ele mesmo o criou.*

Preciso me preocupar com o quanto você acha isso fascinante? perguntei, arqueando uma sobrancelha para ela.

Seus olhos azuis brilharam de volta para mim. *É só me manter satisfeita nas destrezas de Jace, e ficaremos bem.*

Anotado, respondi, divertido com sua provocação.

Mas o grunhido de Damien me fez focar imediatamente na tela e na mensagem se abrindo diante de nós.

Meu coração parou.

Ah, merda...

O Soberano

Bem, isso é decepcionante, pensei, tomando meu vinho. Era um pouco doce demais para o meu gosto, meu paladar ansiava por algo um pouco mais decadente. Eu iria saciar essa fome em breve. Só tinha mais alguns registros para classificar primeiro.

Acordar depois de um século de sono fodeu minha mente, roubando todas as minhas memórias ao longo do caminho. De acordo com os arquivos, era um efeito colateral do procedimento, algo que obviamente aceitei antes de decidir descansar.

Felizmente, Lilith me deixou registros de tudo que eu precisava saber.

Ela se saiu bem na minha ausência, garantindo que quase todos os nossos planos fossem executados de maneira eficiente e bonita.

Era uma pena que Ryder tivesse decidido arrancar a cabeça dela.

Infelizmente, sucumbir a ele apenas a enfraqueceu.

E não havia espaço para fraqueza em meu conselho.

Falando em fraquezas... peguei a filmagem do Bunker 37 com um suspiro, desapontado com as evidências retratadas na tela. Meu assistente trouxe para mim há algumas horas, perguntando como eu queria proceder.

Suspirei – um som que fiz muitas vezes hoje.

Parecia que meu irmão havia afetado as capacidades mentais de Darius e Jace. Meu assistente sugeriu um protocolo de destruição que acabaria com o problema, mas eu disse que o sangue antigo era precioso demais para ser desperdiçado.

Além disso, com as mortes recentes de Lajos e Lilith, não podíamos nos dar ao luxo de derramar mais sangue.

Eu deixaria Darius e Jace descobrirem mais sobre as operações. Então eu lidaria com eles pessoalmente quando chegasse a hora. Talvez eles voltassem a si ao longo do caminho.

Uma batida soou na porta, me tirando de minhas reflexões. Eu havia enviado meu assistente em uma missão para encontrar os arquivos do meu irmão há algumas horas. Felizmente, ele os encontrou.

— Entre — ordenei da minha mesa.

Ele entrou com uma reverência totalmente executada, o que fez seu longo cabelo loiro tocar o chão antes que ele se endireitasse.

— Finalmente ouvi falar de nosso ativo.

— Oh? — Essa notícia certamente me interessou. Claro, encontrar os arquivos perdidos também o faria. Mas resolveríamos isso momentaneamente. — E? — questionei, arqueando uma sobrancelha para o jovem vampiro.

Aparentemente, salvei sua vida uma vez. Ele tem me servido desde então, mesmo enquanto eu dormia. E, de acordo com os registros de Lilith, ele foi bastante útil também.

Ele passou pelo centro da sala, evitando os dois sofás e a mesa de centro antes de chegar às cadeiras do outro lado da minha mesa. Em vez de se sentar em uma, ele continuou em frente e colocou um tablet na mesa para mim.

Uma mensagem apareceu na tela.

Minha posição aqui foi oficialmente comprometida. Estou a caminho, meu senhor. E estou levando a sua Erosita *comigo.*

Li duas vezes, então suspirei.

— Imagino que era só uma questão de tempo antes que a resistência percebesse a verdadeira lealdade da Mira. — Revisei seus arquivos quando me familiarizei com meus aliados. Ela era a lycan original, imortal e dedicada a melhorar este mundo, fortalecendo nossa superioridade sobre a humanidade.

Para provar isso, ela estava encarregada de cuidar da minha Erosita enquanto eu dormia.

Aparentemente, Ismerelda tinha uma tendência a desobediência. Eu não conseguia me lembrar de nada sobre ela, o que me dizia que ela nunca significou muito para mim.

Mas eu suspeitava que o sangue que eu ansiava era o dela, algo que logo confirmaria.

Bem, essa notícia me acalmou.

— Quando elas chegam? — perguntei.

— Em dez horas mais ou menos, meu senhor.

— Excelente — respondi, passando a mão na gravata antes de olhar para as câmeras de vigilância no meu computador novamente. Já fazia várias horas, mas continuei observando. Havia algo na maneira como Jace olhava para a câmera, como se ele pudesse me ver. — Imagino que isso signifique que a resistência está ciente do meu despertar, certo?

— É provável que sim — meu assistente respondeu.

Balancei a cabeça, considerando o que fazer com essa informação. A maioria dos registros foi revisada, me deixando certo do caminho a seguir.

A questão passou a ser: eu poderia convencer os rebeldes a se juntarem a mim? Ou seria forçado a lutar contra eles?

Tamborilei os dedos na mesa, considerando minhas opções.

Bem, se eles já sabem, que escolha tenho? pensei, sorrindo quando encontrei os olhos verdes brilhantes do meu assistente.

— Preciso que você encontre um telefone para mim, Michael.

Jace

Minha posição aqui foi oficialmente comprometida. Estou a caminho, meu senhor. E estou levando a sua Erosita *comigo.*

Li a mensagem três vezes, minha mente se recusando a aceitar o que dizia.

Isso não poderia ser sobre Izzy.

Não poderia ser uma mensagem para Cam.

Ele não faria isso. Ele nunca seria parceiro de Lilith. Ele... ele *valorizava* a humanidade e a vida humana.

— Isso tem que estar errado — falei enquanto minha mente começava a juntar todas as peças, o jogo finalmente se revelando dentro da minha cabeça.

Estou levando a sua Erosita *comigo.*

Mira estava trabalhando para Lilith. Cuidando de Izzy. *Por quê?*

Para Cam.

Só que ele nunca seria um participante voluntário em nada disso. A menos que Lilith o tenha coagido de alguma forma.

Ou...

Arregalei os olhos quando um novo caminho se formou, um resultado potencial que me deixou mal do estômago.

Merda. Os registros. Os malditos protocolos.

— Você tem os registros? — perguntei a Damien, minha

mente acelerada. — Você pode encontrar o mais recente gravado pela Lilith? Preciso ouvir de novo.

No entanto, Calina já estava pensando em um registro diferente, aquele que iniciou todos.

Se você está assistindo isso, então algo deu terrivelmente errado e os dispositivos de segurança necessários foram acionados. Incluindo o que você está experimentando agora.

Sua memória era melhor que a minha, o visual claro em sua mente. Principalmente porque aquele registro ressoou com ela, já que seu próprio protocolo do Juízo Final tinha alguma correlação com aquele.

Calina começou a pensar sobre todas as pesquisas que revisou, as armas de manipulação mental destinadas a subjugar imortais e as aplicações potenciais delas.

E se ela...? Calina fez uma pausa, ainda analisando a ideia enquanto eu seguia seu caminho através de todos os resultados potenciais. Ela começou a considerar o que Lilith faria, quais falhas ela colocaria em ação para garantir a continuação de seus projetos.

Cam era a maior ameaça para esse sucesso.

Ele era a figura de proa inequívoca para toda a operação de resistência.

Ou poderia ser sua maior arma.

Se ela pudesse moldar sua mente, Calina pensou. Então seus olhos se arregalaram enquanto nos olhamos, boquiabertos.

Ao removê-la, pensamos ao mesmo tempo, os dois relembrando a ferramenta de refinamento de memória mencionada nos arquivos de pesquisa do Bunker 37.

Os dispositivos de segurança necessários foram ativados. Incluindo o que você está experimentando agora, Calina repetiu o registro novamente. *Jace... E se essa fosse a maneira de ela explicar a perda de memória para ele?*

Puta merda, murmurei, percebendo que ela poderia estar certa.

Tudo isso... são os protocolos que Lilith assumiu após sua morte, aqueles que a comunicação inicial de Mira permitiu. Calina sussurrou. *Além do protocolo do Juízo Final. Então, enquanto você estava ocupado tentando encontrá-lo...*

Os vídeos dela têm feito lavagem cerebral nele, terminei.

Porque de jeito nenhum ele era o verdadeiro Soberano.

Mas isso não significava que ele sabia disso.

Lilith apagou sua memória, então falou naqueles registros como se tudo isso fosse ideia dele. Como se ela fosse uma serva de sua loucura. E sem qualquer lembrança ou história em sua mente, ele não teria como lutar contra isso.

— Merda. — Passei os dedos pelo cabelo, esperando que estivéssemos errados, mas sentindo que estávamos absolutamente certos.

Cam ficou preso em uma caverna em algum lugar, observando aqueles troncos e pensando que ele é o responsável por essa mudança. Quase parecia inacreditável. No entanto, era típico de Lilith nos deixar com uma última merda mental na forma de uma lavagem cerebral em Cam.

Um dos registros começou a soar no fundo enquanto Damien assistia. Mas eu não olhei. Peguei a cadência sutil e os usos intencionais do termo *você, meu soberano e meu rei.*

Ela parecia muito reverente.

Como se ela estivesse adorando a divindade com quem ela falava e o elogiando por toda essa loucura.

Não era um parceiro de jeito nenhum. Não era Michael. Era a merda do Cam.

— Aquela conspiradora de...

Meu telefone começou a vibrar, cortando o xingamento.

Um olhar era tudo que eu precisava para saber quem era.

Ele nos deixou viver nos laboratórios porque sua mente estratégica teria dito a ele que derramar nosso sangue seria um desperdício. Cam gostaria de nos convencer a nos juntar a ele. Ele veria isso como um desafio.

Para a merda do lado errado.

Engoli em seco, respirei fundo e aceitei a ligação.

— Olá, Cam — eu cumprimentei assim que sua imagem apareceu.

Ele sorriu.

— Jace. Faz algum tempo.

— Verdade — respondi, tentando evitar que minha voz refletisse qualquer emoção. Tentar dizer a Cam que ele passou por uma lavagem cerebral não funcionaria sem provas suficientes, e eu não poderia fazer isso por telefone.

Claro, se ele estivesse realmente assistindo às imagens de vigilância do Bunker 37, poderia ser capaz de ampliar o vídeo que vimos de seu tormento. Mas eu duvidava que pudesse convencê-lo a tentar.

O Cam que eu conhecia era teimoso.

E se os vídeos de Lilith o convenceram de que ele era o Soberano, demoraria muito para eu desfazer aquela merda mental.

Eu precisava de tempo e um plano.

Também precisava ver com o que estávamos trabalhando aqui.

— Como foi a sua soneca? — perguntei, brincando com a charada.

Ele deu de ombros.

— Não me lembro de muito, mas me sinto bem descansado. Não estou muito satisfeito com algumas das coisas que descobri desde que acordei.

— Oh? — Arqueei uma sobrancelha. — Tais como?

Seus lábios se curvaram.

— Você realmente é um mestre em política.

— Aprendi com os melhores — admiti, me referindo a ele.

— Um elogio. — Ele parecia impressionado. — Isso

significa que podemos discutir toda essa tolice que você tem feito para tentar minar o trabalho da minha vida?

Minha mandíbula ameaçou apertar com essas palavras, o ato final de Lilith servindo como um soco no meu estômago.

Como ela teria adorado ouvir Cam dizer essas palavras.

Felizmente, a cadela estava muito morta.

— Não tenho certeza do que você quer dizer — respondi com a atenção dividida entre a conversa e Calina em minha mente.

Mantenha-o falando, ela estava dizendo. *Damien está rastreando.*

Não respondi ou reconheci as palavras dela, apenas mantive o olhar em Cam. Seu cabelo escuro parecia ter sido cortado recentemente, assim como a barba por fazer ao longo de seu queixo. O Cam que eu conhecia gostava de usar barba. Parecia que esta nova versão preferia a aparência mais informal.

Alguém está lá com ele, pensei, sentindo meus instintos disparando. *E não é a Mira.*

O que significava que ainda tínhamos uma festa não contabilizada.

— Vamos lá, Jace. Vamos mesmo jogar este jogo?

— Pelo que me lembro, é um jogo que nós dois gostamos muito — respondi.

Ele me lançou um olhar de pena enquanto balançava a cabeça de leve.

— Meu irmão realmente mexeu com você, não foi?

— Cane? — Foi isso que os registros lhe disseram? Que foi Cane quem organizou a resistência? — Talvez você devesse acordá-lo. Descobrir mais. — Se Cam estava nas catacumbas, como suspeitávamos, ele estava perto de Cane. Despertá-lo de seu sono de quinhentos anos seria uma experiência reveladora e desmascararia tudo o que Cam sabia.

— Vou considerar isso depois de revisar seus arquivos —

ele respondeu, com uma nota de irritação em seu tom enquanto olhava para fora da tela.

— Ainda estou procurando por eles, meu soberano — uma voz suave disse.

Quase franzi o cenho. Em vez disso, coloquei uma expressão curiosa no rosto e perguntei:

— Quem está aí com você, Cam?

— Ninguém importante — Cam murmurou, seu aborrecimento era palpável. — Encontre agora.

— Sim, meu senhor — a voz masculina prometeu. Mas era muito fraco e submisso para eu reconhecê-lo.

Era apenas algum humano?

Ou outro aliado de Lilith?

— Alguém poderia pensar que meus assistentes seriam mais úteis — Cam disse em tom casual e seus olhos azuis encontraram os meus novamente. — Especialmente considerando que salvei a vida dele antes da revolução.

A informação girou em minha mente, juntando em sequência tudo que tínhamos descoberto no Bunker 37.

Pai de Calina.

Michael.

Cam salvou sua vida.

Michael se tornou um vampiro.

Ele é o assistente.

Fiz um esforço significativo para manter a expressão entediada, porque por dentro eu estava gritando com Cam para ele ver a razão. Mas eu sabia que era muito cedo para consertar isso.

Precisávamos abordar tudo de forma estratégica. Devagar. Com informações e provas facilmente ao nosso alcance.

E mesmo assim, poderia não ser suficiente.

O ar mudou no jato, a presença que reconheci, mas não olhei para ele. Em vez disso, eu disse:

— Então, quando você pretende anunciar seu despertar, Cam?

Darius parou na porta. Eu não conseguia vê-lo, mas o sentia.

— Em breve — Cam respondeu. — Tenho mais algumas tarefas que precisam ser concluídas primeiro, incluindo uma reunião com a minha *Erosita*. Aparentemente, ela se tornou um pouco independente demais durante o meu sono.

A maneira como ele disse isso provocou um arrepio na minha espinha e fez Damien paralisar na minha frente.

Cam não seria capaz de vê-lo com a forma como inclinei a câmera. Apenas eu. E talvez alguns fios soltos do cabelo de Calina.

Mas ele não ligava para ela.

Porque Lilith disse a ele que Erositas e humanos não importavam. Eles não teriam nenhum valor para ele.

Ele vai machucar a Izzy? Calina perguntou.

Engoli em seco, a verdade sussurrando em minha mente. *Não sei.*

— Tenho certeza de que você será capaz de colocá-la de volta à razão — eu disse em voz alta, testando os limites.

Ele apenas deu de ombros.

— Acho que veremos. — Ele esticou os braços sobre a cabeça e rolou o pescoço. — Bem, vou deixar você voltar à sua pequena rebelião. Envie meus cumprimentos a Darius também. E verei vocês dois muito em breve.

Cam desligou antes que eu pudesse falar. Não que eu soubesse o que dizer. Em vez disso, encontrei o olhar de Darius e falei:

— O Cam está vivo. E ele pensa que é o Soberano.

A expressão de Darius rivalizava com meu próprio choque e consternação.

— Bem. Isso representa um problema — Kylan disse ao

entrar no jato. Ele devia estar esperando na porta, ouvindo.

— Ele não é nosso salvador?

Eu apenas o encarei. O sarcasmo não resolveria esta situação.

Ele sorriu mesmo assim, entrando com Rae atrás dele.

— Bem. Nem tudo está perdido ainda — ele continuou, envolvendo a cintura de Rae. — Ainda temos a Izzy.

Eu balancei a cabeça.

— Não. A Mira a está levando para ele agora.

— Sim. Eu ouvi essa parte. O que significa que a nossa arma está prestes a entrar no terreno do inimigo. Isso é brilhante.

— Como? — questionei. — Ele claramente não se lembra dela, nem nada. Ele pode matá-la.

Kylan bufou.

— Você subestima o valor de um vínculo *Erosita*. — Ele olhou para Calina. — Sinto muito, linda. Dê-lhe tempo. Ele vai entender.

Um grunhido subiu pela minha garganta ao ouvi-lo chamar Calina de linda. Mas então suas palavras começaram a ser registradas, assim como o entendimento na mente de Calina.

Ela estava pensando no que faria para me recuperar se minhas memórias fossem todas destruídas.

Eu faria você se lembrar, ela disse de forma categórica.

Eu lutaria com você, admiti, me colocando no lugar de Cam.

E eu lutaria também, ela respondeu sem perder o ritmo. *E venceria.*

Ela parecia tão confiante que olhei para ela. *É mesmo?*

Claro. Senti sua mente beijar a minha, reafirmando nossa ligação através do casamento único de nossos pensamentos. *Você é meu, lembra?*

Eu mantive o olhar no dela enquanto a compreensão de

que ela estava certa se estabelecia dentro do meu coração. *Sim. Assim como você é minha.*

Viu? Ela parecia muito orgulhosa. *Eu venceria.*

Ela estava certa.

O que significava que Kylan tinha razão.

Tínhamos acabado de enviar uma arma para as linhas inimigas.

Eu poderia enviar a Cam todas as evidências e provas que eu quisesse, mas talvez nunca fosse o suficiente.

Izzy, no entanto, tinha mil anos de memórias compartilhadas com Cam. Se alguém podia despertar sua humanidade, era ela.

— Isso está nas mãos da Izzy— falei em voz alta, encontrando o olhar de Kylan antes de olhar para Darius. — Ela é a única que pode recuperá-lo.

— É uma coisa boa ela ser tão teimosa quanto ele — Darius disse, parecendo derrotado.

— Ah, ela vai acabar com ele — Damien garantiu.

— Vai mesmo — concordei, olhando para o espaço onde Cam estava pairando no ar. Então olhei para Calina. *Você acabaria comigo também.*

Com certeza, ela concordou. *Eu traria você de volta.*

Sim. Ela vai trazê-lo de volta também. Porque a alternativa era muito sombria para ser considerada.

Tudo o que fizemos foi por ordem de Cam.

Para encontrá-lo, apenas para perdê-lo novamente...

Não.

Isso não aconteceria.

Cam seria rei. Nosso rei. E Izzy seria a rainha para fazer isso acontecer.

Eles eram os jogadores principais no tabuleiro agora.

Tudo bem, Izzy, pensei. *Sua vez. Faça valer a pena.*

Me virei para minha rainha, minha mão encontrando a dela.

Podemos não estar envolvidos na próxima rodada de xadrez, mas ainda tínhamos nosso próprio jogo para jogar. O que comecei quando removi a cabeça de Lajos. O que Ryder iniciou matando Lilith.

Isso não havia acabado.

Tínhamos uma rebelião para finalizar.

Com sorte, quando chegasse a hora, nosso rei estaria pronto para se juntar a nós.

Se não, eu faria o papel.

Com Calina ao meu lado.

Porque que se foda a aliança.

Estava na hora de dar as boas-vindas ao novo futuro.

Está na hora de lutar.

Epílogo

Izzy

Eles encontraram o Cam, pensei, sentindo meu coração disparado.

Quando Mira me deu a notícia, parei de respirar. Então eu a segui até o jato que esperava. Não me ocorreu perguntar sobre Luka e os outros, minha mente estava tão focada em encontrar Cam que ele era tudo que eu podia ver ou pensar.

No entanto, agora que estava neste jato por várias horas, meus instintos estavam agitados com inquietação.

Algo não está certo. Eu não conseguia definir, mas quando perguntei a Mira sobre Luka, ela disse que ele estava ocupado resolvendo problemas no Bunker 37 e que deveríamos encontrar Jace e Darius com Cam.

Uma solução bastante fácil.

O que era o problema.

Se Jace tivesse encontrado Cam, ele teria me ligado. Darius também.

Os protocolos foram quebrados devido ao recente anúncio de Ryder sobre a morte de Lilith. Não precisávamos mais nos esconder.

Então, por que eles não me ligaram? me perguntei, meu olhar indo para a janela enquanto o jato continuava a descer.

Mira me disse que o encontraram debaixo do Conventus. Só de pensar nas catacumbas sob Roma me dava calafrios.

Todos aqueles imortais adormecidos e frios. Criptas. Caveiras. Antigos locais de rituais.

Não vivi durante a criação daquela tumba.

Mas Cam sim.

E eu vi as memórias em sua mente.

Havia rituais ancestrais que impediam os antigos de se levantarem antes de estarem prontos. No entanto, os espíritos estavam muito vivos lá embaixo. Cam uma vez chamou de medida protetora destinada a deter os humanos. Eu disse a ele que funcionava porque apenas visitar o Vaticano me fazia sentir frio.

Por que não posso sentir você? me perguntei, pensando em Cam. *Por que você ainda está me bloqueando?*

Eu sabia que ele tinha feito isso para me proteger. Mas se estava com Jace e Darius agora, significava que estava bem e deveria estar disposto a falar comigo.

No entanto, eu não conseguia senti-lo de jeito nenhum.

Era como se ele tivesse erguido uma barricada entre nossas mentes, me separando da outra metade da minha alma.

— Você tem certeza de que ele está bem? — perguntei a Mira pela centésima vez.

— Positivo — ela respondeu, mantendo o foco no tablet em suas mãos.

Bati os dedos contra meu braço, a sensação de mal-estar permanecendo. Talvez fosse porque eu não tinha visto ou ouvido falar de Cam em mais de cem anos.

A agonia de ser cortada havia diminuído no último século, mas meu coração continuava a doer. Sonhei com este momento tantas vezes, em encontrar Cam e reacender nosso vínculo.

Nada sobre isso parecia certo.

Porque não consigo sentir você, conclui.

Talvez precisássemos nos tocar novamente para reacender o vínculo?

Fiz uma careta. *Isso não pode estar certo. Eu deveria ser capaz de sentir nossa conexão, mas não consigo. Por quê?*

Meu pulso continuou a acelerar, algo que eu esperava que Mira entendesse como excitação. Por alguma razão, meus instintos me disseram para não confiar nela. O que também era estranho. Eu a conhecia desde antes da revolução. Mas algo sobre seu comportamento me pareceu estranho.

Ou tudo isso estava apenas na minha cabeça.

Talvez eu esteja nervosa, pensei. Considerando o que eu sentia por Cam no início, o nervosismo seria uma resposta apropriada. Ele tinha sido o enigma de um homem com seu cabelo longo e escuro e olhos azuis impressionantes.

Achei que ele era um deus.

E ele meio que era, com sua história antiga e habilidades vampíricas.

Senti um frio na minha barriga quando me lembrei de nosso primeiro encontro. Estava escuro, mas seus olhos praticamente brilhavam sob o luar. E ele me acompanhou até em casa, dizendo que as ruas eram perigosas demais para uma garota como eu andar sozinha.

Ele não estava errado.

Ele era um predador à espreita à noite, procurando uma bebida. E não estava sozinho também.

Meus braços se arrepiaram com a lembrança de como fiquei cativada por seu charme e beleza. Ele não me mordeu. Não tinha nem me tocado. Apenas me protegeu, algo que ele continuou a fazer por semanas antes de agir.

Seu beijo colocou meu sangue em chamas.

Seu toque também.

E eu nunca me afastei dele desde então.

Mais de mil anos de amor e adoração.

Ele prometeu ficar comigo para sempre e eu aceitei.

Então a revolução aconteceu.

Cento e dezessete anos de tormento. Cento e dezessete anos de solidão perpétua. Cento e dezessete anos sentindo sua falta.

Mas ele está vivo. Isso, eu podia sentir. Eu simplesmente não conseguia *senti-lo*.

Meu coração permaneceu preso na garganta quando o jato finalmente tocou o solo. A sensação não diminuiu quando Mira se levantou e seus saltos agulha afundaram no tapete enquanto ela alisava a saia lápis. Eu usava jeans e suéter, preferindo o conforto à moda. Mas agora me perguntava se deveria ter me vestido para a ocasião.

É o Cam, eu me lembrei. *Ele não precisa ficar impressionado. Ele só precisa de mim.*

Olhei pela janela, me perguntando se eu poderia vê-lo. Mas o campo de aviação estava vazio do meu lado.

Mira caminhou até a porta, com passos firmes.

Tentei imitá-la, mas não consegui afastar a sensação de que havia algo errado dentro de mim. A sensação cresceu com cada movimento, o pavor era como um peso em minha mente que se recusava a diminuir.

O ar da manhã não ajudou quando saímos.

Nem as figuras que surgiram nas sombras à distância.

Por que Cam não está bem aqui esperando por mim? me perguntei, ainda seguindo Mira.

Todos os encontros em minha cabeça não correspondiam a este momento. Eu esperava lágrimas. Abraços. Beijos. Amor.

Nada disso aconteceu.

Meus passos começaram a diminuir e a confusão prendeu minha respiração.

Então uma das figuras avançou, parando diretamente sob a luz.

E meu coração parou.

Cam.

Comecei a avançar de novo, ganhando velocidade, minha mente se regozijando com a visão do meu companheiro. Estive muito tempo sem a força dele. Sem seu toque. Sem sua mordida.

— Cam — murmurei, correndo.

Mas ele não abriu os braços para mim.

Ele nem sorriu.

Apenas me encarou com olhos azuis frios, a cor me lembrando de safiras duras. Eles brilhavam na luz da manhã. Suas maçãs do rosto pareciam esculpidas em pedra. Seu cabelo escuro estava cortado mais curto. A barba por fazer substituiu a barba habitual.

No entanto, foi sua postura que confirmou que algo estava realmente errado.

Suas pernas estavam esticadas, as mãos nas costas, seus ombros em uma pose arrogante.

Não havia nada de amigável nele. Nada familiar. Nada... *certo*.

Diminuí o passo ao chegar perto dele, procurando respostas em sua expressão. Enquanto tudo o que ele fez foi olhar para mim com um leve aborrecimento em seu olhar.

— Ela é sempre tão desrespeitosa? — ele questionou.

Franzi o cenho.

— O quê?

— Sim — Mira respondeu, juntando-se a nós. — Mas você tem que se lembrar de que ela é de uma época em que os humanos tinham direitos. Esses hábitos são difíceis de quebrar.

Fiz uma careta para ela.

— Do que você está falando?

— Viu? — ela perguntou.

— Sim. Infelizmente, sim. — Ele parecia enojado, seu tom educado era mais lisonjeiro do que eu jamais tinha ouvido.

— Cam — sussurrei, sem entender nada disso. Sem

entendê-lo. Com certeza era meu Cam, mas ao mesmo tempo não era. Eu não conseguia ouvi-lo. Não conseguia senti-lo. E ele nunca olhou para mim dessa forma, como se não pudesse suportar a ideia de me tocar.

— Por que eu a mantenho? — ele perguntou, novamente falando com Mira e não comigo.

— Você gosta do sabor dela — Mira respondeu. — E do desafio.

Ele grunhiu.

— Às vezes, eu questiono minha própria sanidade.

— O que é que está acontecendo?— questionei, olhando entre ele e Mira, então notando os homens atrás de Cam. — O que há de errado com você?

— Como faço para calá-la? — Cam perguntou.

— Normalmente, com os dentes. — Até Mira parecia estranha, como se ela não se importasse com nada no mundo. Não era a mulher que eu conhecia.

Eu caí em outro universo? Um reino diferente? Isso é apenas um sonho ruim?

— Humm, tudo bem — Cam murmurou, segurando a minha nuca. — Estou com fome.

— Cam! — gritei, tentando me libertar de seu aperto.

— Quieta — ele retrucou.

Entreabri os lábios em um som que se transformou em um grito quando suas presas afundaram na minha garganta.

Não havia nada de gentil no gesto.

Apenas um vampiro se entregando à sua besta interior.

Sem endorfinas. Apenas dor.

Agarrei seus ombros, tentando forçá-lo a ver a razão enquanto gritava com ele através do nosso vínculo. *O que você está fazendo? Por que você está fazendo isso? Cam! Pare!*

Ele não respondeu.

Porque ele não podia me ouvir.

Eu estava bloqueada de sua mente.

Quando tentei falar em voz alta, ele usou a mão livre para cobrir minha boca e sua alimentação se tornava violenta. Não houve cuidado ou sutileza. Sem palavras doces. Nenhum toque calmante. Apenas uma boca selvagem tomando muito de minhas veias.

Você está... você está... você está me matando... eu disse a ele, atordoada. *Por que, Cam? O que está acontecendo? Fale comigo!*

As lágrimas escorreram pelo meu rosto, minha visão piscando entre estranhos pontos pretos e brancos.

Eu... eu nunca tinha morrido antes.

Eu sabia que nosso vínculo me traria de volta.

Mas não entendi.

Ele nunca me mordeu assim. Nunca havia retido as endorfinas.

Era algum tipo de punição perversa, que eu não conseguia definir.

— P-por quê? — murmurei por trás de sua mão, com a voz quase inexistente.

— Porque esse é o seu propósito — Mira me disse, suas palavras tinham um tom sombrio que não reconheci.

E eu não tinha energia para questioná-la novamente. Ou realmente pensar.

Meu mundo estava desaparecendo.

Minha consciência desvanecia enquanto Cam continuava a se alimentar.

Por favor, implorei. *Por favor... que isso seja... um pesadelo.*

Mas, no fundo, eu sabia que isso era real.

Eu podia sentir na maneira como Cam me segurou.

A maneira como ele continuou a beber, mesmo quando minha visão escureceu.

Algo havia dado muito errado.

Meu Cam nunca...

Estremeci, senti meu corpo gelando a profundidades impossíveis.

Mal sentia suas presas agora.

Mas minha mente se lembrou.

Meu último suspiro... queimou... minha mente... desvaneceu-se... tudo por causa da... mordida... cruel do meu amante.

A série Aliança de Sangue continua com *Crueldade Perdida*

CRUELDADE PERDIDA

Houve um tempo em que a humanidade governava o mundo enquanto lycans e vampiros viviam em segredo.
Esse tempo já passou.

Izzy

O homem a quem estou ligada para sempre agora é um monstro. Uma besta cruel. Um vampiro sem remorso ou quaisquer memórias de nossa existência anterior juntos. Ele não tem ideia de quem sou. O que significo para ele. Quem costumávamos ser juntos. Mas não vou desistir. Ele vai se lembrar de mim. Eu juro.

Cam

Sou um rei vampiro. Um ser superior a todos os demais.

Menos a ela. A mulher que se recusa a se curvar.
Vou acabar com ela. Destruí-la. *Reformá-la.* E quando ela
finalmente aprender seu lugar ao meu lado, vou acabar
com ela.
Porque não preciso de uma escrava desobediente. Devo
governar esta aliança, e é exatamente isso que farei.

Bem-vindo ao novo reinado.
*Está cheio de sangue, transbordando de alianças quebradas e repleto de
morte.*
Meu reino. Minhas regras. Meu futuro.

Nota da autora: *Crueldade Perdida* contém conteúdo *dark*. Por
favor, leia a nota de advertência dentro do livro. Além disso,
embora esta história possa ser lida como um romance
independente, esta série é melhor apreciada em ordem.

Lexi C. Foss é uma escritora perdida no mundo do TI. Ela mora em Chapel Hill, na North Carolina, com o marido e seus filhos de pelos. Quando não está escrevendo, está ocupada riscando itens da sua lista de viagem. Muitos dos lugares que visitou podem ser vistos em seus textos, incluindo o mundo mítico de Hydria, que é baseado em Hydra nas ilhas gregas. Ela é peculiar, consome café demais e adora nadar.

MAIS LIVROS DE LEXI C. FOSS

Série Aliança de Sangue

Inocência Perdida

Liberdade Perdida

Resistência Perdida

Rebeldia Perdida

Realeza Perdida

Crueldade Perdida

Rainha dos Elementos

Livro Um

Livro Dois

Livro Três

Império Mershano

O Jogo do Príncipe: Livro 1

O Jogo do Playboy: Livro 2

A Redenção do Rebelde: Livro 3

Outros Livros

Antologia: Entre Deuses